스키마완라비

KB039761

스키마와라시

スキマワラシ

온다 리쿠 장편소설―강영혜 옮김

내 친구의 서재

◈ 차례 ◈

1장

형에 대해,
이름에 대해

이 이야기는 '스키마와라시'에 대한 것이지만 이 건에 얽힌 여러 이야기를 하기 전에 역시 여덟 살 위의 형부터 언급해야 할 것 같다.

형은 가족이 보기에도 설명하기 좀 어렵다. 아니, 가족이기에 설명하기 어려운 부분도 있다. 생각해보자. 당신은 자신의 가족을 얼마나 정확하게 남에게 설명할 수 있나.

오랜 세월 함께 시간을 보냈다고 해서 그 사람을 제대로 이해한다고 할 수 없다. 오히려 공기처럼 그곳에 당연히 있는 존재이기에 이제 와서 구태여 어떤 사람인지 생각하지 않고 속을 알려고 하지 않는 것이 일반적이리라.

핑계 같아서 미안하지만, 요컨대 나 자신도 형에 대해서 잘 알지 못하기에 아는 부분부터, 우선 자주 듣는 말부터 이야기하겠다.

형은 나에게 말을 걸 때(아니, 말을 걸지 않을 때도 있다. 혼잣말할 때도 형은 자주 이 문구부터 시작한다. 아마도 형 마음속에서 입을 열 때의 신호—비유하자면 문을 노크하는 것과 마찬가지라고 해석할 수 있을 것 같다) 항상이라고 할 수 있을 만큼 "동생아" 하고 부르고 시작한다.

나는 익숙하지만 다른 사람이 이 단어를 들으면 굉장히 당황스럽고 기묘한지 대개는 놀란 얼굴로 형부터 보고 다음으로 불린 나를 본다.

형은 태연하고 나 또한 "왜, 형" 하고 아무렇지 않게 대답하기에 그제야 다른 사람은 이 호칭이 두 사람 사이에서는 늘 있는 일이라고 깨닫는 모양이다.

그러나 다음 반응은 가지각색이다. 모르는 척하는 사람도 있고, 웃는 사람도 있다. "언제나 그렇게 불러? 왜 그래? 언제부터 그랬어?" 하고 이상하다는 듯 질문 공세를 퍼붓는 사람도 있다.

하지만 다음으로 할 설명도 또한 어렵다.

애초에 형이 나를 이런 식으로 부르게 된 것은 내 탓이다. 아니, 정확히는 내 탓이 아니고 부모님 탓이지만.

소개가 늦었지만 내 이름은 '산타'다. 성이 아니라 이름이다. 덧붙여 형 이름은 '다로'다.

자, 당신은 '산타'라는 단어를 들으면 무엇을 떠올리는가.

아이가 대여섯 명이나 있는 것이 당연했던 시대라면 이

이름은 그다지 특이할 것이 없고, 들은 사람 대부분은 '三太 (셋째 아들, 일본어로 읽으면 산타가 된다—옮긴이)'라는 한자를 떠올리리라고 본다. 그런 데다 틀림없이 "아, 위로 형제가 둘이 있나 보다" 하고 생각하리라.

그러나 저출산 탓에 아이 수가 적은 21세기라면, 우선 머릿속에 '산타클로스'가 떠오르지 않는가? 아니, 실제로 내 이름을 들은 동년배들 반응은 지금까지 백 퍼센트 그랬다.

크리스마스이브. 북반구라면 한랭기이기에 사용 빈도가 높아지는 위험한 난로 굴뚝을 통해 도저히 빠져나올 수 없어 보이는 그 거대한 몸으로 집 안에 억지로 침입하여 부탁하지도 않았는데 마음대로 물건을 방치하는 빨간 옷을 입은 괴인.

처음에 산타클로스 이야기를 들었을 때 나는 이런 무서운 사람을 상상했다.

하지만 나 같은 반응은 아주 드문 모양이다. 그 증거로 다들 '크리스마스'라는 말에 행복한 얼굴이 되고, '산타 할아버지'를 친숙한 캐릭터라고 생각하는 모양이다.

즉, 모두가 '산타 할아버지'는 멋진 선물을 주는 고마운 할아버지라고 생각하기에 마구잡이로 말꼬리를 잡던 어린 시절에는, "산타! 너 산타 할아버지지? 뭐든 좋은 거 줘" 하고 트집을 잡는 동급생이 있어서 이름을 불리는 일이 싫었던 시기가 있었다.

그 전까지는 집에서 평범하게 '산타'라고 불렸는데 그 시기를 전후로 내가 어지간히 싫어했는지 아무도(주로 형) 내 이름을 부르지 않게 되었다.

그뿐만이 아니다.

오히려 발음 쪽보다도 이쪽이 중요할지도 모르겠다. 실은 내 이름 '산타'는 '散多'라는 한자를 쓴다. 간신히 내 이름을 한자로 쓸 수 있게 되었을 무렵은 차치하고, 자랄수록 어째서 부모님이 이 한자를 골랐는지 이해하기 힘들었다.

'산타'. 이것은 도대체 무슨 뜻일까.

대충 문자 그대로 생각해 보면 많이 흩뜨리는(무엇을?), 혹은 생명을 '흩뿌리고 덧없이 스러진다' 같은 의미 정도밖에 떠오르지 않는다.

도대체 부모님은 무슨 생각으로 아이에게 이런 이름을 붙였을까.

내가 붙인다면 독특한 이름까지는 아니더라도 적어도 '參多'(적극적인 성격이 되도록)라든가, '讚多'(모두에게 칭찬받는 사람이 되도록)라든가, '燦太'(빛나는 아이가 되도록)라든가, 이 밖에도 선택할 수 있는 한자는 얼마든지 있지 않은가(일본어로는 똑같이 '산타'라고 읽는다 —옮긴이).

그런 점을 부모님에게 여쭤보고 싶지만 우리는 부모님이 빨리 세상을 떠났기에 이제는 그 심원한 의도를 물어볼 수가 없다.

그런 이유로 한자 이름 또한 한자를 배우기 시작한 아이들에게는 놀릴 거리로 가득했다. "흩어졌다, 흩어졌다, 산타가 흩어졌다" 등으로 놀리는 바람에, 뜻으로도 내 이름을 좋아할 수 없었다.

덧붙여 형은 아주 평범한 '다로太郎'라는 한자를 쓴다. '다로'에서 '산타'에 도달하기까지 어떤 심경의 변화가 있었는지 만약 부모님이 살아 계시면 여쭤보고 싶다.

그런데 '다로'에서 '산타' 사이에 어떤 심경의 변화가 있었는지 의문을 가지기 전에 장남인 '다로'와 차남인 '산타' 사이에 '혹시 한 명이 더 있었던 거 아니야?' 하고 생각한 당신은 옳다.

아니, '옳다'는 의미는 내가 생각하는 '정답'일 뿐 특별히 포상은 나오지 않으니 만일을 위해 미리 양해를 구한다.

이유는 나도 자라면서 계속 같은 의문을 품었기 때문이다. 나와 형의 나이 차가 여덟 살이기에 사이에 다른 한 명이 있었어도 이상하지 않을 충분한 시간이다.

'다로'와 '산타' 사이에 누군가가 있었는데 그 때문에 부모님 심경에 변화가 생겨 내 이름에 그런 한자를 붙이지 않았나 생각하는 것도 결코 무리는 아니다.

나는 지금도 형에게 그 점에 관해 이따금 넌지시 속을 떠보거나 물어보거나 한다.

하지만 형도 여느 때처럼 장난치는 것인지 진지한 것인지 알 수 없는 얼굴로 "나는 아무것도 기억 안 나"를 되풀이할 뿐이다.

나는 언제나 형이 말하는 "아무것도 기억 안 나"라는 말은 믿지 않는다.

형은 엄청나게 기억력이 좋아서 '무엇이든 기억'하기 때문이다.

갑작스럽지만 '문고리'를 알고 있는가?

'그게 뭐야'라는 소리가 들려올 것 같은데 맹장지에 붙어 있는 쇠 장식 이야기다. 맹장지를 열 때 손으로 잡는 그것 말이다.

형은 문고리를 손질하는 일이 취미다. 틈만 있으면 부엌 한쪽에 앉아 문고리를 손질한다.

아니, 문고리뿐만 아니라 형은 문손잡이나 경첩 등 오래된 쇠 장식을 손질하는 것을 좋아한다.

확실히 말해서 어렸을 때부터 노안이었던 형은(지금은 노인 같은 중년 남자다. 어릴 때부터 나이 들어 보이는 남자는 나이를 먹어도 그리 변하지 않는다고들 하는데 오히려 지금은 실제 나이보다도 젊게 보일지도 모른다) 내가 철이 들고 형 존재를 인식하기 시작할 무렵부터 계속 문고리를 손질했던 것 같다.

우리 친척은 건축업에 종사하는 사람이 많고 우리 가족도 원래는 목수 집안이다. 같이 사는 친할아버지는 목수인데다도도 즐기는, 풍류를 아는 사람이다.

뒤쪽 창고에는 뭐가 뭔지 모르겠는 자재 일부와 그야말로 형이 편애하는 문고리 등 갖가지 부품이 산처럼 쌓여 있다. 창고가 놀이터인 형은 아침부터 밤까지 오랜 시간을 그곳에서 보냈다.

어느 날 할아버지가 오래 알고 지내던 손님이 다도실을 리뉴얼하는데 문고리를 찾고 있다고 말했다.

잘은 모르나 손님의 어머님이 다도 선생님인데 희수 기념으로 개장하는 것이라 축하의 의미를 담은 디자인으로 바꾸고 싶다고 했단다.

그랬더니 옆에 있던 형이 "거북이 문고리가 좋겠네" 하고 중얼거렸다.

당시 형은 아직 여덟 살 정도였는데 창고 안에 있는 부품 전부를 놓아둔 장소까지 달달 외웠다.

깜짝 놀란 할아버지가 형과 함께 창고를 보러 가서 형이 꺼낸 문고리를 보고 또 놀랐다고 한다. 오래된 물건이지만 상태도 좋고 거북이 등딱지 부분을 손으로 잡도록 만들어놓은 디자인도 근사했기 때문이다. 결국 할아버지는 그 문고리를 사용하였다니 그때부터 이미 형은 상당한 심미안을 지녔던 듯하다.

그렇게 그 무렵부터 문고리에 대해 남다른 애정을 품고 있었는데, 그 마음은 지금도 변하지 않았다.

잘은 모르나 교토의 가쓰라리큐(일본 왕족의 별장—옮긴이)

에는 '달'을 본뜬 문고리가 많이 있다고 한다.

"언젠가 그 문고리를 느긋하게 손질하고 싶어."

그 장면을 상상하는지 멍하니 먼 산을 바라보며 그렇게 중얼거리던 형 모습을 기억한다.

나도 형 일을 돕게 된 이후 그 문고리를 사진집 등을 통해 보았다.

확실히 한자 '달 월' 자를 본뜬 모양이나 달 형태를 그대로 모방한 모양 등 가쓰라리큐를 위해 특수 제작한 그 문고리는 너무나도 아름다웠다. 지금이라면 형이 넋을 잃는 것도 이해하지만, 당시 문고리라는 존재는 '우리 형은 어쩌면 조금 별난지도 모르겠다'라고 인식한 계기에 불과하다.

형의 빼어난 기억력은 흔히 말하는 영상 기억으로, 대개 '그림'으로 기억하는 듯하다. 그런데 내 기억력은 영 형편없다. 시험 때 암기 과목은 언제나 처참했다.

형제인데 어째서 이렇게 다를까 원망한 적도 한두 번이 아니다.

"동생아, 대신에 너는 '그것'이 있잖아."

시험 전에 투덜거리던 나에게 형은 언제나 그렇게 소곤거렸다. 그 말에 내 대답은 항상 정해져 있다.

"그런 거 아무런 도움도 안 되고, 오히려 제대로 된 게 아니잖아."

대화는 늘 거기서 끊긴다.

무엇이 '그것'이고 무엇인 '제대로 된 것'인지는 차차 설명하기로 하고, 어쨌든 나는 시험뿐만 아니라 어릴 적 일도 그다지 잘 기억 못하는 편이다. 초등학교 시절의 일은 이미 꽤 흐릿하다.

언젠가 중학교 동창회에 갔더니 기억나는 것이 아무것도 없었기에 대화에 전혀 끼어들 수 없어서 다시는 참석하지 말자고 생각했을 정도다. 게다가 그런 모임에는 반드시 형처럼 뭐든 기억하는 녀석이 꼭 한 명은 있다.

너는 그때 이랬다느니, 저랬다느니, 그때 이런 말을 했다느니……. 이런 말을 듣는 것이 거북하다고 할까, 그때만큼 자신이 바보가 된 듯한 느낌이 드는 순간은 없다.

다만 신경 쓰이는 것이 하나 있다.

그 녀석이 문득 내 얼굴을 보고 생각났다는 듯이 "너, 여자 형제 있지 않아?" 하고 말한 것이다.

"응? 없는데."

나는 그렇게 대답했다.

"그랬나?"

뭐든지 기억하는 그가 그때 처음으로 자신 없는 표정이 되어 고개를 갸웃거렸다.

"여덟 살 위인 형과 나뿐인데."

그렇게 덧붙이자 그는 "그래?" 하더니 다시 고개를 갸우뚱거렸다.

"언제였더라. 네가 머리가 긴 여자아이와 걷고 있는 거 보고 나중에 개, 누구냐고 물은 적이 있어. 그랬더니 정확하게 뭐라고 대답했는지는 기억 안 나지만, 어쨌든 혈연 관계라고 했던 것 같은데."

"응? 그게 언젠데?"

나는 깜짝 놀라 되물었다. 당연히 내게는 그런 기억이 전혀 없기 때문이다.

"중학교 올라가기 전이었던가."

그는 그렇게 대답했다.

"그 아이, 몇 살 정도였어?"

나는 멍청하게 그렇게 물었다.

"너랑 비슷한 나이로 보였어."

나는 친척을 떠올렸다. 동년배는 남자뿐이다. 여자 사촌은 꽤 연상으로, 이야기를 나눈 기억도 별로 없고 무엇보다 전혀 접점이 없다. 같이 걸었다니, 그럴 리가 없다.

"착각이야."

그렇게 대답하면서도 어쩐지 아주 조금 등골이 오싹했던 기억이 난다.

여자 형제.

그 한마디에 나는 동요했다. 무언가 만지면 안 되는 것을 만진 듯했다.

"어쩌면 당시 사귀었던 여자친구를 그런 식으로 얼버무린 건가."

그가 더 캐묻지 않고 그렇게 넘어가서 나는 왠지 모르게 안심했다.

물론 당시 나에게 그런 여자친구가 없었던 것은 확실하다. 아무리 기억력이 안 좋아도 사귀었던 아이는 모두 기억한다.

"형, 혹시 나와 형 사이에 여자 형제 있지 않았어?"

동창회에 다녀온 후, 나는 설거지를 하며(나는 우리 집에서 식사 담당이다) 여느 때처럼 문고리를 손질 중인 형에게 슬쩍 물었다.

그러자 형은 "있던 적 없어"라고 즉답했다.

너무나도 빠른 대답에 이상하다는 생각이 들었지만, 형은 언제나처럼 어쩐지 시치미를 떼는 듯한 말투로 담담하게 말을 이었다.

"물론 나도 예쁜 누나나 귀여운 여동생이 있었으면 좋겠다는 생각을 한 적이 없진 않아. 하지만 남의 떡이 항상 커 보이는 법이지. 동생아, 나는 너라는 동생이 있는 거로 충분해."

형은 어쩐지 연기에 휩싸인 듯한 대답 같지 않은 대답으로 나를 달랬다.

"그러네."

나는 건성으로 대답했다. 형은 늘 내 질문에 제대로 대답하지 않는다.

"그런데 동창회에서 이런 말을 들었어. '너, 여자 형제 있지 않냐'고. 그 녀석, 내가 머리가 긴 여자아이와 걷고 있어서 나에게 누구냐고 물었더니 내가 혈연 관계라고 대답했대. 나는 전혀 기억 안 나는데."

"뭐라고?"

그때 형 목소리가 이상해서 엉겁결에 컵을 싱크대에 떨어뜨리고 말았다.

뒤돌아본 나는 형과 눈이 똑바로 마주쳤다.

그런 표정은 처음 보았다.

형 얼굴은 다소 새파래진 채 눈빛이 매우 진지했다.

형 눈은 검은자위가 크고 부리부리한데, 언제나 살짝 미소를 짓고 있어서 전부터 시바견 같은 눈이라고 생각했지만 좀처럼 제대로 본 적이 없었다. 호리호리한 데다 나보다 10센티미터 넘게 키가 커서 언제나 올려다보기 때문이기도 하다.

하지만 이때 형은 의자에 앉아 있어서 오히려 나를 올려다보는 각도였다.

그 눈은 검은자위가 크고 아주 조금 푸른 기가 돌았다.

'블랙홀 같다.'

블랙홀을 본 적도 없으면서 그렇게 생각했다.

'빠져들 것 같다.'

나는 그런 생각을 하며 반사적으로 몸을 젖혔다.

"그거 언제 일이래?"

형은 자신의 표정 때문에 내가 동요했다는 사실을 알아차렸는지 작게 헛기침을 했다. 슬쩍 눈길을 피하며 그렇게 물었다.

나는 블랙홀에서 빠져나오는 동시에 데자뷔를 본 듯했다. 형이 내가 그 녀석에게 물은 것과 똑같은 질문을 입에 담았기 때문이다.

"그러니까…… 중학교 올라가기 전이랬어."

그렇게 대답하자 형이 허공을 바라보았다.

"그 아이, 몇 살 정도래?"

또 데자뷔.

"나와 비슷한 또래로 보였대."

"흠."

형 눈동자가 흔들렸다.

그 표정은 형이 무언가를 떠올릴 때의 얼굴이다. 영상 기억을 가진 형이 기억 한구석에서 어떤 '그림'을 꺼낼 때의 얼굴.

그리고 그때 형은 확실히 무언가를 떠올렸다.

나는 안다. 형이 무언가를 찾아내고 떠올렸을 때는 한순간 눈이 커지며 '딸깍' 하는 소리가 들리는 듯하기 때문이다.

무언가를 떠올렸다고 확신했지만 물론 형은 그 내용을 나에게 알려주지 않았다.

알고 있지만 나는 묻지 않고는 참을 수 없었다.

"뭐야, 뭐 짐작 가는 거라도 있어?"

형은 잠시 멀거니 있어서 말을 걸었다는 것도 모르는 모양이다.

그러나 한 박자 늦게 예상했던 대답을 했다.

"아니, 별로."

형은 희미하게 미소를 머금은 평소 표정으로 돌아와 천천히 고개를 저었다.

"어쩌면."

유리컵에 시선을 돌린 나에게 또 조금 늦게 형이 불쑥 중얼거렸다.

"스키마와라시일지도."

"스키마와라시?"

나는 다시 손을 멈추고 형을 보았다.

"그게 뭐야?"

그때 처음으로 '스키마와라시'라는 단어를 들었다. 물론 그때까지 들어본 적 없는 단어다.

"스키마와라시라고? 자시키와라시가 아니고?"

나는 그렇게 되물었다. 단순히 단어를 잘못 들었다고 생각했다.

하지만 형은 부정했다.

"아니, 스키마와라시. 자시키와라시는 집에 붙잖아."

자시키와라시. 좌부동자座敷童子. 그 단어에 관한 내 이미지는 예전에 그림책인가 어딘가에서 읽은, 그야말로 판에 박힌 모습이었다.

커다란 민가(내 이미지로는 도호쿠 지역 농촌에 있는 멋진 들보가 있는 널따란 저택)가 있고 안쪽 객실에 기모노를 입은 아이들이 놀고 있다.

언제인지 모르게 같이 노는 아이가 한 명 는다. 하지만 그 아이가 누구인지 지적할 수 없다. 잠시 함께 놀다가 돌아갈 때가 되면 사라진다. 다른 아이들끼리 돌아가는 길에 이야기한다. "아까, 저 방에 한 명 더 있었지?"

누군가 "있었어" 하고 말한다. 하지만 얼굴이 전혀 기억나지 않는다……

잠시 기분이 으스스해지고 이상한 기분이 들지만 자시키와라시는 행운의 존재다. 자시키와라시가 깃든 집은 번성한다고 한다. 도리어 자시키와라시가 나가버리면 가세가 기울고 몰락한다는 이야기를 들은 적이 있다.

자시키와라시는 남자아이일까, 여자아이일까?

그런 의문이 떠올랐지만 내가 가진 이미지 속 자시키와라시는 단발머리에 볼이 볼록한 아이로, 남자아이로도 여자아이로도 보인다.

"그럼 스키마와라시는 어디에 깃들어?"

나는 그렇게 물었다.

스키마와라시. 한자라면 틈 극隙 자를 써서 극간동자隙間童子일까.

갑자기 기묘한 이미지가 떠올랐다.

벽장 아랫단에 나란히 놓아둔 종이상자 옆 좁은 공간에 누군가가(물론 아이다) 무릎을 끌어안고 앉아 있다.

호리호리 가늘고 긴 팔다리가 보이지만 얼굴은 그림자에 가려 보이지 않는다.

"글쎄다. 굳이 말하자면 사람의 기억일까."

형은 생각하며 대답했다.

예상한 대답과 달라서 나는 당황했다.

"기억에 깃들다니, 어떻게?"

"지금 이야기처럼."

형은 수수께끼 같은 미소를 지으며 나를 보았다.

"사람과 사람의 기억 사이에 깃드는 거야."

형이 검지를 머리에 가져다 댔다.

"사람들이 서로 자신의 기억을 맞춰가는 동안에 그 녀석은 조금씩 모습을 드러내지. 무언가를 떠올리려 하면 정말은 없었던 그 녀석이 서서히 존재했던 것 같은 느낌이 드는 거야. '혹시 그런 녀석 없었어?', '있었지?', '맞아, 있었어. 그런 녀석.' 이런 식으로. 화제가 되면 될수록, 사람이 늘면 늘수록 그 녀석의 존재는 더욱 확실해지지."

분명 그 녀석은 있었다.

"모두가 사실이라고 공유하면 그 녀석은 존재했던 것이 돼."

그때 나는 왠지 모르게 소름이 끼쳤다.

갑자기 눈앞에 동창생이 목격했다는 머리 긴 중학생 정도의 여자아이가 불쑥 솟아오른 느낌이 들어서다.

얼굴은 보이지 않는다.

가늘고 긴 팔다리.

그것은 방금 전에 내가 상상한 벽장 아랫단에서 무릎을 끌어안고 앉아 있던 아이의 팔다리였다.

지금 막 벽장에서 나온 것일까? 원피스 같은 옷의 옷자락을 잡아당겨 주름을 펴고 엉덩이를 툭툭 턴다.

이 아이는 누구지?

나는 제자리에서 꼼짝도 못 한 채 보일 리 없는 그 아이, 하지만 그곳에 있는 아이를 보았다.

"장난이야."

형이 웃으며 목을 움츠렸다.

"동생아, 농담이야, 농담. 지금 내가 꾸며낸 이야기야. 스키마와라시라는 단어도 내가 만들었어."

형은 그렇게 말하고는 손질하던 문고리를 가지고 부엌에서 획 나갔다.

하지만 나는 그 자리에서 움직일 수 없었다.

그때 우리는 형이 만들어낸 '스키마와라시'가 앞으로 우리 앞에 나타날 것이라고는 꿈에도 생각하지 못했다.

2장

벽 색깔에 대해,
돌아온 찻종에 대해

처음 그 소문을 언제 들었더라.

그렇게 오래되지는 않았다. 아마도 불과 3, 4년 전이었던 것 같다.

가령 일상생활을 하다가 어쩐지 떨떠름한 느낌이 들었다고 해보자. 하지만 그것을 확실한 단어로 입에 담기까지는 꽤 시간이 걸린다. 게다가 그 꺼림칙하다고 느낀 사람이 자신만이 아니라고 깨닫기까지는 더욱 시간이 걸린다.

그것이 어느 날 우연히, 정말로 믿을 수 없는 변덕스러운 우연으로 '현실' 표면에 두둥실 떠올랐다.

"저쪽 빌딩 엘리베이터, 벽 색깔 바뀌었지?"

아직 도쿄에 있던 무렵, 다니던 미용실에서 어쩌다가 미용실 근처의 터미널 역 상업빌딩 이야기가 나온 적이 있다.

"그런가. 그래서 요즘 그 엘리베이터를 타면 어쩐지 위화감이 느껴졌구나."

나는 크게 고개를 끄덕였다. 그 상업빌딩은 역 주변에 사는 사람들이 자주 이용하는 곳이었다. 최상층에는 식당가, 그 아래층에는 서점과 치과 등이 있어서 나도 자주 다녔다.

"그렇지? 전에는 옅은 회색 같았는데, 지금은 짙은 갈색인지 연지색 같은 어두운색이 됐어"

"맞아, 분명 전에는 회색이었어."

여느 때처럼 나는 여전히 잘 기억이 안 났지만 그래도 그가 그런 말을 하니 이전 색이 눈앞에 떠올랐다.

"그렇지? 역시 알아챘구나."

그렇게 드디어 떨떠름한 느낌이 사실이 되어 타인과 공유된다.

게다가 왜 그 엘리베이터 벽의 색이 변했는지 나중에 그 미용사가 이야기해주었다.

"그 엘리베이터 벽 색깔 말인데, 배달원이 과로로 위궤양이 악화되어서 엘리베이터 안에 피를 잔뜩 토하는 바람에 안이 온통 피투성이가 되었대. 아무리 청소해도 지워지지 않아서 벽의 색을 바꾼 거래."

"우와, 그럴 정도라니 엄청나게 피를 토했나 봐."

나는 눈을 휘둥그레 떴다.

그리고 그즈음 '역 빌딩 엘리베이터 벽 색깔이 달라진 문제'에 대해서 소문이 꽤 많이 퍼졌는지, 역시 그 주변에 사는 다른 사람은 "엘리베이터 안에서 스토커가 상대를 찔러서 피투성이가 되었는데 청소해도 없어지지 않아서 벽 색깔을 바꿨다"고 이야기했다.

이것은 조금 억지스러운 사례지만, 생각건대 일의 시작이란 이런 식이다.

언제부터 시작되었는지, 무엇이 시작되었는지 그것은 상당한 시간이 흐른 후에야 알게 된다.

그런 이유로 아직 무엇이 시작되었는지 몰랐던 내가 그 소문을 처음 들었던 밤의 이야기를 하려 한다.

우리 집은 수도권 끝자락에서 더 변두리에 있다.

급행열차는 서지 않는 역 앞에 펼쳐진, 이렇다 할 특징이 없는 흔한 상점가 끝자락에 서 있는 오래된 일본식 가옥. 정면에 전통적인 커다란 유리 미닫이문이 네 장 나란히 있는, 이른바 상가 건물이다. 그 미닫이문 한 장에 어두운 금색 글씨로 '고케쓰 공무소工務所'라고 적혀 있다.

목수 집안이다 보니 작업장, 창고 등이 뒤에 있어서 나름대로 부지가 넓지만 휑뎅그렁하고 살풍경한 곳으로, 조금 안쪽으로 들어가면 이제는 논, 밭 혹은 그저 빈터뿐. 아무것도 없는 경치가 펼쳐진다.

'공무소'라고 이름은 남아 있지만 조부모님은 거의 은퇴하셨고, 형은 목수가 아니라 골동품점을 경영하는데(취미가 다양한 할아버지가 골동품 면허를 가지고 계셔서 할아버지 일을 돕는 형식), 모르는 사람은 좀처럼 찾아오지 않는다.

나는 고등학교 졸업 후 조리사 면허를 따고 도쿄에 있는 음식점에서 일하다가, 음식점 경영자가 건강이 안 좋아져서 가게를 닫게 된 것을 계기로 본가로 돌아와 형 일을 돕게 되었다.

그렇지만 내 주된 일은 운전과 운반이라서 밤에는 이 '고케쓰 공무소'의 계산대였던 곳에 카운터석을 만들고 8시 무렵부터 날짜가 바뀔 때까지 몇 시간 동안 바 비슷한 술집을 연다. 술도 안주도 몇 가지 없고 커피와 녹차도 낸다. 그야말로 간판도 없기에 모르는 사람은 좀체 오지 않는다.

이웃 사람이나 형의 업무상 지인이 조용히 찾아와 느긋하게 마시고 수다를 떨고 돌아간다.

형은 전혀 사교적인 사람이 아니지만 의외로 발이 넓어서 이 술집의 손님 대부분은 형과 아는 사이다.

골동품점은 정말로 취급하는 범위가 넓다.

이름 탓에 오래된 도자기 같은 것을 떠올리는 사람이 많겠지만, 요컨대 중고 상품 전반을 취급하기에 자동차와 의류, 사무실 기기 등 온갖 중고품 매매가 여기에 포함된다. 다만 중고차와 서적, 의류 등은 그것만을 전문적으로 취급하는 가게가 많다.

형은 주로 오래된 건축 자재, 그것도 그다지 크지 않은 물건을 취급한다. 이미 소개한 대로 문고리, 맹장지, 들창, 난간, 기둥, 창, 문 등 자잘한 의장이 들어간 물건이 주력(이라기보다 취향)이다. 오래된 집과 건물을 철거한다는 정보가 들어오면 그런 물건을 인수하러 간다.

골동품도 사람에 따라 주로 취급하는 분야가 달라진다. 이른바 골동품이라고 들으면 떠오르는 도자기나 서책도 시대에 따라 전문이 나누어지기도 한다. 그래서 횡적 정보교환도 활발해서 이것은 나보다 저 사람이 더 잘 안다고 여겨지면 알려주는 경우도 많다.

이 세계 사람은 할아버지와 형밖에 몰랐기에 완전히 노인의 세계라고 생각했는데, 젊은 세대도 꽤 있고 나보다 어린 사람도 있어서 놀랐다.

그날 밤 술집에 고다마 씨와 사카요리 씨와 이마이 씨, 이렇게 세 사람이 왔다.

형과 비슷한 나이니 동년배라고 해도 되리라. 다만 이 세 사람은 중부 도카이 지역에 가게가 있고 도자기가 전문이다. 그날 근처에서 커다란 골동품 시장이 열렸는데 나란히 그곳에 출점하고 돌아가는 길에 들렀다.

형 일을 돕게 된 이후 알게 된 것이 하나 있다. 이 업계, 너무나도 아무렇지 않게 괴담이 따라다닌다.

나는 겁이 많은 주제에 그런 이야기가 싫지 않다. 게다가 골동품점 주인은 그런 이야기를 잘한다. 사람들은 이야기까지 포함해서 골동품을 사는 것이라고 형이 말했다. 그래서 골동품점 주인은 자연스럽게 스토리텔러가 되어간단다.

"형은 그렇지 않잖아."

내가 그렇게 말하자 형은 "나는 건축 자재 전문이니" 하고 이상한 점을 자랑스러워했다.

그날의 화제는 네즈미시노(1570년대 일본 기후 현 미노 지역에서 하얀 유약을 발라 구운 도자기를 이르는 말—옮긴이) 찻종이었다.

이 업계에서 흔한 괴담 중에, 아무리 팔아도 어느샌가 다시 돌아오는 물건 이야기가 있다.

그런대로 좋은 물건이라서 손에 넣고 싶어하는 사람도 많고 그런 만큼 가격도 제법 나간다. 하지만 입수하면 오래지 않아 불행한 일이 일어나 주인이 죽고 다시 팔리는 일이 되풀이된다.

물론 그런대로 가격이 나가는 명품을 손에 넣는 사람은 성공해서 명성을 얻은 사람이고, 그 조건에 맞는 사람은 고령자가 많으니 자연의 이치에 따라서 사망률도 높다고 설명할 수도 있다.

하지만 뚜렷하게 그 기간이 짧은 것이 존재하고, 주인 중에 '젊다'고 할 만한 사람도 포함되어 있다고 들으면 역시 파는 쪽도 마음이 평온하지는 않다.

"'그거' 또 나왔다던데."

그날 말을 꺼낸 사람은 이마이 씨였다.

"'그거'라니, 네즈미시노?"

그렇게 즉각 반응한 사람은 사카요리 씨였다.

"'가마이타치'지?"

고다마 씨가 말을 이었다.

도자기를 잘 모르는 나도 네즈미시노가 도자기 종류 중 하나라는 사실은 알고 있다.

그리고 좋은 찻종, 오동나무 상자에 넣어져 경매될 정도의 유래가 있는 찻종에는 특별한 이름이 붙는 물건이 많다는 것도 안다.

'가마이타치'는 통통한 네즈미시노 회색 찻종의 이름인 듯하다.

찻종에는 풍류적인 이름이 많다. 그 찻종의 '정경'(구운 색, 표면의 모양, 요철, 겉모양의 인상 등을 빗대 이렇게 말하는 모양이다)을 표현했다고들 하는데 나로서는 종잡을 수 없는 것이 많다.

"뭐? 이 모양이 학으로 보인다고? 정말로? 으음, 그거 거의 로르샤흐 테스트 아니야? 그 왜 그림을 그린 후 반으로 접은 다음에 펼쳐서 나온 모양을 보고 무엇으로 보이는지 조사하는 정신 분석 같은 거. 손님, 괜찮아? 고민이라도 있어?"

이렇게 묻고 싶어질 때도 있다.

그래서 나는 '가마이타치'라는 이름을 가진 찻종이 어떻게 생겼는지 상상이 되지 않았다.

가마이타치. 그 자체의 의미는 안다.

산과 들을 걸어가다 갑자기 불어오는 회오리바람에 휩쓸려 쓰러졌다가 일어나 보니 손발에 날카로운 물건에 베인 상처가 생겼다. 웬일인지 피는 거의 나오지 않고 아프지도 않다.

이것은 요괴 '가마이타치' 짓이라고 여겨졌다. 가마이타치는 삼인조로 움직이는데, 첫째가 사람을 넘어뜨리고, 둘째가 낫으로 베며, 셋째가 지혈제를 발라주고 사라진다는 이야기를 들은 적이 있다.

꽤나 요령이 좋다고 할까. 친절한지 아닌지 알 수 없는 요괴다.

회오리바람이 한순간 진공 상태를 만들어서 그것에 닿으면 피부가 쓱 베인다는 설이 있던데, 정말일까.

어쨌든 그런 요괴 이름이 붙은 찻종인데, 무슨 이유로 가마이타치라는 이름이 붙었을까? 표면에 낫처럼 날카로운 손톱을 가진 족제비 그림이라도 보이나? 아니면 가마이타치는 바람신이라고도 불리는데, 바람이 세차게 부는 그림이라도 보이나?

그런 생각을 하며 카운터 안쪽에서 멍하니 세 사람 이야기를 듣고 있었다.

"이번에는 아직 2년 안 지났지?"

사카요리 씨가 중얼거렸다.

"응."

고다마 씨와 이마이 씨가 끄덕였다.

그 네즈미시노 찻종은 주인이 죽어서 매물로 나왔는데 근 10년 동안 이번이 네 번째라고 한다.

게다가 매물로 나오는 기간이 점점 짧아진단다.

"그 찻종은 어떤 느낌이에요? 그…… 보기에 굉장히 불길한 느낌이 드나요?"

무심결에 끼어들었다.

"아니, 전혀."

이마이 씨가 선뜻 고개를 저었다.

"오히려 따뜻하고 편안한 느낌이 드는 찻종이야. 손에 들면 부드러워서 정감이 가지. 모양도 좋아. 그걸 원하는 사람의 마음을 알 것 같아."

"이름이 안 좋은 거 아닌가요? 회오리바람 요괴라니요."

"그런 느낌도 없어."

이마이 씨가 다시 고개를 저었다.

"그 이름을 붙인 사람은 일종의 위트를 담아서 지었을 거야. 약간 사람을 깔보는 듯한 표표한 이미지로 말이야. 그렇지?"

이마이 씨가 다른 두 사람에게 동의를 구하자 두 사람은 고개를 끄덕였다.

"그러고 보니 S 선생님이 이상한 말씀을 하셨어."

고다마 씨가 생각난 듯 중얼거렸다.

"이상한 말?"

이마이 씨가 되물었다.

S 선생님은 유명한 젊은 다도 선생님인 모양이다. 고미술에도 조예가 깊어서 그에 관한 에세이도 썼다고 한다.

"선생님이 가마이타치로 몇 번인가 차를 우리셨대. 그러고는 '사용감은 아주 좋은데, 어쩐지 심보가 고약한 구석이 있군, 이 찻종'이라고 말씀하셨어."

흠.

"심보가 고약하다는 게 무슨 의미야?"

"글쎄. 나도 그렇게 되물었는데 선생님도 '설명을 잘 못하겠네' 하시면서 고개를 갸웃거리더니 '뭐라 해야 좋을까. 붙임성 있고 상냥해서 쉽게 친해진 사람인데 다른 곳에서 내 험담을 하는 걸 들었다는 느낌이랄까'라고 하셨어."

그것이 '가마이타치'라는 이름이 붙은 유래일까.

싱긋 웃고 있지만 실제로는 데걱 벤다.

"가마이타치니까."

모두 웃었다.

그때 형이 돌아오는 모습이 보였다.

드르륵 미닫이문을 열고 "안녕하세요" 하고 세 사람에게 인사한다.

"수고 많았어."

"한잔하고 있어요."

제각기 인사하는 세 사람.

"형, 생맥주면 돼?"

내가 그렇게 묻자 형은 "응" 하고 대답하면서 카운터석 구석에 앉았다.

오늘 열린 골동품 시장 화제로 분위기가 무르익었다.

이윽고 매입 이야기가 나왔다.

형이 오늘 다녀온 민가의 철거 이야기를 했을 때였다.

문득 고다마 씨가 입을 열었다.

"철거라고 하니까 말인데, 오래된 건물의 철거 현장에 나오는 유령에 관해서 들은 적 있어?"

"유령?"

형은 의외라는 얼굴이었다. 지식으로는 알고 있지만 정말로 그런 것이 있느냐는 표정이었다. 형은 취향은 고리타분해도 생각은 중립적이다. 겁쟁이인 나와는 반대로 무서운 것 없는 남자다.

"아이 유령이래."

고다마 씨가 잡담처럼 말을 이었다.

"흠. 유령이 나올 만한 이유라도 있나?"

형이 작게 어깨를 으쓱했다.

"유령이라고 해도 이건 조금 특이한 타입이야. 그다지 들어본 적이 없어."

"그런 것에 타입이 있어?"

형은 어디까지나 회의적이다.

"있다니까. 일단 들어봐."

고다마 씨가 검지를 세웠다.

"K 초등학교라고 있었잖아? 얼마 전에 헐린 곳."

거기라면 나도 아는 곳이다. 도쿄 도심부에 거주 인구가 줄어서 폐교가 된 초등학교를 넓은 장소가 필요한 조각가나 현대 미술가에게 빌려주기도 하고 연극 상연도 했던 장소다. 보강공사를 거듭하며 조심조심 사용했지만 그래도 노후화가 심각해져서 작년 말에 끝내 철거했다.

건물이 철거된다는 정보에는 우리와 관련 있는 곳이든 아닌 곳이든 형도 나도 민감하다. 무언가 인수할 물품도 없으면서 그만 찾아가본다.

K 초등학교가 헐리기 직전, 그곳에서 활동했던 아티스트들이 전시회를 열어서 나도 잠깐 구경하러 갔다.

오래된 건물에는 독특한 정적이 감돈다. 신기하게도 인간다운 면이 있고, 정말로 '침묵하는' 존재를 건물 전체에서 느낀다.

손때 묻을 정도로 오래되어서 무수한 사람 손이 탄 건물이 나는 어릴 때부터 거북했다. 그것은 내 '그것' 탓도 있지만 실제로 오랜 세월을 살아온 건물에서는 인격 같은 것이 느껴진다.

아마 다음 대지진이 오면 견디지 못할 것이고 위험하다는 사실은 알고 있지만, 사람의 생활을 지탱해온 갸륵한 건물은 아무리 낡아도 아름답게 보이는 법이라 이것이 사라지면 참으로 허전해진다.

"그런데 철거 첫날에 아이를 본 사람이 있대."

고다마 씨가 말을 이었다.

"시간대는?"

형이 물었다.

"낮이야. 환한 대낮. 아니, 거의 아침이구나."

고다마 씨가 천장에 매달려 있는 조명에 시선을 던졌다.

"그날 작업에 관한 회의를 하는데 복도 안쪽 계단 앞을 하얀 옷을 입은 아이가 휙 뛰어갔대. 더구나 그 자리에 있던 사람 거의 모두가 목격했어. 다들 엉겁결에 얼굴을 마주봤지. 당연하잖아. 이미 초등학교 전체는 출입 금지고 굴삭기로 위층부터 부수고 있는데 작은 아이가 들어오다니 큰일이니까. 그래서 아이가 어쩌다 이런 곳에 들어왔냐며 큰 소동이 났대. 다들 아이를 찾아다녔지만 어디에서도 보이지 않았어. 애초 그들이 목격한 복도 안쪽에는 다른 작업팀이 사전 준비를 하고 있었는데, 그들이 아이는 없었고 이쪽으로 뛰어온 일도 절대로 없다고 증언했다는 거야. 이상한 일이라고 여기고 작업을 개시했어. 다만 정말로 아이가 들어와 있으면 큰일이니까 사람이 없는 걸 재차 확인하고 작업을 했대. 그런데 작업이 순조롭게 진행되고 며칠 지났을 무렵, 또 아이를 봤다는 일꾼이 나왔어. 첫날 봤던 사람과는 다른 두 사람이었지. 그날 작업이 끝나는 저녁 무렵, 철수할 준비를 하던 두 사람이 계단 층계참에 서 있는 아이를 본 거야. 창밖을 보고 있어서 얼굴은 못 봤지만, 밀짚모자를 쓰고 하얀 원피스를 입은 여자아이라는 건 알 수 있었지. 순간 잘못 본 줄 알았대. 멍하니 보고 있는데 여자아이가 획 계단을 달려 올라갔다는군. 제정신을 차린 두 사람은 허둥대며 그 아이 뒤를 쫓아갔어. 작업 첫날에 아이를 봤다는 이야기를 들었기에 역시 어딘가로 숨어들어왔다고 생각하고 잡으려 했지. 그런데 역시 아무 데도 없었어. 바로 뒤를 쫓았고 위층에는 숨을 장소가 전혀 없었는데 연기처럼 사라져버린 거야. 두 사람은 그 일을 그날 작업 마지막 미팅에서 흠칫거리며 보고했어. 아주 묘한 분위기가 되었다더군. 그거야 그렇지. 자신들이 모르는 곳을 통해 아이가 위험한 현장에 들어오다니. 어쩌면 그들이 모르는, 아이들만이 아는 출입구가 있는 것 아니냐고 의심했대. 어른들에겐 무리라도 아이라면 통과할 수 있는 비밀의 장소 말이야. 그래서 도면도 확인하고 건물도 부지도 철저히 조사했는데, 그런 입구는 있을 수 없다는 결과가 나왔지. 첫날 목격담과 그날 목격담을 비교하니 아무래도 동일 인물 같다는 결론이 나왔어. 하얀 옷을 입고 호리호리한 열 살에서 열두 살 정도로 보이는 여자아이. 이 근방에 사나. 그런 이야기가 나왔대. 이 주변을 잘 알아서 근처를 자주 돌아다닌 걸지도 모른다고. 그런데 그때 한 사람이 퍼뜩 깨달았어. '잠깐만요. 그 아이 옷차림, 이상하지 않아요?' 그 말에 모두가 알아차린 거야. '지금은 11월이에요.' 그들이 본 여자아이는 하얀 여름 원피스에 밀짚모자를 썼거든. 연말이 멀지 않은 이런 시기에 아이가 그런 차림을 할 리가 없잖아. 그 순간, 다들 일제히 얼굴이 새파랗게 질렸지. 물론 소름이 쫙 돋지. 그때 처음으로 자신들이 목격한 게 이 세상 존재가 아닐지도 모른다는 걸 깨달았으니까."

고다마 씨가 말을 잠깐 끊고 녹차를 섞은 소주로 입을 적셨다.

"정말 특이하네. 대낮에 나왔고 한창 일할 시간. 게다가 많은 사람이 목격한 유령이라니."

형이 중지로 턱을 문지르며 재미있다는 표정을 지었다. 이것은 형이 흥미를 느꼈을 때의 버릇이다.

"그래서 오래전에 그 초등학교에서 여름방학에 죽은 여자아이가 있다는 거로 마무리?"

형이 고다마 씨에게 물었다.

"아니, 이 이야기에 결말은 없어."

고다마 씨가 새치름한 얼굴로 고개를 저었다.

"이후 공사가 끝날 때까지 여자아이는 두 번 다시 보이지 않았고 그 여자아이가 누구였는지 조사했던 사람도 없었어. 하지만 현장에서는 꽤 소문이 나서……. 당연히 나지. 다들 봤으니까. 그 사람들이 말한 이야기가 항간으로 흘러들어왔지."

"흠. 결말이 없다는 부분에서 약간 리얼리티가 느껴지는 유령 이야기네."

"에이, 기다려봐."

고다마 씨가 형을 향해 손바닥을 내밀었다.

"말했잖아. 이건 특이한 타입의 이야기라고. 대낮에 나타나서 모두가 목격한 유령이라는 것만이라면 어디에든 수두룩하게 있어."

"그렇게 흔할까?"

형이 고개를 갸웃했다.

"물론이지."

고다마 씨가 확실하게 단언했다.

나도 이번만은 형 의견에 찬성이다. 대낮에 많은 사람이 목격한 유령은 상당히 드물지 않나?

"그 뒷이야기가 있으니까 들어봐."

고다마 씨가 심각하게 말하자 형은 순순히 "응" 하고 대답했다.

"이 이야기를 오사카에 있는 동업자에게 말했어. 해가 바뀌고 바로. 그랬더니 그 녀석, 넋이 나가더라고. 왜 그러냐고 했더니 고개를 갸웃거렸어. 그러고선 '어? 그거랑 비슷한 이야기, 어디선가 들은 것 같은데'라고 말하지 뭐야."

"설마."

이야기가 어떻게 전개될지 예상했는지 형은 거기서 억지웃음을 지었다.

"혹시 다른 철거 현장에서도 아이 유령이 목격되었다는 건 아니겠지? 지어낸 이야기지?"

"아니야. 지어내지 않았어. 하지만 정답."

고다마 씨가 힐끗 형을 보았다.

"오사카 북쪽에 위치한 오래된 빌딩을 철거했을 때 안에서 아이를 목격했대. 하지만 그곳은 개인이 소유한 작은 상업빌딩이어서 작업 중에는 시트를 덮은 정도일 뿐 경비도 그렇게 엄중하지 않았대. 그래서 현장 작업원은 그야말로 근처 아이가 들어온 정도로 생각했다고 해. 역시 이른 아침 시간으로, 그날 작업을 시작하려 했더니 어느새 아이 한 명이 출입구 부근에 우뚝 서 있었대. '애야, 이런 곳에 들어오면 안 돼. 위험하니까 거기서 나가렴.' 작업원이 그렇게 말하고 쫓아냈더니 밖으로 휙 달려갔대."

"그 애 남자애야, 여자애야?"

형이 물었다.

"머리를 길게 세 가닥으로 땋은 여자아이였대."

고다마 씨가 대답했다.

"아무리 그래도……."

형은 의아하다는 듯 말했다.

"그냥 웬 아이가 몰래 들어온 것뿐이잖아. 특별히 이상한 이야기 같지 않은데. 어째서 오사카의 동업자는 그 이야기를 떠올렸을까?"

형의 의문은 당연하다.

"응, 사실은 말이야."

고다마 씨가 속삭였다.

"동업자는 이 이야기를 그 빌딩 주인에게 들었대. 주인은 아무래도 '보이는' 쪽 사람 같아서. 아주 평범하게 보여도 가끔 그런 사람 있잖아. 철거 현장에 빌딩 주인도 입회해서 함께 그 아이를 본 거래. 그래서 작업원은 몰랐지만, 주인은 그 아이를 보고 한눈에 '아, 이 세상 사람이 아니구나' 하고 알았다나. 그런 이유로, '우리 빌딩 철거 현장에 아이 유령이 나왔어'라는 이야기를 그에게 했다는 거지."

"그렇군."

형은 다시 턱을 중지로 문질렀다.

"상업빌딩이라. 뭐 하는 사람이야? 그 주인."

"철물점이라고 했던 것 같은데. 계속 사무실로 썼는데 오래되어서 사무실을 다른 곳으로 옮기고 빌딩은 레스토랑이나 디자인 사무소에 빌려줬다고 해."

"흠. 동쪽과 서쪽의 오래된 건물 철거 현장에 나타난 어린이 유령이라."

형이 중얼거렸다.

"맞아. 조금 재미있지?"

"그러니까 고다마 씨는 그 두 사람이 같은 아이를 봤다고 생각하는구나."

"물론이지."

고다마 씨는 의외라는 표정을 지었다.

"우연이라고 하기에는 너무 비슷하지 않아?"

형이 "으음" 하고 앓는 소리를 했다.

"하지만 샘플이 두 개뿐이라는 건 너무 적잖아. 게다가 우리는 그 빌딩 주인이 '보이는' 사람이라는 걸 확인할 방법이 없어. 어쩌면 그쪽은 진짜로 근처 사는 아이가 몰래 들어온 걸지도 모르잖아. 앗, 맞다. 설마 그 아이도 여름옷이었던 거야?"

형이 갑자기 생각난 듯 묻자, 고다마 씨가 고개를 갸웃거렸다.

"글쎄, 거기까지는 못 들었는데. 다만 그 철거 공사는 늦여름이었는데 위화감이 없었다니 여름옷 아니었을까?"

"그렇군. 겉보기로도 동일 인물…… 아니, 동일 유령이 틀림없다는 건가."

"응. 게다가 그쪽이 이야기가 더 재미있잖아?"

모두 웃었다.

"그럼 그 아이가 같은 아이라면 그 아이는 어째서 나오는 걸까?"

형이 팔짱을 끼고 생각에 잠겼다.

"어째서라니? 이유?"

사카요리 씨가 끼어들었다.

"응. 그 아이는 철거 현장 그 자체가 좋은 걸까? 그렇다면 오래된 건물은 늘 이곳저곳에서 부수고 있으니 좀 더 빈번히 목격되어야 하지 않아?"

"그것도 그렇네."

다들 고개를 끄덕였다.

"애초 유령은 죽은 장소에서 나온다고 정해져 있어. 그런데 무엇 때문에 일부러 철거 현장에 나올까? 그것도 아이잖아. 이게 어른이라면 알 것 같기도 해. 그 빌딩을 세운 사람이라든가, 관련 있는 사람이 유령이 된다든가."

"이유 말이지. 그런 거 생각지도 못했어."

고다마 씨도 함께 생각에 잠겼다.

"게다가 나오기 전까지 어디에서 살았을까?"

형이 그렇게 중얼거리자 모두 어이없다는 표정으로 형을 보았다.

"다로는 별생각을 다 하네. 유령이 어디에 사느냐니, 생각해본 적도 없어."

이마이 씨가 어처구니없다는 말투로 말했다.

"그런가? 하지만 나오니까 평범하게 서식지가 있겠지."

형은 아주 진지하다.

"유령의 서식지라."

다들 쓴웃음을 지었지만 형은 아랑곳없이 말을 이었다.

"어쩌면 오래된 건물에 달라붙어서 부술 때 모습을 드러내고, 그다음은 다른 오래된 건물로 이동하는 거 아닐까. 그렇게 여기저기 떠돌아다닐지도. 그렇다면 유령이라기보다 오히려 자시키와라시 같은 걸지도 몰라."

그때 카운터석 안쪽에 있던 나는 왠지 가슴이 덜컥 내려앉았다.

형 입에서 '자시키와라시'라는 단어가 나온 순간 어찌된 일인지 동요하고 말았다.

하지만 나와 형 이외의 세 사람은 와하하, 웃었다.

"좋네, 빌딩와라시. 요즘 세상에 자시키와라시는 일본 가옥에 붙지 않고 빌딩에 산다는 말이구나."

"응, 앞으로 이 이야기를 할 때는 그렇게 하자. 빌딩와라시가 철거 현장에 나오는 것으로."

"그럼 사는 장소는 오래된 빌딩 계단이나 층계참이네."

"여름옷인 이유는 뭐로 할래?"

"그러게. 요즘 세상에 철거되는 오래된 빌딩은 고속 성장기 때 연달아 세워진 건물이지. 이른바 일본의 여름이라고 불리던 시대야. 여름 시대의 상징이니까 여름옷을 입고 있다고 하면 어떨까?"

"오, 좋네. 당시 일본은 젊었어. 시대는 뜨거웠지. 항상 여름이었던 거야."

나는 형 얼굴을 보았다.

그때 형은 또다시 무언가를 떠올리려는 표정이었지만, 과연 찾던 것이 떠올랐는지는 알 수 없다.

"있지, 뭐 하나 물어봐도 돼?"

갑자기 지금 막 생각났다는 듯한 얼굴로 형이 고다마 씨를 보았다.

"뭔데?"

'빌딩와라시'로 이야기꽃을 피우던 세 사람의 시선이 형을 향했다.

"고다마 씨, 현지에 간 적 있어? 그 빌딩, 타일을 쓴 부분 있었어?"

뜻밖의 질문에 세 사람은 어리둥절해 하고 나는 흠칫했다.

'역시 그걸 묻나요, 형님.'

내심 복잡한 기분이었다. '이제야 물었다'라는 안도와 '이런, 안 물어도 되는데'라는 낙담이 딱 반반이다. 하지만 마음 깊은 곳에서는 형이 이 화제에 참가했을 때부터 그 질문을 할 거라고 알고 있었다.

"어땠더라……."

고다마 씨는 잠시 기억을 더듬더니 "아, 있었다"고 말했다.

형도 나도 살짝 경계했다. 옆에서 보아서는 알아차리지 못했겠지만.

"어떤 타일이었어?"

형은 아무렇지도 않게 물었다.

"현관 벽 부분에 타일을 썼던 것 같은데."

"색은?"

"아마도 파랑이었어. 짙은 감색에 가깝고 언뜻 거무스름하게 보이는 파랑."

"발색은 어떤 느낌이었어? 예뻐?"

"아니, 꽤 오래되어서 윤기가 없었지."

"그건 왜? 혹시 타일도 취급했던가?"

이마이 씨가 형 얼굴을 들여다보았다.

형이 희미하게 웃었다.

"요새 조금 공부 중이야. 난 건축 자재라면 껌뻑 죽으니 타일도 포함해야 하나 싶어서. 마졸리카 타일이라면 컵 받침이나 냄비 받침 대신으로 사기도 하고."

"그것도 결국은 도편陶片이다 보니, 오래되고 발색이 좋은 물건이라면 그 나름의 가격으로 팔리기도 하지."

역시 도자기 전문인 세 사람이다. 이야기가 장사 쪽으로 옮겨가서 나는 내심(아마 형도) 안심했다.

그렇지만 내 머릿속에는 작년에 철거하기 전의 K 초등학교가 떠올랐다.

철거 공사 전에 열렸던 전람회.

나는 형에게는 말하지 않고 혼자 갔는데 형도 분명 들렀으리라. 그 외관도 내장도 전부 눈에 담아두기 위해서.

내 목적은 달랐다.

눈에 새길 수는 없지만 만질 수는 있다.

기억력이 좋지 않은 나라도 그 벽은 떠올릴 수 있다.

1층 벽에 타일로 그린 벽화.

거기에는 날개 치며 하늘을 나는 새가 한가득 그려져 있었다.

새들 위에는 태양이 있고 구름이 있고 무지개도 떠 있다.

그곳에 설치된 후 상당한 세월이 흘렀는데도 여전히 모든 타일이 반짝거리고 아름다운 색이 감돌았다.

벽 앞에 선 나는 두근거렸다. 요즘은 특히 타일 앞에 서면 그렇게 된다.

타일 표면은 약간 울퉁불퉁해도 아주 매끄러웠다.

보는 것만으로 그 서늘한 감촉을 떠올릴 수 있었다.

나는 가만히 손을 뻗었다.

조심스럽게 충분히 경계하면서.

마음의 준비를 하지 않고 무심결에 만지는 바람에 무서운 일을 당한 적이 몇 번 있어서 나는 조심성이 많아졌다.

우선 새끼손가락으로 살짝 만진다.

아무것도 느껴지지 않는다. 그저 차가운 타일.

그래도 아직 주의한다.

이번에는 손가락 두 개로 만진다. 검지와 중지.

손가락 지문이 찰싹 타일에 밀착한다.

하지만 아무것도 느껴지지 않았다. 역시 단순히 차가운 타일이다.

거기서 어깨의 힘이 빠진다. 그 단계에서 그렇다면 이제 무언가를 느낄 가능성은 거의 없다.

마지막으로 살짝 손바닥 전체를 댄다.

알고 있어도 무언가를 느끼려고 한다. 무언가가 거기에 있을 거라고 생각하고 만다.

하지만 물론 아무것도 없다.

평범한 벽, 보통 타일이다.

손바닥에 아직 그 감촉이 남아 있는 듯하다.

서늘한 타일.

그 차가움은 낙담의 감촉이기도 하다.

왜냐하면 우리가 찾는 타일은 만지면 따스한 느낌이 드는 것이기 때문이다.

그중에는 만지자마자 화상을 입는 것처럼 뜨겁게 느껴지는 것도 있을 정도다.

찾고 있는 것이냐 아니냐는 직접 실물을 만져보는 방법밖에 없다.

그러니 일일이 찾아갈 수밖에 없는데 오사카의 그 건물도 사전에 타일이 있다는 것과 철거한다는 정보를 들었다면 우리도 찾아갔을지 모른다.

그야말로 공사 현장에 불법 침입한 사람은 나와 형일지도 모른다.

분명 형도 같은 생각을 하고 있겠지.

지금은 이미 철거되고 만 오사카 북쪽의 오래된 빌딩 타일을.

타일은 엉망진창이었다니 가능성은 그리 높지 않을 테지만, 고다마 씨가 알지 못하는 다른 부분에도 타일이 사용되었을 수 있다.

평상시 의식하고 보지 않으면 건물 내장과 외장에 타일이 사용되었다는 점을 좀체 깨닫지 못한다.

고다마 씨가 타일 색을 기억하고 있는 것만으로도 대단한 것이다. 당신도 자신이 사는 아파트 현관 벽이 무슨 색이냐고 물으면 바로 대답 못 하지 않나?

형은 업무상 동료에게도 우리가 특정 타일을 찾고 있다고 밝히지 않았다.

능률을 생각하면 모두에게 이야기하는 쪽이 편하리라. 모두의 정보망이 있다면 오래된 타일이 있는 곳을 알려줄 테고, 여기저기에 물어서 찾아줄 테니까.

하지만 형과 나는 타일을 찾는 것을 애써 알리지 않으려한다.

이러이러한 타일을 찾는다고 하면 당연히 그 이유를 설명해야만 한다. 그리고 우리에게는 타일을 찾는다고 말 못 하는 개인적이면서 특수한 사정이 있다.

내가 떨떠름하게 그런 생각을 하는 동안 어느새 세 사람의 화제는 찻종 이야기로 돌아가 있었다.

다시 시장에 나오려나? 판다고 사는 사람이 있을까? 그리고 이번에는 누가 살까?

나는 본 적도 없는 네즈미시노 찻종을 멀거니 떠올렸다.

분명히 그 찻종으로 몇 번인가 차를 마셨다는 선생님도 나와 비슷한 감각이 있으리라.

손에 든 순간 거기에 깃든 무언가, 오랜 세월이 지나도 거기에 남아 있는 무언가에 반응하고 만다.

잠시 그 선생님에게 공감했다. 그 사람이 그 타일을 만진다면 도대체 무슨 말을 할까.

문득 그 모습을 상상했다.

기모노를 입은 남성이 쟁반 위에 놓인 도기 파편을 지그시 바라본다.

타일 파편들이다.

"발색이 좋구나. 어느 가마에서 구웠을까. 이거 찻종 도편과 다른 것 같은데."

이윽고 선생님은 손에 든다.

"앗."

몸이 움찔하며 선생님은 한순간 손에서 떨어뜨릴 뻔한다. 당황하며 도편을 쟁반 위에 돌려놓는다.

"아, 깜짝이야. 뭐지, 지금 건."

가슴을 쓸어내린다.

"마치 열을 머금은 듯한, 게다가 무언가 이상한 걸 본 것 같구나."

"그래요, 선생님."

나는 선생님 맞은편에 앉아 고개를 크게 끄덕인다.

그러나 선생님은 내 목소리는 들리지 않는 양 고개를 가로젓는다.

"으음, 기분 탓이겠지. 그런 묘한 이야기가 있을 리 없지. 그렇지?"

선생님은 동의를 구하듯 나를 본다.

하지만 이번에는 내가 크게 고개를 저을 차례다.

"아니요, 기분 탓이 아닙니다."

선생님은 어쩐지 새파래진 얼굴로 나를 본다.

나는 그제야 털어놓는다.

"실은요, 선생님. 이 타일은 만지면 '과거'가 보여요."

3장

지로에 대해,
발견에 대해

이제 지로 이야기를 하겠다.

누구야, 그게?

갑자기 새로운 등장인물이야?

그런 목소리가 들리는 듯하다. 에둘러 이야기해서 미안하지만 나에게도 이야기하는 순서라는 것이 있으니 잠시 참아주길 바란다.

덧붙여 지로는 내가 어릴 적에 우리 집에서 키우던 개다.

이름 짓는 순서에 따라 나보다 먼저 우리 집에 왔을 거라고 생각한 당신, 정답이다(지로는 차남을 뜻하는 일본어 이름이다—옮긴이). 지로는 나보다 연상으로, 내가 철이 들 무렵에는 이미 할아버지 개였다.

그렇다면 내 이름이 '산타'라는 것은 이 개가 있기 때문 아닐까?

그렇게 생각한 당신의 의문도 지당하지만 아무리 그렇다 해도 개 이름보다 순번이 뒤라는 것은 좀……. 아니, 점점 자신이 없어진다. 어쨌든 그 문제는 나중으로 돌리고 지로 이야기를 하겠다.

지로는 커다란 개였다.

잡종이었던 듯 각양각색의 개와 닮았다. 그렇다고 견종을 특정하기에는 결정적인 특징이 없었다.

"이 강아지, 견종이 뭐예요?"

언제나 집 앞에 널브러져 자는 지로를 보고 지나가는 다른 애견인들이 그런 질문을 던졌지만, 실은 우리 식구 아무도 몰랐다.

지로는 언제부터인가 우리 집에 살게 되었다고 할아버지가 말했다.

너무나도 당연하게 집 앞에서 느긋하게 쉬고 있어서, 결국 우리 집 일원으로 기정사실화 된 모양이다.

사람을 그다지 경계하지 않아서 누군가의 집에서 키웠던 것 아닌가 생각했지만, 우리 집에 왔을 때는 아직 강아지였는데 이미 게으름뱅이였고 나이 많은 개 같았다고 한다. 형도 그렇고 나이 들어 보이는 존재가 모이는 집인지도 모르겠다.

어쨌든 경비견은 될 것 같지도 않았고, 지로는 강아지 때부터 빈둥거렸다.

"빈둥거리다를 뜻하는 고로라고 이름 붙였으면 좋았을 것을."

지로를 아는 사람은 그렇게 말했지만, 이미 지로라는 이름으로 정착했다.

늘 칠칠치 못하게 같은 장소에 널브러져 누워 있고 산책하러 나가는 것도 귀찮아하면서 느닷없이 모습을 감추는 방랑벽이 있었다.

물론 목걸이를 하고 있고 예방 접종도 했지만, 평소에 어디 묶어 놓거나 하지 않아서 지로는 20일에 한 번 정도 어디론가 가버린다.

처음에는 가족도 익숙하지 않아서 누군가 데리고 간 것 아니냐, 원래 주인에게 돌아간 것 아니냐 등 일일이 큰 소동이 일어났지만 다음 날이 되면 어느새 돌아와서 아무 일도 없었다는 듯 자고 있기에 머지않아 다들 익숙해졌다.

"지로도 가끔 한 번씩 멀리 가보고 싶은 거 아닐까?"

누군가가 그렇게 말했지만 지로가 어디를 유랑하는지는 수수께끼였다.

그러나 얼마 지나지 않아 지로에게는 방랑벽뿐만 아니라 더 특이한 버릇이 있다는 사실이 판명되었다.

그것을 알아차린 사람은 형이었다.

실제로 지로는 자주 모습을 감추었지만 사라지는 순간과 돌아오는 순간을 목격한 사람은 그때까지 아무도 없었다.

문득 보면 없어졌고 문득 보면 돌아와 있다.

드나드는 순간을 실제로 본 사람이 아무도 없다는 사실을 모두 이상하게 여긴 결과, 그 순간을 보려고 노력했던 적도 있지만, 모두가 신경을 쓰고 있으면 지로는 바닥에 찰싹 엎드려 누워 잠만 잘 뿐이라서 지켜보고 있는 것이 우스꽝스러워진다. 그리고 눈을 떼면 어느새 사라진다.

형이 그 순간을 목격한 것도 우연의 일치였다.

소풍을 다녀오면서 평소에는 지나지 않는 길로 집에 돌아오는데 논두렁길을 걷는 지로를 발견한 것이다.

"어, 우리 개잖아."

집에서 꽤 멀리 떨어진 곳이라 설마 저런 곳에서 산책을 싫어하는 게으름뱅이 지로를 보게 될 거라고는 생각지도 못해서 처음에는 잘못 본 줄 알았다고 한다.

하지만 자세히 보니 역시 지로였다. 지로는 꼬리에 독특한 특징이 있는데 멀리서도 그것이 확실히 보였다.

게다가 지로는 입에 무언가를 물고 있는 듯했다.

"뭘 물고 있는 거지?"

형은 줄지어 가던 열에서 빠져나와 지로 뒤를 쫓았다. 소풍은 이대로 해산될 거라는 것을 알았기에 상관없다고 생각한 것이다.

형은 묘한 기분으로 지로를 바라보았다고 한다.

지로는 집에서 늘어져 있는 모습과는 너무나도 달라서 다른 집 개처럼 보였다.

어쩌면 우리 집에 있을 때의 지로는 다른 성격의 개를 연기하고 있는 것 아닌가 생각했을 정도였다고 한다.

지로는 목적지를 알고 있는지 망설임이 없었다.

기르는 개를 미행하는 일은 드문 체험인데 형은 거리를 두고 지로 뒤를 따라갔다.

잠시 따라가다 이윽고 본 적 있는 경치라고 깨달았다.

'어, 여기는.'

지로가 도착한 곳은 우리 집 뒤쪽이었다.

좀처럼 지나다니지 않는 장소다.

작은 용수로가 옆에 흐르는데 그쪽에서 보면 우리 집은 그곳보다 조금 높은 곳에 있다.

평소 자기 집의 뒤쪽을 보는 일은 거의 없기에 마치 무대 뒤를 들여다보는 것 같아서 묘하게 불편했단다.

형은 지로가 용수로 옆 비탈길에 우뚝 솟은 커다란 무화과나무 아래로 들어가는 모습을 보았다. 그곳이 틀림없이 지로의 최종 목적지다.

형이 꼼짝하지 않고 바라보고 있으니 얼마 지나지 않아 지로가 거기서 나왔다.

그러고 나서 지로는 하품을 했다고 한다.

맞다, 개도 하품을 한다. 그리고 그때 지로는 아무래도 '이야, 일 하나 끝냈네'라는 듯한 표정이었다고 형이 말했다.

다음 순간 지로는 순식간에 얼굴이 풀어졌다. 평상시의 지로, 우리 집 앞에서 엎드려 누워 잘 때의 지로다.

걷는 자세마저 조금 전 팔팔하고 민첩했던 모습과는 전혀 달리 여느 때의 귀찮아하는 지로가 되어 비척비척 걷기 시작했다.

그리고 형은 지로가 우리 집에 돌아가 정해진 위치로 가서 발라당 눕는 모습까지 지켜보았다.

형은 집에 돌아간 지로를 보이지 않는 곳에서 바라보면서도 반신반의였다고 한다.

'그건 정말로 지로였을까?'

형은 지로의 꼬리를 응시했다.

낯익은 지로의 꼬리. 특징 있는 모양. 역시 지로다.

문득 기묘한 생각이 떠올랐다.

실은 지로는 두 마리로, 조금 전 무화과나무 아래에서 바뀐 것은 아닐까? 생기 넘치게 논두렁길을 걷던 지로와 칠칠치 못한 지로가.

먼발치에서 본 것이니까 아까 본 지로의 꼬리는 어쩌면 다른 모양일지도 모른다. 만약 그 개가 지로의 형제라면 모양이 닮아도 이상하지 않다.

'하지만 어째서 그런 일을 하지?'

그렇게 생각한 형은 쓴웃음을 지었다.

평범한 개일 뿐인데.

그날 저녁 식사 자리에서 형은 소풍 다녀오는 길에 본 지로의 수수께끼 같은 행동을 모두에게 이야기했다.

물론 다들 형 이야기에 놀라 흥미를 보였다. 그리고 당연한 의문을 입에 담았다.

"우리 집 뒤에 있는 무화과나무 아래에 뭐가 있을까?"

사실 형은 당장이라도 그곳을 들여다보러 가고 싶었지만 어쩐지 혼자 가는 것이 무서웠다고 했다. 혹시 터무니없는 물건(그것이 무언지는 상상도 할 수 없었다)이 있다면 어쩌지?

다음 날 다 같이 그 장소에 가기로 했다.

지로는 집에 두고 왔다.

다들 줄줄이 집을 나설 때도 지로는 관심도 없이 여느 때처럼 누워 있었다.

모두 제법 긴장했다. 우리 집 개의 숨겨진 얼굴이란 과연 무엇일까.

무화과나무는 상당히 컸는데 그 아래는 빽빽이 우거졌고 어두웠다.

할아버지가 선두에 서서 목장갑을 낀 손으로 무화과나무 가지를 천천히 밀어 올렸다.

손전등을 켰다.

그 빛이 앞에 있는 물건을 비췄다.

순간 다들 자신이 무엇을 본 것인지 잘 알 수 없었다.

처음에 형은 거기에 이상한 생물이 웅크리고 있는 듯 보였다고 한다.

이것저것 뒤섞인 색채 덩어리.

다들 섬뜩했지만, 찬찬히 보니 그것은 생물이 아니었다.

"뭐야, 이거."

할아버지의 중얼거리는 소리가 모두의 감상을 대표했다.

그것은 샌들의 산이었다.

어린이용과 어른용, 비치 샌들에 뒤축 없는 샌들, 화장실용 슬리퍼도 있다.

엄청난 수였다.

얼핏 보아도 50개는 족히 되어 보인다.

더구나 전부 한 짝뿐이다. 짝이 갖추어진 것은 이 샌들 더미에서는 눈에 띄지 않았다.

'그렇군. 멀리서 지로가 뭔가를 물고 있는 듯 보였는데 샌들이었나.'

형은 납득했다.

다들 지로의 컬렉션 앞에서 당황했다. 언제부터 수집했는지는 모르지만 어제오늘 시작한 것이 아니라는 점만은 확실하다. 상당히 오랫동안 여기에 있던 것으로 보이는 물건도 있고 아직 얼마 안 된 것도 있다.

요컨대 지로는 몇 주 간격으로 수집욕에 사로잡히는 기간이 있어서 그때가 되면 가까운 곳으로 샌들을 찾으러 여행을 떠나는 것이다.

그리 손쉽게 마음에 드는 물건을 찾을 수 있을 리가 없다. 그중에는 역 두 정거장 정도 떨어진 곳에 있는 기념관 이름이 적힌 샌들도 있어서, 가끔은 꽤 멀리 출타하는 일도 불사했다는 사실을 알 수 있었다.

"도대체 언제부터 이런 일을 했지?"

할아버지가 고개를 갸웃거렸다.

"어쩌면 순서가 반대일지도."

형은 그런 생각이 들어 입 밖에 냈다.

"반대라니?"

할아버지가 되물었다.

"지로는 당연한 듯 우리 집에 있었잖아? 어쩌면 먼저 이 장소를 오갔는데, 이곳에 익숙해지자 여기 온 김에 우리 집에서 한숨 쉰 거 아닐까? 그걸 우리가 착각해서 기르기 시작한 거고."

"그렇다면 이 버릇은 강아지 때도 있었다는 말인데 그런 이야기 들어본 적도 없어. 어쩌면 전 주인과 관계있는지도 모르겠군."

할아버지는 생각에 잠겼다.

"그런데 이거 어떡하지?"

흠칫거리며 뒤에서 들여다보던 할머니가 곤란한 표정으로 중얼거렸다.

"어떻게 하다니?"

할아버지와 형이 동시에 물었다.

"남의 신발이잖아. 한 짝만 없어져서 난처한 사람도 있지 않을까?"

"아무리 그렇다 해도……."

할아버지가 한숨을 내쉬며 고개를 저었다.

"상당히 오래된 것도 있고 이름이 쓰여 있는 것도 아니고. 제법 멀리까지 다녀온 것 같으니 이제 와서 돌려줘도 말이야."

'발견하지 않았으면 좋았을 걸.'

형은 조금 복잡한 기분이 되어 후회했다.

조부모님처럼 기르는 개의 도벽을 발견해서 그 뒤처리를 어떻게 해야 할까 고민해야 했기 때문이 아니라 지로의 프라이버시를 폭로해버린 것에 제일 먼저 미안한 마음이 들었단다. 게다가 이미 문고리 마니아였던 형은 같은 컬렉터로서 지로의 기분이 이해가 되었다.

수집욕은 논리가 아니다. 어쨌든 가지고 싶다. 아무리 많아도 가지고 싶다. 모으는 것 그 자체가 목적이다. 지로가 멀리서 새 샌들을 찾아 헤매다 간신히 찾은 전리품을 가지고 돌아오는 고양감이 이해되기에 그냥 내버려둘 것을 그랬다고 후회했단다.

'역시 어제 혼자 갈 걸. 나 혼자였다면 아무에게도 말하지 않고 끝났을 텐데.'

그런 후회도 있었다.

하지만 이미 지로의 비밀은 폭로되었고 다들 알게 되었다. 아무리 후회한들 행차 후 나팔이다.

"그때 처음으로 '행차 후 나팔'이라는 표현을 쓰고는 그 의미도 실감했지."

형은 감개무량하다는 듯 그렇게 회상했다.

결국 지로의 비밀은 신발이 한 짝 없어졌다는 불운을 맞이한 사람에게는 미안하지만 누군가가 뒤처리를 하는 일 없이 모르는 척하기로 했다. 지로가 죽고 나서야 겨우 그 화제를 입에 담을 수 있게 되었다.

실은 지금부터 할 이야기가 본론이다.

그렇다고 해도 나는 당시 일은 전혀 기억 못 하는 터라 이것은 형에게 들은 이야기다.

아까도 말했다시피 지로보다 늦게 온 내가 지로와 놀 수 있게 되었을 만큼 자랐을 때 지로는 이미 노견이었다.

이제는 수집을 위해 원정을 나가는 기회도 줄고 나가도 그리 멀리로는 가지 않게 되었다. 사냥감을 못 찾고 빈손으로 돌아오는 일도 있었다.

그런 어느 날, 집 앞에서 놀고 있던 나는 마침 원정에서 막 돌아온 지로와 맞닥뜨렸다.

지로는 오랜만에 전리품을 입에 물고 있었다고 한다.

그 무렵 지로는 원래 전리품을 숨기던 장소인 무화과나무 아래에 가는 것이 귀찮아진 듯 전리품을 자신의 개집으로 가져오는 일이 늘었다.

형은 우연히 그때 나와 지로의 모습을 보았다.

그날 지로는 작은 분홍색 신발을 물고 있었다.

그리고 왜 그랬는지 내 앞에 신발을 툭 떨어뜨렸다. 마치 나에게 "이거, 줄게"라는 듯이.

나는 멍하니 있다가 가볍게 신발을 집어 들었다.

그 순간 마치 벼락 맞은 듯 몸을 부르르 떨고 그 신발을 던졌단다.

"아야, 아파."

나는 그렇게 외치며 울기 시작했다.

형은 내가 다쳤나 싶어서 허둥대며 달려왔다. 집 안에서 할머니도 뛰어나왔다.

하지만 나는 상처가 전혀 없었고 아무렇지도 않아 보였다.

"아프다고 하지 않았니?"

"응, 그렇게 들렸는데."

형과 할머니는 고개를 갸웃거렸다.

지로는 멀거니 앉아 있고 그 앞에 작은 분홍색 운동화가 뒹굴고 있었다.

형은 찬찬히 그 신발을 바라보다 주워 올렸다.

형은 그 운동화를 본 적이 있었다.

"어디서 봤더라?"

형은 고개를 갸웃거렸다.

형은 저녁밥을 먹으며 TV에서 하는 저녁 뉴스를 보다가 그 작은 분홍색 신발을 어디서 보았는지 떠올렸다.

"그거다!"

형은 반사적으로 벌떡 일어났다.

지역 방송국 뉴스에서는 근처에서 며칠 전부터 행방불명 상태인 여자아이 사진이 흘러나오고 있었다.

없어졌을 때와 똑같은 모습의 사진이 공개되었다.

그 아이가 분홍색 운동화를 신고 있었다. 영상 기억력이 좋은 형은 그 신발을 기억하고 있었다.

할머니가 경찰서에 전화하자 바로 경관 두 명이 달려왔다. 두 사람은 그 신발을 보고 안색이 변했다.

"도대체 어디서 찾았습니까?"

날카로운 눈초리로 물었다.

"낮에 우리 개가 주워왔어요. 나이가 들어서 그렇게 먼 곳은 아닐 거예요."

"지로, 이거 어디서 찾았어?"

형은 지로에게 말을 걸었지만 지로는 어리둥절해 할 뿐 자신이 그 신발을 주워왔다는 것조차 기억하지 못하는 모양이었다.

"안 되겠네, 이건."

"경찰견을 데리고 올까? 신발 냄새로 찾아갈 수 있을지도 몰라."

경관들이 소곤거리며 이야기했다.

그랬더니 그때 갑자기 내가 불쑥 중얼거렸다고 한다.

"커다란 꽃."

갑작스러운 발언에 모두 나를 보았다.

나는 그 신발을 가만히 바라보며 말을 이었다.

"커다란, 노란색 꽃이 있어."

다들 어안이 벙벙하여 나를 보았다.

나는 이윽고 흥미를 잃은 듯 혼자 놀기 시작했다.

경관은 이 아이가 개와 함께 있었느냐고 물었다. 형은 "아니요, 동생은 계속 집에 있었습니다. 개가 돌아왔을 때 옆에 있었습니다만" 하고 대답했다.

경관은 내가 별 뜻 없이 한 혼잣말이라고 생각한 듯 그 이상은 묻지 않았다고 한다.

그리고 다음 날부터 지로의 행동반경을 집중적으로 수색하기 시작했다.

주변 일대에 이른 아침부터 묘한 긴장감이 감돌았다. 주민들도 숨을 죽이고 그 모습을 바라보았다.

그리고 낮이 채 되기 전에 자그마한 여자아이의 시신을 찾았다.

그곳은 그때까지 수색하지 않았던 장소였다.

국도변 커다란 마트 주차장 옆에 있는 아주 작은 수풀로,

주변이 탁 트이고 전망도 좋은 곳이라서 설마 그런 곳에 시신을 숨겼으리라고는 생각지도 못해, 연일 수많은 수사원이 근처를 지나다니기만 했다.

시신을 찾았다는 첫 보고는 바로 오후 뉴스에서 보도되었다. 이후 연일 되풀이되어 흘러나오게 되는 그 영상이다.

형은 그 영상에서 눈을 떼지 못했다.

"할머니, 저거."

형은 느릿느릿 TV를 가리켰다.

할머니도 형이 말하고자 하는 바를 바로 알아차리고 얼굴이 새파래졌다.

TV 화면에는 거대한 노란색 해바라기가 비쳤다.

마트 로고와 조합한 노란 꽃의 거대한 간판. 밤에는 조명을 비춰서 멀리서도 잘 보인다.

형과 할머니는 말없이 나를 돌아보았다.

나는 두 사람의 시선을 느끼고 이상하다는 듯 슬쩍 TV를 보았으나, 그 노란 꽃을 보고서도 어떤 반응도 보이지 않았다. 바로 전날 자신이 중얼거렸던 말도 완전히 잊어버린 듯했다.

하지만 형과 할머니는 내 말을 잊어버리지 않았고, 내가 저 마트에 간 적도 없으며 저 간판을 본 적도 없다는 사실을 알고 있었다.

그런데도 나는 어디선가 저것을 보고 그것을 입에 담았다.

그때 형은 말은 하지 않았지만 이미 확신했다고 한다. 목이 졸려 죽은 불쌍한 아이 눈에 마지막으로 비친 것을 '본 것'이 아닐까, 하고.

그렇다. 지로가 주워온 여자아이의 분홍색 운동화를 들어 올린 그 순간에.

결국 지로가 어디서 그 운동화를 주워왔는지는 알 수 없었다. 옮기는 도중에 벗겨져서 떨어진 것을 주웠는지, 아니면 여자아이를 숨긴 장소에 들어가서 가지고 나왔는지.

분홍색 운동화는 증거품으로 바로 압수되어 지로에게서 빼앗아갔지만, 지로는 이미 그것을 주워온 사실조차 잊어버린 듯 전혀 개의치 않았다.

지로의 취미가 처음으로 세상에 도움이 된 듯 아닌 듯 가족은 모두 복잡한 기분이 되었다.

범인은 지금까지도 잡히지 않았다. 유류품이 하나도 없고 목격자도 찾지 못했다고 한다. 여자아이는 행방불명된 밤에 이미 목숨을 잃은 듯, 범인은 다른 곳에서 자동차를 타고 와 여자아이를 태우고 잠시 데리고 다니다 한밤중의 마트 주차장에서 범행을 저지른 것으로 추측되지만, 주차장이 넓다보니 CCTV에 다 찍히지 않았다.

형은 종종 떠올린다고 한다.

어쩌면 내가 그 노란 꽃을 '봤을' 때 범인 얼굴도 '본' 것이 아닐까. 여자아이가 본 마지막 풍경 속에 범인도 있지 않았을까.

유감스럽게도 당시부터 나는 쉽게 잊어버리는 모양이다.

형이 몇 번이나 알아내려고 했지만, 나는 그 분홍색 운동화를 주워 올린 것뿐만 아니라 지로가 가져온 사실조차 깨끗하게 잊어버렸다고 한다.

"기억했다면 그건 그것대로 성가신 일이 되었겠지만."

형은 그렇게 중얼거렸다.

그 말에는 나도 동감이다. 너무나 안타까운 사건이고 사건이 해결되기를 바라지만, 아직껏 붙잡지 못한 살인범 얼굴을 기억하다니 위험하기 짝이 없고 정신 건강상 좋지 않다. 영화와 드라마에서도 살인 현장을 목격한 아이는 호된 일을 당하지 않나.

"동생아, 어쩌면 너는 성가신 일에 말려들지 않게 무의식적으로 일부러 잊어버리는지도 모르겠구나."

형은 농담인 양 그렇게 말했지만 나는 동의하지 않는다. 내 '그것'은 순발력과 에너지가 있어야 하는 만큼 지속력까지는 갖추지 않은 거라고 나는 이해하고 있다.

그런 이유로, 내가 제대로 기억하는 '그것'을 체험한 것은 한참 나중의 일이다.

그때는 이미 지로는 없었다.

하지만 형은 역시 가까이 있어서 처음부터 끝까지 목격하고 '그것'을 확신하게 되었다.

지금도 기억하고 있는 것은 천장이 높고 넓은 장소였으며 주위에 많은 사람이 왁자지껄 떠들고 있는 모습이다.

커다란 호텔에서 열린 건설 업계 관련 무언가의 기념 파티였다고 형이 말했는데, 물론 나는 그런 것을 알 리가 없고 어쨌든 건설 관계자가 잔뜩 있고 그중에 우리 일가친척도 있었다.

당시 나는 초등학교 저학년이었다.

아직 키가 작아서(지금도 그렇게 크지 않지만) 회장에서는 사람 다리만 보았다는 느낌이었다.

나는 로비인가 복도 같은 곳에서 쭈그려 앉아 혼자 놀고 있었다.

보고 있으면 눈이 핑핑 돌 것 같은 회색 소용돌이 모양이 있는 융단이 깔려 있었던 것을 기억한다.

무엇을 하며 놀고 있었는지는 기억나지 않지만 미니카인가 무언가를 융단 위에서 달리게 하며 놀지 않았을까.

눈앞의 좁은 시야 속을 어른 다리와 신발이 끊임없이 오갔지만 나는 개의치 않고 놀았다.

그때 어떤 기척을 느꼈다.

말로 잘 표현 못하겠는데 '누가 부른 듯한 느낌'이라는 것이 제일 비슷한 감각이지 싶다.

그래서 나는 얼굴을 들고 나를 부른 듯한 방향을 보았다.

조금 떨어진 곳에 그것이 있었다.

10미터 정도 앞의 융단 위에 그것이 떨어져 있었다.

작고 갈색으로 보이는 물건이 눈에 확 들어왔다.

나는 조심조심 다가가 무엇인지 확인했다.

그것은 도토리였다.

아니, 정확하게 말하면 도토리 모양을 한 무언가다. 나는 가만히 그것을 바라보았다.

형 말로는 내가 범상치 않은 모습으로 그것을 응시한 채 꼼짝도 하지 않았다고 했다.

형은 내가 이상하다는 것을 깨닫고 내 쪽으로 다가왔다.

도대체 뭘 보고 있는 것인지 흥미가 생겼다.

내가 보고 있는 것을 알아차린 형이 슬쩍 그것을 주웠다.

"오비도메(기모노의 허리 부분을 감싸는 천인 오비에 사용하는 물림 장치가 있는 장신구—옮긴이)네. 누군가가 떨어뜨렸나 보다."

형은 그렇게 말했다.

그 무렵 형은 아직 고등학생이었지만, 이미 안목이 꽤 높아져서 오래된 물건에 대해서는 무엇이든 다 알고 있었다.

오비도메, 그런 알 수 없는 단어의 울림은 기억하고 있다.

그것은 마노석을 두 개의 도토리 모양으로 만든 오비도메였다.

나중에 알았지만 마노석은 광석의 일종으로 빨간색, 검은색 등 다양한 색을 자랑한다. 그때의 마노석은 한없이 갈색에 가까운 부드러운 색으로, 자연의 색 그대로 진짜 도토리를 쏙 빼닮은 반짝거리는 멋진 장신구였다.

그 돌에 끈을 통과시키기 위한 고리 모양으로 된 금속 장식이 달렸는데 어른 엄지만 한 크기였다.

"흠. 이걸 달았던 사람은 분명히 곤란하겠네."

형은 그렇게 말하고 고개를 갸웃거렸다.

오비도메는 오비의 정면에 오도록 다는 장식품이다. 오비도메가 떨어졌으니 오비를 고정하는 끈까지 풀어졌을지도 모른다.

"기모노 차림인 사람이 몇 명 있는데 그중 누군지 모르겠네."

형이 연회장 쪽을 돌아보았다.

나는 가만히 손을 내밀어 형 손에서 그 오비도메를 들어올렸다.

그때 감촉은 지금도 잊을 수 없다.

전류인지 충격인지, 맹렬하게 뜨거운 것이 온몸에 찌르르 흘러들어와 몸이 훅 부풀어 오르는 느낌이 들었다.

앗, 나는 외치며 오비도메를 떨어뜨렸다. 형이 깜짝 놀란 듯 나를 보았다.

나는 엉겁결에 손을 눌렀다. 화상을 입었나 싶어서 주저하면서 살펴보았지만 아무렇지도 않았다.

게다가 흘러들어온 것이 뜨거움만이 아니었다는 사실에

엄청나게 동요했다.

무언가 보였다.

가방…… 가죽 가방…… 숄더백.

흐물거리는, 약간 황록색에 가까운 손때 묻은 오래된 가방. 커다란 손이 그 가방을 만지고 있다. 나이가 있는 남성의 손이다. 물건을 만드는 사람의 손. 마치 우리 할아버지 같은.

그 가방의 지퍼에 달아두었다……. 아니, 묶어두었다.

이 오비도메를. 도토리 모양인 이것을.

그 이미지가 너무나도 강렬해서 나는 눈을 깜빡이며 무심코 주위를 둘러보았다.

황록색 가죽 가방이 순식간에 뇌리에 새겨져서 머리를 휙휙 털고 몇 번이나 고개를 저었다.

뭐지, 지금 이건.

물론 주위를 둘러보아도 그런 가방은 없다.

그렇지만 나는 직감했다. 그때 이미 깨달았다. 그 가방 주인이 이 오비도메의 주인이라는 사실을.

나는 두리번거렸다.

"동생아, 왜 그래?"

갑자기 이상한 행동을 하는 나를 당연하게도 형이 수상하게 여겼다.

"가방이야."

나는 건성으로 대답했다.

"가방에 달려 있었어."

형은 내가 무슨 말을 하는지 이해가 되지 않았지만 일단 오비도메부터 주웠다.

나는 두리번거리며 파티 회장으로 들어갔다.

그곳은 호텔에서 제일 넓은 연회장으로, 그야말로 향연이 무르익었는데 언뜻 보기에도 400명이나 되는 손님이 제각기 이야기꽃을 피우고 있었다.

"야, 어디가."

형은 갑자기 파티 손님들 사이를 쪼르르 돌아다니는 나를 보고 당황해서 그대로 뒤따라왔다.

나는 오로지 안에 있는 사람들의 소지품만 확인했다. 얼굴은 모르지만 남자고 손이 큰 사람. 그리고 그 황록색 가죽 가방을 들고 있는 사람…… .

빈손인 남성도 많았다. 혹시 짐을 어딘가에 맡겨두었나. 어쩌면 여기 없을지도 모른다는 사실에 나는 초조해졌다.

그래도 예감했다.

분명 이 안에 그 가방 주인이 있다.

나는 회장 이쪽 구석에서 저쪽 구석까지 사람과 사람 사이를 누비며 돌아다녔다. 그런 나를 따라온 형도 별나지만, 내가 뭘 하는지 몰랐던 것 같다.

인파를 헤치고 다니기를 몇십 분.

찾았다.

탄탄한 어깨에 황록색 가죽 숄더백을 메고 있는 남자를.

그때 나는 정말로 안심했다. 회장을 돌아다니는 것도 이젠 지쳤고, 예감이 맞았다는 만족감도 있었기 때문이다.

나는 그 남자의 숄더백을 두 번 정도 잡아당겼다.

누군가와 담소를 나누던 남자가 휙 돌아보았는데 그곳에 아무도 없다는 사실에 놀란 표정이었다.

내가 다시 한번 가방을 당기자 이윽고 시선을 내리고 자신의 허리 정도까지 오는 나를 보았다.

깜짝 놀란 얼굴로 나를 내려다본다.

"음, 무슨 일인지?"

친절해 보이는 남자다. 손을 보니 역시 아까 본 그 커다란 손이다.

"이거, 아저씨 거?"

내가 따라온 형을 재촉하자 형은 내가 무슨 말을 하려는지 알아차리고 손바닥을 펼쳐 그 오비도메를 보였다.

남자는 깜짝 놀라더니 허둥거리며 자신의 가방을 확인했다. 가방 지퍼에 아무것도 달려 있지 않다는 사실을 깨닫고 "어, 어?" 하고 동요하더니 다시 형 손 위에 있는 오비도메를 보았다.

"응. 내 거야. 너희가 주웠니?"

"네."

"떨어뜨린 거 전혀 몰랐어. 정말 고맙구나. 어디서 주웠어?"

남자는 안도한 듯했다.

"복도에 떨어져 있었어요."

내가 그렇게 대답하자 그는 의아한 표정을 지었다.

"복도에? 어떻게 내 거라는 걸 알았니?"

그가 궁금해하는 것도 당연하다. 떨어뜨리는 장면을 목격한 것도 아니고 그저 복도에 떨어져 있었을 뿐이라면 누가 떨어뜨렸는지 알 리가 없다.

형과 나는 순간 얼굴을 마주보았다.

그때 형이 나와 마찬가지로 그의 의문에 대답하기는 어렵다고 즉각 판단했다는 사실을 알았다.

당연하다. 그 오비도메를 만졌더니 그것을 달고 있는 가방이 보였다는 말을 나 자신도 제대로 설명할 수 없고 형도 어렴풋이 눈치채기는 했어도 그 시점에서는 몰랐을 것이고.

"실은 저희 집이 골동품을 취급하는데, 우연히 그 가방에 달려 있던 오비도메를 보고 멋지다고 생각했습니다."

형의 나이에 걸맞지 않은(나이 들어 보이는 겉모습과는 어울리지만) 차분한 대답에 남자는 바로 납득했다.

"눈썰미가 좋구나. 어린데도 이게 오비도메라는 걸 알아보다니."

남자는 도토리 오비도메를 손에 들고 감탄하며 말했다.

형도 고개를 끄덕였다.

"이걸 네쓰케(담배쌈지나 지갑 등을 허리에 찰 때 고정장치 구실을 하는 세공품 —옮긴이)로 사용한 거군요."

"네쓰케를 알고 있다니 대단한걸."

남자가 웃었다.

"이거, 어머니 유품이란다. 어릴 적에 어머니가 이걸 마음에 들어 하셔서 자주 몸에 달고 다니시는 걸 봤어. 어쩐지 가까이 두고 싶어서 끈을 껴서 가방에 달고 다녔지."

남자가 추억에 잠긴 듯 오비도메를 쓰다듬었다.

"오래 달고 다녔더니 끈이 끊어졌나 보구나. 끈은 달려 있지 않았니?"

"네, 끈은 없었어요. 이것만 떨어져 있었어요."

형도 나와 동시에 고개를 끄덕였다.

"그래? 정말 다행이다. 너희들이 찾아주지 않았다면 분명 내게 다시 돌아오지 않았을 거야. 정말 고맙구나."

남자가 너무나도 기뻐해서 우리는 몸 둘 바를 몰랐다.

내가 그때 일을 선명하게 기억하는 이유는 내 '그것'의 체험 중에 몇 안 되는 밝은 사례이기 때문일지도 모른다. 도움이 되었다, 기뻐했다는 성공 사례에 더불어 그 남자의 환한 미소가 뇌리에 새겨져 있다.

그렇다, 도움이 되는 일도 있다. 그렇지 않은 쪽이 많지만.

그날 돌아오는 길에 형이 대체 무슨 일이 일어났느냐고 물어서 나는 횡설수설 대답했다.

스스로도 잘 이해가 안 되는 터무니없는 이야기라서 믿어 줄지 어떨지 불안했지만 형은 처음부터 끝까지 진지한 얼굴로 내 이야기를 들었다.

"흐음, 그런 거였나."

다 듣고 나자 형은 이해했다는 듯 고개를 끄덕였다.

"동생아, 이것으로 납득이 가."

형은 그렇게 중얼거리고는 어릴 적부터 내가 가끔 기묘한 언동을 했는데 항상 이상하게 생각했다고 말해주었다.

"들은 적은 있지만 실제로 그런 일을 할 수 있는 사람이 있으리라고는 생각도 못 했어. 그것도 내 동생이."

"그런 거라니?"

나는 되물었다.

"물건에 남아 있는 사념을 읽는 사람이 있다는 말."

"사념이 뭐야?"

그렇게 묻자 형은 잠깐 생각에 잠겼다.

"사람의 기분이나 생각이 떠오르는 것이라고 할 수 있을까."

"흠."

형이 문득 생각난 듯이 물었다.

"그 가방을 보았을 때 무슨 느낌 안 들었어?"

"느낌이라니?"

"그러니까…… 기쁨이나 슬픔 같은 그런 기분이 느껴지지 않았어?"

이번에는 내가 생각에 잠길 차례였다.

"아니, 별로, 아무것도."

"그랬구나. 반드시 어떤 기분이 느껴지거나 하지는 않는구나."

형은 그렇게 말하고 턱을 중지로 문질렀다.

"동생아, 이 이야기, 다른 사람에게는 말 않는 게 좋겠다. 나와 너, 둘만의 비밀로 하자."

나는 형을 보았다.

"할아버지와 할머니에게도 말하면 안 돼?"

"응."

"왜?"

천진난만하게 묻자 형은 난처한 표정을 지었다. 그러나 진지한 얼굴로 돌아와 대답했다.

"분명히 엄청나게 걱정하실 거야. 두 분께 걱정 끼치기 싫지?"

그때부터 '그것'은 나와 형만의 비밀이 되었다.

하지만 사실 조부모님도 내 '그것'을 알고 있었으리라. 우리가 아무 말도 안 하니 말하고 싶지 않은 것이라고 깨닫고 모르는 척해주신 것이리라. 나는 그 사실을 정말 감사하게 생각한다.

이후 비슷한 일이 일어나면 형에게 보고하게 되었다.

형은 매번 흥미로워하며 차분히 들어주었다.

형은 형대로 내 '그것'을 분석한 듯하다. '그것'은 어떤 조건에서 일어나는가. 주된 요인은 나에게 있는가, 그렇지 않으면 물건 쪽에 있는가?

현재까지 오랜 세월에 걸쳐 관찰한 결과, '그것'이 일어날 때 '특별한 규칙성은 없다'가 우리가 내린 결론이다.

멋없는 결론이지만 규칙성이 없다는 것밖에 알아낸 것이 없다.

그야 규칙성이 있는 쪽이 이야기로서 단순하고 나도 설명하기 쉽다.

기온 18도에 남풍이 불고 밀물이 가장 높은 음력 보름과 그믐 무렵에 차 줄기가 섰을 때 '그것'이 일어난다고 단언할 수 있다면 얼마나 편할까.

하지만 그런 일은 없다. '그것'은 준비가 전혀 되어 있지 않고 생각도 못 했을 때 생각지도 못한 물건에 의해 불시에 일어난다.

연이어 일어날 때도 있고 1년 가까이 일어나지 않은 적도 있다. 한때는 더 이상 내게 '그것'이 안 일어나는 것이 아닐까, 역시 그것은 어린아이였을 때만 일어나는 특이한 현상이 아닐까 기대했지만, 그 후 커다란 것이 쾅, 하고 여러 번 일어나서 예상은 실로 믿을 것이 못 된다는 사실만 깨달았다.

샘플 수가 절대적으로 부족한 탓도 있으리라. '그것'은 반드시 선명하게 나타나지만은 않는다. 왠지 흐릿하게 보일 때도 있어서 과연 그것이 '그것'이었나, 단순히 기분 탓 아니었나, 애매할 때도 많다.

지금까지 일어난 횟수로 평균을 내어보면 1년에 10회에서 15회 사이일까. 이래서는 규칙성을 찾아내기 쉽지 않다.

다만 어렴풋이 알게 된 것이 있다.

그쪽이 다가오고, 나는 언제나 받는 쪽이라는 점만은 확실하다.

그 오비도메 때도 누군가가 나를 부른 듯한 기분이 들었다. '그것'이 일어나면 비슷한 느낌이 들 때가 많다.

최근에야 이쪽에서 찾아가게 되었는데, 지금도 성공률은 그리 높지 않다. 어디까지나 나는 '수신할 뿐'인가 보다.

당연할지도 모르지만, 내 물건으로는 '그것'이 전혀 일어나지 않는다. 일상적으로 만지는 물건과 사용하는 물건이 아니라 다른 사람의 물건이어야 발생하는 것은 확실하다.

그리고 반드시 개인 소지품으로 '그것'이 일어난다고도 할 수 없다.

그래도 지금까지 '그것'이 일어났을 때 만진 물건은 개인 소지품이 제일 많다. 벨트에 머그컵, 슬리퍼에 칫솔.

그 연장선상으로서 카페의 잔과 문손잡이 등을 떠올릴 수 있으리라. 술집에서 옷걸이를 만졌을 때 일어난 적도 있고 국숫집 입구에 걸린 포렴을 만져서 일어난 적도 있다.

열차의 손잡이, 버스의 하차 벨, 이것 또한 예상의 범주에 들어가리라.

놀란 것은 창틀이다. 어디나 있는 흔한 양산품으로 보였는데 철거 현장에서 만졌다가 혼쭐난 적도 있다.

오래된 다실로 들어가다 귀틀을 만져서 일어나기도 했다. 작은 출입구로 들어가려고 별 생각 없이 손을 댔는데……. 그때 일은 떠올리고 싶지도 않다.

차고 셔터도 있다. 손으로 드르륵 오르내리는 타입이다. 이런 물건에서까지 '그것'이 일어나느냐며 의외라고 생각한 기억이 있다.

하지만 1년에 10회에서 15회 정도 일어난다는 사실에서 알겠지만, 오래된 물건이라면 다 그런가 하면 그렇지도 않다. 오래된 물건을 만질 때마다 일어난다면 거의 매일 일어난다 해도 이상하지 않다.

이런 오래된 물건이라면 자못 '그것'이 일어날 법하다고 경계해도 아무것도 느끼지 못한 적이 있다. 오히려 텅 비어서 아무것도 남아 있지 않다고 느낀 적도 많다.

예를 들어 일본에서 가장 오래된 건축물 중 하나인 신사. 그런 장소에 가면 무엇을 만져도 아무것도 느껴지지 않는다. 오히려 어느 곳에서나 바람이 솔솔 지나다니고 언제나 후련해서 아무것도 남아 있지 않다.

이것이 바로 '기운'이 좋다는 것인가. 이런 장소는 다양한 의미로 막힌 곳이 없어서 언제나 새로운 듯하다.

절은 조금 독특한데, 아마도 불상이나 모두가 기원을 하는 곳에 사념이 집중되어 있는 듯(만져본 적이 없어서 모르지만) 절 자체는 비교적 기분이 상쾌하다.

화장실도 그렇다. 공중 시설은 사람이 많이 드나들어서 뭐라고 명확하게 말할 수 없다.

즉, 건물이 오래되었느냐는 그다지 관계없고, 어디까지나 건물 사용법이나 사용한 사람의 개성이나 애착의 강약 같은 점이 중요한 듯하다.

게다가 내가 느끼는 방법과 보는 방법도 일괄적이 아니라 제각각이다.

이것이 '그것'인가 아닌가 판단을 망설이는 이유는, 무언가를 만졌을 때 불시에 내 것이 아닌 감정이 밀려올 때가 많다. 오비도메와 가방처럼 선명한 이미지로 떠오른다면 '그것'이라고 확정할 수 있지만, 감정만 있다면 그것은 단순한 기분 변화일 가능성도 있다.

문득 느끼는 일말의 외로움이거나 노여움이거나 공포거나. 오히려 나는 이미지보다도 그쪽이 더 동요된다. 이것은 내 감정이 아니라 '그것'이라고 생각하면서도 정말 그런가? 원래 기분파여서 그런 것 아닐까 의심하기도 한다.

여하튼 어릴 적부터 계속 나였기에, 자신의 성격과 기질을

객관적으로 보기는 어렵다. 지금도 솔직히 자신이 변덕스러운지 아닌지 잘 모르겠다. 그저 나면서부터 정서가 불안정한 사람으로, 감정을 컨트롤 못하는 것을 '그것'의 탓이라고 확신하고 거기에서 이유를 찾으려 하는지도 모른다.

어떤 이미지가 동반되지 않아서 '판단할 수 없는' 다양한 케이스 중에서 인상에 남은 사건이 있다.

중학교 수학여행으로 간사이의 오래된 항구도시에 가서 모두 함께 산책할 때였다.

기분 좋은 초여름 오후였다.

바다를 바라볼 수 있는 언덕의 전망대 공원에서 상쾌한 바람을 맞으며 왁자지껄 걸어 다니는 중이었다.

예쁜 장미꽃이 흐드러지게 피어 있는 공원 한쪽에 오래된 돌 벤치가 있었는데 나와 친구는 수다를 떨며 무심코 거기에 털썩 나란히 앉았다.

별것 아닌 이야기에 열중하고 있었던 것은 기억이 난다.

그런데 그 벤치에 앉자마자 열이 물결처럼 엄청난 기세로 온몸을 휙 돌고 나갔다.

그야말로 밀려온다, 솟아오른다, 그런 표현이 안성맞춤인데, 내 온몸은 통째로 이상한 충동에 휘말리고 감싸였다.

그것을 뭐라고 말하면 좋을까. 충격이었지만 오히려 '감동'이 제일 가깝다고 할 수 있을까.

그때는 아무것도 떠오르지 않았다. 그저 빛 같은 것과 뜨거운 바람 같은 것이 눈앞에, 그리고 온몸으로 느껴졌다.

저항은 할 수 없었고 참을 수도 없었다. 억누를 수 없는 것이 치밀어 올라와 나는 몸이 떨렸다.

옆에 있던 친구가 오들오들 떨고 있는 나를 깜짝 놀란 얼굴로 바라보았다는 것은 기억한다.

다음 순간 나는 몸을 확 숙이고 머리를 감싼 채 오열했다. 그것도 문자대로 소리를 내어 아기처럼 엉엉 울었다.

"산타, 왜 그래?"

친구가 기겁한 것은 말할 필요도 없고 주위에 있던 친구들도 놀라서 내 쪽으로 몰려들었다.

하지만 나는 신경 쓸 겨를이 없었다. 차례차례 밀려드는 노도와 같은 충동에 정신을 빼앗겨서 주위 반응을 살필 수 없었다.

"왜 그래? 산타?"

"어디 아파?"

외치는 소리가 멀리서 들렸다.

"선생님, 산타가!"

"산타가 아픈가 봐요. 큰일 났어요!"

야단법석이었다.

선생님이 놀라서 허둥대며 달려왔을 때 간신히 충격이 가라앉기 시작했다.

나는 딸꾹질을 하면서 어찌해야 좋을지 갈피를 못 잡고,

걱정하는 선생님 얼굴을 올려다보았다.

아직 잔물결 같은 것이 안쪽에서 거듭 밀려오지만 그럭저럭 어설픈 웃음을 지을 만큼은 가라앉았다.

"음, 그러니까……."

나는 우물거리며 설명하려고 했다.

충격에서 벗어나니 지금 자신이 얼마나 이상한 행동을 했는지 깨달았지만, 도무지 그럴 듯한 설명이 머리에 떠오르지 않았다.

"괘, 괜찮아요."

간신히 그렇게 대답했다. 전혀 괜찮아 보이지 않겠지만.

문득 어떤 사실이 떠올라서 벤치에서 일어났다.

"앗, 일어나면 안 돼", "움직이지 마" 같은 걱정 섞인 목소리가 주위에서 쏟아졌지만 나는 개의치 않고 일어났다.

그러자 온몸에서 무언가가 쑥 빠져나가는 느낌이 들었다.

사라졌다.

그런 감상이 떠올라 나는 똑바로 서서 심호흡하고 눈을 끔벅거렸다.

"죄송합니다. 갑자기 쑤시는 듯 아팠는데 이제 괜찮아졌어요."

이번에는 좀 더 멀쩡한 목소리가 나왔다. 모두 멍하니 나를 바라보았다.

아무래도 이번에는 정말로 괜찮아 보이는 모양이다.

선생님은 안심하는 듯했지만 생각을 바꿨는지 고개를 저었다.

"그래도 혹시 모르니까 진찰받는 게 좋겠다."

"정말로 괜찮아요. 가끔 이러거든요."

나는 말하며 열심히 손을 저었다.

"미안, 놀랐지."

그렇게 말하자, 친구도 겨우 안도의 한숨을 쉬었다.

"무슨 일인가 했잖아."

그는 살피는 듯한 시선으로 나를 보았다. 아마도 어렴풋이 알아차린 것이 틀림없다.

내가 울부짖은 이유가 결코 갑작스러운 통증 때문이 아니라고.

'산타, 어디가 아프다거나 그래서 우는 모습이 아니었잖아? 어쩐지 좀 더 격렬한 감정에 자신을 잊은, 중학생이라고는 전혀 생각할 수 없는 마치 어른이 우는 모습이었잖아?'

그의 눈이 그렇게 말했다.

그래도 그는 그 이상 캐묻지 않고 조금 전 하던 이야기를 아무렇지도 않게 이어서 하기에 나는 진심으로 고마웠다.

선생님도 내가 안정된 척 연기하는 것이 아니라고 인정했는지 "또 아프면 바로 말해라"는 말을 남기고 멀어져 갔다. 다른 친구들도 "뭐야, 놀랐잖아", "에이, 산타. 놀라게 하지 마"라고 투덜거리고 떠나갔다.

나는 발걸음을 내딛으며 거짓말처럼 사라진 충동을 떠올렸다.

그것은 도대체 무엇이었을까. 시각적으로는 아무것도 보이지 않았지만 역시 틀림없는 '그것'이다.

'그것'을 체험하면 늘 불안해지고 끙끙 고민하기 일쑤였는데 그때 나는 상쾌함을 느꼈다.

오히려 후련했다고 할까, 뭐라 표현할 수 없는 카타르시스가 있었다.

도대체 무슨 감정이었는지 모르지만 '마음껏 울고 나면 기분이 후련해지는 거구나' 하고 깨달았다.

그 돌 벤치에 남은 사념이 뭐든 그것은 확실히 나쁜 감정이 아니었다.

'그런가. 이런 경우도 있구나.'

나는 그렇게 생각했다.

좋은 것이 있으면 나쁜 것도 있다. 아니, 좋고 나쁨이 아니라 그저 여러 종류가 있을 뿐이다.

그 체험 후 그런 달관적인 마음이 생겨나서 나에게 일어나는 이해할 수 없는 '그것'을 받아들여도 괜찮다는 생각이 들기 시작했다.

친구는 잠시 탐색하듯 나를 관찰하더니 이윽고 내가 아무렇지도 않다는 것을 확인했는지 평상시로 돌아왔다.

형 이외에 처음으로 '그것'을 눈앞에서 목격한 그에게는 지금도 놀라게 해서 미안하다는 마음뿐이다.

그때는 허를 찔려서 숨길 수 없었지만, 그 뒤로는 더욱 신중해져서 형 이외에 '그것'이 일어난 현장을 맞닥뜨린 사람은 그 친구뿐이다.

지금은 마음의 준비 없이는 만지지 않는다. 에스컬레이터 손잡이, 문고리, 가게 포렴……. 어디에 어떤 것이 숨어 있을지 알 수 없다. 함정은 마을 곳곳에 설치되어 있다.

한때 마을을 걷는 것이 너무나도 무서웠던 적이 있다. 연이어 커다란 '그것'을 체험한 무렵으로, 또 그런 일이 일어나면 어떡하느냐는 생각에 밖으로 나가는 것이 무서웠다.

그래도 시간을 들여 나 나름대로 대처법을 고안해 냈다. 어쨌든 처음 보는 물건은 가능한 만지지 않는 것이 제일이다. 하지만 알 수 없는 물건, 처음 보는 물건을 만지지 않으면 안 될 상황이 찾아온다. 그때는 어떻게 하나.

우선 만지기 전에 잠시 관찰하고 어떤 기색이 있는지, 예를 들어 '부른다'는 느낌이 드는지를 찾는다.

그리고 아주 조금 만진다. 그렇다. 정전기 방지를 위해 키홀더 같은 것을 먼저 잠깐 대보는 것처럼 말이다. 만약 무언가가 느껴져도 되도록 아무렇지도 않은 척하려고 노력하지만 간혹 실패하기도 한다. 아이도 아니니 사람 앞에서 큰소리로 울부짖거나 비명을 지르는 일은 피하고 싶지만, 비명을 지를 뻔하거나 놀라서 굳어버리는 일은 종종 있다. 그래도 아무 일도 없었다는 듯 평정을 가장하는 일에는 굉장히 능숙해졌다.

나는 종종 '차분하네'라든가 '조용하네'라는 말을 듣는데, 그것도 오랫동안 '그것'을 경험하면서 조심성이 생긴 탓이라 생각한다.

처음 가는 장소일 때 나는 그만 두리번거리고 만다. 어디에 어떤 오래된 물건이 있나, 머지않아 뭘 만질 것 같나. 어쩔 수 없이 그런 것을 생각하게 된다.

"동생아, 오래된 물건의 연대를 분간할 수 있다면 이 장사에는 아주 편리하겠어. 이왕이면 한눈에 골동품 제조 연대를 알 수 있을 정도까지 정진해줘."

형은 남 일처럼 그렇게 말하지만 역시 연대까지는 알 수 없고, 오래되지 않은 물건에서도 '그것'이 일어나기에 마음을 놓을 수 없다.

형과는 오랫동안 이야기를 나누고 고민했다.

어째서 나에게 이런 것을 내려주신 것일까? 이것은 도대체 무엇일까? 어쩌면 조상님 중에도 비슷한 사람이 계시지 않았을까?

몇 번이나 조부모님께 털어놓고 물어보고 싶었다. 그렇게 하지 않은 이유는 역시 괜한 걱정을 끼치고 싶지 않았고, 명확한 해답 따위는 없기 때문이다.

어쩌면 뇌가 다른 사람과 다르게 움직일지도 모른다는 생각에 병원에서 진찰을 받기도 하고(덧붙여서 말하면 이상한 곳은 전혀 없었다), 많이 고민도 하고, 비슷한 힘을 가진 사람을 찾아보기도 했지만, 결국 싫증나고 익숙해지고 귀찮아져서 더는 생각하지 않기로 했다.

어쨌든 '그것'은 일어난다. 그것은 엄연한 사실이다. 살아 있는 한 함께 갈 수밖에 없다.

사실 평상시에는 거의 잊고 산다. 무의식중에 조심은 하지만, 한 달에 한 번 있을까 말까 하는 일이니 온종일 그에 대해 생각하고 있을 수만도 없다.

형의 질리지 않는 호기심과 탐구심 탓에 매우 흥미로운 일(무섭다거나 큰일이라고 바꿔 말할 수 있는)도 여러 번 있었지만, 그것은 또 다른 이야기다.

아무도 모르는 곳에서 우리는 언뜻 보기에 평범하게, 하지만 나름대로 꽤 감칠맛 나는 인생을 보내고 있다. 아마도 다른 사람은 전혀 모를 테니 떳떳치 못한 심경일 때도 있고 스릴을 느낄 때도 있다.

나이를 먹으면 사라질지도 모른다고 생각한 '그것'은 지금도 여전히 계속되고 있고 약해졌다는 느낌도 들지 않는다.

그러기는커녕 요 수년간은 특별나게 기묘한, 바꿔 말하면 성가신 안건이라고 할까, 사건이라고 할까, 현상이라고 할까……. 말로 표현하기 어려운 복잡하고 기괴한 일에 말려들었다.

그리고 그것은 우리의 개인적인 부분과도 관련된 중요한 사안인 데다 우리가 '스키마와라시'라고 부르는 것과 얽히게 되는 일이기도 했다.

4장

치즈케이크에 대해,
N마치에 대해

갑작스럽지만 나는 치즈케이크를 좋아한다.

정말 생뚱맞네. 어째서 난데없이 치즈케이크?

그런 생각을 하는 당신에게는 미안하다.

하지만 슬슬 익숙해졌겠지?

내가 이렇게 빙빙 돌려서 말하는 것에.

아니면 어렴풋이 알아차렸을까.

내가 마음속으로는 이 이야기를 그다지 하고 싶어하지 않는 것을.

이 이야기는 '스키마와라시'에 얽힌 여러 이야기인데…….

내가 겁쟁이라는 사실은 지금까지 이야기로 알았을 거라 생각한다. 기묘한 재능(?)에 휘둘린 탓에 조심성이 많아진 것도.

요컨대 나는 이 이야기를 하는 것이 무섭고, 가능하다면 피하고 싶다. 하지만 이미 이야기를 시작한 이상 어떻게든 순서에 따라 듣는 사람이 이해하기 쉽게 말하도록 노력할 테니 아무쪼록 지금은 잠깐 참고 나를 따라와주길 바란다.

그러니까 치즈케이크를 좋아한다는 이야기였지.

그렇다. 레어 치즈케이크도 좋아하고 베이크드 치즈케이크도 좋아한다. 생크림이나 과일이 올라가 있지 않아도 상관없다. 되도록 심플한 것이 내 취향이다.

게다가 제과점이나 백화점 식품매장에서 파는 것이 아니라 시내의 평범한 커피숍에서 파는 것을 좋아한다.

그런 가게는 케이크가 있어도 대개 한두 종류로(다른 하나는 초콜릿케이크일 경우가 많다), 직접 만들거나 가까운 제과점에서 매입한다.

다시 말하면 개인이 경영하는 평범한 커피숍에 가서 커피를 마시면서 치즈케이크를 먹는 것을 좋아한다.

그러므로 나는 내가 치즈케이크를 사러 간 적이 없다. 친구와 거리를 걷다가 유명한 파티시에가 하는 가게 앞을 지나갈 때 친구가 "여기 치즈케이크, 아주 맛있어. 치즈케이크 좋아하지? 사 갈래?" 하고 말한 적이 있다. 하지만 대체로 나는 별 반응 없이 "아니, 괜찮아" 하고 쌀쌀맞게 대답하여 친구가 이상하게 생각할 때가 있다.

어디까지나 나는 '커피숍에서 치즈케이크를 먹는 것을 좋아한다'이기에 '치즈케이크를 사서 집에서 먹는다'는 것은 완전히 다른 행동이고 흥미가 없다.

스스로는 조리에 맞다고 생각했는데, 최근 문득 어쩌면 나는 치즈케이크를 좋아하는 것이 아니라 개인이 경영하는 평범한 커피숍을 좋아하는 것이 아닌가 하고 깨달았다.

생각해보니 어릴 적부터 길거리에 넘쳐나는 체인점이 불편했다. 다들 아무렇지도 않게 이용하지만 그중에는 주문 방법이 어려워서 아직도 발을 들이기가 무서운 가게도 있을 정도다.

확실히 내게는 '그것'이 있지만 결코 오래된 물건이 싫지는 않다. 오히려 형과 함께 오래된 물건에 둘러싸여 살아왔고, 오래된 것이 가까이에 있는 편이 안정된다. 그리고 개인 커피숍 중에는 대체로 오래된 가게가 많아서 그 공간에서 시간을 보내면 마음이 놓인다.

나도 지방 출신이라서 그런지 지방 도시의 오래된 커피숍에 가는 것을 좋아한다. 대개 치즈케이크도 있고.

항상 느끼는 것인데 개인이 경영하는 가게는 정말로 신기하다는 생각이 든다. 그곳은 바깥과는 다른 별세계다. 경영자의 색깔로 완전히 물들어 있다.

그 지역의 역사가 가게 안에 쌓여 있고 그 지역의 기질이 가게 공기에 응축되어 있는 듯이 느껴지는 것은 나뿐일까.

형도 마찬가지로 오래된 커피숍을 좋아하는지, 둘 다 매입이나 이런저런 일로 이곳저곳 돌아다니는 일이 많은데 그럴 때는 대개 그런 가게에 들른다.

형의 경우에는 일과 관련된 정보수집도 목적인 듯한데, 처음 가는 지역일 때는 미리 오래된 커피숍이 근처에 없는지 조사하고 가는 일이 습관이 되었다. 요즘은 인터넷에 거의 모든 정보가 올라와 있어서 편해졌지만, 굳이 조사하지 않아도 거리를 거닐다 마음에 드는 가게를 점찍어둔 후 나중에 들를 때도 많다.

덧붙여서 형은 초콜릿케이크를 좋아하는데 사오는 것보다 커피숍에서 먹는 것을 좋아한다는 점에서는 나와 완전히 똑같다.

카페 문화는 지역마다 조금씩 달라서 인구 대비 커피숍이 확연하게 많은 곳과 적은 곳이 있다.

적은 곳도 카페 문화가 없어서가 아니다. 옛날부터 다도가 성행했던 곳에는 자택에 화로가 있어서 차를 끓이는 습관이 있기에 밖에서는 마시지 않는다는 이유도 있다.

그런가 하면 커피숍이 잔뜩 있어서 휴일에는 가족끼리 단골 커피숍에 가서 브런치를 먹는 곳도 있으니 식문화는 그야말로 흥미롭다.

그런 생각을 하면서 이곳저곳에서 가게를 방문하는 일은 직업상 이동이 많은 형과 나의 자그마한 즐거움이다.

우리가 좋아하는 가게는 대개 오래된 상점가와 어우러져서 얼핏 보아서는 눈에 띄지 않는다. 간판도 작아서 그냥 걷다가는 눈에도 들어오지 않고 지나치고 만다.

가게 안은 어스름하다. 나무를 넉넉히 사용한 의자나 테이블은 개점 당시에 특수 주문한 것으로 손때가 타서 검게 빛이 난다. 여분이 없어서 곳곳에 정성을 들여 수리한 흔적도 있다.

흐르는 음악은 클래식 아니면 재즈, 아니면 무음. 카운터 구석에 앤티크 램프가 부드러운 빛을 비춘다. 형은 슬며시 감정을 하곤 한다.

단골이 읽는 신문은 램프 옆에 겹치지 않게 같은 간격으로 신문 이름이 보이도록 깔끔하게 나열하거나 목제 잡지꽂이에 꽂는다.

점주는 말수가 적다. 카운터 안쪽에서 평소 사용하는 도구와 한몸이 되어 군더더기 없는 동작으로 커피를 끓인다. 계속 그 자리에 서서 몇 년이나 몇십 년이나 커피를 끓여온 듯한 시간의 중첩이 느껴진다. 분명 점주가 항상 서 있는 바닥은 이미 닳아서 움푹 꺼졌으리라.

그리고 치즈케이크와 초콜릿케이크(아마도 직접 만든)가 동그란 유리 뚜껑으로 덮은 커다란 접시에 놓여 있다.

가게에 들어가서 그 두 가지 케이크가 나란히 있으면 형과 나는 그만 빙그레 웃으며 얼굴을 마주본다. 물론 각각의 케이크를 먹는다.

그런 커피숍 중 하나가 우연히 갔던 N마치에 있는 'K'라는 가게였다.

그 커피숍은 이제는 없다.

처음 들어갔을 때 점주는 이미 고령이었고 후계자도 없다는 말을 들었다. 이렇게 오래되고 좋은 가게는 가게의 단골 손님이 뒤를 잇기도 하지만, 상업빌딩의 2층에 있던 그 가게는 노후화된 빌딩을 재건축하기로 해서 어차피 그 자리에서는 이어갈 수 없었다.

N마치는 중부 도카이 지역의 어딘가 정도로만 말해두겠다. 다만 우리가 함께 스키마와라시와 만나게 되는 도시와 가까운 곳이었다.

우리는 G현에 매입 건으로 다녀오는 길이었다.

정기적으로 오래된 물건을 파는 손님이 있는데, 이번에도 그곳에서 돌아오는 길이었다.

G현에도 몇 군데인가 마음에 드는 커피숍이 있지만, 그날은 공교롭게도 악천후라 귀로에 시간이 걸릴 것 같아서 돌아오는 길을 서둘렀다.

날씨가 나쁜 날에 인수한 물건을 옮기는 일은 꽤 신경을 써야 해서 지친다.

도중에 도저히 쉬지 않으면 안 되겠다는 생각에 오래된 마을인 N마치에 들렀다.

비가 옆으로 쏟아지는 해 질 녘 마을에서 부드러운 오렌지색 빛이 새어나오는 가게를 형이 발견했다.

근처 주차장을 찾아 차를 주차하고 둘이서 가게에 들어갔
는데 그야말로 우리 취향에 딱 맞는 가게여서 형의 후각에
감탄했다.

물론 치즈케이크와 초콜릿케이크도 있었고. 그때도 형과
나는 얼굴을 마주보며 빙긋 웃었다.

처음 들어간 가게에서는 역시 블렌드 커피를 주문하는 것
이 기본이다. 블렌드는 점주의 취향이 드러나기에 자신의
취향과 맞는지도 알 수 있다.

카운터를 포함해 30석 정도 있는 가게 안은 그런대로 자
리가 차 있었다. 단골손님들이 만드는 느긋하고 한가로운
분위기가 좋았다.

우리는 제일 구석의 2인용 테이블에 마주보고 앉았다.

그러나 앉은 순간 엉겁결에 "윽" 하고 목구멍에서 소리가
나왔다.

그 목소리에 형이 날카로운 시선으로 나를 보는 것이 느
껴졌다.

나는 얼어붙은 듯 움직일 수 없었다.

눈앞의 사각 커피 테이블을 본 순간부터 빨려 들어가고
말았다.

그 커피 테이블은 지금도 선명하게 뇌리에 새겨져 있다.
사실 지금은 우리 집 창고에 있으니까 당연하지만.

그렇다. 가게를 닫을 때 우리가 의자와 테이블 등 가게에

있던 여러 물건을 인수했다.

다른 물건은 순조롭게 살 사람이 나타나서 거의 남아 있지 않지만, 문제의 커피 테이블만은 남아 있다.

작고 네모난 나무 테이블이다. 아주 심플하고 단단하게 만들어졌다.

테이블 상판에 타일을 깔아 놓은 점이 특징이다.

보라색이 감도는 빨간색 타일과 연한 파란색 타일이 바둑판 모양으로 3열로 나열되어 있다. 타일 한 장이 비교적 커서 각 변이 10센티미터 정도였다.

오래된 타일인데 표면이 윤이 나고 발색도 선명했다.

"'그거'야?"

내가 타일에서 눈을 떼지 못하는 것을 보고 형이 단도직입적으로 물었다.

나는 고개를 끄덕이는 것도 잊고 타일을 주시했다. '그것'에 관해 그때까지 나는 '부른다'는 표현을 사용했지만, 그때의 느낌은 그렇게 단순하지 않았다.

외친다. 주장한다. 그런 느낌이었다. 타일 안쪽에서 무언가가 맹렬히 뿜어져 나오는 듯했다.

나는 이마에 진땀이 솟았다.

'여기서 문제입니다.'

누군가가 머릿속에서 그렇게 말했다.

'나는 그 타일을 만져야 할까요?'

음, 나는 신음했다.

무언가 엄청난 것이 있는 것은 확실하다. 따라서 이것을 만지면 위험한 것도 사실이다. 그 '엄청난 것'이 어느 방면(무서움, 아픔, 노여움, 감동 등)인지는 만지기 전까지는 알 수 없다.

형이 새파랗게 질린 나를 지그시 관찰했다.

"그만둬."

형이 나직이 중얼거렸다.

"네가 보자마자 그렇게 심하게 반응하는 모습은 지금까지 본 적이 없어."

나는 억지로 미소를 지었다(고 생각한다).

"나도 처음이야."

"어떻게 할래?"

나는 커피 테이블의 타일을 내려다본 채 망설였다.

그때 블렌드 커피와 케이크가 나와서 테이블 위에 놓였다. 향기로운 커피 향에 긴장이 살짝 풀렸다.

"일단 먹고 생각하자."

형 말에 그렇게 하기로 했다.

커피도 치즈케이크도 맛있었다. 정말로 딱 내 취향이었다. 군더더기는 하나도 없다. 심플한 바로 그 레어 치즈케이크다.

커피 받침이 뜨거웠다.

데워져서가 아니다. 명백하게 아래에 깔린 타일에서, 차가

워야 할 타일에서 열기가 전해진다.

조금만 만져보면 어떨까?

그런 호기심이 고개를 들었다.

그 무렵 나는 '그것'의 충격을 억누르기 위해 갖가지 방법을 실험했다. 처음에는 새끼손가락으로 살짝 만진다. 이것이 그 방법 중 하나다. 스마트폰 화면을 조작할 때처럼 닿는 면적을 가능한 좁히는 것이 요령이다.

하지만 만지기 전부터 이렇게나 주장이 강한 테이블이니 새끼손가락만으로도 얼마나 충격을 받을지 알 수 없다는 것이 문제였다.

나는 슬쩍 주위를 둘러보았다.

카운터석에는 신문을 읽고 있는 손님, 근처에 사는 은퇴 노인으로 보이는 두 사람, 담소를 나누고 있는 테이블.

흐르고 있는 음악은 클래식. 여기서 비명을 지르거나 깜짝 놀라서 허둥거리면 큰일이리라.

형은 그런 내 마음의 움직임을 정확히 읽었다. 형도 "하지 마"라고 말은 했지만 내가 이것을 만진 순간 어떤 반응을 보일지, 무엇을 보게 될지 틀림없이 흥미진진하리라.

내가 도와달라는 듯 형을 보자 형은 어깨를 으쓱했다.

"마음대로 해. 비명을 지르면 대충 얼버무려줄게."

그것은 "해 봐"라고 말하는 것과 같다.

나는 쓴웃음을 지었다.

하지만 어느 쪽이든 결국 만졌을 것이다. 여하튼 형의 대답과 동시에, 아니 그보다 먼저 손을 쭉 뻗어 타일 구석에 새끼손가락을 살짝 가져다 댔기 때문이다.

다음 순간, 나는 엄청나게 밝은 장소에 있었다.

머릿속이 문자 그대로 새하얘졌다.

너무나도 놀라 나는 움찔거리기는커녕 소리 지를 틈도 없었다.

'여긴 어디지?'

방금 전까지 조용한 커피숍에서 테이블을 가운데 두고 치즈케이크를 먹던 일조차 훌쩍 어디론가 날아가버렸다.

'뭐야, 왜 이렇게 밝아.'

나는 눈을 깜빡였다.

눈이 부셔서 눈을 뜰 수가 없다.

'여기, 도대체 어디야?'

톡톡, 타닥타닥. 무언가가 튀는 소리가 거듭 울린다.

주위 공기가 일렁일렁 물결치고 흔들거린다.

'타고 있어?'

문득 그런 생각이 들었다.

무언가 타고 있다.

견딜 수 없을 만큼 눈이 부시지만 그리 뜨겁지는 않았다.

테이블 위의 컵 받침 쪽이 더 뜨거웠다.

그런 것을 냉정하게 살피는 자신을 깨닫고 괜찮다고 판단했다.

하지만 이런 체험은 처음이다.

여유가 살짝 생겨서 주위를 관찰할 수 있었다.

무언가 커다란 것이 타고 있는 것은 알았지만 그것이 무엇인지는 모른다.

어디까지나 타고 있다고 공기로만 느껴질 뿐 구체적인 것은 아무것도 보이지 않는다.

그저 저 멀리 누군가가 있는 듯했다.

모습을 본 것은 아니다. 그러나 멀리서 사람 목소리가 들린 것 같았다.

'누가 있나?'

그것은 적지 않은 인원이었다.

저 멀리 많은 사람이 있다. 그렇게 직감했다.

필사적으로 응시했지만, 오로지 밝고 살랑대는 바람만 미미하게 느껴질 뿐이다. 뭐라 표현해야 좋을까. 유리창 너머로 경치를 보는 느낌이라고 할 수 있을까. 그곳에 보이지 않는 벽이 가로막고 있어서 점점 더 애가 탔다.

손을 뻗으려 했지만 여전히 온몸이 단단히 묶인 듯 움직일 수 없다.

손을 움직이고 싶어.

앞으로 가고 싶어.

나는 그렇게 갈망하고 힘껏 손을 뻗으려 했다.

이를 악물었다.

손끝이 희미하게 흔들렸다.

다음 순간 나는 조용한 커피숍의 커피 테이블 앞에 앉아 있었다.

눈앞에 진지한 표정으로 나를 바라보는 형 모습이 보였다.

나는 부르르 온몸을 떨었다.

방금 느낀 체험과 너무나도 차이가 나서 한순간 내가 어디에 있는지 알 수가 없었다.

조심스레 살짝 한숨을 내쉬고 천천히 주위를 훔쳐보았다.

물론 아무도 나를 신경 쓰지 않는 여전히 차분하고 느긋한 분위기였다.

"뭘 봤어?"

형이 이번에도 단도직입적으로 물었다.

오랜 세월 같이 지내온 형이라도 내가 '그것'을 만나는 장면을 목전에서 보는 기회는 그리 많지 않다.

"오랜만에 보니 역시 새삼 놀랍네."

형이 그렇게 말하고는 나지막하게 웃었다.

"지금까지 본 것 중에서는 꽤 긴 것 같던데?"

형이 손목시계를 확인했다.

"초침도 봤는데 거의 20초였어."

"확실히 이번에는 기네."

나도 따라서 시계를 보았다. '그것'이 일어나는 시간은 대개 몇 초. 이미지가 번쩍 떠오르는 정도가 대부분이다.

더구나 지금처럼 이미지 속에 내가 존재한다는 느낌은 처음이다. '그것'이 일어날 때 보이는 이미지는, 가운데는 선명해도 시야가 좁고 주위는 부옇게 보이는 패턴이 많은데, 지금은 온몸이 이미지 속으로 들어간 듯해서 현장감이 느껴졌다.

"놀랐어."

나도 중얼거렸다.

"이런 건 처음이야."

형에게 체험한 것을 설명했다. 아무튼 구체적인 이미지는 아무것도 보이지 않아서 제대로 설명하기 어려웠지만, 형은 지그시 귀를 기울이며 그 색다른 경험을 이해해주었다.

"타일 쪽이겠군. 테이블의 나무 부분이 아니고."

형이 그렇게 중얼거리고 슬쩍 다른 테이블을 보았다.

나도 따라 시선을 그쪽으로 옮겼다.

상판에 타일이 끼워져 있는 테이블은 아무래도 이것뿐인 모양이다.

다른 테이블은 상판이 전부 나무로만 되어 있다.

"응. 그런 것 같아."

나는 증명하듯 테이블 테두리를 만졌다. 차갑고 아무것도 느껴지지 않는다.

"다른 테이블은 다 똑같이 생겼는데 이것만 다르네."

형 말대로였다. 이 테이블만 재질도 작풍도 다르니 구입한 곳이 다르리라.

나는 다시 한번 살며시 타일을 만졌다.

조금 전에는 그런 체험을 했는데 어느새 아무것도 느껴지지 않는다. 언제나 느끼는 안도감과 낙담.

'그것'은 처음 만졌을 때만 일어날 뿐, 같은 것을 만져도 다시는 일어나지 않는다.

"그 타일, 보기보다 꽤 오래되어 보이네."

형이 얼굴을 테이블에 가까이 대고 찬찬히 보더니 타일을 쓰다듬었다.

표면은 반드르르하고 발색도 선명하다. 겉보기만이라면 어제 만들었다고 해도 "그렇습니까" 하고 납득할 것 같다. 타일은 생명력이 대단하다는 생각이 든다.

점주는 카운터 안에서 손님과 잡담을 나누고 있었는데, 우리가 타일을 어루만지는 모습을 본 모양이다.

"그건 제가 오랜 친구에게 양도받은 테이블입니다."

계산할 때 우리가 앉았던 곳을 힐끗 보며 점주는 그렇게 말했다. 접객업을 하는 사람답게 생기가 넘쳤지만 일흔은 넘어 보였다.

"어쩐지 특별한 느낌이 드는 타일이네요."

나는 조금 복잡한 기분으로 그렇게 말했다.

그런 체험은 처음이었고, 여러 의미에서 '특이한' 타일인

것은 틀림없다.

점주는 기억을 더듬듯 뺨을 긁적였다.

"저도 자세히는 모르지만 간사이 쪽에 있던 오래된 건물을 철거할 때 내장으로 사용했던 타일을 재사용해서 만든 테이블이라고 했어요."

"재사용."

형이 입속에서 그렇게 우물거리는 것이 들렸다.

"혹시 어디의 무슨 건물이었는지 아시나요?"

점주에게 그렇게 물었다.

그런 질문을 받은 것이 의외였는지 점주는 잠시 의아한 표정을 짓더니 고개를 갸웃거리며 생각에 잠겼다.

"음. 구체적인 이름은 못 들은 것 같군요. 모르겠네요. 누군가의 저택이었었나. 아니, 호텔이었나. 다만 전쟁 전에 세워진 것으로, 아주 커다란 건물이었다는 이야기는 기억이 납니다."

"전쟁 전."

이번에는 내가 중얼거렸다.

"그럼 적어도 70년은 지났다는 말이군요. 그런 것치고는 발색이 너무 예쁘네요."

그렇게 감탄하자 점주도 동의했다.

"그렇죠? 저도 양도받았을 때 그렇게 말했어요."

"언제쯤인가요? 저 테이블을 이곳으로 가지고 왔을 때요."

형이 넌지시 물었다. 형이 타일 내력에 흥미를 느꼈다는 것을 알았다.

점주는 다시 생각에 잠겼다.

"가게에 놓은 건 3년 정도 전일까요. 오랜 세월 사용했던 테이블이 마침내 하나 못쓰게 되어서 대신 집에 놓았던 저 테이블을 가지고 왔지요."

"그럼 양도는 훨씬 전에 받았나요?"

"음, 10년 정도 전이었나."

"10년 전."

이번에는 형이 눈동자를 굴리며 무언가 생각했다. 다른 기억을 더듬을 때의 눈빛. 그러나 목적했던 것에는 다다르지 못한 모양이다.

"저 테이블이 이상한가요?"

점주도 형의 열성에 흥미가 일었는지 눈에 호기심이 서렸다.

"아, 죄송합니다. 직업 때문에 오래된 물건에 흥미가 있습니다. 보기 드문 타입의 테이블이어서요."

형이 겸연쩍어하며 명함을 내밀었다.

"아. 골동품점을 하시는군요. 그래서."

점주는 납득한 듯했다.

우리가 명함을 건네면(일로 명함을 교환할 때 말고), 상대의 반응은 대개 세 가지로 나뉜다.

대개는 "흠, 골동품 같은 건 나이 든 사람만 취급하는 줄 알았더니 의외로 젊은이도 하는군요. 요즘 세상에 이런 장사로 먹고살 수 있나요?"라는 다소의 호기심과 대체로 무관심적인 반응.

인사치레로 이 업계의 실태에 관해 질문하는 사람도 있지만 처음 만나는 사람 대부분은 무슨 말을 해야 할지 모르는 듯, 대개 "아, 그렇군요"라고 입속에서 웅얼거리다 말을 삼키며 재빨리 명함을 집어넣는다.

다음은 지금처럼 실제로 현장에서 흥미를 보인 후 명함을 건넸을 때 "이크, 보물인가요. 얼마나 나가려나요?" 하면서 기대하는 반응.

그런 사람은 분명히 TV에서 하는 골동품 감정 방송에서 집 한구석에 내버려둔 잡동사니에 엄청난 가격이 붙은 것을 본 기억이 있으리라.

또한 실제로 현물에 흥미를 보인 후 건넸을 때의 또 다른 반응도 있다.

혹시 이것을 가져가는 것은 아닐까, 사기 치려는 것은 아닐까, 하는 경계의 반응.

K 점주의 반응은 그 세 가지 반응이 복잡하게 얽혀 있었다. 태도는 담담했으나 속으로는 흥미가 동하는 한편 기대심과 경계심도 가진 느낌.

복잡했지만 점주에게 우리 인상은 결코 나쁘지 않았던 모양이다.

그런 말을 하는 이유는, 그 후 우리는 가끔 K와 N마치를 방문하게 되었기 때문이다.

K 점주가 집 정리를 부탁하고 싶다는 친구를 소개해주고, 끝내는 자기 가게의 폐점 정리도 맡길 정도로 친해지리라고 이때는 예상도 하지 못했다.

나중에 알았지만 N마치는 오래된 역참 마을로, 작지만 오랫동안 교통의 요지 중 하나였다. 이런 곳은 눈에 띄지는 않지만 사람과 물건의 왕래가 잦고 갖가지 물건이 남아 있기 마련이다. 그 뒤로 고마운 매입처 중 하나가 되었다.

처음으로 우리가 K를 방문한 지 두 달 정도 지났을 무렵, K 점주에게 연락이 왔다.

역시 일 하나를 끝내고 형과 함께 단골 커피숍에서 치즈케이크를 먹고 있을 때였다. 덧붙이면 가게에는 치즈케이크밖에 없어서 형도 치즈케이크를 먹고 있었다. 초콜릿케이크밖에 없는 가게에서는 나도 초콜릿케이크를 먹는다.

누가 걸었는지 알 수 없는 전화번호라서 형은 조금 의아한 표정이었다. 시외 국번이 표시된 것을 보니 유선 전화다.

그래도 전화를 받은 형은 몇 마디 대화 만에 바로 누구인지 안 모양이다.

"네, 네. 그런가요. 꼭 부탁합니다."

형은 연달아 맞장구치며 이야기를 들었는데 차츰 흥분하

는 것이 보였다.

"일단 끊어도 되나요? 제가 다시 걸겠습니다. 동생과 상담을 하고요."

형은 그렇게 말하고 전화를 끊었다.

"누구였어?"

내가 물었다.

"기억해? N마치의 K라는 커피숍. 상판에 타일이 들어간 테이블이 있던 곳."

"물론이지."

나는 쓴웃음을 지었다. 그렇게나 강렬한 체험을 한 가게다 보니 잊을 리가 없다. 게다가 나중에 몇 번이나 그때 일을 떠올리기도 했고.

"거기 점주."

형 말을 듣고 온화한 점주의 얼굴이 떠올랐다.

"응? 왜?"

"그것과 같은 테이블이 하나 더 있고, 친구가 가지고 있는데 흥미 있냐고."

나는 반사적으로 몸서리를 치며 형을 노려보았다.

"그것과 같은 테이블? 타일이 들어간?"

"그래."

형이 의미심장하게 고개를 끄덕였다.

"어디에 있는데?"

"같은 N마치래. 점주의 단골 이발소에 놓여 있대. 그래서 어떡할래?"

"어떻게 하냐니?"

나는 입을 다물었다.

형은 갈 생각으로 가득하고, 결국에는 나도 가게 될 테지만 그래도 망설이게 된다.

형은 시계를 확인했다.

"지금 가면 늦기 전에 돌아올 수 있을 거야."

"지금 당장?"

나는 되물었다.

실은 이때 우리는 나고야에 있었다. 큰 골동품 시장이 열려서 일을 겸해 하루 숙박할 예정이었다. 확실히 N마치는 여기서라면 차로 두 시간도 걸리지 않는다. 지금은 아직 오후 2시가 지났을 뿐이니 왕복해도 엄청나게 늦어질 정도는 아니다.

"가자. 흥미 있지?"

"응. 그거야."

나는 내키지 않는 듯 대답했지만 형은 이미 자리에서 일어났다.

"그래서 그거 살 거야?"

그렇게 묻자 형이 스마트폰을 손에 들고 잠시 생각에 잠겼다.

"몰라. 일단 보자. 네가 만지고 나서 생각하지."

그렇게 말하고 형은 K 점주에게 전화를 걸었다.

나는 계산을 마치고도 어쩐지 떨떠름했다. 떠오르는 감각.
공포와 기대와 호기심. '그것'에 관한 내 기분은 아무리 시간
이 흘러도 서로 상반되는 것이 섞여 있다.

그날은 날씨가 좋아서 드라이브는 쾌적했다.

길도 뻥 뚫려서 생각보다 빨리 N마치에 도착했다. 4시 전
에 도착해서 거리는 아직 밝았다.

두 번째였지만 벌써 친숙한 느낌이 든다. 지난번과 마찬가
지로 주차장에 차를 세우고 K로 향했다.

"안녕하세요."

가게에 들어가자 점주가 "여기까지 일부러 오게 해서 미
안해요"라고 말하며 웃는 얼굴로 맞아주었다.

"여기 잠깐 부탁해."

카운터 안쪽에 있는 젊은 남자에게 말을 걸고 셋이서 가
게를 나왔다.

"타이밍이 좋았어요. 마침 저희 나고야에 있었거든요."

"그랬군. 갑자기 온다고 그래서 깜짝 놀랐어."

우리는 상점가를 걸었다.

"그곳은 내가 항상 다니는 곳인데, 얼마 전에 머리를 자르
러 갔다가 퍼뜩 깨달았어. 그러고 보니 여기도 같은 테이블
이 있었지, 하고. 계속 눈앞에 있는데 잊고 있었지 뭐야. 그

래서 자네들이 떠올랐어."

점주가 말을 이었다.

"그 테이블에 꽤 관심이 있는 듯해서 혹시 몰라 전화했는데 성가시지 않았어?"

"아니요, 전혀요. 정말 감사합니다."

형은 강하게 부정했다.

'네, 감사하네요.'

나도 속으로 중얼거렸다.

상점가 구석에 옛날 모습 그대로인 이발소가 있다. 빨강, 파랑, 하양 기둥이 빙글빙글 돌아간다.

"실례."

제집처럼 점주가 가게로 들어간다.

말쑥한 이발소 안에는 마침 손님이 끊긴 듯 이발사가 선채로 석간을 읽고 있었다.

"오, 어서 오시게."

이발사가 인사를 하고 석간을 내려놓았다.

"이쪽이 아까 말한 건으로 오신 분들."

커피숍 점주가 우리를 돌아보아서 우리는 애써 붙임성 좋게 인사를 했다.

그러나 이미 시선은 그것에 꽂혀 있었다.

바로 알았다.

입구 옆에 있는 화분이 올라가 있는 작은 테이블.

분명히 같은 테이블이었다. 사방 10센티미터의 타일 3열이 상판에 끼워져 있는 것.

다만 타일 색이 K의 것과 달랐다. K에 있는 테이블은 보라색에 가까운 빨간색과 엷은 파란색이었지만 이것은 오렌지색과 엷은 녹색의 바둑판무늬였다.

나는 긴장했다. 이 테이블 또한 색다른 에너지를 발산했기 때문이다.

"아, 화분 치울게요."

이발사는 우리가 테이블을 보고 있는 것을 알아차리고 영차, 하고 올라 있던 화분을 치웠다.

올라 있던 것이 사라지자 무언가가 점점 더 생생하게 다가왔다.

역시 발색도 좋고 표면도 반질반질하다.

형과 나는 무심코 얼굴을 마주보았다.

"좀 보겠습니다."

형이 절하듯 몸을 굽혀 테이블을 들여다보았다.

물론 나도 형과 나란히 서서 테이블을 내려다보았다. 내가 긴장하고 있는 것이 형에게도 전해졌으리라.

"이 테이블, 두 분이 같은 분께 양도받은 겁니까?"

형이 슬쩍 나를 숨기듯 두 사람 쪽으로 얼굴을 향하고 질문했다. 그 의미는 명백하다. 만져보라는 뜻이다. 내 반응을 두 사람이 보지 못하도록 가로막아준 것이다.

그러나 나는 만질 수 없었다. 몸이 얼어붙어서 움직일 수 없었다.

K에서 한 체험이 되살아났다. 그 색다른 체험.

"이거, 송년회 추첨으로 당첨된 거 아니었나?"

이발사가 K 점주에게 물었다.

"아, 그랬나."

K 점주가 무릎을 쳤다.

"맞아, 그랬어. 사가라 영감님이 아들 부부네와 합가하면서 소지품 몇 가지를 자치회에 추첨 경품으로 내놓았지."

형 뒤에서 들은 이야기는 다음과 같다.

근처에 사는 사가라 영감님은 솜씨 좋은 미장이였다. 나이가 들어 은퇴하고 부인도 세상을 떠서 혼자 살게 되었는데, 오사카에 사는 아들 부부 집으로 들어가게 되어 소지품 몇 가지를 송년회 경품이라는 형태로 남겼다고 한다.

두 테이블은 그가 만든 것이 아니고 예상대로 동료 장인에게 양도받은 것이라고 한다.

"원래는 호텔 벽인가 바닥에 사용했다고 하지 않았나?"

이발사가 말을 이었다.

"그게 잘 기억이 안 나. 실업가 저택이라고 했던 것도 같고."

K 점주가 대답했다.

"아니야, 호텔이야."

이발사가 고개를 저으며 딱 잘라 말했다.

"음, 이름이 안 떠오르네. 전쟁 전에 국가가 세운 호화로운 호텔이었는데, 전쟁이 끝날 때까지 아주 짧은 기간밖에 운영하지 않았다던데."

"그럼 이것 말고도 테이블이 더 있지 않을까요? 도대체 몇 개나 만들었을까요."

형이 묻는 소리가 들렸다.

"그건 모르겠네."

이발사가 신음했다.

"하지만 원래 파는 물건은 아니었다고 그랬어. 호텔을 철거인지 개축인지 할 때 창건 당시와 관련 있던 장인들이 기념으로 만들었다지. 테이블뿐만 아니라 다른 물건도 이것저것 만들었대."

"다른 물건에도 역시 타일을 사용했나요?"

형 질문의 의도를 알 것 같다.

이 외에도 남아 있다. 이 타일을 사용한 물건이. 내가 강하게 반응하는 강렬한 '그것'을 불러오는 타일이.

"음, 거기까지는 모르겠네."

이발사의 대답에 안심하면서 나는 확신했다.

남아 있다. 분명 이 타일은 이것 외에도 남아 있다. 이 타일에는 숨길 수 없는 아우라가 있다. 무엇보다 발색도 멋지고 아름답고 지금도 사용할 수 있다는 느낌이 강하게 떠돌고 있어서 한번 손에 넣으면 처분할 수가 없다.

나는 타일에서 눈을 떼지 못했다.

버릴 수 있을 리가 없다. 이렇게나 신비하고 아름다운 물건을.

이발사의 느긋한 목소리가 들렸다.

"나도 몰랐는데 일본 타일은 정해진 몇 곳에서 거의 다 만들어진다더군."

"네, 메이지 시대(1868~1912년)에 국가가 운영하는 연구소와 공장이 교토에 세워지고, 국가 주도로 만들게 되었다고 합니다. 일본은 원래 요업窯業이 성행했는데 처음에는 주로 메이지 유신으로 고객을 잃은 교야키(교토에서 만들어지는 도자기의 총칭—옮긴이) 장인이 중심이 되었다고."

형이 대답하는 목소리가 들린다.

그렇군. 형은 K에서의 일 이후 타일에 대해 조사하기 시작한 모양이다.

형이 슬쩍 이쪽을 돌아보았다.

빨리하라는 의미겠지.

그래도 나는 좀처럼 결심이 서지 않았다.

아니, 솔직히 말하면 만지는 일을 잊고 있었다.

타일에 매료되어 넋을 잃고 바라보고 있었다.

그런데 어느새 손이 움직였다.

그때와 똑같다. 저도 모르게 손가락이 살며시 타일을 만졌다.

본 적이 있는, 눈부신 곳이다.

그 환한 장소다.

이전과 같은 장소라고 확신했다.

일렁이는 공기.

조금 떨어진 곳에서 느껴지는 열기.

하지만.

무언가가 다르다. 이전과 같은 곳인데도 위화감이 있다.

나는 필사적으로 그 위화감의 정체를 확인하고자 했다.

넓은 공간.

오래된 건조물 내부 같았다. 묵직하고 거대한 건물.

그런가. 인기척이 없다.

그렇게 깨달았다.

이전에는 조금 떨어진 곳에 사람이 많이 있는 듯한 기척이 있었는데, 지금은 없다.

아무도 없다. 가까이에는 아무도. 그런 느낌이 든다.

하지만 근처에 사람은 아니지만 무언가가 있다. 엄청난 존재감이 있는 것. 뭘까.

나는 그 '무언가'가 시야에 들어오기를 기다렸다.

이제 그것이 보이리라.

곧 '부른다'. 그것은 확실하다.

흐리멍덩하게 무언가가 저쪽에서 떠오른다. 렌즈 초점이

맞아서 대상물이 이쪽으로 쑥 다가오는 듯이.

한들거리는 경치 속에서 차츰 움직이는 것이 보였다.

세로줄의 움직임.

위에서 아래로. 끊임없이 이어진다.

뭘까. 물이다.

물이 흐른다.

물은 돌 상자 같은 곳에서 흘러내리고 있다. 돌 상자는 두 단으로 되어 있는데, 위쪽 상자에서 물이 흘러내려 아래의 한 아름 더 큰 돌 상자로 떨어지는 구조인 듯하다.

인공물이다. 분수? 푼주(아래는 뾰족하고 위는 짝 바라진 사기 그릇 —옮긴이)?

전부 한눈에 들어오지 않는다.

돌 상자에 돋을새김이 있다. 뭘 나타내는 거지?

뭘까.

나는 힘껏 그 윤곽을 기억에 새기려 했다. 언뜻 보면 'X' 표시를 볼록하게 만든 것으로 보였다. 만화에서 자주 나오는 것처럼 커다란 반창고를 X 자로 붙인 듯한 모양이 줄줄이 이어져 있다.

십자가?

나는 뚫어져라 그것을 관찰했다.

아니, 십자가라기에는 기울어져 있는 것이 이상하고, 가운데가 아주 통통하게 볼록 튀어나와 있다. 무언가 구체적인 모양을 디자인한 것 같은 느낌이다.

물이 자연스럽게 흐르고 있고, 자세히 보니 구석에 생화가 꽂혀 있다.

거기서 깨달았다.

저번에도 이번에도 처음에는 무언가가 타는 듯했지만 그런 것은 아닌 모양이다. 아지랑이 같은 열기를 느낀 탓에 그렇게 보인 듯하다.

확실히 '그것'이 일어날 때는 언제나 열을 느끼기 때문에 이번에는 상당히 엄청난 '그것'이라는 것은 틀림없다.

'그것'은 어마어마한 에너지가 필요하구나.

나는 그런 생각을 한 것 같았는데 경치가 쑥 멀어지더니 순식간에 N마치의 이발소로 돌아왔다.

상점가의 수선스러운 저녁 공기가 유리문 너머에서 스며들어왔다.

형이 이쪽을 흘낏 본 것을 알아차렸다.

나는 소리를 내지 않고 한숨을 쉰 뒤 슬그머니 고개를 끄덕였다.

형도 눈으로 알았다고 하고, 상냥하게 이야기를 마무리 짓기 시작했다.

"오늘 이렇게 연락해주셔서 정말로 감사합니다. 흥미로운 물건을 봤습니다. 즐거웠습니다. 생각지도 못하게 이런 물건을 보게 되었네요."

"아니, 미안하네, 일부러 불러서."

형은 완전히 친해진 듯 두 사람과 싱글벙글 웃었다.

"그런데요."

형은 말투가 정중해졌다.

"혹시 같은 타일을 다른 걸로 가공했다는 소문을 들으면, 죄송하지만 또 연락해주시겠습니까?"

"물론이지. 뭔가 알고 있는 사람이 있는지 우리도 물어보지."

자신들의 소유물이 우리 흥미를 끌었다는 것이 기뻤는지 두 사람은 단단히 약속해주었다.

나고야에서 사온 과자를 사양하는 두 사람에게 간신히 건네고 우리는 차로 돌아왔다.

"좋은 분들이네."

"그러게."

둘이서 그렇게 중얼거렸는데, 문득 형이 날카로운 시선을 내게 향했다.

"그래서 어땠어?"

"기다려."

나는 수첩을 꺼내 어설픈 그림을 그렸다. 어떻게든 아까 본 것을 잊지 않도록 그려놓고 싶었다.

"뭐야, 그건?"

형이 내 그림을 들여다보았다.

"방금 본 거. 뭔가 분수 같은 게 있고 거기에 돋을새김이 새겨져 있었어."

"가위표야?"

형도 같은 생각을 했나 보다.

"아니, 좀 다른 것 같아. 가운데가 이렇게 볼록해."

이럴 때는 언제나 왜 형에게 이 능력이 없는 거냐고 생각하고 만다.

영상 기억이 있는 형이라면 좀 더 정확하게 그릴 수 있을 텐데.

"이런 느낌이었는데, 이거 뭐 같아?"

우리는 그림을 보고 생각에 잠겼다. 나로서는 꽤 잘 그린 것 같다.

"몰라. 어딘가에서 본 듯한데."

형이 머릿속에서 '검색'을 시작한 모양인데 아무리 생각해도 짐작 가는 것이 없는 듯하다.

"좀 더 생각해볼게."

"응, 그래."

나는 방금 전의 사소한 발견을 이야기했다.

'그것'이 에너지를 쓰는 점, 그리고 이번만큼 엄청난 에너지를 느낀 적은 없다는 점.

"흠. 도대체 어떤 에너지일까. 그 타일이 있던 장소의 에너지일까, 타일에 담긴 사념의 에너지일까. 모르는 게 너무나도 많아."

그것은 나도 마찬가지다.

하지만 그것뿐만이 아니다. 나는 그렇게 확신했다. 끝이 아니다. 아마도 이것은 무언가의 시작이다.

그리고 내 예상대로, 두 번 있는 일은 세 번도 있다는 말처럼 다음 기회는 얼마 지나지 않아 다가왔다.

이런 일은 마치 노린 듯 연이어 일어나기에 신기하다.

그것도 전혀 생각지 않았던 방향에서였기에 누군가 내가 싫증을 내지 않도록 배려한 것이 아닌가 생각했을 정도다.

그날은 두 번째 테이블을 보고 3주도 지나지 않았다.

전부터 정해져 있던 약속이었다. 도쿄 신바시에서 예전에 같은 레스토랑에서 일했던 동료들과 오랜만에 만났다.

내가 도쿄에서 일했던 가게는 점주가 몸이 안 좋아져서 문을 닫았는데, 당시 종업원들과는 사이가 아주 좋았고, 마치 가족 같았다. 내가 고향으로 돌아온 후에도 시간을 맞춰서 종종 만났다. 이른바 동창회 같은 느낌으로.

나 이외에 모두 도쿄에 있는 음식점에서 일하고 있어서 모임이 있을 때는 자연스럽게 내가 도쿄로 가게 되었다.

약속한 가게가 있는 곳은 신바시 역에서 그리 멀지 않은 커다란 상업빌딩이었다.

옛날에 지어진 빌딩은 어쩐지 분위기가 독특하다. 묵직한 공기, 느긋한 통로 공간. 전체적으로 만듦새에 여유가 있고 잘 닦여진 바닥이 둔탁하게 빛난다.

지금 생각하면 그때까지 나는 빌딩에 관해 의식한 적이 없었다.

골동품이나 중고 물건을 다루다 보면 민가나 창고 안에 있는 '물건' 쪽만 주목하다 보니 빌딩이나 콘크리트는 이른바 '범위 밖'으로 취급한다. 자신과 관계가 있다고 깊게 생각한 적이 없었다.

그렇지만 테이블 두 개와 만나고 그 타일을 만진 후에는 달랐다.

좀 더 정확하게 말하면 그날 신바시에 있는 오래된 빌딩의 음식점에서 모두와 즐겁게 회식을 하다 도중에 화장실에 갈 때까지는.

커다란 상업빌딩의 음식점이 늘어선 층의 화장실은 공용으로, 일단 가게 밖으로 나와야 하는 곳이 대부분이다.

물론 그 빌딩도 마찬가지라서, 지하 1층 식당가의 화장실도 플로어 중앙 부분에 있었다.

나는 조금 급해서 종종걸음으로 가게를 빠져나와 화장실에서 일을 마친 후에야 주위를 둘러볼 여유가 생겼다.

일찍 만났기에 아직 밤은 깊지 않아 통로에는 많은 손님이 오가고 있었다. 유유자적하게 떠드는 소리가 음악처럼 나를 감쌌다.

'아, 지금 도쿄에 있지.'

이런 실없는 생각을 하며 가게로 돌아가려고 한 바로 그 순간이었다.

나는 앞으로 고꾸라지듯 발을 멈췄다.

그렇다. 누군가가 멀리서 부르는 듯했다.

나는 돌아보았다.

통로는 많은 사람이 왕래 중이었는데 이것은 그들을 지나 저 멀리서 들리는 것 같았다.

나는 혼란스러웠다.

저 앞. 통로 끝.

정체 모를 것이 등을 기어오른다.

이미 예감은 있었다. 나는 흐느적흐느적 걷기 시작했다.

웃음소리가 새어 나오는 음식점을 몇 개나 지난 통로 구석에 그 장소가 있었다.

휴게 공간인지, 검은 쿠션이 깔린 등받이 없는 긴 의자가 나란히 있다. 시대가 시대다 보니 재떨이는 철거되었지만, 어쩌면 원래는 흡연 장소였을지도 모른다.

여기는 지하 1층이지만 그 공간 위쪽은 지상까지 뻥 뚫려서 창이 보였다. 물론 지금은 밖이 컴컴하지만 낮에는 자연광이 쏟아져 들어와 분명 포근한 분위기가 감돌리라.

그리고 그 벽에는 '산'이 있었다.

아마도 해가 질 무렵의 산을 그린 듯한 벽화였다.

가까이 다가가면서 알았다.

그것은 타일을 끼워 넣어 만든 벽화였다.

친숙한 감각이 서서히 솟아오른다.

타일.

조명은 어스름하고 아무도 없었다.

하지만 멀리서 보더라도 그 타일이 세월에 아랑곳없이 왕년의 반질반질한 색채를 가득 담고 있다는 점을 나는 이미 알았다.

그 타일이다.

나는 그렇게 확신했다. 동시에 다른 사실도 깨달았다.

그것은 실로 간단한 것이었다.

그 두 테이블은 어쩌다 상판에 타일을 썼지만, 타일은 애초 건축 자재다.

형과 이발사, 커피숍 K 점주가 이발소에서 말했던 것처럼 일본산 타일은 한때 거의 한정된 곳에서 만들어서 그것을 전국으로 유통했다.

즉, 그 타일을 사용한 건물은 일본 전국에 있다.

그 사실을 알아차렸을 때의 충격은 지금도 간단히 말로 표현하기 힘들다.

지금까지 그냥 지나친 여러 장소에 그야말로 지뢰처럼 그 타일이 숨겨져 있다고 생각하니, 앞으로 더욱 놀랄 것이라는 예감에 순간 정신이 아찔해졌다.

그야말로 지금까지 전혀 의식하지 않았던 전국 방방곡곡

의 빌딩이 일제히 밀려오는 느낌마저 들었다.

도리어 왜 지금까지 그 사실을 깨닫지 못했는지 이상할 정도였다. 분명 매일 같은 타일 앞을 지나다녔을 텐데, 어째서?

아마도 그 커피 테이블이 '스위치'였으리라. 그 커피 테이블과 '만나서', '만졌기' 때문에 어딘가가 자극되어 민감해졌는지도 모른다.

계속 꽃가루 알레르기가 없던 사람이 갑자기 올해부터 발병했다는 것과 비슷한 느낌일까. 아니면 굴을 잔뜩 먹어온 사람이 평생 먹을 양을 다 먹었는지 그만 알레르기가 생겨서 먹을 수 없게 되었다 같은 것일까.

그런 하찮은 것들을 생각하면서도 나는 스르륵 그 벽으로 다가갔다.

가까이 가지 마. 만지지 마. 알잖아? 앞에 있었던 두 번의 경험을 떠올려. 또 험한 꼴 당할 거야.

그런 목소리가 어딘가에서 들려왔지만 역시 나는 벽화 앞에 섰다.

이런 대도시 한쪽 구석에서 이런 기분으로 벽의 타일을 보고 있는 사람은 세계가 아무리 넓다고 해도 나밖에 없을 거라는 생각이 들자 고독해졌다.

나는 한숨을 쉬었다. 체념 가득한, 피로감 가득한 한숨이었다.

그리고 손을 내밀어 만졌다.

뺨을 때리는 듯한 풍압이 느껴졌다.

다르다.

앞선 두 번과 달라.

하지만 또 어딘가 넓은 장소에 있는 것은 틀림없다.

또 뜨겁다고 느꼈는데, 지난번은 조금 바싹 마른 듯한 느낌이었지만 이번은 잔뜩 흐려서 습기를 머금은 열이었다. 음침하고 불온한 열기.

기분 나빠.

여기서 떠나고 싶어.

하지만 움직일 수 없었다.

바람인지 공기인지 모를 얼굴에 느껴지는 '압력'이 강해서 나는 양다리에 힘을 꽉 주고 버텨야 했다.

지난번과 같은 장소일까.

문득 궁금해졌다.

지난 두 번은 같은 곳이라고 직감했지만 이번은 다른 것 같다. 하지만 확신은 없다.

댕그랑, 소리가 들렸다.

멀리서 댕그랑, 댕그랑, 하고 맑은소리가 났다.

무슨 소리일까.

나는 귀를 기울였다.

기계음은 아닌 듯했다. 경쾌하면서도 따뜻한 소리였다. 일정한 간격을 두고 댕그랑, 댕그랑, 하고 같은 높이, 같은 세기로 계속 울렸다.

게다가 하나가 아니다. 몇 군데에서 울리는 소리가 여러 방향에서 겹쳐서 울려 퍼진다.

들은 적이 있는 듯하면서도 없는 듯하다. 굳이 설명해보자면 나무공이로 무언가를 두드리는 것 같다. 그런 마른 나무 막대를 치는 듯한 여운이 느껴지는 부드러운 소리.

녹음하고 싶다는 생각이 문득 들었다.

스마트폰으로 녹음이 될까 잠깐 생각했지만 당연히 가능할 리가 없다.

제길, 형에게 이 소리를 들려주고 싶었다. 아무래도 입으로는 재현할 수 없다. 나무공이로 절구를 두드리면 이런 소리가 날까? 아니, 그것으로는 이렇게 뒤에 남는 듯한 여운이 없다. 좀 더 긴 막대. 나무로 만든 야구 방망이는 어떨까?

들려오는 소리의 재현 방법을 궁리하는데 문득 인기척이 느껴졌다.

좀 떨어진 곳에 누군가가 있다.

얼마 전처럼 많은 사람의 기척은 아니다.

감질났다.

이번에는 이미지가 바로 구현되지 않는다.

흐릿한 연회색 세계. 어쩐지 축축한 공기가 넘실거리며 나를 감싸고 있지만 두루뭉술해서 아무것도 보이지 않는다.

무언가 있다. 누군가가 있다.

나는 초조해져서 그곳을 응시했다.

그러자 어슴푸레한 그림자가 멀리서 떠올랐다.

거무스름하면서 흐리멍덩한 그림자가 흔들린다.

사람?

나는 그쪽을 주목했다. 시력은 좋은 편이지만 그래도 아직 보이지 않는다.

차츰차츰 그림자가 다가온다.

좀 더 가까이. 조금 더, 좀 더.

나는 손짓하고 싶어졌다.

그림자가 조금씩 형태를 갖추었다.

처음에는 하나로 보였는데 사실은 두 개라는 것을 알아차렸다.

두 사람?

점점 초점이 맞아간다. 희미한 윤곽이 차차 진해져 형태가 되어간다.

남녀.

아무래도 키가 큰 남자와 머리 하나 정도 작은 여자 같다.

젊나? 아니, 젊지는 않나.

이목구비가 차츰 또렷해진다.

구멍 같은 것이 보인다.

아니, 두 사람이 입을 크게 벌리고 있기 때문에 구멍이라

착각했다.

입만이 아니다 눈도 커다랗게 뜨고 있다.

더 초점이 맞더니 수면이 가라앉듯 두 사람 얼굴이 제대로 보였다.

그들은 놀란 표정이었다. 무언가에 놀라 소리를 지르고 있는 듯 보였다. 여자는 얼굴 앞으로 손을 올리고 몸을 뒤로 젖혔고 남자는 그 여자를 감싸는 듯 팔을 뻗었다.

그러나 크게 뜬 두 사람의 눈은 같은 곳을 향했다. 굉장히 놀라운 것이 눈앞에 있는 듯하다. 그렇다. 딱 내가 있는 곳에 두 사람의 시선이 머물렀다.

그때 나는 기묘한 감각을 느꼈다.

그립기도 하고 데자뷔 같기도 했다.

상반되는 여러 감정이 와르르 밀려와 큰 혼란에 빠졌다.

그때 나의 동요는 지금까지 체험했던 그 어떤 것과도 달랐다. '그것' 때문에 생긴 감정인지 내 감정인지 전혀 알 수가 없었다. 구태여 말하자면 그 양쪽을 한 조각씩 잘라 나라는 냄비에 던져 넣은 듯한 느낌이었다. 게다가 그 감정의 수프는 각각 비슷한 양이었기에 맛도 알 수 없는 엄청난 혼란 상태였다.

이들은 누구지?

내 머릿속에서 그 의문이 되풀이되며 쿵쿵 울렸다.

그 의문에는 몇 겹의 의미가 있다.

이 감정은 누구의 것일까? 내 것? 지금 보고 있는 두 사람의 것? 아니면 이 두 사람이 보고 있는 누군가의 것?

나중에 다시 생각해보니 아마도 이 일련의 사건 중 이때 가장 큰 충격을 받았던 것 같다.

확실히 말해서 나는 패닉에 빠졌다.

실제로 많은 시간이 흐르지는 않았다.

남녀의 모습은 순식간에 초점이 맞아 또렷해졌지만, 이윽고 또 쑥 멀어져 흐릿해지고 녹듯이 사라지고 말았다.

그러니 이미 '현실'로 돌아왔을 터였고 나는 어두컴컴한 빌딩 한구석에 서 있다는 사실을 깨달았음에도 오히려 돌아가기 싫다고, 돌아왔다는 사실을 깨닫기 싫다고 생각했다.

평소라면 그럴 리가 없었다.

미련이 남아 벽의 타일을 끈질기게 어루만지며 다시 한번 '그것'이 일어나지 않을까 계속 빌었다. 이런 일은 처음이었다. '그것'은 처음 만졌을 때만이라는 사실을 알고 있으면서.

내가 하는 행동이 이상하다는 사실을 알아차린 것은 지나가는 다른 손님이 수상하다는 듯, 아니, 기분 나쁘다는 듯 보는 시선을 느꼈을 때였다.

술에 취해서 이상한 행동을 하고 있다고 생각하는지도 모른다. 여하튼 나는 퍼뜩 놀라 긴 의자에 앉아 스마트폰을 꺼내 아무렇지도 않은 듯한 행동을 취했다.

손님은 흥미를 잃었는지 멀어져 갔다.

하지만 스마트폰 화면에 시선을 떨어뜨린 채 나는 여전히 패닉에 빠져 있었다.

몸이, 온몸이 뜨거웠다.

어쩌면 정말로 술에 취해 그런 것일까. 이 열은 취했기 때문일까?

나도 형도 술이 세다. 아니 '취하지 않는다'고 말하는 편이 옳을지도 모르겠다. 오히려 마실수록 몸 어딘가가 반짝 깨어난다.

그날도 모두와 즐겁게 마시고 있었고, 술자리 분위기는 더욱 무르익어가고 있었다.

충격은 조금도 가시지 않았다.

귓가에 댕그랑, 댕그랑, 하고 그 신비한 소리가 달라붙어 있다.

그리고 그 깜짝 놀란 표정의 두 사람.

심상치 않은 표정이었다. 무엇을 보면 그런 얼굴이 될까?

패닉이 가라앉을 때까지 좀 더 시간이 걸릴 것 같았는데 그곳에 화장실에 다녀온 동료 한 명이 불쑥 나타났다.

"산타, 무슨 일이야? 어디 안 좋아?"

문득 시계를 보니 내가 화장실 간다고 나온 뒤로 20분 이상 지나 있었다.

"아니야, 내일 매입 건 때문에 형이 전화해서."

스마트폰을 보고 있던 것을 핑계로 형에게 책임을 돌렸다.

그리고 그것은 그대로 내가 그날 막차를 타고 집으로 돌아
가는 이유가 되었다. 사실은 벌써 다 같이 술집을 몇 군데나
돌아다니며 마신 상태라 누군가의 집에서 하룻밤 묵을 예정
이었는데, 나는 여전히 패닉에 빠져 있었기 때문에 이대로
이어 마실 기분은 완전히 사라졌다.

"유감이네."

"이불 준비해놨는데."

"일 때문이면 별 수 없지."

"자영업이니까."

저마다의 한마디를 뒤로 한 채 나는 역으로 향했다.

그럭저럭 붐비는 열차의 박스 석에 앉아 코를 골며 잠자
는 맞은편 아저씨 얼굴을 멍하니 바라보며 나는 아직도 가
시지 않은 조금 전 체험을 계속 반추했다. 강렬한 위화감, 충
동, 충격.

그리고 문득 창으로 눈을 돌려 어두운 창문에 비친 내 얼
굴을 본 순간 갑자기 그 이유를 알게 되었다.

나는 그 두 사람을 알고 있다.

집에 도착했을 때는 벌써 자정이 가까웠지만 형은 그 시
각까지도 구매한 들창을 보수하는 중이었다.

원래 형은 잠이 얕아서 수면 시간이 짧다. 밤잠도 없으면
서 아침이 빠르다. 옛날부터 몇 시간만 자도 아무렇지도 않
은 모양이다. 나폴레옹인가.

"동생아, 무슨 일이야? 오늘 밤은 친구 집에서 자고 온다고 하지 않았어?"

형이 이상하다는 듯 내 얼굴을 보더니 바로 농담처럼 말을 이었다.

"마치 엄청난 '그것'이 일어난 듯한 표정인데?"

나는 순간 입을 다물고 고개를 끄덕였다.

"일어났어. 엄청난 '그것'이."

그렇게 짧게 대답하자 이번에는 형의 말문이 막혔다.

조금 짬을 두고 말했다.

"그것도 지난번 N마치와 같아."

"타일이야?"

형은 바로 반응했다.

그래서 나는 신바시 빌딩에서 겪은 일을 이야기했다.

"흠."

형이 빌딩의 유래를 스마트폰으로 조사했는데 나도 같은 것을 생각했다.

"즉, 여기저기에 그 타일이 사용되었다는 거네."

스마트폰을 놓고 생각에 잠긴다.

"어떻게 된 걸까. 그 빌딩도 그 호텔의 타일을 재사용했나? 고도 성장기의 신축 빌딩이라면 새것으로 발주할 것 같은데."

"형, 그것보다 중요한 사실이 있어."

형은 내 목소리 울림이 이상하다고 느낀 듯 그 블랙홀 같
은 눈으로 나를 보았다.

나는 눈길을 피한 채 한숨 쉬듯 중얼거렸다.

"타일을 만졌을 때 본 두 사람을 나는 알아."

"알아? 어째서 네가? 꽤나 오래된 타일인데?"

형이 연달아 질문을 던졌다.

나는 내 얼굴이 창백해졌다는 사실을 의식했다. 그렇게 뜨
거웠던 몸이 지금은 완전히 식어 있었다.

"그 사람들은 우리 부모님이었어. 젊었을 때의 우리 어머
니와 아버지였다고."

5장

라쿠고 CD에 대해,
터널에 대해

우리 집 불단에는 라쿠고(무대 위에서 화자 한 사람이 목소리 톤, 몸짓, 손짓을 이용하여 이야기하는 일본 전통 예술―옮긴이) CD 한 장이 놓여 있다.

5대째 고콘테이 신쇼의 CD다.

형은 그 전집을 되풀이하며 듣지만 나는 아직 들어본 적이 없다.

언젠가 듣는 날이 올까.

선향을 올리고 그 CD를 볼 때마다 언뜻 생각하지만, 바로 눈을 돌리고 그 일은 잊어버린다.

내가 중학교 올라가기 전 봄방학 때 부모님이 사고로 돌아가셨다.

당시 일은 거의 기억나지 않는다. 여하튼 멍청한 꼬마였던 나는 얼마나 중대한 일인지 잘 몰랐다. 어쩌면 자신을 지키기 위해 받아들이기를 거부했던 것일지도 모른다.

주위가 어수선했던 것은 느낌으로 기억하고 있지만, 부모님을 잃었다는 일을 자신의 것으로는 기억하고 있지 않은 듯하다.

동창회에서 "너, 여자 형제 있지 않아?"라고 했던 시기가 그해인 듯한데, 그 무렵의 기억이 없는 이유도 일련의 소동과 함께 자신을 지키려는 본능이 움직인 탓일지도 모른다.

솔직히 말하면 부모님과 함께 있던 시기의 기억이 별로 없다. 형은 그렇지 않은 듯하지만, 나는 거의 조부모님 손에 자랐다고 할 수 있어서 '돌아가셨다'는 말을 들어도 어떻게 반응해야 할지 몰랐던 기억은 있다.

부모님은 내가 초등학교에 들어갈 무렵, 그때까지 일했던 각자의 건축 사무소를 그만두고 독립하여 둘이서 건축 사무소를 세웠다.

신출내기였던 두 사람은 모든 일을 열심히 받아서 '동분서주'라는 말이 딱 맞을 정도로 함께 전국을 뛰어다녔다.

그 보람이 있어서 내가 초등학교 고학년이 된 무렵에는 그럭저럭 신진기예 건축가로서 이름이 알려지기 시작했기에 한층 더 열정적으로 활동한 모양이다.

그날도 간사이에서 건축주를 만나고 돌아오는 길이었다.

계절에 걸맞지 않게 눈이 내려서 시야도 도로 상태도 안 좋았는데, 그만 고속도로 터널 안에서 일어난 다중 충돌 사고에 휘말리게 되었다.

스무 대 이상이 말려든 커다란 사고로, 차 몇 대가 불에 타고 터널 안이라는 악조건도 겹쳐서 구조는 더없이 곤란했다. 연기에 휘말려 죽은 사람이 많았다고 한다.

부모님 차는 운 나쁘게 트럭과 왜건에 끼어서 말 그대로 납작해졌다. 두 분 다 즉사였으리라.

충돌한 충격 때문이었는지 엉망진창이 된 차의 CD 플레이어에서 튀어나와 유일하게 멀쩡하게 남은 것이 그 고콘테이 신쇼의 CD였다.

부모님은 일이 끝나고 돌아오는 길에 마음을 가라앉힐 때는 언제나 라쿠고 CD를 틀었다는데, 그때도 라쿠고를 듣고 있었나 보다.

건축주와의 미팅이 끝나 마음을 놓고 계셨을지도 모르고, 둘이서 업무상 대화를 나누셨을지도 모른다.

친숙한 라쿠고를 들으며 같은 부분에서 웃음을 터트렸을지도 모른다.

그때 상황을 상상하니 가슴이 옥죄어온다. 내가 기억하는 부모님은 활기가 넘치고 풍부한 표정으로 웃는 모습이다. 아직 40대였다. 한창 정력적으로 일을 하실 때라 알찬 하루하루를 보내고 있었으리라.

적어도 마지막 순간을 맞이하기 전에 편안하고 즐거운 기분이었기를 바랄 수밖에 없다.

장례식도 잘 기억나지 않는다. 형이 어땠는지도 모른다. 형은 울었을까? 여느 때처럼 담담한 태도로 서 있던 모습은 어슴푸레 기억나지만 어쨌든 모호한 이미지밖에 없다.

조부모님은 얼마나 슬퍼하셨을까. 나는 나 이외의 모두가 굉장히 멀리 있다고 느껴져 내 안에 틀어박혀 있던 것 같다.

그 전후의 일은 기억도 이미지도 흐리멍덩한 회색 덩어리 상태로 나와 괴리된 채 잠시 떠다니다 어느새 지나가버렸다.

봄방학이 끝나고 나는 중학생이 되었다.

우리 생활은 그 전과 별로 달라진 것 없이 겉으로는 평범한 일상이 이어졌다.

불단에 두 사람의 사진과 CD가 놓였다는 것만 빼고.

당신은 당연히 이런 궁금증을 품을지도 모른다.

그 CD는 만져보았을까, 그 CD는 '그것'이 일어나지 않았나, 하는 의문 말이다.

혹은 이렇게 생각할지도 모른다.

그러고 보니 자신과 가족의 소유물로는 '그것'이 일어나지 않는다고 했었지. 그 CD도 거기에 포함될까?

물론 나도 같은 생각을 했다.

그 CD를 만지면 어떻게 될까? '그것'이 일어날까?

처음에는 그런 생각조차 하지 않았다.

할아버지, 할머니와 함께 선향을 올릴 때 거기 놓인 CD가

눈에 들어왔지만 그것을 만져야겠다는 생각은 전혀 들지 않았다.

부모님 사진.

건축 잡지에서 취재를 받을 때 밝은 표정을 짓던 두 사람이 거기에 있다.

나에게 부모님 이미지는 그 사진으로 고정되어 있을지도 모른다. 환하게 웃고 있는 두 사람.

형이 멀쑥하고 키가 큰 아버지를 닮았고, 내가 비교적 작은 몸집에 부드러운 분위기인 어머니를 닮았다.

그것은 언제였더라.

내가 집에 돌아왔을 때 드물게도 아무도 없었다.

중간고사 때였나, 기말고사 때였나, 여하튼 시험 기간이라서 빨리 집에 온 날이었다.

문득 나는 불단 앞에 멈춰 섰다.

매일 아침 부모님에게 인사하고 집을 나서지만, 돌아왔을 때 불단 앞에 앉는 일은 별로 없었다.

그런데 그날은 아무도 없었던 탓에 갑자기 CD가 만지고 싶어졌다. 그때까지 한 번도 만지려는 생각조차 안 한 CD를.

'지금이라면 그 어떤 소동이 일어나도 괜찮아.'

나는 스스로에게 말하며 불단 앞에 앉아 재빨리 CD를 만졌다. 결심이 흔들릴까 무서워서 일부러 난폭하게 만졌다.

아무 일도 일어나지 않았다.

전혀. 아무것도.

기분도 달라지지 않는다. 이미지도 솟아나지 않는다. 무엇보다 썰렁하고 차가운 감촉 그대로였다.

나는 그것이 충격이었다.

아무 일도 일어나지 않았다.

그때 처음으로 울었다.

생각지도 못한 곳에서(나답다고도 말할 수 있다) 부모님의 죽음을 처음으로 실감했는데, 그로부터 꽤 세월이 지난 지금은 다시 빙글 한 바퀴를 돌아 역시 실감이 나지 않는다. 그 탓인지 지금도 부모님이 어딘가로 일을 하러 갔다고 생각할 때가 있다.

특히 형과 함께 일을 하게 된 이후 둘이 나란히 앉아 차를 타고 달릴 때면 문득 우리도 부모님에 오버랩되어 여행하는 느낌마저 든다.

지금쯤 부모님은 어디쯤 달리고 있을까. 평범하게 이런 생각을 할 때도 있고 가끔 말로 할 때도 있는데, 형은 아무렇지도 않은 듯 "해외겠지. 중국 어디쯤 아닐까" 같은 대답을 해준다.

"여전히 일만 한다니까. 이젠 나이도 있으니 일을 좀 줄여도 될 텐데. 어머니도 어머니야, 어쩌면 아버지보다 페이스가 빠른지도 몰라."

이런 식으로 이해할 수 없는 '부모님이 있는 척' 놀이를 하곤 한다.

실제로 부모님은 열심히 일하셨다.

이 일로 여기저기 돌아다니다 보면, 그 여기저기에서 부모님이 만든 집과 시설을 많이 만나게 된다.

그것이 또 엄청나게 많아서 설마 이런 벽촌(실례)에까지, 하고 생각되는 장소에서도 일한 흔적을 만난다.

"아버지랑 어머니, 얼마나 일을 하신 걸까."

"이러니 우리가 얼굴도 거의 못 보지."

"이런 페이스로 계속 일을 했다면 사고를 당하지 않았어도 언젠가 과로사하셨을 거야."

세계 유산에 등재된 산골짜기의 오래된 집락을 방문했다 돌아오는 길에 부모님이 지은 민가를 발견했을 때는 형도 나도 기가 막혔다.

두 분이 지은 집은 어째서인지 바로 알아볼 수 있었고, 마음을 담아서 지었다는 점이 전해져왔다.

친밀감이 있고 아담해서 마음이 편안한 집. 이런 집이라면 살아 보고 싶다는 생각이 드는 집.

일반적으로 건축가는 자택에 자신의 사상을 담아 그것을 명함 대신으로 한다고 들은 적이 있는데, 결국 두 분은 자신들의 집을 짓지 못하고 세상을 떠나버렸다.

지을 예정은 있었다.

지금 우리가 사는 집을 재건축해서 3세대 주택으로 만들

예정이었다고 한다.

이미 구상은 되어 있고 도면도 거의 완성되었지만 일이 점점 바빠져서 몇 년 뒤로 미뤘다.

'지어주셨으면 좋았을 텐데.'

부모님이 지은 집을 볼 때마다 생각한다.

그러면 부모님이 항상 옆에 있다고 느낄 텐데.

"내가 모은 문고리를 잔뜩 쓰길 바랐는데."

형은 요즘도 가끔 그렇게 중얼거린다.

"그 컬렉션을?"

내가 묻자 "응. 그러면 매일 바라볼 수 있고 손질할 수 있잖아"라고 유감스럽다는 듯 중얼거린다.

"형의 컬렉션을 전부 사용할 만한 집이라니, 맹장지가 아무리 있어도 부족하잖아."

"아니, 맹장지 하나에 문고리를 한 줄로 달면 돼. 그날 기분에 따라 어느 문고리를 잡고 문을 열지가 정해지지. 응, 그거 재미있겠는걸."

형이 그 광경을 상상하는지 황홀한 표정을 지었다.

상당히 독특한 집이 될 것 같은데, 그것은 그것대로 보고 싶다는 생각도 든다.

거의 곁에 없었지만 부모님은 우리에게 자주 전화를 걸었다.

"뭐 먹었어? 학교는 어때?" 같은 시시하고 짧은 전화였지만 두 분 목소리는 언제나 발랄해서 목소리를 들을 뿐인데도 기뻤다.

두 분은 도쿄 맨션에 작은 자택 겸 사무소를 차려놓아서 거의 떨어져서 살았지만 우리는 반항기도 없이(반항하려 해도 접점이 없었고) 자랐다.

부모님이 세운 집 주인과 몇 번인가 이야기를 나눈 적이 있는데, 다들 즐겁게 살고 있고 그리운 듯 부모님 이야기를 해주는 사람도 적지 않다. 두 분이 사랑받았고 좋은 일을 했다는 것을 확인하는 일은 우리도 기뻤고 자랑스러웠다.

사고 당시 몇 가지 일을 병행해서 손대고 있었는데, 예전에 함께 일했던 동료 건축가들이 이어받아 작업해주었다고 한다.

도쿄의 자택 겸 사무소를 정리하고 퇴거하는 일도 부모님의 동료들이 도와주었다.

갑자기 주인을 잃은 집을 정리하는 일은 굉장히 힘들었다고 한다.

나는 아직 도움이 될 나이가 아니어서 가지 않았지만, 조부모님과 형, 친척이 도쿄까지 갔었다.

형은 "꼼꼼한 건지 조잡한 건지 알 수 없는 사무실이었어"라고 말했다.

업무상 서류와 서적의 양이 방대해서 조부모님은 완전히 손을 들고 그쪽은 부모님 동료에게 맡겼다고 한다.

그들은 꼬박 며칠동안 헌신적으로 정리해주었고, 특히 두 사람이 모은 자료와 구상 메모 등은 "분명히 장래에 두 사람의 일이 재평가받을 날이 올 테니까 잘 모아두는 편이 좋겠네요"라며 동료 건축가가 따로 창고에 보관해주었다고 한다.

다만 그날은 아직 오지 않았고(아마도), 언젠가 가보아야 한다고 생각하면서도 우리는 한 번도 그 창고를 방문한 적이 없다.

동료들이 분담해서 이어받아준 김에 기존 건축주의 파일도 간단히 리스트화 했지만, 부모님이 하신 일의 전모를 지금까지 다 파악한 사람은 없다.

그런 까닭에 우리에게는 한때 '골동품 매입이라고 하고는 부모님이 지은 집 찾기'가 유행했다.

그 말인즉슨 '찾지 않을 때만 발견된다'였다.

혹은 '이런 곳에는 없을 거라 생각한 곳에서 발견된다'고도 할 수 있다.

실제 그 말대로 그 무렵에는 골동품 찾기와 부모님이 지은 집 찾기는 거의 세트가 되어 있었다. 일석이조인 셈이다. 그것은 그것대로 재미있었다.

내가 고향 집에 돌아와 형 일을 돕게 된 이유도 일하던 가게가 문을 닫아서 잠시 쉬면서 다음에는 무슨 일을 할지 생각하려고 귀성했을 때, 형이 "매입처 근처에서 아버지, 어머니가 지은 집을 봤어"라고 말했기 때문일지도 모른다.

아니, 정확하게 말하면 귀성하기 직전의 경험, 형에게도 말하지 않았던 개인적인 어느 체험이 큰 영향을 끼쳤다.

내가 절대로 만지지 않는 물건 중 하나에 터널이 있다. 터널 벽. 그것은 안 된다. 정말로. 양해 바란다.

평범한 사람이라도 터널은 어쩐지 무섭지 않을까. 실제로 터널에 관련된 도시 전설과 괴담은 수두룩하고, 예전이나 지금이나 터널 만들기는 큰일이고, 시야도 좋지 않고, 위험한 장소라는 것은 틀림없다.

평소 생활에서 내 '그것'이 일어나는 확률은 높지 않다고 이야기했지만, 예외 중 하나가 터널이다. 터널 벽을 만지면 거의 확실하게 '그것'이 일어난다.

첫 체험은 친구와 가마쿠라 쪽에 놀러 갔을 때였다.

겉보기에도 오래된, 한 면에 이끼가 낀 산길의 짧은 터널에 들어갔다. 한창 더운 여름 무렵으로, 터널에 들어간 순간 시야가 컴컴해지고 방향감각을 잃었다.

나는 비틀거리며 터널 벽을 손으로 짚고 말았다.

차가운 감촉과 미끈거리는 감촉이 동시에 느껴졌다.

퀘퀘한 쇠 냄새가 코로 훅 들어오더니 순식간에 온몸이 뜨거워졌다.

동시에 눈앞에 피투성이 얼굴이 둥실 떠올랐다.

나는 비명을 지를 틈도 없이 얼어붙었다.

피투성이 얼굴은 하나가 아니었다.

꽉 차서 서로 밀고 밀리는 것처럼 겹쳐지고 부딪치고 섞이며 눈앞 가득 떠올라 있었다.

흔들흔들 흔들리고 섞여서 불꽃같은 색으로 보였다.

한순간 나타났다 사라졌지만 충격은 엄청났다.

공포와 스트레스가 심해서 하룻밤사이 머리카락이 새하얘졌다는 이야기를 들은 적이 있는데, 그때 내 머리카락도 분명 몇 가닥은 새하얗게 변하지 않았을까.

친구들은 앞쪽에서 가고 있었기에 내 이변을 알아차리지 못해 다행이지만 그 상태에서 벗어나기까지는 시간이 꽤나 걸렸다는 사실을 기억한다.

터널을 지나 밝은 여름 햇살이 비추는 곳으로 나왔을 때는 진심으로 다행이라고 생각했다.

그 이후 터널은 최대한 피했다.

가마쿠라 터널은 일반인이 보기에도 나올 법한 느낌이지만, 이후의 경험을 통해 터널은 만지면 백 퍼센트라 할 수 있다. 하물며 새로 건설된 터널에서도 '그것'이 일어나기에 (그때는 각양각색 풍선이 하늘 가득히 떠 있는 이미지를 보았다) 모든 터널을 위험하다고 보고 지금은 절대로 만지지 않는다. 평상시에 터널 벽을 만지는 일은 드물기에 아무 일 없이 지내고 있다.

그리고 그날이 왔다.

나는 같은 가게에서 일했던 동료들과 여행을 갔다. 식도락가들에게는 이미 유명한 곳으로, 도쿄에서 차로 세 시간 정도 떨어진 해변에 있는 숙박 시설을 갖춘 레스토랑이다. 그곳에서 하룻밤 묵을 계획이었다.

하늘은 먹을 흘린 듯한 구름으로 덮여 있었다.

때때로 해가 비추는가 싶더니 갑자기 굵은 빗방울이 쏟아지기를 반복했다.

"날씨 참 이상하네."

말은 이렇게 해도 차 안에서는 실없는 수다가 한창이었다.

평일이어서 도로는 한산했다.

나는 조수석에 앉아 있었는데 앞쪽에 터널이 다가왔다.

갑자기 기묘한 감각이 나를 덮쳤다.

부른다.

그 느낌이다.

터널에 들어간 순간, 온몸이 훅 부풀어 오르는 듯했다. 그야말로 풍선에 힘껏 숨을 불어넣어 확 부푼 상태.

동시에 눈앞에 밝은 불꽃이 보였다.

문자대로 타오른 검은 먼지가 날아 올라가고 있다.

타고 있다.

그것을 응시하며 '만지지 않았는데' 하고 생각했다.

아무것도 만지지 않았는데 어째서?

물론 그것은 여느 때처럼 한순간의 일이었다.

불꽃은 바로 사라지고 눈앞에는 단조로운 터널이 이어지며 떨어진 곳에 앞서 달리는 자동차가 보인다.

그때 지지직 소리가 나고 갑자기 라디오가 켜졌다. 치직, 치직 귀에 거슬리는 잡음이 섞이며 품위 있는 남성의 목소리가 들렸다.

"이건 또 지저분한 큰 북이네."

나는 심장이 덜컥 내려앉았다.

툭툭 끊기면서도 다시 들리는 목소리.

"보는 눈도 없네요."

와하하, 하고 울리는 웃음소리.

"뭐야? 안 켰는데 라디오가 켜졌어."

운전하는 친구가 의아해하며 말했다.

"라쿠고 같아."

뒤에 앉은 친구가 중얼거렸다.

나는 라디오에서 눈을 뗄 수 없었다.

5대째 고콘데이 신쇼.

그것은 내가 알고 있는 몇 안 되는 만담가 목소리로, 게다가 유일하게 내가 알고 있는 이야기였다.

〈화염태고火焰太鼓〉.

기억하는 이유는 주인공이 골동품점 주인이었기 때문이다. 형이 즐겨 듣기도 했고 설명도 해주었다.

그리고 그것은 불단에 놓인 CD에도 실린 이야기였다.

터널 속을 달리는 동안 띄엄띄엄 목소리가 이어졌지만, 터널을 나온 순간 켜졌을 때와 마찬가지로 뚝 끊겼다.

"사라졌다."

"이런 걸 혼선이라고 하나?"

"몰라."

"유령 짓 아니야?"

모두가 한마디씩 내뱉었다.

나는 알아버렸다.

지금 빠져나온 터널이 부모님이 돌아가신 터널이라는 사실을.

오늘이 기일이라면 그야말로 안성맞춤이지만, 그렇게까지 잘 짜인 이야기는 아닌지 기일은 열흘 정도 남아 있었다.

하지만 내가 충격을 받은 부분은 그 점이 아니라 터널 벽을 만지지 않았는데 '불렸다'는 점이었다.

그런 일은 처음이라 새삼스레 터널에 대해, 그리고 부모님에 대해 생각하게 되었다.

며칠 지나 귀성한 나는 형 말을 듣고 부합하는 점이 있다고 느꼈다. 그리고 왠지 형 일을 도우며 부모님이 작업하신 일을 보러 다니는 것도 괜찮겠다는 생각이 들었다.

터널에서 그런 경험을 한 것은 그때뿐이다. 몇 번이나 같은 터널을 지났지만 아무 일도 일어나지 않는다.

또 어딘가의 터널을 지나면서 같은 일을 만나면 어떡하

지? 게다가 나는 차를 운전하는데?

그렇게 걱정해준 당신, 그것은 어떤 의미로는 옳고 동시에 옳지 않다.

〈화염태고〉를 들었을 때도 나는 경계하지 않았고 멍하니 있었기에 완전히 허를 찔렸다.

내가 운전하고 있을 때는 운전이라는 행위에 집중하고 있고 주위를 신경 쓰니까 '그것'에 관해서는 오히려 안전하다.

이리하여 라쿠고 CD와 터널에 관한 일을 경계로 형의 일을 돕게 되었고, 각지에서 부모님이 하신 일의 흔적을 발견하게 되었다.

이런 생활을 시작한 뒤 눈 깜짝할 새에 몇 년이 지난 우리에게 신바시 빌딩의 타일 건은 큰 사건이었다.

형과 나의 '그것'에 관한 개념을 바꾸었다고 말해도 좋다.

어째서, 하필이면 우리 부모님이 타일을 통한 '그것'에 나왔는가. 그것도 이제 와서?

생각하면 할수록 수수께끼였다.

형은 조금 조심스럽게 몇 번이나 "정말 우리 부모님이었어?" 하고 물었다.

그렇게 물으니 나도 점점 불안해진다.

그것은 정말로 우리 부모님이었을까?

이제 믿을 수 있는 것은 내 머릿속에 남은 이미지뿐이다. 심상치 않게 놀라던 두 사람.

나는 새삼스럽게 단호히 대답했다.

"응, 맞아. 우리 아버지와 어머니였어. 이상한 이야기라는 건 알지만."

"사고 순간의 영상은 아니겠지?"

형이 다시 물었다.

"그건 나도 생각했어. 비명횡사한 마지막 순간이라서 나름의 사념이 남은 게 아닐까 하고. 하지만 그때 두 사람은 서서 일하고 있었고, 게다가 '누군가'를 보고 놀란 듯한 느낌이 들었어."

"누구라니, 누구?"

형이 지당한 질문을 했다.

"몰라."

나는 고개를 갸웃거릴 뿐이다.

"어쩐지 모르게 그때 내가 그 '누군가'의 안에 있어서 '누군가'의 눈으로 부모님을 보고 있던 것 같단 말이야. 부모님은 그것이 너무나도 의외였고 거기서 볼 리가 없는 '누군가'였기에 그렇게 놀랐던 게 아닐까."

"그렇게 놀랄 만한 상대가 누구지?"

형이 눈을 굴렸다.

"음, 유령이나, 요괴?"

나는 정말로 시시한 대답을 했다.

형은 아무 말도 안 했지만, 여느 때의 중립성을 발휘하여 일단 그 가능성을 잠시 따져보는 듯한 얼굴이었다.

"맞다. 그 빌딩, 조금 알아봤는데."

그러나 금세 그런 말을 꺼냈기에 내 '유령/요괴 설'이 순식간에 기각된 것은 확실했다.

"1966년 준공이래."

형이 컴퓨터 화면을 열어서 보여주었다.

들여다보니 빌딩 마니아가 만든 사이트인지 빌딩 사진과 역사가 실려 있었다.

그럴 법한 연대다. 고도 성장기. 한 세기의 중간.

형이 화면을 스크롤했다.

"물론 번쩍번쩍한 신축 빌딩이었는데, 실은 그 타일 그림이 있는 벽면만 1990년대에 대규모 보수공사를 했대."

"보수? 거기만?"

이번에는 내가 되물을 차례였다.

"응. 첫 공사 때 상태가 안 좋았는지 사고로 떨어졌는지는 모르지만 어쨌든 그곳 타일 일부를 새로 갈았대. 그래서 제조 당시의 주문 제작 타일을 더는 조달할 수 없어서 다른 곳에서 당시의 물건과 비슷한 타일을 가지고 왔대."

"다른 곳에서?"

감이 왔다. 형도 고개를 끄덕였다.

"그래. 아마도 그 타일 같아. 우리가 N마치에서 본 것."

"역시 출처는 한 곳이라는 건가. 다 같은 호텔에서 나왔을까?"

나는 팔짱을 끼고 생각에 잠겼다.

"그건 아직 몰라. 하지만 만약 역시 그게 같은 호텔에서 나온 타일이라고 해도 말이야."

형이 중얼거렸다.

"어째서 그 타일만 그런 일이 일어날까."

"그런 일?"

나는 멈칫했다.

"이른바 그 타일은 기억 장치가 되어버린 거야. 한 장 한 장이 각각 네모난 DVD처럼."

형이 괜찮은 예를 들었다.

타일에 보존되어 있는 영상 기억.

지금까지 만진 몇 번의 기억이 플래시백처럼 되살아난다.

전부 강렬한 이미지였다. 그 타일이 기억 장치라면 그렇게 많은 영상을 기억하다니 엄청난 대용량이다.

"뭐가 그렇게 만들었을까? 장소의 힘일까, 세월의 힘일까. 못이 자석이 되는 것처럼 무언가가 특성을 바꾼 걸까?"

형이 고개를 갸웃거렸다.

"뭐라니?"

형이 목소리를 낮췄다.

"글쎄. 예를 들면 전쟁?"

나는 형 목소리가 무언가를 내포하고 있다고 느꼈기에 고개를 들고 물었다.

"그 호텔, 전쟁 때 탔대?"

"아니, 전화는 입지 않았어."

형은 그 후로도 N마치의 커피숍 주인과 연락을 주고받았고, 그 타일에 관해서도 조사하고 있었다.

커피숍 주인 쪽도 자주 연락을 주었다.

그리고 그 커피 테이블을 준 미장이이셨던 분과 어렵게 연락이 닿았는지 최근 전화를 주었다.

오사카의 아들 부부와 합가한 그분은 고령이지만 아직 살아계시고 기억력도 또렷하셨다.

그 커피 테이블 일도 기억하고 있었고, 물론 사용한 타일이 어디서 왔는지도 기억하고 있었다.

아쿠쓰가와 호텔.

그곳이 바로 타일이 원래 장식되어 있던 곳으로, 타일 또한 그 용도로 구워졌다.

아쿠쓰가와 호텔.

그때까지 이 이름을 들어본 적이 없었다.

1930년 준공.

효고 현 중심부에서 조금 떨어진 강 삼각주에 세워졌다.

민간기업이 세웠다고는 하나, 그 시기에 세웠다는 말은 실은 국책이라는 뜻이 크고, 해외 빈객이 메인 타깃이었기에 외교와 사교가 주된 목적이었다고 한다.

호화롭게 꾸며진 건물은 부지 면적에 비해 객실 수가 적고 여유롭게 만들어진 구조로, 왕족과 간사이의 상류 계급 사이에서 폭넓게 사랑받았다고 한다.

당시의 최신 기술을 잔뜩 도입하고 자재에도 공을 들였다. 아쿠쓰가와 호텔 전용으로 구운 타일만 3만 장이 넘는다.

하지만 호텔로서의 운영은 길지 않았다.

시대는 이미 뒤숭숭한 때였고, 1944년에는 제2차 세계대전 탓에 해군 병원으로서 군에 수용되었다. 호텔로서의 영업은 고작 14년이라는 말이 된다.

종전 후에는 미국 진주군 장교의 숙소와 클럽으로 사용되었지만, 끝내는 철거되었다고 한다. 일부는 어딘가에 이축되었다는데, 잘 알려지지 않은 듯하다.

흑백 사진이 몇 장 남아 있다.

휑한 교외의 풍경 속에서 주위의 숲을 배경으로 서 있는 그 낮고 묵직한 건물은 강가에서 보면 마치 배가 떠 있는 듯 보이리라.

돌로 만든 건물은 실로 웅장하고 모던하다. 일본식과 서양식을 절충한 구조로, 서양관이지만 어째서인지 분위기는 일본식이다.

전쟁 전의 8밀리 필름으로 찍은 영상도 일부 남아 있어서 인터넷에서 볼 수 있었다. 당시는 바야흐로 모던 보이와 모던 걸 시대. 멋쟁이 여성이 품이 넓은 디자인의 드레스를 입고 빙긋 웃고 있다.

그 필름 속의 근심 없는 미소, 자신감이 넘쳐흐르는 아름다운 여성들은 앞으로 일본이 휘말릴 운명을 예상했을까?

전쟁은 바다 너머에서 일어나는 일이고, 자신들의 머리 위에 네이팜탄이 떨어지는 날이 오리라고 상상이나 할 수 있었을까?

아니면 그 미소는 시대의 불안감을 애써 감추고 찰나의 즐거움에 몸을 맡긴 것을 나타내는 것일까?

나는 부모님의 유품인 라쿠고 CD와 같은 느낌을 그 필름에서 받았다. 다가올 운명과의 거리감을 생각하니 가슴이 괴로워졌다.

하지만 그 영상을 뚫어지듯 바라보던 형은 다른 것을 신경 쓰고 있었다.

"타일은 어디에 사용되었을까."

여자들은 널찍한 일본 정원에 접한 넓은 테라스에 있었다.

확실히 테라스에서 보이는 호텔 외장은 묵직한 석조 벽에 기하학적 무늬의 테라코타가 일정한 간격으로 붙어 있을 뿐 타일 같은 것은 어디에도 보이지 않았다.

"내장재로 쓴 거 아닐까?"

내가 그렇게 말하자 형은 화면에서 눈을 떼지 않고 고개를 끄덕였다.

"당연히 그렇게 되겠지."

물론 형이 신경 쓰고 있는 것은 아쿠쓰가와 호텔을 위해 구웠다는 타일 3만 장의 행방이다.

지금은 '기억 장치'로 변한 그 타일은 도대체 어느 방, 어느 장소에 사용되었을까? 타일의 내력을 알고 싶은 우리에게 그것은 꼭 확인해 놓고 싶은 문제다.

그리고 우리가 최종적으로 알고 싶은 것은 부모님이 어디서 그 타일과 만났을까, 하는 점이다.

처음에 사용했던 아쿠쓰가와 호텔에서 만났다는 것은 있을 수 없는 일이기에 재사용된 장소라는 점은 틀림없다.

"어쩌면 마침내 그 창고를 열어야 하는 날이 온 걸지도 모르겠네."

형이 한숨을 쉬며 중얼거렸다.

그렇다. 부모님 사무실에서 동료 건축가들이 정리해준 부모님이 하신 일과 관련된 자료를 보관하는 창고 이야기다.

나중에 알았지만, 부모님은 신축 설계뿐만 아니라 개축에도 관심이 많아서 그런 일도 적극적으로 받았다.

그 어딘가에서 재이용된 그 타일과 만났으리라.

"아버지, 어머니의 동료가 이어받은 파일에는 개축 물건도 포함되어 있었을까?"

"글쎄다."

우리는 얼굴을 마주보았다.

표정에 같은 불안감이 떠오른 것을 확인했다.

예를 들면 부모님 동료에게 연락해서 두 분이 생전에 취급했던 개축 물건을 조사하고 싶다고 묻는다. 당연히 "어째서?"라고 묻겠지.

우리는 건축가도 아닌데 이제 와서 그런 것을 묻는 이유를 알고자 하리라. 하물며 아쿠쓰가와 호텔의 타일을 사용했는지 확인하고 싶어서라고 하면 필시 이상하게 생각하겠지.

"아니, 오히려 골동품점이라는 걸 핑계로 삼으면 돼."

형에게 무슨 생각이 있는 모양이다.

"어떻게?"

"우리 고객 중에 오래된 타일을 모으는 사람이 있는데, 특히 아쿠쓰가와 호텔 타일을 찾고 있다. 우리 부모님이 취급한 물건에도 사용된 듯한데……. 이러면 어때?"

"음, 좀 약하지 않아?"

나는 고개를 갸웃했다.

"그저 타일 재이용뿐이라면 반드시 개축 물건만 대상이 되는 건 아니잖아. 형이 어렸을 때 할아버지의 고객이 다실을 개축할 때 오래된 문고리를 사용한 것처럼 신축 물건이라도 타일을 재이용할 가능성도 있지 않을까?"

"그렇기는 하지."

형이 신음했다.

애당초 우리는 골동품 업계 동료에게도 우리가 타일을 찾

172

고 있다는 사실을 알리지 않았다. N마치의 두 사람은 계기를 만들어준 사람이니 예외로 치고, 그 밖에는 우리가 타일을 찾고 있다는 사실이 알려지는 것이 싫었다.

가능한 숨기고자 하는 것은 여러 이유가 있지만, 아마도 가장 큰 이유는 '무서웠기' 때문이다.

둘 다 입 밖에 내지 않았지만 어렴풋이 비슷한 느낌을 품고 있다고 서로 헤아리고 있다.

이 타일 건에는 어딘가 심상치 않은 부분이 있다. 지금까지도 불가사의한 체험을 여럿 해왔지만 그것과는 차원이 다르다.

이런 단어는 좀처럼 사용하지 않지만, 어쩐지 사람의 인지 범위를 넘어선 정체를 알 수 없는 것이 숨어 있다. 그런 예감이 우리 입을 다물게 했다.

물론 내 '그것'이 들키지 않을까, 하는 걱정도 있다. 그것은 어떻게든 피하고 싶은 것 중 하나였다.

하지만 그것보다도 어째서인지 우리 부모님이 관련되어 있다는 점이 우리를 불안하게 했다.

그것은 바로 '과거'와 연관이 있다는 말이다. 우리뿐만이 아니라 부모님 대까지 거슬러 올라가는 '과거'. 어쩌면 그보다 더 옛날과도. 얼마나 멀리 데리고 갈지 알 수 없을 정도의 '과거'.

앞으로 뭐가 튀어나올지 결코 예상이 되지 않는 근원적인

'두려움'이 있다.

이런 것을 입 밖으로 내어 형과 말한 적은 없었지만, 그때 우리는 비슷한 생각을 하고 있었으리라.

결국 우리는 부모님 동료에게 무언가를 물어보거나 하지 않았고, 역시 마지막까지 골동품 업계 동료에게도 이 건을 이야기하지 않았다.

본래 업무가 뜻밖에도 바빠진 이유도 있고, 이 건에 대해 생각하는 데 지쳐서(혹은 겁을 먹어서) 잠시 타일 수색을 보류했다는 이유도 있다.

"미루고 생각하지 않는 것도 어느 의미로는 문제 해결법 중 하나니까."

형이 그렇게 말하며 두 사람의 죄책감을 얼버무리려 했다.

하지만 이 건은 생각지도 못한 방향으로 이어지게 된다.

아니, 이어졌다는 표현이 맞는지 모르겠다. 어쩌면 처음부터 이 건의 일부였을지도 모른다. 그것이 잠시 잊고 있던 바로 그 '스키마와라시'였다.

6장

대중목욕탕에 대해,
도란에 대해

"혹시 '도란'이라고 알아?"

너무 둔해서 면목 없지만, 처음에 나는 그것이 무엇을 뜻하는지 전혀 몰랐다.

장소는 우리 가게. 아는 사람밖에 찾지 않는 우리 집 한쪽에 있는 내 가게다.

그날도 아는 건설 업계 사람이 들렀다.

조부모님 대부터 친하게 지내는 분으로, 대대로 이축移築 업체를 운영하는 마쓰카와 씨다.

탄탄한 몸집에 위엄 있는 얼굴이라 언뜻 가까이 가기 힘들어 보이지만, 어릴 적부터 아는 사이라서 우리에게는 온화하고 상냥한 아저씨라는 느낌이다.

이축 업자는 건축물을 문자 그대로 굴림대 등에 올려서 잡아끌어 이동시키는 일을 하는 사람이다. 별로 볼 기회가 없다고 생각하지만, 절과 성 같은 오래된 건축물을 수리하는 등 어려운 공사에 자주 등장한다.

마쓰카와 씨는 오래된 건축물 철거와 이축도 다루고 있는데, 우리도 일로 신세를 진 적도 많고 정말로 고마운 고객이기도 하다.

그날 마쓰카와 씨는 근처에서 일을 끝내고 돌아가는 길에 들렀다.

마쓰카와 씨는 담배 한 모금을 피우고 문득 생각난 듯 그렇게 말했다.

"그러니까, 도란은 그거죠? 가부키 배우가 무대에 올라갈 때 쓰는 분장 도구요."

내가 어설픈 기억으로 그렇게 대답하자 마쓰카와 씨는 "아니, 아니야" 하고 웃으며 고개를 저었다.

"산타는 곤충 채집 안 했어? 식물 채집이나. 초등학교 때 압화 같은 거 안 만들었나?"

곤충 채집과 식물 채집. 완전히 잊고 있던 단어다.

나는 여느 때처럼 그다지 정확하지 않은 기억을 더듬었다.

"그러고 보니 여름방학에 압화를 만드는 숙제가 있었어요. 신문 사이에 끼워서 무거운 걸로 누른 뒤 스케치북에 붙였던 것 같아요. 달개비라든가 도라지 같은 거. 산책하면서 꽃을 땄어요."

"그래그래, 그런 거."

마쓰카와 씨가 고개를 크게 끄덕였다.

"지금은 쓰지 않지만 옛날에 식물 같은 거 채집할 때 넣는 양철 채집통 같은 게 있었거든. 그걸 도란이라고 하는데. 몸통 동胴에 전란할 때 난亂을 쓰지."

마쓰카와 씨가 공중에 한자를 써보였다.

"재미있는 한자를 사용하네요."

"사실 난 마키노 도미타로 팬인데, 그의 도란을 본 적이 있어."

"마키노 도미타로? 식물학자인?"

마쓰카와 씨와 식물학자의 조합이 의외였다. 나도 알 정도로 유명한 식물학자다. 일본 식물학을 거의 혼자 확립한 사람이라고 한다.

"마키노 도미타로는 정말 세밀한 식물화를 그렸는데 그게 또 훌륭하지. 구도도 뛰어나고 세련됐는데, 그래픽 디자이너로서도 일류라고 생각해."

마쓰카와 씨는 도취된 듯한 표정이었다. 그에게 이런 취미가 있었다니.

"그의 도란이 정말 멋졌었어. 예쁜 하늘색 도란인데, 지금이라면 파스텔색이라고 하지 아마? 그걸 들고 박사가 식물 채집을 했다고 생각하니 정말 감동이야."

마쓰카와 씨에게도 의외로 소녀 감성이 있구나 하는 생각에 나는 흐뭇해졌다.

"그래서 깜짝 놀랐어."

마쓰카와 씨가 고개를 끄덕였다.

"요즘 그런 물건을 가진 아이가 있다니 말이야. 그거 분명 할아버지가 사용하던 걸 물려받은 거겠지?"

"네?"

나는 고개를 들었다.

"그걸 봤어요? 최근에?"

"응. 오늘 봤어. 레트로 물품이 유행한다는 말은 들었지만, 설마 도란이라니."

"그러니까 어디서요?"

그렇게 물었을 때 몸 어딘가에 소름이 끼쳤다.

"철거 현장이었지. 아, 오늘 현장은 인수처가 정해진 곳이라 다로에게는 말 안 했어."

마쓰카와 씨는 매입 건에 우리를 부르지 않아서 불평한다고 착각했는지 황급히 손을 저었다.

"그건 괜찮아요."

나도 서둘러 손을 저었다.

"그래서 어디서 봤어요, 그 도란?"

"오늘은 큰 대중목욕탕을 철거했거든. 아, 하지만 대중목욕탕으로 사용하지 않고 오래전에 개장해서 갤러리로 이용한 건물이었는데 노후화가 심해서 말이야. 무너질 위험도 있어서, 결국엔."

대중목욕탕.

나는 어째서인지 등골이 서늘해졌다.

대중목욕탕이라면 내 빈약한 확신일지도 모르지만 타일이 있다.

"철거는 정말 순식간이었어. 그렇다기보다 위험했지. 지붕 무게를 더는 못 버티더라고. 하중을 조금 줬더니 순식간에 납작해졌어."

"우와, 무섭네요."

나는 맞장구를 쳤다.

"대중목욕탕이라면 역시 후지산 그림이 있었나요?"

넌지시 화제를 그쪽으로 돌렸다.

"아니, 그곳은 후지산이 아니었어. 좀 더 참신한 인어 그림이 있었지."

"흐음. 벽화로?"

"벽화라고 할까, 타일로 만든 그림이었어."

덜컥했다.

역시 타일이 있었다. 그리고…….

마쓰카와 씨는 다음 담배에 불을 붙였다.

"그래서 철거가 거의 끝나고 정리를 하려 했더니 근처에 여자아이가 있지 뭐야. 가만히 콘크리트 잔해더미를 보고 있었어."

"여자아이."

나는 멍하니 되풀이했다.

이 이야기, 들은 적이 있다. 훨씬 전에 같은 장소, 바로 우리 카운터석에서.

"긴 머리를 세 가닥으로 땋은 호리호리한 여자아이였지. 하얀 옷을 입고. 그 아이가 마키노 박사처럼 하늘색 도란을 어깨에 메고 있었어. 굉장히 드문 물건을 가지고 있구나 싶었지."

점점 발밑이 꺼지는 듯했다.

마쓰카와 씨는 아무것도 모른다. 아무 선입견도 없이 그저 자신이 체험한 것을 이야기해주고 있다. 물론 자신이 본 하얀 옷을 입은 소녀가 실재한다고 믿고 있다.

"그래서 그 아이는 어디로 갔어요?"

나는 마음속 동요를 억누른 채 아무렇지도 않게 물었다.

"위험하니까 저리 가라고 말하려고 했더니 어딘가로 획 달려서 사라졌어. 근처에 사는 아이였을까."

마쓰카와 씨는 자신이 본 것이 무엇인지 전혀 모르는 눈치였다.

그날은 봄이지만 기온이 꽤나 높았기에 흰 여름옷이라도 이상하지 않다고 생각한 것이리라.

나는 그대로 마쓰카와 씨가 아무것도 모르기를 바랐다.

"흠, 도란인가요."

"다로는 취급한 적 있어?"

마쓰카와 씨가 태평하게 물었다.

"그런 이과계 물건은 다뤄본 적 없어요. 하지만 이과계 물건만 취급하는 사람도 있더라고요. 시험관이나, 분동 같은 거. 그런 것도 마니아가 있더라고요."

"그래? 취미 한번 특이하네."

"그런데 그 대중목욕탕, 어디에 있었나요?"

다시 물었다.

알려준 곳은 여기서 멀지 않은 장소였다. N마치와 유달리 가까운 곳도 아니다.

"맞다. 그러고 보니 사진으로 찍었어. 볼래?"

마쓰카와 씨는 생각난 듯 스마트폰을 꺼냈다.

덜컥했다.

"현장인가요?"

"응, 철거 과정은 항상 촬영하거든. 정식 영상은 스태프가 찍는데, 나도 일단 메모 대신으로."

두근거리며 마쓰카와 씨의 스마트폰을 들여다보았다.

천장이 높고 뻥 뚫린 곳에 푸른 하늘이 펼쳐져 있다. 그리고 벽 한 면을 차지한 타일 그림이 눈에 들어왔다.

순간 숨이 멎었다.

선명하고 반드르르한 색채.

그 타일이다.

그렇게 직감했다.

확실히 소박한 터치로 머리가 긴 인어 두 마리(두 사람?)가 그려져 있다.

"타일이 예쁘네요. 신품처럼 발색이 좋아요. 이거 처분했나요?"

한 가닥 희망을 품고 물었다.

마쓰카와 씨가 크게 고개를 끄덕였다.

"응, 업자가 통으로 사갔어."

희망이 맥없이 무너졌다. 내가 만져볼 기회는 영원히 찾아오지 않는다는 뜻이다.

느긋하게 타일을 관찰하고 싶었지만 마쓰카와 씨는 차례차례 사진을 스크롤해서 넘겼다.

벽이 사라지고, 기둥이 쓰러지고, 토대가 드러난다.

원래는 꽤 큰 대중목욕탕이었는데 철거 과정을 담은 사진 속에서는 순식간에 콘크리트 잔해더미가 되어버렸다.

마스크를 쓰고 콘크리트 잔해더미 사이를 걷는 사람들.

"응?"

마쓰카와 씨의 손이 멈췄다.

"아, 그 아이다."

"네?"

나는 심장이 멈출 것 같았다.

"그 아이, 그 아이야. 봐봐, 찍혔어. 찍혔을 줄은 몰랐네."

마쓰카와 씨가 천진난만하게 사진을 가리켰다.

허둥대며 시선을 옮겼는데, 뭔가 하얗고 흐릿한 윤곽밖에 보이지 않는다.

마쓰카와 씨가 사진을 확대했다.

콘크리트 잔해더미를 걷는 사람들 저편 구석에 작은 윤곽이 있었다.

틀림없이 하얀 옷을 입은 여자아이였다.

얼굴까지는 보이지 않지만 밀짚모자 같은 것을 쓰고 있다.

이때의 충격을 어떻게 설명하면 좋을까.

정말로 있었다.

지금 나는 눈앞의 모바일 기기 속에 있는 것을 마쓰카와 씨와 함께 목격했다.

환상이 아니다. 카메라 렌즈는 그 모습을 포착했다. 실재하는 것으로 스마트폰 데이터 속에 저장했다.

나는 그 존재를 느꼈다.

나와버렸다.

그런 느낌이 들었다. 전에 형 이야기를 듣고 떠올린 벽장 안 소녀가 현실 세계로 뛰어나와버렸다.

그리고 그때 나는 기묘한 감정이 솟아올랐다.

친밀감이라는 단어가 어울리는지는 잘 모르겠다. 어쨌든 갑자기 그녀가 아주 가깝게 느껴졌다.

오래전부터 나는 이 아이를 알고 있다.

그 아이는 우리와 어디선가 이어져 있다.

앞으로, 언젠가 반드시, 우리가 있는 곳에 나타난다. 그런 인연 비슷한 것을 직감했다.

동시에 뜻밖의 가설이 머릿속에 떠올랐다.

어쩌면 그녀는 '그 타일'이 있는 곳에 나타나는 것이 아닐까?

그것은 솔직히 아무 근거도 없는 상상이었다.

그러나 지금까지 목격되었다는 오래된 빌딩, 오래된 초등학교 그리고 대중목욕탕. 전부 타일이 있을 법한 장소고 실제로 있었다.

어쩌면 그녀는 나와 같은 것에 반응하여 나타나는 것이 아닐까?

그런 식으로 강하게 느꼈다.

'얘, 그렇지 않니?'

나는 마음속으로 스마트폰 속의 흐릿한 하얀 그림자에 말을 걸었다.

'도대체 너는 무슨 말이 하고 싶은 거야? 뭘 찾고 있어? 그건 나와 같은 거야?'

소녀는 대답이 없다.

스마트폰 속 그림자는 너무나도 어설프고 작고 부옇다. 그녀는 빙글 등을 돌려 휙 어딘가로 달려 나가 사라진다.

넋을 놓고 있었나 보다.

"또 연락할게. 다음엔 매입할 만한 곳 소개해줄 테니까."

깜짝 놀라 고개를 들자 마쓰카와 씨는 스마트폰을 셔츠 주머니에 넣고 있었다.

"다로에게도 인사 전해줘."

돈을 내고 손을 흔들며 미닫이문을 연다.

"감사합니다."

나는 마쓰카와 씨 뒷모습을 배웅하면서 그의 가슴 주머니 속에 있는 스마트폰 사진을 생각했다.

사진 속 소녀는 계속 남아 있을까. 그런 이상한 생각을 했다. 어째서인지 다음에 파일을 열어보면 소녀의 모습이 사라졌을 거란 느낌이 강하게 들었다.

"그렇군, 대중목욕탕이란 말이지. 그런 방법이 있었구나."

마쓰카와 씨 이야기를 했을 때 형 입에서 제일 먼저 나온 말은 그 말이었다.

"그쪽이야?"

무심결에 그렇게 딴지를 걸었다.

나는 스마트폰 사진에 찍힌 여자아이 쪽에 반응하길 바랐는데.

당연하지 않나. 스마트폰에 유령이 찍힌 쪽이 임팩트가 더 크지 않나.

하지만 형은 "대중목욕탕이라면 바로 장소를 확인할 수 있어"라고 말하며 즉시 검색을 시작했다.

때문에 결국 마쓰카와 씨의 스마트폰에 저장된 사진에 지금도 그 아이가 찍혀 있는지 어떤지는 확인하지 못했다.

게다가 다음 날부터 우리 차에는 두 사람의 입욕 세트를 싣게 되었고, 일을 겸하여 각지의 대중목욕탕을 도는 새로운 습관이 더해졌다.

스파랜드 같은 대규모 입욕 시설이라면 모를까, 평범한 대중목욕탕은 새로 지어진 곳이 좀처럼 없다. 각지에 있는 대중목욕탕은 대부분 오래전에 지어진 곳이다.

그리고 당연히 대중목욕탕이라면 타일. 우리가 돌아다닌 대중목욕탕이 오래된 타일의 보고라는 것은 틀림없었다.

사실 우리는 내심 기대를 많이 했었다.

오래된 대중목욕탕을 돌아다니면 그 타일을 많이 찾을 수 있지 않을까, 하고. 그러면 부모님이 나타난 그 영상에 대한 힌트를 빨리 얻을 수 있을 거라는 큰 기대였다.

그런데 그것은 점차 실망으로 바뀌었다.

확실히 비슷한 타일은 있었지만, '부르는' 느낌은 전혀 들지 않았다.

'부르는' 타일은 어쩐지 열기를 머금고 있는 것이 많다고 전에 말한 것을 기억하고 있으리라.

처음에는 대중목욕탕은 원래부터 뜨겁고 타일도 열기로 데워져 있으니 차이를 못 느끼는 것이고, 그래서 내 센서가 작동하지 않는 거라 생각했다. 좀처럼 감이 잡히지 않아서 여기저기 만져보면서(옆에서 보면 꽤 수상한 사람이라고 여길지도 모르지만) 시행착오를 되풀이했다.

하지만 결론부터 말하면 어떤 타일에서도 그 무엇도 느낄 수 없었다. 단순히 일률적으로 '따뜻할' 뿐 '그것'의 열기는 단 한 번도 느낄 수가 없었다.

그 타일은 못 찾았지만 일이 끝난 뒤 넓은 욕조에서 땀을 씻는 일은 상당히 기분이 좋은 일이다 보니, 타일을 찾을 수 없다는 사실이 판명된 뒤로도 대중목욕탕에 들르는 것은 우리에게 습관으로 정착했다.

"음. 잘 모르겠어."

산속 지방 도시의, 우리가 좋아하는 것 중 하나가 된 대중목욕탕 욕조에 몸을 담근 채 형이 중얼거렸다.

"동생아, 나는 가설 하나를 세웠어."

검지를 세운다.

"처음에 네 '그것'은 아쿠쓰가와 호텔에 사용된 타일에 반응하여 일어나는 거라고 생각했거든."

"처음이라는 말은 지금은 그렇게 생각하지 않는다는 거야?"

내가 물었다.

이른 시간이라 대중목욕탕은 아직 비어 있었다. 인근에 사는 어르신이 대부분이다.

"응. 아무리 3만장을 구웠다고 해도 파손된 것도 있을 거고, 그리 많이 남지도 않았겠지. 그래서 같은 가마에서 구워

낸 타일에 네 '그것'이 반응하는 것인지도 모른다는 생각이
들었어."

"같은 가마?"

나는 욕조 수면에 양손을 깍지 끼고 따뜻한 물을 쭉 내뿜
었다. 넓은 목욕탕에 들어오면 무심결에 하는 어린애 같은
장난이다.

"응. 옛날 타일 공장은 가족 경영으로 이루어진 곳이 대부
분이라 하나하나가 그리 크지 않아. 장인 몇 명이 돌아가면
서 하는 곳이 대부분이지. 그런 곳에서 만든 물건이라면 장
인의 표시라든가 독특한 방식이 남아 있을 것 같다는 생각
이 들어."

갑자기 듬직한 장인의 모습이 떠올랐다. 건축가 프랭크 로
이드 라이트가 일본에 작업을 의뢰한 벽돌에는 하나하나 수
작업으로 그가 디자인한 모양이 새겨져 있다는 일화가 기억
이 난다. 장인의 독특한 방식. 장인의 흔적.

"그럼 지금까지 들렀던 대중목욕탕에는 그 가마에서 나온
타일은 쓰지 않았다는 말이야?"

형이 고개를 갸웃했다.

"하지만 그렇게나 들렀는데 어느 곳에서도 안 썼다는 건
말도 안 되는 것 같아. 전쟁이 끝나자마자 세워진 대중목욕
탕도 많은데."

전국에 유통된 타일은 한정된 지역에서 만들어진 것이 대

부분이기에 이렇게 많은 곳을 돌아다녔음에도 전혀 맞닥뜨릴 수 없다는 사실은 확실히 기묘하다.

물론 형은 타일을 만든 곳도 찾는 중이다. 하지만 아쿠쓰가와 호텔의 자료는 거의 남아 있지 않아 어디에서 구웠는지는 아직 조사 중이다.

대중목욕탕을 순회하다 '그것'이 일어난다면 어디에서 타일을 조달했는지 물어볼 수 있으리라고 생각했지만, 다 헛일이었기에 아직 알아볼 방도가 없다.

"같은 가마에서 나온 타일이 원인이라면 어떻게 돼? 타일 장인의 저주?"

나는 다시 한번 욕조 수면에서 손을 맞잡고 물을 쭉 뿜었다. 이번에는 예쁘게 수직으로 올라가서 조금 기분이 좋다.

"저주라. 그런 것이 있다 하더라도 그것과 부모님이 얽혀 있다는 생각은 안 들어. 낙천적인 두 사람이 그런 것과 인연이 있을 것 같지 않아."

형이 그렇게 중얼거렸을 때 문득 무언가를 느꼈다.

터널 속에서 들었던 〈화염태고〉.

"형, 내 '그것' 말인데, 아버지 쪽 혈연에는 그런 능력이 없다는 건 알겠는데, 어머니 쪽은 어떨까?"

"응?"

형이 움찔한 것을 나는 놓치지 않았다.

"난 외할아버지, 외할머니 이야기는 거의 아무것도 모르는데, 형은 알아? 어머니도 가족을 어린 나이에 잃고 고등학생 무렵부터 계속 혼자 살아왔다는 이야기 정도는 들었지만. 효고인가 교토 출신이었다지? 어머니 쪽 친척을 한 사람도 못 만났다는 것도 좀 이상하지 않아?"

"하아암."

형이 갑자기 하품을 크게 했다.

"슬슬 현기증이 날 것 같아서 나 먼저 나간다."

이야기를 피했다.

형은 저혈압이라 목욕을 하다 현기증인 난 적이 거의 없다. 내가 거북해하는 사우나에도 몇 번이나 들락날락 잘하면서.

뭘 피하려 한 것일까? 어머니? 어머니 출신지?

내가 형 일을 돕게 되고 나서 다소 알게 된 것이 있다.

첫째, 사람들은 가족에 대해 그다지 잘 모른다는 것.

아니, '그다지'는 다소 조심스러운 표현이겠군. 실은 거의 모른다고 말하는 편이 옳지 않을까.

그 사람의 성격이나 기질은 함께 일해보지 않으면 모른다.

특히 우리 집은 나이 차이가 있는 데다 부모님이 돌아가셨으니 어릴 적에는 형이 보호자나 마찬가지였다. 때문에 내 세계 외부에 있는 사람이라는 이미지가 있었다. 어렸을 때, 형 세계와 내 세계는 접점이 거의 없었지만 이제야 간신히 겹치는 부분이 늘고 같이 일도 하게 되면서 조금은 형에 대해 알게 된 것 같다.

둘째, 이것은 예전부터 어렴풋이 느낀 것인데 세상은 거의 모든 일이 '타이밍'이라는 것이다.

무언가를 시작할 타이밍, 무언가를 그만둘 타이밍, 무언가를 물을 타이밍 그리고 무언가를 고백할 타이밍.

세상사의 자연스러운 흐름을 타고 있으면 그것은 대개 그쪽에서 다가온다. '어느새 그렇게 되어 있더라', '지금밖에 없다고 직감했다'……. 이런 타이밍은 대체로 옳다.

나는 딱히 운명론자는 아니지만 그런 식으로 느끼게 된 이유는 물론 '그것' 탓도 있다.

에둘러서 말하고 있지만 요컨대 형이 내 질문에 대답하지 않는 이유는 그 시점에서 내가 그 대답을 모르는 편이 좋기 때문이라고 경험상 알고 있다.

좀 더 어릴 때는 조바심도 내고 심술궂다고 생각하기도 했지만 조금은 나도 어른이 되었다고 할까, 적당히 넘어갈 줄 알게 되어서 그런 것이라고 받아들이고 흘려보낼 수 있게 되었다.

명쾌한 해결법을 찾을 수 없을 때는 일단 보류, 혹은 방치한다는 것도 확실히 선택지 중 하나로, 시간이 지나면 그리 대단한 문제가 아니었다고 판명되는 일도 많다. 인생 경험이 8년이나 더 긴만큼 형이 하는 행동은 꽤나 옳다.

그래서 이때도 깊이 추궁하지 않았다. 형이 무언가 나에게 가르쳐줄 것이 있다면 형이 괜찮다고 판단했을 때 말해줄 것을 알기 때문이다.

그런 이유로 우리 외가에 대한 일은 '보류'된 채 어중간한 상태였지만, 대중목욕탕과 타일 문제 쪽은 얼마 지나지 않아 다소 진전이 있었다.

대중목욕탕 다니기는 그 후로도 단순히 피로회복을 위한 쾌적한 습관으로 이어졌는데, 그러다 보니 같은 대중목욕탕에 들르는 일 또한 늘었기에 당연히 '그것'이 일어나는 일이 없어 그 사실 자체를 잊어버릴 정도였다.

촉촉이 비가 내리는 오후, 우리는 교토에 있었다.

오래된 것을 좋아하는 사람에게 교토는 사족을 못 쓰는 곳인지, 일을 끝낸 다음이라고는 하나 형은 항상 교토에 들를 때마다 자신의 문고리 컬렉션을 찾아 헤맨다.

형의 취향을 잘 알고 있는 친한 골동품점에 들렀다 오는 길이었다.

문고리는 없었지만 형은 우아한 앤티크 경첩에서 눈을 떼지 못했다. 사람이 무언가를 아름답다고 생각하고 무엇을 원한다고 생각하는지는 천차만별이라, 그 덕에 이 장사가 성립될 수 있는 거라 절실히 느낀다. 그리고 나는 경첩에 흥미가 없다는 사실도.

제시액이 서로 맞지 않아서 잠시 흥정이 이어진 결과 경첩은 그대로 그 골동품점에 남게 되었다.

인사를 하고 가게를 나왔지만 형은 아직 미련이 남은 듯했다.

그런 형에게 늦은 점심을 먹자고 재촉하다가 근처에 대중목욕탕을 카페로 리뉴얼한 곳이 있다는 사실이 떠올랐다.

별로 깊은 의미가 있던 것은 아니었다. 이전부터 소문은 들었기에 한 번쯤 가보고 싶었고, 우연히 근처에 있다는 것이 계기였을 뿐이다.

게다가 이 무렵에는 '대중목욕탕=일 끝난 후 기분전환하는 곳'이라는 인식이 박혀 있었기에 이제 와서 무슨 일이 일어나리라고는 생각하지 않았다. 게다가 '전' 대중목욕탕이지 '현' 대중목욕탕도 아니었다.

당당한 구조로, 한눈에도 전에 대중목욕탕이었다는 사실을 알 수 있는 건물이었다.

대중목욕탕이었던 만큼 옛날 그대로 주택가 중간에 있어서 지방의 가정적인 분위기가 감돌았다.

이전 구조를 잘 살려서 내부를 리뉴얼한 곳으로, 남탕과 여탕 사이의 벽 일부를 재활용해서 테이블석 칸막이로 사용했다.

높은 천장에는 천창이 있어서 흐린 하늘이 보인다. 약하게 빗방울이 내리고 있었는데 올려다보았을 때는 천창이 젖은 것처럼은 보이지 않았다.

그리고 벽 일부를 멋진 디자인의 타일이 메우고 있었다.

제법 오래된 건물인데 타일은 종류도 풍부하고 아주 세련되었다.

그 타일을 보아도 나는 아무것도 느껴지지 않았다. 멋진 타일이지만 발색 상태가 언뜻 보아도 우리가 찾는 것과 다르다는 사실을 알았기 때문이다. 무엇보다 '부른다'는 느낌이 전혀 없었다.

우리는 카레 세트를 주문했다. 대중목욕탕에 풍기는 카레 냄새. 어울리는 듯도 하고 아닌 듯도 했다.

카레를 먹으면서도 형의 눈은 아직 허공을 헤맸다. 아직도 그 경첩을 생각하는 모양이다.

"그렇게 마음에 들면 사지?"

마음이 콩밭에 가 있는 형 얼굴을 들여다보며 내가 말하자 "아니, 이번 달은 이미 예산 초과라서" 하고 형이 건성으로 대답하며 고개를 저었다.

형이 자신의 컬렉션 예산에 대해 매달 상한액을 정해놓은 것은 알고 있다.

"요전 날 가마고리에서 찾은 문고리가 생각보다 가격이 괜찮았지."

형이 깊은 한숨을 쉬었다. '사고 싶어, 살 수 없어, 사면 안 돼, 하지만 갖고 싶어……' 이런 형의 고뇌를 옆에서 늘 지켜보며 역시 내가 컬렉터가 아니라서 다행이라고 진심으로 생각한다.

"그 경첩, 얼마였어?"

형이 목소리를 낮추고 알려준 금액은 확실히 조금 놀랄 만한 가격이었다. 수요와 공급의 관계라고는 하나 물건의 가격은 정말 잘 모르겠다.

"그럼 안 사길 잘했네. 뭐, 달달한 거라도 먹을래?"

나는 돌아보며 내 자리 뒤에 있는 벽의 칠판을 가리켰다.

그것은 너무나도 오랜만에 당한 기습이었다.

돌아본 순간 그 기세가 넘쳐 칠판 테두리를 장식한 타일을 손가락으로 툭 건드리고 만 것이다.

그 순간, 전류 같기도 하고 열풍 같은 뜨거운…… 아니, 거의 '아픔'이라고 해도 되는 것이 온몸을 달려 나갔다.

당했다. 오랜만의 '그것'은 역시 힘드네. 그렇다 치더라도 완전히 방심한 순간을 노리다니 같은 생각이 들었다.

여하튼 그때 내 안으로 들어온 이미지는 역시 예상조차 못 한 기묘하고 이상야릇한 것이었다.

공장.

직감한 인상은 그것이었다.

후끈거리는 열기, 윙윙거리는 기계, 거대한 공간에서 수많은 기계가 쉬지 않고 돌아가고 있다.

어디서 나오는 연기인지 거무스름한 연기가 자욱이 끼었고 코를 찌르는 금속 냄새가 온몸을 감쌌다.

훅 밀려오는 열기, 냄새, 소리.

그것에 잠시 당황하여 얼굴을 찡그리고 눈을 감았지만, 바로 눈을 뜨고 고개를 들었다.

멀리서 무언가 거대한 그림자가 보인다.

일렁이는 열기, 기계음, 넓은 공간에 꽉 늘어선 공작 기계 너머에 한들한들 떠오르는 커다란 그림자.

잘 아는 모양이다.

신사 입구에 세워져 있는 빨간 기둥인 도리이.

엄청나게 큰 도리이다.

게다가 저건 낯익은 나무로 된 도리이가 아니라 금속으로 되어 있다.

그렇게 직감했다.

저 멀리에 있고 아른거리며 일그러져 보이지만, 금속제다.

여기는 어디일까. 공장과 도리이. 별난 조합이다.

갑자기 몸이 어그러지는 느낌이 들더니 단숨에 기온이 내려갔다.

나는 칠판을 가리킨 엉거주춤한 모습으로 카페 의자에 앉아 있었다.

직전 이미지와 너무나도 차이가 심해서 몸과 마음 모두 따라가지 못한 채 그저 진이 빠지고 말았다.

그럴 때 내 눈은 멍해지고 평소보다 옅어지는 듯하다. 너무나도 순식간에 일어난 일이라 자신이 어디에 있는지 인식할 때까지 평상시보다 오랜 시간이 걸렸다.

간신히 주위를 둘러볼 여유가 생기고 카페 안의 공기로 호흡할 수 있게 되었다.

형은 여느 때보다 더 미동도 하지 않고 나를 지켜보았다.

주위에서는 아무도 알아차리지 못했다. 아무래도 비명은 지르지 않았나 보다. 너무나 갑작스러워서 비명을 지를 틈도 없었겠지.

경첩에 대한 미련은 어디론가 날아갔는지 형이 흥분한 표정으로 내가 방금 무엇을 보았는지 상세히 설명하라고 재촉했다.

"공장. 기계. 금속 도리이?"

형이 어이없다는 얼굴로 생각에 잠겼다.

"점점 더 영문을 모르겠네."

형이 나를 나무라듯 힐끗 보았다.

점점 더 영문을 모르겠다는 말에는 공감하지만, 그것은 내 탓이 아니다. 나는 항의하는 눈빛으로 형을 보았다.

"너, 이 가게에 들어올 때 그다지 타일에 반응한 모습이 아니었는데."

"응. 여기는 없다고 생각했고, '부른다'는 느낌도 안 들었어. 아니, 정말로 허를 찔렸다니까. 놀랐어."

나는 다시 한번 벽에 있는 칠판을 올려다보았다.

어디에나 있는 메뉴가 적힌 칠판이다.

오늘의 점심, 오늘의 스트레이트 커피. 조금 길고 가는 글씨로 또박또박 적혀 있다.

덧붙여 이 가게에는 치즈케이크와 초콜릿케이크는 없었다. 지금이야말로 마음을 가라앉히고 극도의 부하가 걸렸던 심신의 스트레스를 달래기 위해서도 나는 여기에 있는 누구보다 치즈케이크가 필요했는데 말이다.

메뉴에 없으면 어쩔 수 없으니 팬케이크를 추가 주문했다.

"그 칠판, 붙박이네. 대중목욕탕이었던 때부터 있었던 것 같아."

형이 칠판을 찬찬히 바라보았다.

칠판의 테두리인 짙은 초록색 타일은 확실히 벽과 일체화되어 있다. 칙칙한 색이라서 발색을 못 봤는지도 모르겠다.

하지만 원래는 대중목욕탕의 벽. 칠판일 리가 없다.

형이 손가락을 튕겨 작게 소리를 냈다.

"그렇구나. 예전에는 거울이 붙어 있었던 거야. 그걸 리뉴얼하면서 떼어내고 대신 칠판을 끼운 거지."

"분명 그렇겠네. 그게 왜?"

드물게 형이 흥분한 사실을 알아차린 나는 되물을 수밖에 없었다.

"아니, 잠깐 기다려."

형이 열심히 무언가를 떠올리려 했다.

검색 기능을 풀 회전하고 있다는 것을 알 수 있다.

이윽고 형 눈에서 '딸깍' 하는 소리가 들린 듯했다.

"어쩌면, 어쩌면 말인데."

형이 목소리를 낮췄다.

"포인트는 리사이클일지도 몰라."

"리사이클?"

나는 멍하니 되풀이했다.

"그래, 리사이클, 리노베이션, 재활용. 아 '전용轉用'이라는 단어도 있구나."

분명 나는 어리둥절한 표정이었으리라.

형이 난처하다는 얼굴로 천천히 말했다.

"그게 말이지, 생각해보면 지금까지의 물건들 다 그랬잖아?"

"지금까지의 물건?"

점점 더 영문을 알 수가 없어서 다시 물었다.

머릿속에 첫 커피숍에서 본 타일 테이블이 떠올랐다. 재활용이라니, 타일을 테이블 상판에 붙인다든가 그런 것? 하지만 그게 어떻다는 것인가.

형은 칠판을 바라보았다.

"내가 말하고 싶은 건, 네가 반응한 타일은 원래 용도에서 다른 용도로 전용된 장소에 있었다는 거야. 너는 그 여자아이가 그 타일이 있는 곳과 같은 장소에 나타나는 거 아니냐고 생각하고 있지?"

형에게 그런 느낌이 든다고 털어놓았다.

"실제로 본 것도 아니고 그다지 근거는 없지만."

나는 자신 없이 중얼거렸다.

"안심해. 나도 이 가설에 확실한 근거는 없어. 너랑 마찬가지로 단순한 감이야."

형은 별 상관없는 곳에서 자신 있어 했다.

"그런데 지금까지 들었던, 마쓰카와 씨 이야기도 포함해서 그 여자아이가 나온 곳과 네가 반응한 곳의 공통점을 깨달았어."

형이 눈앞에 팬케이크가 꽂힌 포크를 들어올렸다.

"그건 원래 목적으로 사용된 장소와 물건이 애초에는 생각하지 않았던 용도로 사용되었다는 점이야."

형이 포크를 든 채 요령 좋게 손가락으로 숫자를 셌다.

"처음 여자아이가 나타난 초등학교는 이제는 초등학교로서의 역할을 끝내고 아틀리에가 되었지. 북쪽 빌딩은 철물점 사무실이었던 곳이 레스토랑과 디자인 사무소가 되었어. N마치에서 찾은 커피 테이블 상판은 원래는 벽타일. 신바시 빌딩의 벽화도 그렇고."

"잠깐만."

나는 당황해서 끼어들었다.

"신바시 빌딩의 경우, 용도는 같은 거 아니야? 벽에 붙어 있다는 의미로는."

형이 고개를 저었다.

"아니, 벽화 일부로 사용되었잖아? 그림의 일부가 되었으니 나는 '전용'된 거라 생각해. 일단 '전용' 중 하나로 세자."

나는 마지못해 동의했다.

"그리고 마쓰카와 씨가 그 대중목욕탕은 갤러리가 되었다고 그랬지?"

"응, 그렇게 말했어."

그런 세세한 것까지 기억하는 형의 기억력에 새삼스레 감탄했다.

"그리고 여기는 전에 대중목욕탕이었고 지금은 카페야."

형이 주위를 휙 둘러보았다.

"게다가 거울이 장착되었던 타일의 내용물이 칠판으로 바뀌어 있어."

형이 다시 몸을 내밀며 목소리를 낮췄다.

"지금까지 다녔던 대중목욕탕에서는 아무 일도 일어나지 않을 만해. 당연히 계속 대중목욕탕이고 본래 용도로 사용하고 있으니까."

그렇군. 우리가 다녔던 대중목욕탕은 개업한 이래 쭉 대중목욕탕.

나는 그럴 듯하다고 생각하면서도 물었다.

"이치는 맞는 것 같은데, 그럼 왜? 어째서 다른 용도로 전용하면 타일이 그렇게 되고 그 여자아이가 나오는 거야?"

"그걸 알면 고생 안 하지."

형이 어깨를 으쓱하더니 팬케이크를 덥석 먹었다.

전용.

나 또한 멍하니 팬케이크를 먹으며(이것은 이것대로 맛있었다) 형의 말을 생각했다.

전용. 거기에 무슨 의미가 있는 것일까.

본래 목적과 다른 용도로 사용하게 된 물건…….

마쓰카와 씨의 스마트폰 사진에 찍힌 소녀.

"무엇을 모으고 있었을까."

내가 중얼거리자 형이 "뭐?" 하고 물었다.

"그 여자아이 말이야. 도란은 채집한 물건을 넣기 위한 가방이잖아? 그 아이는 다른 용도로 사용하기 위해 건물을 부수는 곳에 나타나 도대체 무엇을 모았을까?"

콘크리트 잔해더미 사이를 서성거리는 소녀.

"흐음. 수집이라. 그녀도 무언가를 모으는 사람일지도 모르겠군. 적어도 문고리는 아닐 것 같으니 나와 수집 대상이 겹치지 않아서 다행이야."

형이 진심 어린 말투로 말했다. 정말이지 수집가라는 인종은 이해하기 쉽지 않다. 유령과 취미가 겹치지 않아서 다행이라는 점이 가장 큰 관심사라니.

"나생이라든가."

"도란이 식물 채집통이라서?"

내 대답에 즉시 반문한다.

"하지만 건물은 분명 철거 직전까지 사용되었을 테니, 지붕에 나생이가 자랄 리 없나. 그런데 나생이가 정식 이름이었나?"

"냉이의 다른 이름이야."

여느 때처럼 박식한 형이 가르쳐주었다.

"냉이라니, 봄의 일곱 나물(미나리·냉이·떡쑥·별꽃·광대나물·순무·무를 말한다—옮긴이) 중 하나인 냉이?"

"그래. 게다가 나생이는 '나생이조차 자라지 않는다'라는 식으로 좋은 의미로 안 쓰고."

"이상하지 않아? 사람이 살고 있다 해도 지붕 같은 곳은 거의 청소 안 하잖아? 그런데 사람이 살고 있을 때는 자라지 않고 사람이 없으면 자라는 이유는 뭘까."

"집도 숨을 쉬거든. 창문을 열거나 문을 열어서 공기가 드나들지 않으면 먼지가 쌓이잖아. 그거랑 마찬가지야."

"어쨌든 나생이 채집 설은 말도 안 돼. 그녀가 뭘 모으면 좋을까."

나는 하늘색 도란의 내용물을 상상했다.

"단추는 어때? 여자아이가 도란 속에 단추를 모았다고 상상하면 귀엽지 않아?"

도란 속에 크고 작은 각종 단추가 들어 있는 모습이 떠오른다. 소녀가 도란 속에 단추를 넣는 땡그랑 소리가 들린 듯하다.

"상업빌딩이나 대중목욕탕에 단추가 떨어져 있을까?"

형은 회의적이다.

"사람이 드나드는 곳이라면 떨어질 것 같은데."

내가 반론하자 형이 "단추라고 하니 생각난 게 있어" 하고 검지를 세웠다.

"조작 단추는 어때? 엘리베이터 버튼 같은 거 말이야. 전등 조작 단추. 응, 이거라면 근대적이야."

소녀가 빌딩 바닥에 쪼그리고 앉아 있다.

콘크리트 잔해더미 속에서 벽에서 떨어진 작고 네모난 배전반을 찾는다.

작은 손가락이 배전반에서 뗀 스위치를 주워든다. 어깨에 멘 도란 뚜껑을 열어 거기에 스위치를 던져 넣는다. 검은 것, 하얀 것. 플라스틱으로 만들어진 그것을 던져 넣을 때 들리는 소리는 아까 상상한 단추 소리보다 조금 무겁다.

나는 저도 모르게 입을 열었다.

"그야말로 타일을 모았다거나."

도란에 던지는 댕그랑 소리가 더 무거워진다. 빨강, 파랑, 초록. 타일은 여기저기 이가 빠져 있고 여러 개 모으자 도란이 묵직해진다.

형이 고개를 끄덕였다.

"그렇군. 타일 수집가라면 그 현장들에 나타나도 이상하지 않네."

"그러니까 나와 대상이 겹쳤다는 말인가."

그렇게 중얼거린 나는 새삼스레 자신과 그녀가 어딘가에서 이어져 있다는 느낌이 들었다.

오도카니 서 있는 소녀.

스마트폰 화면 구석에서, 흐릿한 그림자인 그녀가, 스마트폰 바깥에 있는 나를 보고 있다.

타일. 그것이 그녀도 '부르는 것'일까.

"도란."

문득 형이 중얼거렸다.

"그러고 보니 아버지와 어머니의 도쿄 사무실에도 놓여 있었어. 그 왜, 네가 옛날에 가지고 있던 거."

"뭐?" 나는 어안이 벙벙했다.

"내가? 도란을 가지고 있었다고? 언제?"

연달아 물었다.

이번에는 형이 어이없어했다.

"기억 안 나? 꽤 오래전 일인데. 네가 초등학생 때였던 것 같아. 어느 날 불쑥 가지고 왔어. 누가 줬다든가 주웠다든가, 너는 아무 말도 안 했어. 그런데 마침 집에 돌아온 부모님께 '자, 이거' 하고 내밀었지."

"내가? 지로처럼?"

"응. 지로처럼."

형이 반복했다.

끈질긴 것 같지만 나는 기억력이 별로 좋지 않다. 그런 일은 전혀 기억에 없다.

"게다가 도란이라고? 내가?"

최근 친숙해진 불안감이 차츰 얼굴을 든다.

"새것이야? 헌것이야?"

그렇게 묻자 형 눈빛이 기억을 더듬는 듯했다.

"새것 같지는 않아 보였는데, 그렇게 오래되어 보이지도 않았어."

"색은?"

"하늘색이었어."

댕그랑, 소리가 들렸다. 이번에는 내가 하늘색 도란을 열고 타일을 던지는 소리였다.

소녀가 내민 도란의 뚜껑을 열고 거기에 타일 파편을 던진다.

댕그랑.

"우리 부모님도 이것저것 따지는 편이 아니니, '고마워. 이거 소도구함으로 쓰기 제격이네' 하고는 두 사람의 사무실로 가지고 갔어."

형은 그리운 듯한 얼굴이었다.

"도쿄 사무실을 정리하러 갔을 때도 놓여 있었어. 그때 그 도란이구나 했지."

사고 후 혼란의 시기.

나는 한 번도 부모님의 사무실에 간 적이 없다. 본 적도 없는 장소.

형이 웃었다.

"사무실 테이블 한쪽에 놓여 있었어. 안에는 몽당연필이 꽉 차 있었지. 아무리 해도 몽당연필은 못 버리겠다고 말했다면서 동료 건축가들이 웃었어."

"그거 지금도 있을까?"

나는 주저하며 물었다.

"그…… 아버지와 어머니 물건이 있는 창고에."

한 번도 가보지 않은 장소에서 창고로 옮겨진 물건.

형이 고개를 끄덕였다.

"있을 거야. 일하면서 사용한 자료와 애용품은 전부 그대로 옮겨둔 것 같으니까."

"그렇구나."

항상 생각하는데 기억력이 좋은 사람은 조금 잔혹하다. 자못 다들 아는 사실처럼 말하지만, 기억력이 안 좋은 입장에서는 화제에 참가할 수 없어서 걷잡을 수 없는 불안감에 사로잡힌다.

손에 쥐면 생각이 날까? 어디서 손에 넣었는지. 부모님에게 그것을 어떻게 건넸는지.

기억에 없는 하늘색 도란.

여자아이가 들고 있던 하늘색 도란.

머릿속에서 그 두 개가 부딪혀 딸그락, 하고 작은 소리가
났다.

"대체 '무엇'일까. 그 여자아이는."

내가 혼란스러워하는 것을 알아차리지 못한 형이 중얼거
렸다.

"유령이니까 '누구'가 아닐까?"

그렇게 대답하자 형이 고개를 갸웃거렸다.

"유령? 굳이 말하자면 도시 전설에 가까운 거 아닌가?"

"어떻게 달라?"

형이 "으음" 신음했다.

"유령이라면 원래는 실체가 있었다는 말이겠지. 이 세상에
태어나서 살고 존재했던 누군가가 죽었고, 현세에 유감이나
미련이 남아 유령이 되어서 나타나는 것이겠지. 하지만 그
여자아이는 실체가 없는 것 같아. 이 세상에 태어나고 죽었
다, 예전에 존재했던 '누군가'였다는 생각이 안 들어."

"그럼 뭔데?"

나는 팬케이크를 다 먹어치우고 커피를 마셨다.

"그러니까 도시 전설인 거지."

형도 따라 커피를 마셨다.

"도시 전설은 대중이 느끼고 있는 무의식적인 불안감이
형태가 된 것이라고 생각해. 그러니까 세상의 구조라든가
사람들의 습관 등이 변할 때 나오는 일이 많지. 예를 들면

예전에는 햄버거 가게에서 사용된 고기에는 고양이 고기가 섞여 있다는 근거 없는 도시 전설이 있었어. 패스트푸드 햄버거가게가 잇따라 일본에 들어올 무렵이었지. 당시 일본인은 그다지 외식을 하지 않았고, 주방이 보이지 않는다는 불안감이 있었겠지. 귀에 구멍을 뚫으면 하얀 실이 나오는데 그걸 뽑으면 실명한다는 도시 전설도 있었어. 아직 피어싱을 하는 사람이 적었던 때였지. 일본에는 부모에게 받은 몸에 손을 대는 일을 좋아하지 않는 전통이 있어서 성형수술도 거부감이 많았고, 액세서리를 달겠다고 일부러 구멍을 뚫은 것에도 죄책감이 있었겠지."

나도 들은 적이 있다. 나라마다 단골로 등장하는 도시 전설이 있다는 이야기도. 미국은 사라진 히치하이커라든가, 화장실에 버린 애완 악어가 하수도에서 거대화되었다든가, 유럽이라면 옷을 입어보려고 들어갔다가 그대로 사라진 관광객이라든가. 확실히 각각의 환경에서 사람들의 잠재적인 불안감을 나타내는 모양이다.

"그럼 그 여자아이는? 도란을 들고 건물 철거 현장에 나타나는 이유는 뭐야?"

그렇게 묻자 형은 어깨를 으쓱했다.

"그게 알고 싶어. 그녀가 무의식중에 우리가 느낀 불안감이나 무언가를 드러내는 거라면 그녀의 모습에도 무언가 나름의 이유가 있을 테니까."

"이유……란 말이지."

도시의 폐허에 나타나는 소녀. 무엇을 '채집'하려고 하는가? 어째서 우리는 그녀를 '이미지'하게 되었는가?

"거꾸로 말하면 지금이 시대가 바뀔 때라는 거야?"

"응. 우리가 깨닫지 못할 뿐 무의식적으로 시대가 변할 시기라고 느끼고 있는 거겠지."

그때 형의 스마트폰에서 착신음이 울렸다.

"앗."

화면을 보던 형이 목소리를 높였다.

"엄청난 타이밍이네. 그 마쓰카와 씨에게 문자가 왔어."

스마트폰 화면을 보여준다.

거기에는 이렇게 적혀 있었다.

"*이번에 좀 특이한 건물을 철거하는데, 다로가 좋아할 만한 물건이 있을 것 같아. 올래?*"

7장

언덕 너머에 대해,
노란색 테이프에 대해

나중에 돌이켜보니 직접적인 시작은 여기서부터였던 것 같다.

마쓰카와 씨가 불러서 갔던 건물은 꿈에 반복해서 나올 정도였다.

문자에 적힌 대로 실로 '특이한 건물'이었고, 지금까지 우리의 흥미 범위에 없었던 현대 미술을 접하게 된 계기도 되었다.

여러 번 말하지만 우리가 찾는 것은 '익숙하고 오래된 것'이다.

하지만 그 타일 건 이후로는 근대 건축이나 고도 경제성장기의 빌딩까지 흥미가 넓어지더니, 그 세계는 더욱 팽창 중이다.

그날 아침, 우리는 알려준 주소를 자동차 내비게이션에 입력하고는 평소처럼 출발했다.

온화한 날씨지만 약간 흐렸다. 조금 으스스한 아침이었다.

우리는 아무 말이 없었다. 오늘 가는 곳에서 일어날 것 같은 일을 이것저것 생각하고 있을 텐데 서로 그런 것은 내색도 하지 않고 간선도로를 묵묵히 달렸다.

30분 정도 달리니 산속이었다.

"늘 생각하는데."

갑자기 형이 말을 꺼냈다.

"일본은 땅덩어리가 작다고 말하지만 이처럼 산이 많은 나라야. 조금만 달리면 바로 산속으로 들어서지. 표면적만 놓고 따지면 꽤 넓은 나라 아닐까?"

형이 양손을 펼치며 주위에 펼쳐진 경치를 둘러본다.

나는 앞을 바라본 채 고개를 끄덕였다.

"응. 나도 이렇게 운전하면서 이곳저곳을 돌아다니면 지면이나 공간이 늘거나 줄어드는 느낌이 들어."

"늘거나 줄어?"

"응. 어째선지 모르겠지만 일본은 폴딩도어 같아. 평상시에는 접혀 있어서 작지만, 당기면 쭉 늘어나지. 그 왜 장소에 따라 흐르는 시간의 속도가 완전히 다르잖아? 같은 시간을 운전해도 체감 시간이 매일 달라."

"아, 알 것 같아."

형이 미소 짓고 있는 것을 느낌으로 알았다.

"난 산속 어딘가에 우리가 모르는 나라가 접힌 채 존재할 것 같아."

그것은 언제나 내가 품고 있는 망상이었다.

평소 우리는 잘 정비된 도로 위를 달리며, 거기서 벗어나는 일은 좀처럼 없다. 간선도로를 순식간에 이동하여 도중의 경치도 그다지 보지 않는다. 좁은 나라, 작은 나라라고 말하면서도 대부분의 장소에 한 번도 발을 디디지 못한 채 죽는다. 아직 한 번도 가보지 못한 현도 있고, TV와 사진에서 봐서 알고는 있지만 실제 놀러 가본 적 없는 곳도 많다.

그렇다면 이 세상과 똑같이 닮은 세상이 세상 뒤쪽에 몰래 계속되고 있을 가능성도 있지 않을까? 나와 형이 망상한 것처럼 부모님이 아직 살아 있고 지금까지도 열심히 일하고 있는 나라가.

그런 것을 멀거니 생각하는 동안에 내비게이션이 목적지 부근이라며 착실한 목소리로 알려주었다.

"정말로 여기 맞나? 마을이 있을 것 같지 않은데."

나는 불안해졌다. 주변은 마을은커녕 집 한 채 보이지 않는다.

가끔 내비게이션이 잘못 알려주거나 오류가 생기기도 해서 일단 지도도 가지고 있지만, 요즘 완전히 내비게이션에 의지하게 되어서 종종 불안해질 때가 있다.

"아, 마쓰카와 씨가 문자를 보냈네."

형이 스마트폰을 보며 말했다.

"'아무것도 없어서 불안하겠지만 그대로 쭉 들어와. 금방 마을이 나올 거야. 외곽에 우리 차가 세워져 있으니 옆에 세워도 돼'라는데. 타이밍 한번 기가 막힌걸."

마쓰카와 씨 말을 믿고 우리는 그대로 울창한 산길을 달렸다. 산 표면을 따라 구불구불 구부러지며 제법 올라왔다고 생각했더니 갑자기 확 트인 장소가 나왔다.

"정말로 있었네."

무심코 안도의 한숨이 새어나왔다.

"꽤 넓네. 왠지 도원향 같아."

도로 상태가 조금 안 좋았다. 오래된 아스팔트 도로는 여기저기 파여서 차가 흔들린다.

"저기가 주차장 같아."

형이 가리키는 곳을 보니 조금 높은 지대에 차가 나란히 주차되어 있었다.

"마쓰카와 씨 차가 저기 있군."

본 적 있는 왜건을 발견하고 한숨 돌렸다.

주차장은 제법 넓어서 여유롭게 차를 세울 수 있었다.

산간 마을은 계단식으로 되어 있는데 주차장보다 한 단 높은 곳에 학교가 있었다.

"어이, 여기야, 여기."

마쓰카와 씨가 위에서 손을 흔든다.

우리도 손을 흔들어 화답했다.

"저쪽으로 올라와."

마쓰카와 씨가 가리킨 곳으로 돌아갔다.

비탈이 가팔라서 금세 숨이 찬다. 한심하다.

조촐하고 아담한 교문이 보인다. 교문 바로 안쪽에 듬직한 벚나무가 보인다. 이미 꽃은 지고 어린잎이 나고 있다.

주변이 산으로 빙 둘러싸여 있어서 그야말로 산속에 안긴 듯한 풍치다. 산속의 귀한 평지. 학교란 대체로 그 지역의 가장 좋은 장소에 있는 법이다. 전망 좋고 안전한 곳에.

"어라, 이 학교예요?"

형이 마중 나온 마쓰카와 씨에게 물었다.

"아니, 아니야. 학교 뒤."

마쓰카와 씨가 그렇게 대답하고 학교 현관 안으로 성큼성큼 들어갔다.

"학교 안을 통과하는 쪽이 빨라."

형과 나는 흠칫거리며 뒤를 따랐다.

어른이 되어서 초등학교에 들어오면 누구나 맛보는 걸리버가 된 기분.

낮은 세면대. 자그마한 의자. 낮은 책상.

학교는 이미 학교로서의 역할은 끝난 모양이었다.

도서실이 개방되어 있는데 아무래도 카페가 된 듯하다. 안에서 지역 주민들이 느긋하게 차를 마시며 담소를 나누는 모습이 보였다.

교실 안에는 예술 작품으로 보이는 것이 전시되어 있다. 칠판에서 천장까지 분필로 그림을 그렸고, 천장에 수많은 풍경이 매달려 있다. 바닥을 흙으로 덮고 종이꽃을 잔뜩 심은 교실도 있다.

복도 천장을 붉은 용이 구불거리며 날아가는 곳도 있다.

"연휴 중에, 그러니까…… 이 마을 전체에서 아트 페스티벌을 열었다더군."

마쓰카와 씨가 태평하게 말했다.

"여기는 상설 전시장 같은 곳으로 평소에도 이래."

마쓰카와 씨는 붉은 용이 있는 복도를 지나 두 건물을 잇는 외부 복도로 나가더니 지면으로 내려와 교사 뒤쪽으로 걸어갔다.

"지금부터 우리가 철거할 집도 계속 빈 집이었는데 이번 아트 페스티벌에서 전시장으로 이용했어. 이 일이 끝나면 바로 철거하는데, 그전에는 마음대로 써도 된다고 아티스트에게 맡긴 듯해."

"흠. 특이한 건물이라고 했는데 뭐가 특이한가요?"

형이 물었다.

"보면 알아. 원래는 진료소로 썼던 집이래. 빈집이 된 건 꽤 오래전인 것 같지만."

그곳은 학교 뒷마당 같은 장소로 완만한 오르막이었다.

"진료소인가. 긴급 환자가 나오면 데리고 오기에는 힘들었 겠네. 날씨가 나쁘거나 하면 더."

내 말에 마쓰카와 씨가 동의했다.

"응. 그래서 병원은 아래쪽에 새로 세웠어. 대신 의사와 그 가족들이 오랫동안 여기 살았대."

이런 곳에서 지역 의료를 짊어진 책임의 무게감과 중대함 은 연약하고 겁쟁이인 나는 상상도 할 수 없다. 세상에는 훌 륭한 사람이 있구나, 하고 감탄할 뿐이다.

날씨가 나쁘면 분명 무서울 것 같지만, 온화한 날의 산길 은 상쾌해서 기분이 좋다.

매일 산에 둘러싸인 토지에서 생활하는 인생을 상상해보 았다. 그날그날 다른 산의 표정을 보면서 생활한다. 그것이 몸 안에 강렬한 인상을 남기며 쌓여간다. 어디에 가도 산의 풍경은 몸 안에 잔상으로 남아 있다. 그런 인생을.

어느새 마쓰카와 씨와 형 모습이 사라졌다.

여름풀이 무성하게 우거진 작은 들 가운데 난 외길 앞은 비탈이라 보이지 않는다.

사라락 수풀을 빠져나가는 바람 소리가 들리고 눈앞에는 약간 흐린 하늘이 펼쳐져 있다.

문득 기묘한 설렘이 솟아올랐다. 두근두근, 술렁술렁, 울 렁울렁. 모순되는 감정이 몸 안에서 서로 싸운다.

'뭐야, 이거.'

나는 동요했다.

이건 정말 내 감정인가?

비탈을 오르자 조금 트인 장소가 나왔다.

기묘한 두근거림은 계속 이어졌지만 마쓰카와 씨 직원들이 시원시원하게 철거 준비를 하는 모습을 보고 조금 안정되었다.

이런 좁은 곳에서는 인력에 의존하는 것 말고 다른 방도는 없었으리라.

마쓰카와 씨와 형, 두 사람이 나란히 서 있다.

"그래서 그 집은 어디에 있어요?"

그렇게 말하며 다가가자 두 사람 맞은편에 미닫이가 달린 목조 가옥이 있었다.

작은 집이라고 생각하기에 앞서 폭 1.8미터 정도의 현관 앞에 치덕치덕 달라붙어 있는 노란색 테이프를 보고 깜짝 놀랐다.

TV 드라마와 영화에서 본, 사고 현장이나 사건 현장에 붙이는 바로 그 테이프다.

"앗, 여기 그런 물건이었어요?"

저도 모르게 묻자 마쓰카와 씨가 웃으며 고개를 저었다.

"아니, 이것도 작품이야. 일단 안으로 들어가자."

그 말을 듣고 깨달았는데 테이프 그 자체는 현관 앞에 따로 놓인 커다란 나무틀에 치덕치덕 교차하듯 붙어 있었다.

나무틀과 현관 사이에는 사람 한 명이 지나갈 만한 틈이 있었다. 마쓰카와 씨는 나무틀과 현관 사이로 들어가 드르륵 문을 열었다.

안은 어두워서 순간 잘 보이지 않았다.

공기는 건조하고 아무 냄새도 나지 않았다.

현관에는 선반 모양으로 만들어 놓은 신발장이 있다. 현관으로 올라서니 그곳은 작은 방이고 좌우에 납작한 소파가 놓여 있다.

상당히 오래 사용한 소파다. 갈색 가죽이 빛바랬고 한 면에 금이 간 듯한 모양이 퍼져 있다.

그래도 안의 스펀지가 튀어나오지 않은 것을 보니 튼튼한 가죽을 썼나 보다.

"여기가 대기실." 마쓰카와 씨가 설명했다.

창문은 다 열려 있고 바람이 휙 지나다닌다. 그 바람이 의외로 차가워서 팔에 살짝 소름이 돋았다.

여기저기에 거미집처럼 노란색 테이프가 둘러져 있다.

어두컴컴한 무색 집 안에 그 테이프 색만이 매우 진하고 선명하다.

바닥 중앙에도 노란색 테이프가 붙어 있다.

사건 현장에서 시체 모양으로 테이프를 붙이는 것을 모방한 듯 춤추는 듯한 포즈의 남성으로 보이는 윤곽을 테이프로 그려 놓았다.

자세히 보니 토끼와 거북이, 별 모양과 문어 모양 등 각양각색 윤곽을 벽과 바닥, 천장까지 테이프로 붙여 놓았다.

그렇군. 이 테이프 전부가 작품인 것이다.

"다음 방이 진료실이었대."

마쓰카와 씨가 비처럼 늘어진 노란색 테이프가 살짝 흔들리는 방을 가리켰다.

그것은 이상한 광경이었다. 마치 집 그 자체가 전시 작품인 듯했다.

그리고 형과 나는 마쓰카와 씨가 이 집을 '특이한 건물'이라고 말한 이유를 서서히 이해하게 되었다.

"마쓰카와 씨, 혹시 이 집."

형이 지그시 안쪽을 바라보았다. 거기에는 반 정도 열린 맹장지가 보였다.

"그래, 아주 길쭉하지."

나는 무심결에 뒤를 돌아보았다.

방 하나 앞에 빼꼼 열린 현관이 보이고 그 너머에 나무틀에 붙은 노란색 테이프가 보인다.

"여기에 진료소를 열었을 때는 혼자 살았다나 봐. 처음에는 대기실과 진료실과 잠자는 곳, 방이 이렇게 세 개밖에 없었대. 그러다 가족이 늘어나고 진료 도구를 놓을 곳이 필요해서 방을 증축한 거지."

마쓰카와 씨가 맹장지 안쪽을 가리켰다.

"증축이라니, 이 산비탈에요?"

형의 눈이 휘둥그레졌다.

"그래. 안쪽으로 또 안쪽으로 산을 깎아서 방을 늘려간 거야."

"이 폭 그대로요?"

이번에는 내가 물었다.

작은 집이라고 생각했던 것은 현관 폭이 2평 정도 되는 방 크기였기 때문이다. 안에 들어와도 어느 방이든 폭은 같다. 물론 복도 같은 것은 있을 리 없고 오로지 방이 이어져 있는 듯하다.

마쓰카와 씨가 고개를 끄덕였다.

"맞아. 이 안쪽에 화장실과 목욕탕과 부엌이 있는데, 원래 집은 거기까지였어. 일단 밖으로 나가지 않으면 그 앞으로 증축한 부분에는 갈 수가 없어."

거기서 갑자기 형이 작게 중얼거렸다.

아니, 목소리라기보다 숨을 들이쉬듯 읍, 하고 숨을 삼킨 듯했다.

"왜 그래?"

마쓰카와 씨와 내가 돌아보니 형은 반쯤 열어 놓은 맹장지 앞에 달려가 무릎을 꿇었다.

"이거, 이 문고리. 이런 모양은 처음 봐."

달뜬 목소리의 형 시선을 따라가 보았다.

언뜻 타원형인 그 문고리가 무슨 모양을 나타내는 것인지 느낌이 오지 않았다. 꽤나 오래되고 색이 검게 변한 탓도 있고 방이 어두운 탓도 있다.

"이건 청진기야. 청진기를 본떠 만든 문고리야."

듣고 보니 확실히 그렇다.

좌우 귀에 넣는 관 부분을 교차하여 둥글게 만든 곳이 손을 넣는 부분이고 관 아래로 이어지는 끝 부분에는 몸에 대는 둥근 부품까지 잘 재현했다.

어릴 적, 근처 병원에서 할아버지 의사 선생님이 가슴에 청진기를 대었을 때 느낀 서늘한 감촉이 돌연 되살아났다. 톡톡, 긴 손가락으로 가슴을 두드리고 가만히 귀를 기울일 때의 표정까지 떠올랐다.

"정말이다. 난 전혀 몰랐어."

"역시 형은 마니아네."

"꽤나 멋 부릴 줄 아는 직공인걸."

마쓰카와 씨와 나는 멀리서도 문고리의 자세한 모양을 알아차린 형에게 반은 감탄했지만 반은 어이가 없었다.

"이거, 이거 매입할 수 있나요?"

형은 금세라도 울 것 같았다.

"물론 할 수 있지. 허가는 받았으니." 마쓰카와 씨가 그렇게 보증해도 형은 안심이 안 되는 모양이다.

"여기 맹장지는 다 이 문고리일까?" 형이 맹장지를 열어 뒤쪽을 확인했다. 우선 이 방의 맹장지 두 장은 청진기 모양 문고리를 사용했다.

"다른 방은 어떨까?"

형이 안쪽을 들여다보자 마쓰카와 씨가 걷기 시작했다.

"가볼래? 전시도 계속하는 중이고. 일단 여기서 나가자."

다다미방 앞에 아담한 수도 설비가 있고 옆에는 부엌문이 있는데, 작은 문이 열린 채였다.

형은 기다렸다는 듯 총총히 걸어 밖으로 나갔다.

마쓰카와 씨와 나도 일단 밖으로 나왔다.

휙 차가운 바람이 다시 온몸을 감쌌다.

나무가 우거져 있어서 잘 알 수 없지만 불과 몇 미터 앞에는 벼랑이 있으리라.

수풀 사이로 주위의 산들이 선명하게 보였다. 의외라고 할수 있을 정도로 가깝게 느껴지지만, 역시 겉보기보다 더 멀리 있겠다는 생각이 들었다.

'집 다음 부분'은 바로 시작되었다. 건물이 있고 역시 작은 문이 열려 있었다. 현관, 부엌 등에서 흔히 보이는 '시멘트 바닥'이 없으니 그 자리에 신발을 벗고 올라가는 모양이다.

노란색 테이프가 이번에는 구깃구깃 덩어리로 뭉쳐져서 구름처럼 공중에 떠 있다.

그곳이 거실 같은 장소라는 것을 바로 알았다.

다다미가 깔린 2평 크기의 방.

좁지만 아늑하고 편안한 장소.

중앙에 오늘날에는 좀처럼 볼 수 없는 그림으로 그린 듯한 전형적인 교자상이 놓여 있고 그 위에는 테이프로 초승달과 별이 그려져 있다.

"이거, 일일이 식사를 저쪽 부엌에서 여기까지 옮겨오는 걸까?"

형이 고개를 갸웃거렸다.

"글쎄. 옮기는 건 힘들어 보이니 저쪽 방을 식당으로 사용했을지도 모르지."

마쓰카와 씨가 태평하게 대답했다.

갑자기 "밥 먹자"라는 소리가 들린 듯했다.

아이들이 슬리퍼를 신고 조금 전 본 문으로 달려가 어머니에게 밥통을 받아 들고 밥상 옆에 옮겨 놓는 모습이 눈앞에 떠올랐다. 여름철 풍경이다. 어린 남동생은 슬리퍼를 신는 것도 귀찮아서 방 입구에 놓인 꽉 짠 걸레에 발바닥을 쓱쓱 닦고 방으로 들어간다.

테이블 가운데에는 간장병과 이쑤시개꽂이가 있다. 예전에는 어느 집에나 놓여 있던 '미원' 병도 있었다.

그날 진료를 끝내고 목욕을 하고 나온 아버지가 수건을 어깨에 두른 채 이영차, 하고 거실로 들어온다.

"아니, 여기서 밥을 먹었을 거야."

나는 무심결에 그렇게 중얼거렸다.

"단언하는군."

마쓰카와 씨가 그다지 깊게 생각하지 않고 그렇게 말해서 나는 깜짝 놀랐다.

시선 한끝에서 형의 무언가를 살피는 듯한 눈빛이 보였다. '그것'이 일어났는지 의심하고 있는 것이겠지.

실은 그때 나도 잘 몰랐다. 평상시의 '그것'과 달리 이미지가 갑자기 튀어나왔다기보다 자연스럽게 머릿속에 떠올랐다.

방에 들어왔을 때 밟은 문턱 때문일까.

닳아서 해진 문턱 쪽을 눈으로 확인했으나 역시 무언가가 거기서 일어난 듯한 느낌은 없었다.

게다가 나는 안쪽 방에 마음을 빼앗겼다. 그쪽에 무언가가 있다. 무언가가 기다리고 있다. 그 예감에 마음이 조급했다.

방은 안쪽으로 계속되었다.

노란색 테이프가 안쪽 방에서 날아오듯 방사형으로 둘러쳐져 있어 그것을 피하면서 걷는 것이 쉽지 않았다.

"아, 이젠 부숴도 된다고 했으니까 피하지 않아도 돼."

마쓰카와 씨가 그렇게 말하면서 테이프를 획획 떼어서 무심코 "앗" 하고 외쳤다.

어쩐지 그 노란색 테이프가 결계 같아서 조금이라도 건드리면 무언가가 무너질 것 같았기 때문이다.

물론 아무 일도 일어나지 않았고 마쓰카와 씨는 성큼성큼 안쪽으로 걸어갔지만.

아이 방.

다음 방은 그런 느낌이 들었다.

이층침대의 아래 칸에 공부용 책상이 놓여 있다. 아이 성
장에 맞춰 책상 높이를 바꿀 수 있는 것이다.

서랍에는 과자에 덤으로 들어 있는 스티커가 붙어 있는데,
그것이 완전히 거무스름해져 있다.

공부를 열심히 했나 보네.

그런 생각이 들었다. 아이들도 말 그대로 아버지 등을 보
고 자라 의사가 되었을지도 모른다.

방사형으로 붙은 테이프는 안쪽으로 계속 이어진다.

형은 나무 창틀과 천장, 기둥 등을 체크하고 있다. 하지만
오늘은 그 청진기 모양 문고리를 발견한 것만으로도 온 보
람이 있다고 생각하고 있으리라.

그리고 나는 더욱 강한 예감이 들었다.

이 앞에 무언가가 있어서 그 '무언가'가 풍기는 존재감이
안쪽에서 서서히 배어 나오는 듯한 느낌이 들었다.

기대와 불안이 조금씩, 하지만 확실히 온몸에 차오르는 것
이 느껴졌다.

방사형으로 두른 테이프는 안쪽 방 들창에 묶여 있다.

이 방은 원래 뭐였는지 모르지만, 마지막에는 창고로 쓰였
는지 오래된 가전과 옷상자가 어수선하게 좌우 벽 앞에 놓

여 있다.

게다가 케이블이 그물처럼 걸려 있는 이유는, 전시 중에 소형 전구를 점멸시키느라 그런 모양인데, 물론 지금은 전기도 통하지 않아 그저 시커먼 잔해로 남았을 뿐이다.

"이것이 마지막 맹장지. 그 너머가 이 집의 막다른 방이야."

마쓰카와 씨가 눈앞의 맹장지를 가리켰다.

형뿐만 아니라 나도 문고리를 주목했지만 이쪽은 아주 평범한 둥그런 문고리다.

마쓰카와 씨가 그 맹장지를 열었다.

확 밝아지고 바람이 얼굴을 때렸다.

맹장지 앞쪽이 생각과 달리 '바로 앞'이었기에 당황했다.

마지막 방이라는 말에 지금까지 본 방과 마찬가지로 2평 정도 크기일 것이라고 마음대로 상상한 탓이리라.

"여기…… 방이에요?"

형이 미심쩍다는 듯 물었다.

그렇게 말하고 싶은 기분도 이해한다. 거기에는 다다미를 세로로 두 장 늘어놓은 공간밖에 없고 그 너머에는 자그마한 툇마루가 붙어 있었기 때문이다.

방이라기에는 너무나도 좁다.

"그래. 구조가 재미있지?"

시야 아래쪽은 나무숲으로 덮여 있고 나머지는 하늘밖에

보이지 않았다. 각도 탓인지 지금까지 어디서나 보였던 산이 보이지 않는다.

문득 또 무언가가 떠올랐다.

밝은 밤. 밤하늘에 떠 있는 보름달.

다다미 위에 다리를 쭉 펴고 앉아 술잔을 손에 들고 달을 올려다보는 남녀.

"달 전망대다."

내 입에서 불쑥 튀어나온 단어에 자신도 놀랐다.

"오오, 과연. 그런가, 달 전망대라. 납득이 가. 그거 풍취 있네."

또다시 마쓰카와 씨가 그다지 깊게 생각하지 않고 맞장구를 쳤다. 형은 완전히 수상쩍다는 표정이다.

하지만 나는 형의 의문에 대답하기보다 문득 떠올랐던 이미지에 마음이 끌렸다.

"그럼 20분 정도 후에 철거를 시작할 거니까 마음에 든 건 꺼내 와. 내 도움이 필요하면 전화하고."

마쓰카와 씨가 손목시계를 확인했다.

형은 깜짝 놀란 듯 마쓰카와 씨를 보더니 즉시 영업에 들어갔다.

"아까 본 청진기 모양 문고리는 맹장지째 매입할게요. 현관 옆의 창문도 유리째로요. 부엌의 선반도 마음에 드네요."

형이 마쓰카와 씨와 함께 되돌아가는 뒷모습을 보면서도

나는 자신이 보고 있는 것에서 시선을 돌릴 수가 없었다.

달 전망대가 있는 좁은 방의 벽. 지저분해져 있어서 평범한 토벽인가 생각했더니 거기에 타일이 붙어 있었다. 원래는 하얀 타일이었던 듯하다. 5센티미터 정도의 정사각형 타일이 벽 양옆에 붙어 있다. 여기는 산 위다 보니 비바람에 그대로 노출되었으리라. 그래서 젖을 것을 미리 내다보고 벽에 일부러 타일을 붙여 놓은 모양이다.

이 타일인가?

나는 찬찬히 타일을 살펴보았다.

내가 느낀 것은 이 존재감이었나?

확실히 존재감은 느껴진다. 그래서 이 타일이 있다는 것을 알아차렸으니까. 그곳에서 어떤 에너지가 나오고 있다는 것은 알 수 있었다.

하지만 그것만은 아닌 듯하다.

나는 새삼스레 주위를 둘러보았다.

휙, 정면에서 바람이 불어왔다.

그 달 전망대 바깥쪽에 있는 수풀이 바스락바스락 흔들린다. 바람이 물결치고 집 안에서 덜컹덜컹 소리가 울렸다.

이번에는 갑자기 뒤에서 바람이 불었다.

소름이 돋을 정도로 싸늘한 바람.

이어 덜그럭덜그럭 알 수 없는 소리가 들렸다.

집 안에서?

나는 가만히 뒤로 돌았다.

덜그럭덜그럭, 덜그럭거리는 소리는 집 안쪽에서 들려오고 있었다.

옆의 옆 방.

아이 방이라고 생각했던 방이다.

'이거 무슨 소리지. 금속음 같기도 하고, 아닌 것 같기도 하고.'

나는 흠칫거리며 소리가 나는 쪽으로 다가갔다.

싸늘한 바람이 또 휙 불어왔다.

무언가가 움직이고 있다.

눈이 어두운 방에 익자 이층침대 아래에 넣어놓은 책상이 움직이는 것이 보였다. 덜그럭거리며 잘게 진동하고 있다.

'뭐지? 쥐가 있나?'

벌벌 떨면서, 그러나 언제라도 도망칠 수 있는 거리를 유지하며 나는 조금 더 다가갔다.

역시 책상이 흔들리고 있다.

아니, 정확하게 말하면 책상 서랍에서 소리가 들렸다.

더 정확하게 말하면 제일 아래, 제일 큰 서랍 안쪽에서 누군가가 두드리고 있다.

나는 도무지 그 상황을 받아들일 수가 없었다.

분명히 눈앞에서 일어나고 있는 일과 그것이 의미하는 것이 머릿속에서 이어지지 않는다.

서랍 안쪽을 누군가가 두드린다?

'누가'? 혹은 '무엇'이?

역시 쥐? 아니면 족제비 같은 작은 동물일까?

갑자기 덜커덩 소리가 나며 제일 아래 서랍이 튀어나왔다.

깜짝 놀라 반사적으로 물러섰다.

튀어나온 서랍. 고작 10센티미터 정도.

눈을 뗄 수 없다. 숨도 쉴 수 없다.

나는 어둠 속에서 튀어나온 서랍을 꼼짝도 하지 않고 바라보았다.

다음 순간.

불쑥 작은 손이 나왔다.

사람 손. 아이 손.

그것이 서랍에서 쓱 나와서 서랍을 잡았다.

'설마. 이런 일이 물리적으로 일어날 리가 없어.'

말도 안 되는 일이 눈앞에서 일어나면 꼼짝도 못 한다는 사실을 깨달았다.

하지만, 하지만, 실제로 눈앞에서 서랍에서 나온 손가락이 서랍을 잡고 있다. 자그마한 분홍색 손톱 네 개가 나란히 그곳에 있다.

어떻게 반응해야 좋을지 알 수 없었다.

'이거, 무서운 거지? 무서워해야 하는 거지? 그런데 누구에게 묻는 거야, 나는? 너무나도 혼란스럽다.'

"하나?"

나는 깜짝 놀라 온몸이 움찔했다.

목소리.

분명히 들렸다. 맑고 뚜렷한 목소리가. 하지만 그것은 기묘하게도 소리로 들렸다기보다 직접 내 머릿속에서 울린 듯한 느낌이었다.

"하나, 거기 있어?"

또 들렸다.

역시 머릿속에 직접.

하나가 누구지?

"하나."

이번 목소리는 힘이 조금 없어졌다.

"어디 있어?"

가냘프게 멀어지는 목소리.

손가락이 가만히 들어가더니 덜컥 서랍을 당겼다.

쥐 죽은 듯 조용해진 방.

책상은 아까 본 그대로 조금도 움직이지 않았다.

그리고 나도 좀처럼 그 자리에서 움직일 수 없었다.

멍하니 입을 벌리고 서랍을 바라본 채 눈을 뗄 수 없었다.

지금 일은 정말로 일어난 일인가?

여전히 혼란스러웠다.

'백일몽은 아니지? 실제로 덜커덕 소리가 들려서 여기에

왔고 그러자 책상이 흔들리더니 서랍이 열리고 손이 나오고 목소리가 들리고……'

그렇게 다시 생각해보고 그것이 얼마나 황당무계하고 말도 안 되는 이야기인가 깨달았다.

하지만, 하지만, 정말로 보았다.

그러나 눈앞의 책상은 꼼짝도 하지 않고, 조금 전 일어난 일이 진짜 있었던 일인지 점점 영문을 알 수 없게 되었다.

'이 이야기만은 형도 믿어주지 않겠지.'

나는 그렇게 생각하고 쓴웃음을 지었다.

그리고 주뼛거리며 책상에 다가가 제일 아래 서랍으로 손을 뻗었다. 서랍 안이 어떻게 생겼는지 보고 싶었다.

'또 무언가가 나오면 어떡하지?'

너무나 무서웠지만 조금씩 손을 움직였다.

썰렁하고 차가운 서랍 손잡이를 잡았다. 힘을 꽉 주었다.

하지만 틀어졌는지 서랍은 좀처럼 열리지 않았다.

조금 전 잠깐 덜그럭거린 것도 좀체 안 열려서 그런 걸지도 모른다.

그런 생각이 들었다.

힘을 주어 당기는 동안에 공포심이 줄어들었다.

덜컹 소리가 나고 간신히 서랍이 열렸다.

텅 비었다.

거기에는 아무것도 없었다. 물론 사람 한 명 들어갈 만한 공간도 없다.

자세히 살펴보니 구석에 칼날이 녹슨 작은 연필깎이와 동그란 단추 하나가 굴러다녔다.

안도감과 실망감이 동시에 나를 덮쳤다.

'그야 그렇지. 말도 안 돼. 이 서랍 속이 시공을 넘어 어딘가와 이어져 있다니.'

내 마음속 냉정한 부분은 그렇게 생각했다.

하지만. 하지만 보았다. 보고 말았다. 나는 그 작은 손톱이 달린 손가락을 보고 말았다. 그리고 그 아이 목소리도 들었다.

내 감정적인 부분은 매우 당황한 상태였다.

'그건 그렇고 하나는 누구지?'

일단 자신이 본 것을 받아들이고 그 이유와 구조 등은 깊이 생각하지 않기로 했다. 궁금한 것은 그 아이가 찾던 '하나'의 정체다. 이름으로 보면 여자아이 같은데.

'하나.' 신경이 쓰인다. 어쩐지 이름이 마음에 걸린다.

"동생아, 좀 도와줘."

나는 퍼뜩 고개를 들었다.

형이 밖에서 안을 들여다보며 노란색 테이프 너머에서 나에게 손짓을 했다.

"알았어."

그렇게 대답하고 걸음을 내디딘 순간 나는 왜 '하나'라는 이름이 마음에 걸리는지 깨달았다.

다로와 하나코.

일본인이 많이 사용하는 이름이다.

그리고 우리 형 이름은 다로고 내 이름은 산타.

어쩌면 우리 사이에 '하나코'가 있었던 것은 아닐까?

문득 그런 생각이 들었다.

"너, 여자 형제 있지 않아?"

동급생의 목소리가 되살아났다.

존재하지 않는 형제. 없는 여자 형제. 하지만 혈연 관계라고 대답했다는 나.

무언가가 이상하다. 어딘가에서 어긋났다. 거짓된 기억이 있다.

노란색 테이프를 헤치면서 나는 생각했다.

그리고 역시 그 아이는……. 스키마와라시는……. 그렇다, 이때 나는 처음으로 그 아이에게 스키마와라시라고 이름 붙였다. 형이 말한 그 이름을, 서랍에서 손을 내민 그 아이, 마쓰카와 씨 스마트폰에 사진 찍힌 그 아이에게 스키마와라시라는 이름을. 그리고 그 아이는 나와 관계가 있고 어디에선가 그 아이와 내가 이어져 있다고 생각했다.

"그 교자상, 가지고 나와. 혼자서 괜찮아?"

형이 물어서 "잠깐 기다려" 하고는 교자상을 잠깐 들어보았다.

생각보다 가볍다.

"응, 혼자 들 수 있어."

"그래, 그럼 부탁해."

형은 그렇게 말하고 되돌아갔다.

그 뒷모습에 나는 속으로 말을 걸었다.

'형, 하나는 도대체 누구야?'

그렇게 물으면 형은 뭐라고 대답할까? 시치미를 뗄까. 진짜로 모를 수도 있고, 아니면 또 눈빛이 블랙홀 같아질까.

지금은 아직 묻지 않는 것이 좋겠다.

그런 생각이 들어서 나는 아무 말도 하지 않았다.

교자상을 들고 옮겼다. 한 집안이 오랫동안 둘러앉았던 교자상. 가족의 역사가 배어 있는 교자상.

다시 집 안을 통해 현관으로 나온 나는 완전히 익숙해진 노란색 테이프를 돌아보았다.

그리고 그때 처음으로 생각했다.

현대 미술이란 익숙한 것에 새롭게 가치를 부여하는, 이화작용異化作用이라는 것을. 그렇다. 이 또한 '전용'의 하나인 것이다.

지금은 없는 그 집을 가끔 꿈속에서 본다.

그야말로 잊어버렸을 무렵에 되새김질하듯 갑자기 나타난다.

꿈속에서 나는 그 집을 향해 걸어간다.

비탈길 위가 훤히 트여서 하늘이 보인다.

꿈속에서 나는 아직 그 집에 간 적이 없다. 언제나 첫 체험으로, 두근거리며 그 비탈길을 올라간다.

바람에 흔들거리는 풀. 유유히 움직이는 구름.

그리고 그 집에 도착한다.

홀로. 나 외에는 아무도 없다.

노란색 테이프가 쳐진 그 집. 테이프로 둘러싸인 그 집에.

나는 그 집 앞에 오도카니 서 있다.

기묘하게도 꿈속에서 나는 그 집에 들어가지 않는다.

꿈속의 그 집은 실제와 다르게 집 전체가 노란색 테이프로 빙빙 감싸여 있어서 들어갈 수가 없다.

꿈을 꾸면서 나는 이상했다.

이것은 꿈이고, 꿈속에서 내가 그 집에 도착하는 경험은 처음이라고 자각하면서도 '현실에서는 들어갔는데' 하고 생각한다.

그리고 무엇보다 어째서 제일 임팩트가 컸던 그 장면이 꿈에는 나오지 않을까.

그렇다. 그 집이 나오는 꿈을 몇 번이나 꾸는 이유는 처음으로 스키마와라시와 내가 만났기 때문이라는 것을 알고 있음에도 정작 중요한 그 장면은 결코 꿈에 나오지 않는다.

무의식중에 피하는 것일까. 그 충격적인 장면을 또 마주치는 것을 두려워하는 것일까. 그렇지만 나는 꿈속에서 유감스러워한다.

다시 한번 그 아이를 만나고 싶은데. 아니, 그것을 '만났다'라고 할 수 있을지는 모르지만 다시 그 아이 목소리를 듣고 싶은 것은 틀림없다. 꿈속이지만 '그것'이 꿈이 아니었다고 확인하고 싶은 기분이 간절했다.

정말로 꿈은 이해할 수 없다. 이렇게나 절실히 바라니 꿈속에 나타나도 될 법한데, 언제나 생각대로 되지 않고 허탕만 칠 뿐이다.

결국 그때 일을 나는 형에게 바로 이야기하지 않았다.

역시 너무나도 거짓말 같은 이야기고 나 자신이 받은 충격이 너무 커서 스스로 소화를 못 했기 때문이다. 아무리 해도 그날은 말을 꺼낼 수가 없었다.

털어놓은 것은 조금 시간이 흐른 후였다. 여러 일이 가경에 진입했을 무렵인데 형은 "음, 그랬구나. 그때 어쩐지 상태가 이상하더니" 하고 아주 온화한 반응이었다.

"그때 이 이야기를 했으면 믿었을까?"

그렇게 묻자, 형은 망설였다.

"흠. 어땠을까. 미묘하네. 믿고 싶지만 확실히 미묘해."

"그렇지."

형이 솔직해서 나는 복잡한 기분이 되었다.

"다만 내가 그 자리에 없었다는 게 유감이야."

형은 그 점이 정말로 분한 듯했다.

"그렇지만 그 자리에 있었다면 나도 너랑 같은 걸 봤을까?

애초에 내가 함께 그 자리에 있어도 같은 일이 일어났을까? 어쩌면 아무 일도 안 일어나지 않았을까?"

지당한 의견으로, 내 생각도 마찬가지였다. 그 아이와 이어진 것은 나지 형이 아니다. 물론 형도 관계자지만 그 시점에서 형은 나와 같은 것을 목격했을까?

"혹은 같은 일이 일어났어도 나에게는 보이지 않았을지도 몰라."

형이 중얼거렸다.

"우리가 똑같이 그 책상을 봤어도 나에게는 아무 일도 일어나지 않은 것처럼 보였을지도 몰라. 네가 책상이 흔들리는 걸 보고 서랍이 열리는 걸 볼 동안에도 내 눈에는 책상도 서랍도 아무렇지도 않아 보였을 수도."

"그랬을 수도 있어."

나는 그 의견에 동의했다.

지금으로서는 영원한 수수께끼지만 이것 하나는 확실히 말할 수 있다.

그것이 반년 후의 일이었다면 두 사람은 반드시 같은 것을 목격했을 것이라고.

나뿐만 아니라 형도 드디어 스키마와라시와 만날 날이 바싹 다가와 있었다.

8장

풍경 소인에 대해,
'느슨함'에 대해

그런데 당신은 풍경 소인이라는 것을 아는가?

또 뜻밖의 화제를 꺼냈다고 생각한 당신, 분명 의외의 질문이지만 당신도 이제 슬슬 익숙해졌을 것이다. 내가 꺼내는 뜻밖의 화제는 갑작스러운 만큼 나름대로 연관이 있다는 것을 말이다.

이번에도 그럴지는 나중에 판단하기로 하고, 나는 내킬 때마다 종종 풍경 소인을 찍곤 한다.

바로 옆에 마니아인 형이 있는 탓인지 나는 아무래도 옛날부터 무언가에 그다지 몰두하는 편이 아니다. 이른바 '컬렉터'는 될 수 없고, 되는 것도 무섭다.

혹시 형이 풍경 소인을 모은다면 그것이야말로 '완료'를 목적으로 크나큰 에너지를 쓰겠지만, 나는 '느슨'해서 컬렉터라고 이름을 댈 정도는 아니다.

덧붙여 풍경 소인의 정식 명칭은 '풍경이 들어간 통신 날짜 소인'이다. 요컨대 명승고적 등의 도안이 들어간 소인을 말한다.

우편을 보낼 때 일반적으로 찍는 소인은 날짜와 시간대와 담당 우체국 이름밖에 적혀 있지 않지만, 풍경 소인에는 각양각색의 정취가 느껴지는 도안이 그려져 있다. 가마쿠라의 대불이라든가 이세신궁 같은 명소의 그림이 들어가 있는 것이다.

그런 특성 탓에 어느 우체국에나 있는 것이 아니라, 주변에 나름대로 기념이 될 만한 것이 있는 우체국에 비치되어 있다.

물론 각 풍경 소인이 비치된 우체국에 부탁하지 않으면 찍을 수 없다. 우송도 의뢰할 수 있지만 나는 그 자리에서 우표를 사서 메모장에 붙이고 창구에 내밀어 풍경 소인을 찍어달라는 기본적인 방법을 이용한다.

가마쿠라의 대불처럼 반영구적 명소가 있는 곳은 같은 도안의 풍경 소인을 줄곧 사용하지만 우체국이 통합되거나 풍경이 바뀌었다든가 하는 등 여러 사정으로 조용히 폐지되기도 하기에 내가 성실한 컬렉터라면 결코 마음을 놓아서는 안 되는 취미다.

나는 일이나 여행으로 어딘가에 갔을 때, 때마침 우체국 앞을 지나다가 자신이 풍경 소인을 '느슨하게' 모으고 있다는 사실이 떠오르고, 게다가 이 우체국에는 분명 풍경 소인이 있을 것 같다고 판단했을 때 찍는 정도의 컬렉터다.

그런 식으로 상당히 무던한 컬렉터인데, 여기저기에서 문득 생각이 나서 풍경 소인을 찍고 그것을 아주 가끔 메모장을 팔랑팔랑 넘기며(이것은 일기라고 할까, 작업 일지로도 쓰는 조금 큼직한 메모장으로 그 여백에 우표를 붙이고 소인을 찍어달라고 한다) 아, 이런 곳에도 갔었구나, 떠올리면서 지그시 바라보면 이상한 기분이 든다.

그럴 것이 참으로 기묘한 제도라고 생각하지 않나? 각지의 우체국에 평상시는 사용하지 않는 그저 찍기 위한 목적의 소인이 가만히 놓여 있다니?

요컨대 그곳에 가지 않으면 손에 넣을 수 없는 스탬프 랠리의 일종이다.

무엇보다 이름이 기묘하다고 생각하지 않나? '풍경 소인'. 풍경이란 꽤나 막연한 단어다. 게다가 작은 도안은 사실적이라고도 할 수 없다. 그 토지의 지명과 연관된 심벌을 도안으로 만든 것이라 도안 그대로의 경치가 실제로 존재하지도 않고.

애당초 일본의 풍경이 계속해서 바뀌며 얼마나 일관성이 없는지를 우리는 평소에 의식하는 것 같으면서 하지 않고, 하지 않는 것 같으면서 의식한다.

분명 '풍경 소인'이 될 만한 명승지는 풍경을 '유지'하고자 노력하고 있을 것이니 변하지 않는 풍경도 있을지 모른다.

그 노란색 테이프가 붙은 집에서 본 산들은 기억에 새겨질 정도로 변하지 않는 능선을 그려 가리라.

그래도 평소 거리에서 보는 '풍경'은 차례차례 바뀐다.

지금은 규제가 늘었다손 쳐도 거리에 통일성을 갖추는 일은 그다지 고려하지 않았으니 높이도 건축 자재도 색채도 각양각색인 방목된 것 같은 건물이 연이어 세워진다.

원래 종이와 나무로 만든 집이 주류였던 나라였고, 유서 깊은 신사마저도 몇 년이 지나면 '갱신'하는 습관이 있는 나라다. 철근과 콘크리트가 주류가 된 이후에도 이 나라 사람들은 어느 정도 시간이 흐르면 '새로 만들어서 갱신해야 한다'는 강박관념이 있는 듯하다.

그래서 현실 속 일본 풍경은 계속해서 유지되기가 어렵지만, 적어도 이미지만이라도 '풍경'으로 남기고 싶다, 유지하고 싶다는 가상 보존이라는 '소원'이 이 '풍경 소인'에 담긴 듯해서 애달프다. 내 지나친 생각일지 억측인지 모르지만 자연재해가 많고, 수많은 '풍경'을 잃은 나라이기에 이미지 존속은 필요할지도 모른다. 그럼에도 폐지된 풍경 소인은 얼마든지 있다.

이렇게 장황한 내 의견을 듣고 슬슬 질렸을지도 모르지만 이야기는 이제부터 시작이다.

처음으로 내가 '그 아이'를 만나고 며칠이 지났다.

드디어 그 충격에서 회복하여 아무렇지도 않게 그 장소를 떠올릴 수 있게 되었다.

형에게 언제 그 이야기를 털어놓을까 고민하면서 그날도 형과 함께 차를 타고 달렸다.

형이 고객과 만나는 동안 나는 주차장에서 기다렸다.

비바람이 부는 오후라 밖에 나갈 마음도 들지 않아 나는 운전석에서 저번에는 언제 여기에 왔었지, 하고 애용하는 메모장을 팔랑팔랑 넘겼다.

그렇다, 그 메모장. 여기저기에 생각난 듯 풍경 소인을 찍은 메모장 말이다.

풍경 소인이 찍힌 곳은 우표가 붙어 있다. 페이지를 팔랑 팔랑 넘기자 거기만 다른 페이지보다 무겁고 부피가 커서 풍경 소인이 찍힌 페이지가 멈춘다.

마치 스톱 모션처럼 풍경 소인이 눈에 날아 들어온다.

지금까지 몇 번이나 본 각지의 풍경 소인에서 그리움을 느꼈지만, 도중에 문득 기묘한 감각이 밀려왔다.

바늘에 찔린 듯한 위화감. 아니, 무언가 중요한 것을 본 듯한 감각. 무언가를 떠올려야 한다, 무언가를 생각해야 한다는 초조함.

어째서일까. 어째서 오늘따라 풍경 소인에서 그런 느낌이 들까?

나는 차 안에서 자세를 바로 하고 새삼스레 천천히 페이지를 넘겼다. 아까보다 느리게 한 장 한 장 풍경 소인을 찬찬히 바라보았다.

이윽고 풍경 소인 한 장에 시선이 멈췄다. 아니, 어째서인지 거기에서 눈이 멈추고 말았다.

왜 그러지. 어째서 여기서 멈췄을까.

나는 자신이 느낀 것을 말로 표현하려고 시행착오를 거듭했다.

그 감각은…… 한참을 생각한 끝에야 겨우 떠올랐다.

비슷한 것을 보았다. 그것도 그렇게 오래되지 않았다.

그것은 도깨비방망이가 찍힌 풍경 소인이었다.

간사이 것으로, 지명과 관련된 것인 듯하다.

도깨비방망이. 너무나도 오랜만에 떠올린 단어라서 어쩐지 신선했다.

아마《엄지동자》에 나오던가.

밥그릇 배를 타고 칼 대신 바늘을 허리에 꽂고 있는 그림이 인상에 남아 있다.

그러니까 도깨비 퇴치를 했었지. 도깨비에게 도전하자 도깨비가 바보 취급하며 한입에 삼킨다. 그런데 도깨비 위 속에서 칼 대신인 바늘로 찌르자 도깨비가 아파하며 항복하고 도망갈 때 잊어버리고 간 물건이 도깨비방망이였을 것이다.

도깨비방망이는 휘두르면 금은보화가 나오지 않았나? 아니, 소원을 들어주는 것도 있다. 엄지동자가 도깨비방망이를 휘둘렀더니 순식간에 몸이 커져서 멋진 청년이 된다는 결말이었다.

그것은 그렇다 치고, 도깨비방망이가 문제인데.

이 심플한 도안의 도깨비방망이를 그리 오래되지 않은 얼마 전에 어딘가에서 보았다.

초조하고 애가 탄다.

번쩍 떠올랐다.

그거다. 이발소 테이블의 타일을 만졌을 때 본 영상.

어딘가 넓은 공간에서 돌 상자 위에서 아래로 물이 흐르고 그 주위에 많이 보였던 가위표 같은 모양.

그것은 가위표가 아니었다. 도깨비방망이를 단순화해서 도안으로 만든 것이었다. 가운데 볼록 튀어나온 부분이 '망치' 부분이고 교차한 것은 손잡이 부분이다.

즉, 그 가위표로 보인 것은 도깨비방망이의 부조라는 사실을 깨달았다. 볼록 튀어나와 있다고 느낀 것은 틀리지 않았다.

나는 돌아온 형에게 재빨리 그 발견에 대해 보고했다.

그러자 형은 "그렇구나" 하고 납득한 듯한 얼굴이다.

"아쿠쓰가와 호텔이야."

그렇게 말하고 스마트폰 화면을 조작했다.

"조사하니 아쿠쓰가와 호텔은 당시 광고와 선전에서 시대를 앞서갔던 호텔이라고 해. 지금이라면 브랜드 이미지를 만들기 위해 로고라든가 디자인에 신경을 쓰는 게 당연하지만, 예전에는 그런 발상은 없었던 거지. 하지만 아쿠쓰가와 호텔을 만든 사람들은 제대로 브랜드 전략까지 생각했어. 로고 디자인도 통일하고 각종 장부와 도구에도 로고를 넣었지. 자, 이게 아쿠쓰가와 호텔의 심벌이야."

형이 화면 일부를 확대해서 보여주었다.

당시 영수증을 찍은 사진이다.

용지 제일 위에 'Akutsugawa Hotel'이라는 로마자 표기가 있고 그 아래에 작은 마크가 있었다.

도깨비방망이.

심플한 선으로 그려졌지만 틀림없는 도깨비방망이다.

"그랬구나. 그냥 평범한 벽 무늬라고 생각하고 놓쳤던 거야."

형은 그렇게 말하더니 몇 번이나 되풀이하여 본 당시 영상을 다시 한번 틀었다.

형과 함께 화면을 보았다.

"봐봐, 여기."

형이 영상을 멈췄다.

여성들이 떠들썩하게 웃으며 지나가는 호텔 안 복도.

벽 중간쯤에 연속무늬로 된 부조가 보였다.

그 부조는 자세히 보니 그 가위표 모티브. 이른바 도깨비방망이를 본뜬 디자인이었다.

"도깨비방망이라고 말하니 확실히 그렇게 보이는데, 흘끗 봐서는 못 알아보겠네."

형은 어쩐지 분해 보였다. 영상 기억력이 있음에도 도깨비 방망이라는 것을 알아보지 못한 것이 마음에 들지 않는 모양이다.

형은 다시 스마트폰 화면을 재생하여 다른 곳에서 멈췄다.

"봐봐, 여기도 그래. 네가 봤다는 위에서 아래로 흐르는 물이 이거 아닐까?"

그것 또한 몇 번이나 보았는데도 전혀 의식하지 못했던 장면이었다.

아쿠쓰가와 호텔 로비와 다이닝 룸은 프런트 층에서 아래로 내려가야 한다.

여성들이 다이닝 룸을 향해 짧은 계단을 내려가는 장면에서, 계단 중앙에 작은 푼주가 보였다.

푼주라고 해도 서양풍이라서 계단 낙차에 맞춰 수반 두 개가 있고 위의 수반에서 아래 수반으로 물이 떨어지게 되어 있다.

듣고 보니 확실히 그때 본 경치와 같다는 사실을 알 수 있었다. 게다가 그 푼주에도 도깨비방망이 모티브가 새겨져 있다.

"정말이다. 아무리 봤어도 아무것도 못 본 거네."

나는 쓴웃음을 지었다. 몇 번을 반복하며 구석구석까지 확인했다고 생각했는데 전혀 몰랐다.

어쨌든 이것으로 그 타일이 아쿠쓰가와 호텔에서 나온 물건이고, 내가 본 것은 왕년의 호텔 내부 모습이었다는 것을 알게 되었다.

나는 머리 뒤쪽으로 깍지를 꼈다.

"다른 이미지는 어떨까? 아버지와 어머니가 나온 수수께끼에 대해서는 아직 어떤 실마리도 없지?"

"일 때문에 갔을지도 모르지."

형이 화면에서 눈을 떼지 않고 말했다.

"우리 부모님, 원래부터 리노베이션에 엄청 흥미가 많았던 모양이야. 그쪽 방면 일도 적극적으로 했대. 어쩌면 젊었을 적에 타일을 재이용한 장소를 보러 갔을지도."

나는 환영 속 두 사람 얼굴을 떠올렸다.

확실히 그때 본 부모님은 기억하고 있는 모습보다 훨씬 젊어 보였다.

나는 반론했다.

"하지만 결론부터 말하면 그 타일로 작업은 안 한 거네. 그 정도의 인연으로 그렇게 선명하게 이미지가 남을까? 그 놀란 표정은? 거기서 무엇을 봤을까?"

"글쎄."

형이 어깨를 으쓱했다.

"뭐, 조사라는 게 그렇게 일직선으로 가지만은 않지."

그 말투에는 실제 체험을 바탕으로 한 현실미가 있어서 형이 지금도 타일 내력 등을 꾸준히 조사하고 있다는 사실을 알 수 있었다.

"타일 관련해 뭐 알아낸 거 있어?"

그렇게 묻자 "음, 아직 그다지 확실하지 않은데" 하고 자신 없는 말투로 말했다.

그러나 결심한 듯 입을 열었다.

"어쩌면 어머니 친척일지도 몰라. 그 타일을 만든 공장."

"뭐?"

나는 무심코 되물었다.

"어머니 친척이라니?"

형이 작게 한숨을 쉬고 드디어 이야기할 때가 왔다는 듯 진지하게 말했다.

"할아버지가 어머니에게 듣기를 친척이 거의 없어 서로 왕래하지 않는다고 했대. 어머니 쪽 친척과도 거의 만난 적이 없고, 결혼식도 정말로 가까운 집안사람만 모여서 했고. 어머니 쪽은 친한 친구라는 여자만 혼자 왔을 뿐이래."

그러고 보니 다른 사람 집에서 자주 보는 결혼식 사진을 우리 부모님 것은 본 적이 없다.

"하지만 어머니 본가는 원래 교토에서 도자기를 굽는 장인 집안이라는 말을 들은 적이 있대. 그래서 자손 중에 일부가 도자기 장인으로서 여기저기로 옮겨갔고, 그중 한 사람이 타일 공장을 했던 모양이야. 어머니의 부모님은 교사였던 모양이지만."

"그렇구나."

지금까지 그리 의식하지 않았던 어머니의 존재가 갑자기 드러나는 듯해서 기묘한 기분이 들었다. 게다가 그 타일과 관련이 있다니.

'그것'이 일어나는 중에 부모님을 보았을 때는 왜 여기서 부모님이 나오느냐며 뜻밖이라는 생각이 들었지만 실은 그런 것이 아니었을지도 모른다.

형이 내 얼굴을 살폈다.

"그러니까 그런 인연도 있어서 아버지와 어머니가 아쿠쓰가와 호텔 타일을 찾고 있던 거 아닌가 싶어. 건축을 생업으로 삼았으니 당연히 흥미가 있겠지."

나는 몇 번이나 고개를 끄덕였다.

"응, 두 분이 호텔에서 사용했던 타일을 보러 갔을지도 모르겠네."

그렇군. 그런 인연이라면 타일이 부모님을 '기억'하는 그럴듯한 이유가 된다.

하지만 의문이 이것저것 떠오른다.

"그래도 어머니와 친척 사이에는 어쩐지 거리감이 느껴져. 대개 부모님이 일찍 세상을 떠나면 그야말로 외조부모님이라든가 친척 중 누군가가 돌봐주지 않나? 적어도 우리 친가

쪽이라면 그랬을 것 같은데."

결혼식에 친척이 한 명도 안 왔다는 것은 상당히 드문 일이라는 생각이 든다. 아무에게도 신세 지지 않았으니 부를 필요가 없다는 어머니의 강한 의지 같은 것이 느껴졌다.

형이 고개를 갸웃거렸다.

"글쎄다. 우리는 비슷한 일을 한다는 이유도 있어서 그런지 친척들과 비교적 사이가 좋지만, 소원한 사람들도 적지 않잖아. 하지만 확실히 어머니에게는 무슨 사정이 있었을지도."

"아버지와의 결혼을 반대했다든가?"

밝게 웃는 두 분 사진이 눈앞에 떠오른다.

"그럴 수도. 같은 지방 사람이 아니면 안 된다고 말하는 경우도 꽤 많으니까."

"아버지, 좋은 사람인데."

나는 완전히 두 분의 결혼을 반대했다고 단정짓고 투덜거렸다.

"귀여운 남자아이 두 명도 만나지 못하고 손해 봤네."

형이 재빨리 분위기에 올라탔기에 쓴웃음을 지었다.

"이제 귀여운 남자아이라는 나이도 아니지만."

내가 힘없이 말하자 형이 새치름한 얼굴로 말했다.

"귀여운 중년 둘."

우리는 억지웃음을 지었다.

갑자기 형이 새삼스레 내가 가지고 있는 메모장에 눈길을 주었다.

"그건 그렇고 너, 풍경 소인을 모으는구나. 몰랐어. 가끔 우체국에 들른다고는 생각했지만."

나는 쓴웃음을 지었다.

"아니, 형과 비교하면 나는 너무나도 '느슨'하니까 '모은 다'고 할 정도의 수준은 아니야."

"느슨하다니. 그거 대단한걸."

형 말투가 자못 진지해서 나는 조금 뜻밖이라는 생각이 들었다.

"동생아, 그렇게 놀라지 마."

형이 나를 슬쩍 보며 쓴웃음을 지었다.

"이런 장사를 하고 있어서 푹 빠진 건지 푹 빠졌기에 이런 장사를 하는지는 닭이 먼저냐 달걀이 먼저냐 같은 이야기니 까 이제 와서 깊이 고민은 안 하지만, 그래도 가끔 네가 말 하는 '느슨함'이 부러울 때가 있어."

나는 점점 더 의외라는 생각이 들었다.

형이 이렇게 자신의 심정을 솔직히 털어놓는 일은 너무나 도 드물기 때문이다.

"너도 알고 있겠지만 이 장사는 원하는 사람이 있으니까 성립하는 거야. 원하는 사람이 얼마나 있느냐에 따라 가격 이 정해지지. 하지만 가끔 이상한 기분이 들어. '원한다는 것'은 뭘까? 왜 원하는 거지?"

형이 자문자답하듯 머리를 빙글 돌렸다.

"얼마 전에 청진기 모양 문고리를 손에 넣었잖아? 그때는 오랜만에 흥분했지. 정말로 그 어스름한 집에서 그 문고리만 반짝 빛나고 있었어. 문자 그대로 눈에 들어왔어. 그렇지만 머리 한구석에서는 '나는 도대체 왜 흥분하는 거지?' 하며 냉정하게 생각하기도 해. 단순한 문고리잖아. 먹을 수 있는 것도 아니고 현대 일상생활에서는 거의 사용하지 않아. 나는 그렇게 많은 문고리를 손에 넣어서 뭐가 그렇게 기쁜 걸까, 가끔 이런 의문이 떠올라."

"흠, 형도 그런 걸 생각할 때가 있구나." 나는 솔직히 좀 놀랐다.

"있지. 나름대로 있어."

형이 고개를 크게 끄덕였다.

"그래서 생각했지. 이유 중 하나는 자신이 존재한다는 증거가 필요한 게 아닐까."

"모은다는 게?"

"그래. 컬렉터는 모으는 것 그 자체가 목적이니 모으는 것 자체가 재미있을 뿐 실은 마음속에서는 컬렉션의 완성 그 자체는 바라지 않아. 모은다는 행위와 모은 것 하나하나가 내가 여기 있다는 존재 증명 같은 것이야. 내가 사라져도 물건은 남아. 내가 모은 것의 집합체가 내 인생의 덩어리 같은 거지."

　잠깐 사이를 두고 형이 말을 이었다.

　"네 풍경 소인을 보고 생각했어. 스탬프 랠리는 저도 모르게 모으고 싶잖아? 스탬프 수첩에 공백이 있으면 어떻게든 메우고 싶어져. 그것도 마찬가지야. 그 공백은 존재의 공백이야. 자신이 그곳에 없었다는 공백이 무서운 거야. 그러니 네가 말하는 '느슨함'이 부러운 이유는 그 공백이 무섭지 않은 점, 공백을 개의치 않는 점이야."

　"흠."

　형이 무슨 말을 하는지 어렴풋이 알 것 같다.

　"그래서 컬렉터라는 인종은 그다지 자각이 없을지도 모르지만 자신이 존재했다는 증거를 남기고 싶다고 더 강하게 바라는 사람이 아닐까 싶어."

　더욱더 예상외라고 생각하며 나는 입을 열었다.

　"하지만 형은 결코 '나서는 타입'이 아니고, 내가 알고 있는 컬렉터 또한 소극적인 사람이 많으니 놀랍네."

　"응. 나도 인생 자체에 집착이 없다고 생각했으니까 분석해서 그런 결과가 나왔을 때는 뜻밖이었어."

　형이 차창 밖으로 시선을 던졌다.

　"그러고 보면 요즘 무턱대고 사진을 찍어 인터넷에 올리는 일에 함빡 빠진 사람이 많은데, 그것도 마찬가지 아닐까. 사진이 없다. 그건 이른바 '공백'이야. 거기에 갔었다, 거기에 존재했다는 걸 아무에게도 증명할 수 없어. 그러니 자신이 거기에 있다는 증거를 남기려고 하지. 스탬프 수첩의 공백을 메우려고 하는 거야."

"과연, 그런가."

형 이야기에는 납득이 가는 부분이 있다.

나는 SNS도 하지 않고, 자신이 무엇을 먹고 있는지, 어디에 있는지를 남에게 알리고 싶지 않다고 생각하는 쪽이다. 뭐, '그것' 탓도 있겠지만. 프라이버시 보호가 심해지고 개인정보를 신경 쓰는 사람이 늘어난 것에 역행하듯이 어째서 일부러 자신이 어디에 있는지, 무엇을 먹었는지를 다른 사람에게 알리고 싶은 사람이 많을까, 그것이 늘 의문이었다. 그런데 그것이 타인에게 보여주고 싶은 것이 아니라 누구보다도 자신에게 보여주고 싶다, 자신에게 그 '증거'를 보여주고 안심하고 싶은 것이라면 어쩐지 이해가 된다.

"형, 고독사를 몹시 무서워하는 사람 있잖아?"

나는 메모장을 팔랑팔랑 넘기며 입을 열었다. 풍경 소인이 있는 부분에서 멈추는 페이지.

"누군가가 마지막을 꼭 지켜봐줬으면 좋겠다는 사람과 인터넷에 사진을 무턱대고 올리는 사람은 거의 비슷하지 않을까?"

"그래? 그 근거는?"

형이 흥미롭다는 표정으로 나를 보았다.

"아니, 특별히 근거가 있는 건 아니고."

나는 코를 긁적였다.

"애초에 난 '고독사'라는 단어의 의미를 잘 모르겠어. 사람은 누구나 죽을 때는 혼자잖아. 더할 나위 없는 개인적인 체험이지. 누군가가 대신할 수도, 같이 할 수도 없어. 공감조차 할 수 없어. 죽음 그 자체가 고독이고 개인적이잖아. 무엇보다 '고독사'가 아닌 죽음이 있을까? 그런 말을 하려면 죽을 때 주위에 아는 사람이 있느냐, 없느냐 아니야? 오히려 나는 죽을 때 주위에 사람이 잔뜩 있고 그 순간을 가만히 바라보고 있다니 어쩐지 싫어. 코끼리 무덤까지는 아니어도 아무도 보지 않을 때 조용히 세상을 뜨고 싶어."

형이 의외로 불만스러운 표정으로 나를 보기에 "형은?" 하고 물었다.

"나는 지켜봐줬으면 하는 쪽이야."

어쩐지 말하기 힘들다는 듯 형이 대답했다.

"사람이 많지 않아도 괜찮으니까."

그렇게 허둥대며 말을 붙이는 얼굴이 조금 부끄러워하는 듯하여 재미있다.

"그런 점도 내가 부럽다고 생각하는 '느슨함'의 하나일지도 모르겠네."

형 얼굴은 진지했다.

"그럴지도."

나는 수긍했다.

"나는 이름도 없는 그 밖의 많은 평범한 사람 중 한 명으로서 깨끗하게 잊힐 거야. 형은 문고리 컬렉터로 이름을 남겨. 괜찮아, 나와 아마도 형의 신세를 진 다른 컬렉터가 형의 마지막을 지켜볼 테니까."

"신세 질게."

형이 쓴웃음을 지으며 대답했다.

"네가 정말로 평범한 인생을 보낼지 의문이지만."

"평범할지 어떨지는 모르지만 '그것'에 대해서는 이대로 아무도 몰랐으면 좋겠어."

그것은 내 본심이었다. 누군가가 이 사실을 알게 되어서 처음부터 설명하거나 이것저것 질문을 받는 일은 잠깐 상상한 것만으로도 소름이 끼친다.

"슬슬 돌아갈까?"

형이 그렇게 말해서 나는 차를 출발시켰다.

백미러에 달린 부적이 흔들린다.

형이 교토의 가미가모 신사에서 사 온 항공안전 부적이다. 엷은 물색 바탕에 금색 비행기 모양을 수놓았다.

"자동차에 항공안전 부적을 달아서 어쩌려고." 형에게 그렇게 말하니 형은 "교통안전은 너무나도 직접적이라 교통안전을 돌봐주는 신은 굉장히 지겨울 테니까, 이 정도라도 변화를 주면 오히려 신경이 쓰여서 눈여겨 봐줄지도 몰라" 하고 진지하게 대답했었다.

그 흔들리는 부적을 보면서 형이 중얼거렸다.

"아마 부적은 천년 정도 이 모양이었겠지?"

"그렇게나 오래?"

"아니, 대략. 헤이안 시대(794~1185년) 무렵에는 이미 있었을 거고."

헤이안쿄(교토의 옛 이름─옮긴이)로의 천도가 794년이니까 그 후 12세기 정도까지 헤이안 시대였으리라. 확실히 그 무렵에는 이미 이런 부적이 있었던 것 같다. 비행기는 없었겠지만.

"문고리도 쭉 있었을 거야. 일본인은 천년 정도 쭉 맹장지를 여닫으며 생활했으니까."

형은 '쭉'을 강조했다.

"어느 나라라도 사정은 그리 다르지 않겠지. 요 100년, 최근의 이 한 세기 정도가 이상한 거야. 너무나도 급속도로 많은 것이 변해서 앞으로 얼마나 변할지 상상도 할 수 없어. 특히 일본은 최근 150년의 변화가 어마어마하지. 생각하면 현기증이 날 정도야. 문고리는 계속 문고리였는데."

"150년이면 메이지 유신부터?"

"응, 이른바 근대지."

근대. 그다지 의식한 적 없는 단어다. 어쩐지 벽돌이라든가 가스등이라든가 공장이 떠오른다. 그러니까…… 식산흥

업殖産興業이나 입헌군주제 같은? 나란 인간도 상상력이 참 빈약하다.

"근대라. 오랜만에 듣는 단어네. 나, 국사는 약했거든. 물론 세계사도 마찬가지지만."

내가 말했다.

"아, 근대라고 하니 나쓰메 소세키가 연상되네. 왜 그랬는지 '근대적 자아'라는 말과 세트로 기억했는데, 근대적 자아가 뭐야?"

어렴풋이 기억나는 단어를 입에 담았다. 근대적 자아. 울림이 멋지다. 위엄이 넘치면서 대범해서 액자에 넣어 장식할 듯한 훌륭한 이미지.

"쉽게 말하면 개인주의 아닐까?"

형이 선뜻 대답했다.

"그때까지 일본은 봉건제 사회였어. 군주에게 봉사하여 비호를 받고, 계급 간 이동은 불가능한 데다 일은 세습이지. 하지만 봉건제도가 붕괴하면 각자 처신과 인생에 대해 생각해야만 해. 뭐가 하고 싶은지, 뭘 할 수 있는지, 어떤 사람이 되고 싶은지, 혹은 근본적으로 나는 도대체 누구인지. 서양은 유일신교고 신과 자신의 계약이니 개인에 대해 생각할 기회가 예부터 있었고, 시민 혁명 등도 있어서 근대적 자아에 관해 생각할 기회가 충분히 있었지만 일본은 갑작스러웠으니까. 그래서 일본의 근대적 자아는 서양화와 세트가 된 거야."

"갑자기 여러분은 자유입니다, 모든 건 자기 책임입니다, 라는 말을 들으면 곤란하겠네. 그래서 나쓰메 소세키는 신경쇠약에 걸린 거야?"

"뭐, 이유는 여러 가지 있겠지만."

형이 부적을 툭툭 건드렸다.

"재미있는 설을 들은 적이 있어. 일본인은 비교적 최근까지 자신과 남을 그다지 구별하지 않았대."

"응? 설마."

나는 목소리를 높였다.

"비교적 최근이라니, 언제?"

"음, 중세 정도일까?"

형이 턱을 중지로 문질렀다.

"무슨 의미야?"

"여하튼 문자 그대로의 의미야. 그 말인즉슨 반대로 '개인'이라는 개념이 거의 없었던 듯해. 비교적 평등하게 '당신도 나도 공동체의 일부' 같은 인식이지 않았을까?"

"그렇게 생각하면 일본의 근대 150년은 쭉 '하나'로 세분하는 과정이었다는 말이네."

형이 부적을 바라보며 말을 이었다.

"계속 공동 주택에 살았는데 독채가 되어서 모두 개인실을 가지게 되고 드디어 개별 미디어까지 가지게 되었어. 한결같이 퍼스널 방향으로 돌진했다는 거지. 세계를 자잘하게 나누고 나눠서 조각조각 분해한 느낌?"

"그럼 지금부터는?"

내가 물었다.

"이제부터는 어떻게 돼?"

형은 정곡을 찔린 듯한 표정이었다.

"음, 이제부터라……. 어쩌면 또 하나가 될지도."

"하나?"

"다시 나와 남의 구별이 없이 느슨하게 합쳐져 흡수될지도 몰라. 개개인이 완전히 조각조각 났으니까 가정 단위라든가 공동체 단위가 아니라 좀 더 '느슨하게' 이어진 형태로, 어쩐지 커다란 한덩어리가 되었다는 의식으로 돌아갈지도."

나는 형이 말한 것을 구체적으로 상상해보려고 했다.

'느슨한' 하나.

잘 상상이 되지 않는다. 널찍한 일본 전통가옥에 나이가 제각각인 남녀가 사는 모습을 떠올린다. 가족과 직장이 아니라 한 사람 한 사람이 세포 하나처럼 모인 집.

"그렇게 된다면 150년 걸려 고민한 '근대적 자아'는 어떻게 될까?"

나는 순박한 의문을 입에 담았다.

"그러게. 어떻게 되려나."

형은 남 일처럼 태평하게 중얼거렸다.

"이제 그 역할을 끝내고 어딘가로 사라질까. 모두의 의식에 흡수되어서. 아니면 이미 전제前提의 하나가 되어 있어, 다들 공유하고 있는 집단적 무의식 속에 고요히 가라앉을지도 모르겠네."

문득 나는 이상한 생각이 들었다.

어쩌면 그 여자아이가, 스키마와라시가 하늘색 도란 속에 모으고 있는 것은 근대에 배양되어 화석처럼 굳어져 여기저기에 묻혀 있던 '근대적 자아'의 파편일지도 모른다고.

나는 그 생각을 입 밖에 꺼내보았다.

형이 깜짝 놀란 눈으로 나를 보았다.

"스키마와라시?"

"응. 전에 형이 말했잖아?"

형이 생각난 듯 고개를 끄덕였다.

"아, 했었네. 기억의 틈새에 나타나는 '있다고 생각하는' 여자아이 말이지. 이상하네, 어째서 그때 그런 생각을 했을까."

"그러게. 나, 그 여자아이에게 그렇게 이름 붙였어. 어쩐지 잘 어울리는 것 같아서."

형은 먼 산을 보았다.

"그렇구나. 스키마와라시라. 스마트폰 구석에 찍혔던 여자아이 말이지. 그녀의 컬렉션은 근대적 자아의 화석이다……. 그건 타일 모양일까?"

"그럴지도 모르지."

"꽤 재미있네."

형이 턱을 중지로 문질렀다.

"그녀가 화석을 모으기 위해 나타난 이유는 지금이 근대의 끝이기 때문이라는 걸까?"

"글쎄. 그건 잘 모르겠지만서도 근대는 훨씬 전에 끝나지 않았나?"

"일단 일본사에서 내린 정의로는 메이지 유신에서 제2차 세계대전까지라고 되어 있지."

"제2차 세계대전 이후는?"

"현대."

형이 즉답했다.

나는 "엑" 하고 불만스러운 소리를 냈다.

"그때부터 쭉 현대야?"

"아마도."

"그것도 뭔가 이상해. 이미 70년 이상이나 지났는데. 사람이라면 벌써 할아버지잖아. 그 뒤로 쭉 현대라는 건 좀……."

형이 쿡쿡 웃었다.

"그러네. 앞으로 전쟁 이후는 20세기 후반이라고 불리게 되려나."

"그것도 의미가 없는 것 같아. 뭐라고 부르면 좋을까. 그러니까 근현대라든가?"

"그러고 보니 이탈리아어인가 어떤 언어인가 동사 활용에

근과거라고 있었지."

"근과거? 그것도 이상한 단어네. 가까운 과거와 먼 과거가
활용이 달라?"

"아마도 그랬던 것 같아."

나는 고개를 갸웃거렸다.

가까운 과거와 먼 과거. 도대체 어디가 그 경계일까. 긴
'현대'와 닮았다는 생각이 든다.

어쩐지 머릿속이 뒤얽혀서 나는 생각하기를 그만두었다.

형이 중얼거렸다.

"태어난 시대는 선택할 수 없지만, 그래도 어째서 지금, 이
시대, '현대'에 있는지 이상하게 생각한 적이 있어. 그야말로
예전에는 죽을 때까지 평생토록 세상이 거의 변화하지 않는
시대도 있었잖아?"

"헤이안 시대라든가? 오로지 문고리만을 사용해서 맹장지
를 여닫던 시대?"

나는 그렇게 딴지를 걸었다.

형이 쓴웃음을 지었다.

"아니, 더 옛날, 조몬 시대(일본 역사에서 기원전 1만 3000년
부터 기원전 300년까지의 중석기, 신석기 시대를 말한다―옮긴이)
라든가. 줄곧 같은 가치관과 비슷한 생활양식으로 몇천 년
이나 이어진 시대도 있었는데, 어째서 이렇게 단기간에 차
례차례 가치관도, 생활양식도 바뀌는 지금 같은 시대에 태

어났는지. 그런 생각 안 들어?"

나는 신음했다.

"그렇다면 지금 동시대에 사는 사람은 다 마찬가지잖아."

형이 애가 타는 듯한 말투로 말했다.

"그렇긴 한데 역시 이상해. 어째서 지금 이 시대일까."

이상하다고 하니 문득 생각났다.

"당연하지만 어느 시대에도 반드시 자신의 조상이 있었다고 생각하면 어쩐지 이상하지. 조상이 없었다면 지금 여기에 이렇게 있을 수 없으니까. 조몬 시대에도 헤이안 시대에도 항상 조상이 있었다고 생각하면 이상해."

"확실히."

형이 가볍게 웃었다.

"뭐, 이 세상에는 이상한 일이 잔뜩 흘러넘치고 있으니까."

그렇다.

풍경 소인에서 시작해서 이야기는 꽤 돌고 돌았지만, 확실히 우리는 아무도 모르게 조용히 지금도 이상한 소용돌이 속에 있다. 그리고 앞으로도 이상한 일이 기다리고 있는 것은 틀림없다.

9장

형이 만난 것에 대해,
그 반응에 대해

드디어 형이 '그녀'와 만났을 때 이야기를 하겠다.

그녀. 즉, 스키마와라시.

형이 무심결에 입에 담은 인상적인 단어를 이용해 내가 이름을 붙인 그 아이.

우리가 제멋대로 망상하면서 '근대적 자아'의 파편을 하늘색 도란에 수집한다고 단정한 그 아이.

형이 마침내 그녀를 목격했다는 사실을 알았을 때는 나도 감개무량했다고 할까, 안심했다 할까, 묘한 감동을 느꼈다.

그럴 것이 지금까지 아무리 형과 오랜 세월 같이 살고, 형이 어릴 적부터 나를 관찰하고 내 이야기를 믿어주었다고 해도 형이 실제로 나와 똑같은 체험을 한 것은 아니었기 때문이다.

이런 예가 적절한지 어떨지 모르지만 태어났을 때부터 지병이 있는 아이가 있다고 가정하자. 그 아이가 태어났을 때부터 계속 오랜 세월 진찰했던 근처 주치의가 있다.

의사는 아이의 증상을 숙지하고 있어 대처 방법도 알고 있지만, 결코 아이의 병을 대신 앓아줄 수 없고 아이의 몸 상태와 통증은 상상으로밖에 모른다. 마치 그런 느낌과 닮지 않았을까 싶다.

형은 선입견이 없는 공평한 사람이지만 역시 자기 눈으로 목격했을 때의 충격이 엄청났는지 "세계관이 바뀌었어"라고 자꾸만 되풀이했다. 바로 그 사실이 '체험하다'와 '체험하지 않았다' 사이에 얼마나 깊고 큰 골이 있는지를 나타낸다.

정말이지 그런 형마저 이러니 내가 불특정 다수의 타인에게 이 이야기를 하고 싶지 않은 기분을 이해할 수 있을까?

유감스럽게도 나는 형이 '그녀'를 만난 장소에 없었다.

사실은 꼭 그 자리에 있어서 형의 반응을 보고 싶었지만, 오히려 내가 없었어도 형이 그런 체험을 했다는 것이 '진짜' 증명이라고 생각한다.

그래서 이것은 형에게 들은 이야기를 정리한 것이기에 현실감이 있을지 없을지 자신이 없다. 하지만 대충 맞을 것이고 그럭저럭 재현했을 것이다.

그날 형과 나는 각자 다른 곳에 갔다. 잔뜩 흐리고 바람이 없는 오후였다.

형이 향한 곳은 요코하마 중심부에서 조금 떨어진 민영

철도 선로를 따라 있는 오래된 마을이었다.

형의 목적지는 철도교 아래에 작은 집들이 틈도 없이 빽빽하게 들어서 있는, 원래는 유흥가였던 곳이다.

그다지 좋은 위치는 아니었지만, 10년 정도 전에 주민들이 그 건물들을 전면적으로 재단장하여 갤러리와 아틀리에로 전용하였다.

그중 하나가 헌책방이 되었는데, 형은 그 헌책방 주인인 친구를 방문했다.

돌아오는 길에 형은 문득 갤러리 중 하나를 들여다보고 싶어졌다고 한다.

그 집은 늘어서 있는 오래된 집 중에서도 한층 더 오래된 2층짜리 일본식 가옥이었다.

현관 미닫이를 드르륵 열자 안은 어스름했고 먼지와 곰팡내가 나는 다소 그리운 분위기였다고 한다.

좁은 현관 바닥을 올라가니 바로 전시 작품이 있었다.

어슴푸레한 방 천장에 알전구 하나가 대롱대롱 매달려서 희미한 빛을 발하고 있다.

바닥에는 종이꽃이 피어 있다.

하얗게 칠한 철사로 만든 줄기 위에 하얀 종이를 오려 만든 꽃이 피어 있다. 그것이 바닥에 빽빽하게 심어져 있었다.

바닥에 리놀륨이 깔려 있는데 어떻게 철사를 심었는지 궁금해서 찬찬히 바닥을 응시했지만 잘 모르겠더라고 했다.

어스름한 집 안에 하얀 종이꽃 화원.

조금 환상적이었고 그림책 속에라도 잘못 들어온 듯한 광경이었다고 한다.

형은 잠시 그 화원을 바라본 후 2층에도 전시가 있다는 것을 알고는 올라가 보기로 했다.

"그러고 보니 현관 바닥에 타일이 붙어 있었어."

형이 생각난 듯 나중에 그렇게 말했다.

"지면이 아니라 한 단 올라서는 쪽 벽에 청록색 타일이 붙어 있었어. 집에 들어갔을 때는 전혀 의식하지 않았거든. 지금 생각해보니 그 집에 들어갈 생각이 든 이유는 바로 네가 말하는 '불렸기' 때문일까?"

"뭔가 느꼈어? 집에 들어가기 전이나 들어간 순간이나."

내가 그런 질문을 형에게 하다니 신선한 체험이었다. 언제나 형이 물었을 뿐, 같은 질문을 형에게 하는 날이 오리라고는 꿈에도 생각하지 못했다.

'그렇군. 이 질문을 할 때는 이런 기분이었구나.'

"아니, 별로 아무것도 느껴지지 않았어. 정말로 그저 어쩐지 들어가 보고 싶다고 생각했을 뿐이니까."

대답하는 형도 낯간지럽다는 표정이었다. '어떤 느낌이었는지' 대답하는 것이 신선했다.

그러니 형이 무언가에 '불렸는지' 어떤지는 모른다.

어쨌든 형은 2층으로 올라갔다.

나무 계단은 탕탕 맑은소리가 났다. 오래된 집이라서 그 가벼운 음이 인상적이었다고 한다.

2층은 칸막이벽을 없앴고 천장 들보도 그대로 드러나 있었다.

거기에도 종이꽃 화원이 있었다.

이번에는 검게 칠한 철사 줄기에 검은 꽃이 피었다. 꽃은 단번에 써 내려간 것처럼 구불구불한 선으로 소용돌이 모양을 그리고 있는데 그것은 벽까지 이어져 있었다.

역시 흐릿한 빛을 발하는 알전구가 몇 개 매달려 있고 검은 꽃잎이 요염하게 빛났다.

벽이 꽤나 더러워서 토담 같은 색으로 변색되었지만 그것이 또 그 검은 화원과 조화를 이루어 독특한 분위기를 자아냈다.

집 안의 화원.

방 한쪽에 등받이가 없는 파이프 의자가 놓여 있어서 형은 그곳에 앉아 잠시 분위기에 잠겼다.

집 안에 꽃이 피어 있다. 그것만으로 그 장소가 비밀이 가득하고 불가사의한 별세계가 되었다. 벽 이외는 여느 때의 일상 세계고 천장에서 덜컹덜컹 열차가 달리는 소리가 울리는데 여기만은 독립된 소우주 같았다.

그런 감각이 재미있어서 형은 잠시 멀거니 검은 화원을 바라보았다. 열차 소리를 빼면 너무나도 조용해서 집 안은 고요한 정적으로 가득 차 있었다.

집 안에는 형 혼자. 시간이 멈춘 듯한 이 세상에 혼자 남아 있는 듯한 그런 느낌이 들어 무심결에 창문을 찾고 있었다고 한다.

지금 창을 열어서 밖을 내다보면 세계는 모조리 사라지지 않았을까. 텅 빈 평원 혹은 이끼 긴 폐허만 펼쳐져 있지 않을까.

그런 느낌이 들었단다.

하지만 2층에는 창문이 없었다. 전시를 위해 창을 덮개로 가려놓았다.

잠시 창문을 찾다 포기했다.

형은 천천히 2층을 돌아다니며 새삼스레 검은 꽃 행렬을 눈으로 좇았다.

그러다 구석에 문이 있는 것을 발견했다.

어두컴컴해서 알아보기 힘들었지만 2층은 변칙적인 배치라서 방에서 튀어 나간 듯한 모양으로 벽장이 만들어져 있었다. 밖에서 보면 어떻게 되어 있을까. 나중에 밖에 나가면 확인해보겠다고 생각했단다.

일반적인 맹장지 절반 크기에 금속제 손잡이가 달린 문이었다.

맹장지는 얼룩투성이로, 그 얼룩도 변색되어서 도대체 어떤 얼룩일까, 그런 생각이 들었다.

자세히 보니 맹장지에 코팅된 작은 메모가 붙어 있었다.

'이 안에도 전시 작품이 있습니다.'

형은 모르고 지나칠 뻔했다고 생각하며 문을 당겼다.

덜컹 소리가 나서 문틀 축이 안 좋아졌구나 생각했다고 한다.

휙 바람이 불어왔다.

"앗."

그것은 분명히 바깥에서 불어온 바람으로 풀냄새였단다. 게다가 어쩐지 '훤히 트인 장소' 같았다.

형은 어쩌면 그것은 벽장이 아니고 통로 문이어서, 여기서 다른 건물로 이어질지도 모른다고 생각했단다. 딱 붙어 있는 건물끼리라면 2층에서 연결하는 일도 간단할 것이고.

안은 어둡고 연 순간은 아무것도 보이지 않았다.

하지만 변함없이 어딘가 멀리서 바람이 불어왔다.

여름철 풀숲의 훈훈한 열기. 어쩐지 달콤한 냄새.

'엄청 넓네. 역시 통로인가?'

형은 그런 생각을 하며 신경을 집중했다. 눈이 조금씩 어둠에 익어간다. 이윽고 문득 자신의 눈앞에 있는 것이 평범한 것이 아니라고 깨달았다.

"정말로 그런 때는 머리가 새하얘지더라고."

형은 감개무량하다는 듯한 표정으로 설명했다.

자신이 보고 있다는 생생한 현실과 그런 것은 있을 리 없

다는 이성의 차이가 너무나도 크면 완전히 사고가 정지되는
상태가 된다.

"게다가 가위에 눌렸을 때처럼 몸도 옴짝달싹 못하게 되
고."

그럴 때는 한순간 한순간이 길다. 나는 꽤 오랜 시간 멍하
니 있었다고 생각하지만 어쩌면 실제로는 아주 짧디짧은 시
간이었을지도 모른다.

시간은 참 불가사의하다. 체감 시간은 쉽게 늘어나기도 하
고 압축되기도 한다.

형이 본 것.

그것은 들판이었다.

문 저편은 터널처럼 되어 있어서 바로 앞은 어두컴컴했지
만, 10미터 정도 앞에는 푸른 풀이 우거진 초원이 펼쳐져 있
었다.

게다가 그것은 아무래도 콘크리트 잔해더미 위에 생긴 들
판 같았다.

울퉁불퉁한 윤곽은 콘크리트가 무너진 덩어리 같았고, 여
기저기에 튀어나온 녹슨 철근도 보였다. 아마도 콘크리트
잔해더미가 된 후 꽤 시간이 흐른 것이겠지.

완전히 풀과 낮은 나무와 일체화하여 콘크리트와 식물이
합체한 신종 식물 같았다.

그것이 예사롭지 않다는 것을 알아차림과 동시에 형은 분

석을 시작했다.

이것이 전시 작품인지 비디오 아트인지.

벽장 안에 영상이 나오게 되어 있을지도 모른다. 혹은 거울을 이용한 속임수일지도. 거울을 마주보게 설치하면 거리가 아주 멀어 보이기도 하고.

머릿속으로는 그렇게 분석하면서도 피부로는 아니라고 알고 있었다. 그것은 진짜 바람, 진짜 초원. 너머에 보이는 것은 진짜 풍경이다.

문밖인데도 시간대를 잘 알 수 없었다.

현실의 날씨와 마찬가지로 햇살이 없는 흐린 하늘이었다.

휑뎅그렁한 초원은 역시 형이 있는 집 안처럼 기묘한 정적이 감돌았다.

그리고 형은 보았다.

그 터널 안쪽 풍경에 불쑥 나타난 작은 그림자를.

역광 탓에 얼굴은 보이지 않았다.

하지만 그것은 작은 여자아이로, 머리를 세 갈래로 나누어 땋았다는 것을 알 수 있었고 무언가 네모난 물건을 비스듬히 메고 있는 것도 보였다.

그리고 또 하나.

소녀는 손에 잠자리채를 들고 있었다.

어깨에 걸치듯이 들고 있어서 소녀가 움직이면 팔랑팔랑 하얀 망이 흔들렸다.

무언가를 찾고 있는지 소녀의 움직임은 예측할 수 없었다. 풀썩 주저앉았다고 생각하면 벌떡 일어나 철근 위로 뛰어올랐다.

마치 그림자놀이를 보는 듯해서 형은 지그시 그 아이를 바라보았다.

형은 그때의 심경을 나중에 이렇게 말했다.

"물론 그것이 소문자자한 '그 아이'라는 건 바로 알았어. 소문 그대로구나. 이렇게나 소문하고 똑같아도 괜찮은 걸까. 그런 생각이 들었어. 하지만 변함없이 사고는 멈춰 있었지. 머릿속은 여전히 새하얀 상태에, 반은 '잘 만든 비디오 아트네'라는 생각도 아직 있었어. 그도 그럴 게 조금만 생각하면 있을 수 없는 광경이잖아? 정말로 반신반의. 곤혹스러웠다는 게 정확할까."

하지만 다음 순간 형은 깜짝 놀라 몸이 굳어졌다.

소녀가 무언가를 알아차린 듯 우뚝 서서 갑자기 이쪽을 보았다.

들켰다.

형은 그렇게 직감했다.

'그 아이는 지금 누군가가 여기 있다는 것을 깨달았다. 그리고 나를 바라보았다.'

변함없이 역광이라 얼굴은 보이지 않는다.

거리도 꽤 있었다.

하지만 형은 '눈이 마주쳤다'고 생각했다. 터널 안쪽의 잠자리채를 든 여자아이와 '눈이 마주쳤다'고.

소녀는 가만히 이쪽을 응시했다.

형은 거기서 처음으로 공포를 느꼈단다.

서로의 존재를 의식하고 있다는 것에.

다음 순간 형은 목소리를 들었다고 한다.

맑고 높은 목소리.

"××니?"

말을 거는 목소리.

내가 들었을 때와 마찬가지로 머릿속에 직접 울리는 듯했다. 다만 그 이름은 알아듣지 못했다.

나는 혹시 '하나'라고 말하지 않았느냐고 그때는 아직 형에게 물을 수 없었다.

"깜짝 놀랐어."

형은 그렇게 털어놓았다.

"내 머리가 이상해진 줄 알았어. 갑자기 머릿속에서 목소리가 들렸으니까. 확실히 들었어, 지금 들렸다고 되뇌였지. 한편으로는 끈질기게 '잘 만들어진 음향 시스템'이라고도 생각했어. 그 뭐지, 새로운 기술로 뼈에 음을 전달해서 듣는 거 있잖아. 휴대전화 기술 중 주위가 시끄러워도 잘 들린다는 거 말인데, 그런 거 아닌가 하고 말이야."

하지만 다음 순간 그런 얼빠진 생각은 날아갔다.

소녀가 이쪽을 향해 왔기 때문이다.

소녀는 조르르 걷기 시작했다.

형을 향해 다가오고 있다.

그 모습을 본 순간 온몸에 소름처럼 공포가 쫙 돌았다고 한다.

온다. 이쪽으로 온다. 나를 향해 온다.

그것은 뭔가 근원적인 공포였단다.

그 아이가 나온다.

이쪽 세상으로 나와버린다.

내가 있는 이 세상에.

형은 허둥대며 문을 쾅 닫았다.

축이 뒤틀린 문은 좀처럼 꽉 닫히지 않아서 형은 꽤 당황하면서(형이 당황하는 것은 상당히 드문 일이라서 가능하면 역시 현장에서 그 장면을 보고 싶었다) 발로 밀며 문을 억지로 닫았다.

그리고 잠시 문을 양손으로 눌렀다.

'부탁이야, 나오지 마!'

'이쪽으로 오면 안 돼!'

'제발 그쪽에 있어 줘!'

그야말로 기도하듯 속으로 계속 그렇게 외쳤다고 한다.

옆에서 보았으며 웃긴 상황이다.

하지만 형 입장에서는 긴박하기 그지없었다. 지금도 문 바로 너머에 그 아이가 다가와 똑똑 두드리지 않을까. 그쪽에 들어가게 해줘, 여기서 나가게 해줘, 하고 그 맑은 목소리로 부르지 않을까, 하고.

혼신의 힘으로 잠시 문을 계속 누르고 있다 보니 온몸은 땀으로 흠뻑 젖고 입안은 바짝바짝 탔다고 한다.

얼마나 그러고 있었을까.

아무 일도 일어나지 않았다.

문 너머에 무언가가 있는 듯한 기척도 없었고 저쪽에서 문을 두들기거나 부르는 일도 없었다. 정말 무서웠지만, 한편으로는 그렇게 되기를 조금 기대하고 있었다고 형은 인정했다.

이윽고 형은 문에서 손을 떼고 조금 떨어져서 그 문을 새삼스레 바라보았다.

녹투성이의 오래된 문.

쥐 죽은 듯 고요한 집 안. 천장에서 열차가 지나가는 소리가 울린다.

계속 문을 누르고 있던 탓에 아픈 팔을 문지르면서 형은 잠시 문 앞에서 머뭇거렸다.

간신히 공포가 가라앉아서 숨을 쉴 여유도 생겼다.

'어떡하지? 다시 한번 문을 열어 볼까?'

형은 망설였다.

'문을 연 순간 소녀가 튀어나오면 어쩌지? 그녀가 이곳에 나와버리면 어쩌지?'

가만히 문에 귀를 댔다.

아무런 기척도 느껴지지 않는다. 아까 문을 열었을 때는 트인 공간이 있을 것 같은 예감이 있었지만 지금은 좁은 공간이 있을 거라는 생각만 든다.

'어떡하지?'

형은 망설이다가 결국 다시 문을 열어 보기로 했다.

그런데 아까 너무나도 난폭하게 문을 밀었던 탓에 좀처럼 열리지 않고(이 점, 나는 심히 공감했다. 그도 그럴 게 내가 책상 서랍을 열었을 때와 똑같은 상황이었으니까), 힘을 주어 문을 계속 잡아당기니 겨우 덜컹 소리와 함께 문이 열렸다.

거기는 그저 평범한 반 칸짜리 벽장이었다.

2단으로 나뉜 벽장의 윗단 가운데에 신문지로 만든 화분에 꽃이 놓여 있다.

문이 열리면 불이 들어오게 되어 있는지 꽃과 줄기, 화분 모두 신문으로 만들어진 오브제를 작은 램프가 희미하게 비춘다.

물론 그 안에는 판자로 된 벽이 있을 뿐, 아까 본 터널도 그 앞에 펼쳐진 들판도 온데간데없다.

형은 말끄러미 눈앞의 벽장 안을 응시했다.

밀폐된 공간 특유의 침체된 공기.

조금 전까지 풀냄새 나는 바람이 불어왔는데.

말도 안 되는 변화에 속임수를 의심한 것도 당연하다.

형은 안쪽 벽을 두드리며 그 앞에 통로가 있지 않을까 여기저기 밀고 당기기를 반복했다.

하지만 벽은 꿈쩍도 하지 않았다.

몇 번이나 문을 여닫았지만 역시 벽장과 신문지 화분이 있을 뿐이다.

형은 멍하니 그 자리에 우뚝 서 있었다.

미련이 남은 듯 다시 한번 문을 열어보았지만 상황은 달라지지 않았다. 오히려 지나치게 몇 번이나 여닫아서 어딘가 접촉이 안 좋아졌는지 불이 들어오지 않게 되었다.

"죄송합니다" 중얼거리며 형은 살금살금 계단을 내려와 밖으로 나왔다.

현관 밖은 흔한 일상. 오가는 자동차 소리와 근처 사람들의 생활 소음이 넘치는 여느 때의 거리다.

형은 가만히 집 옆에 난 조그마한 틈으로 2층을 올려다보았다.

아까 그 벽장이 있는 부분이 밖에서 보면 어떻게 되어 있는지 확인하고 싶었다.

다소 알아보기 어려웠지만 각도를 여러 번 바꿔가며 보니 역시 2층 방에서 그 공간만큼 밖으로 튀어나와 있었다.

아무래도 1층도 그 부분이 튀어나와 있어서(화장실 같다) 그 위에 벽장을 만든 모양이다. 벽으로 둘러싸여 있어서 터널과 들판이 들어갈 만한 공간은 전혀 찾아볼 수 없다.

형은 포기하지 못하고 어슬렁어슬렁 그 집 주변을 돌았다. 바라보다 보면 2층 허공에 그 10미터 정도의 터널이 이어져 있는 것이 보여서 어딘가와 이어져 있지 않나 생각했다고 한다.

하지만 물론 그런 것은 보일 리가 없고 형은 미련이 남은 듯 몇 번이나 그 집을 돌아보다가 다시 한번 아까 방문한 헌책방을 찾아갔다.

아직 근처에 있었느냐고 이상하게 여긴 친구에게 그 집에 관해 물었다.

"아, 거기? 그 갤러리를 보고 왔구나."

친구는 고개를 끄덕였다.

"그 집, 전에는 뭐였어?"

"뭔가 매입하고 싶은 거라도 찾았어?"

형이 묻자 친구는 질문으로 대답했다.

"그 집, 주변보다 더 오래되었잖아? 다소 고쳐 쓰기는 했지만 역시 노후화가 심해서 다음 주 부술 예정이야."

"그렇구나."

형은 그 말에 납득이 되었다.

역시 '그 아이'가 머지않아 소멸하는 장소에 나타난다는 이야기는 진짜였다.

"오랫동안 마작장이었대." 친구가 말했다.

"원래는 규슈의 탄광에 있던 사람이 전쟁 후 탄광이 폐광

되자 이쪽에 사는 친척을 의지해 옮겨와서 마작장을 시작했다고 들었어. 지금은 다시 그쪽으로 돌아갔는지 어땠는지 여기에는 아무도 남아 있지 않지만."

"탄광."

형은 무심코 그렇게 되풀이했다.

문득 아까 문을 열었을 때 불어온 바람을 느낀 듯한 느낌이 들었다고 한다.

그 어스름하고 좁은 터널.

그것은 갱도였을까.

그런 생각을 했단다.

하지만 그 콘크리트 잔해더미. 그 콘크리트와 튀어나온 철골은 그리 멀지 않은 시대의 것 같았는데.

"그 타일, 매입할 수 있을까?"

형은 어느새 그런 말을 내뱉었다.

"현관 쪽에 있는 타일. 오래된 일본 타일로, 조금 특이한 것 같아."

평소 알고 지내는 골동품 업자 동료에게라면 절대로 말하지 않았을 그 타일을 입에 담은 것은 조심성 강한 형으로서는 드문 일이었지만, 헌책방 주인은 고교 시절부터의 친구이기에 무심코 말해버렸다고 형은 털어놓았다.

"결코 쓸데없는 걸 떠보거나 하는 녀석이 아니라는 걸 알다 보니. 그런 건 참 희한하지? 같은 이야기라도 어쩐지 절대로 말하면 안 된다고 생각하는 사람과 저절로 말이 나오는 사람이 있으니 말이야."

어쨌든 친구는 "그거라면" 하더니 갤러리의 현 주인을 소개해주겠다며 어딘가에 전화를 걸어서 형과 연결을 시켜주었다.

그런 이유로, 형이 처음으로 '그 아이'와 만난 지 얼마 지나지 않아 우리는 함께 그 갤러리를 철거하는 현장으로 향하게 되었다.

그때 심정은 나중에 뒤돌아보아도 꽤 기묘한 일이었다.

두 사람 다 차 안에서 안절부절못했다. '그 아이'의 존재를 공유한 뒤 처음으로 현장으로 향한다. 그것은 마치 지금까지 계속 친구로 지냈던 커플이 결국 서로 좋아한다고 고백하고, 새삼스레 '사귀는' 사이가 된 이후 처음으로 데이트하는 그런 느낌일까. 뭐, 나와 형에 대한 비유로는 조금 부적절할지도 모르지만.

"세계가 변했어."

형이 불쑥 중얼거렸다.

"있을지도 모른다는 것과 있다는 건 전혀 달라."

"그렇지." 나는 짧게 대답했다.

"그래도 조금 기뻤어. 네가 보는 걸 드디어 볼 수 있어서."

역시 형도 그렇게 느꼈다는 것을 알고 기분이 좋아졌다.

"나도 기뻐. 오히려 조금 부끄러운 것도 같고."

"그렇군. 그런 걸까."

우리는 조금 신났고 동시에 불안하기도 했다.

두 사람이 현장에 도착했을 때 과연 다시 한번 '그 아이'가 나타날까? 그리고 혹시 '그 아이'가 나타나면 우리는 동시에 그 존재를 목격할 수 있을까? 정말로 그 체험을 그 자리에서 공유할 수 있을까?

"됭케르크."

갑자기 형이 중얼거려서 나는 순간 제대로 못 들었다.

"뭐? 뭐라고 그랬어?"

되묻자 형도 깜짝 놀란 듯 "아아" 하고 신음하더니 "됭케르크 전투"라고 다시 말했다.

"뭐? 그게 뭐야."

생각지도 못한 단어에 내가 그렇게 반응한 것도 무리는 아니리라.

"이름 정도는 들어본 적 있지? 제2차 세계대전 중에 독일과 연합군의 전투야."

형은 마치 '됭케르크 전투'가 일상 회화에 자주 등장하는 단어인 양 대답했다.

"그야 들은 적은 있지. 최근 영화로 만들어지지 않았어?"

그야말로 교과서 안에서만 본 이름이다. 아마 프랑스 지명이었던 듯한데. 몇 번이나 말하지만 내 기억력은 좋지 않고 역사는 잘 모른다.

"됭케르크 전투는 철수작전이었어."

형이 잡담하듯 말을 이었다.

"제2차 세계대전 초, 독일군에게 포위되어 문자 그대로 해안 벼랑 끝까지 몰려 연합군, 그렇다기보다 거의 영국군인데 그들은 항복 직전. 절체절명이었지. 실제로 그 후 프랑스는 항복했고 항복하지 않은 나라는 영국만 남았어."

"그랬구나."

나는 건성으로 맞장구를 쳤다. 갑자기 형이 왜 이런 이야기를 시작했는지 전혀 짐작할 수 없었기 때문이다.

"그래서 영국 해군은 구축함을 비롯하여 일반 선박까지 각종 배를 동원하여 해상에서 병사를 구출하여 영국으로 철수하는 작전을 실행했어. 그때 영국 육군은 병기류 등의 장비를 거의 잃었지만 병사 30만 명을 영국 본토로 철수시키는 작전에 성공해서 인적 자원을 확보하였기에 이후 전황에 큰 영향을 준 전투가 되었지."

"30만 명. 그 인원을 배로 구했다고?"

내 머릿속에는 구체적인 이미지가 떠오르지 않았다.

굉장한 숫자다. 어딘가의 현청 소재지 전체 인구수가 아닌가. 전혀 상상이 안 간다. 선박 하나에 몇 명이나 탈 수 있지? 객선이라면 꽤 많이 탈 수 있을까? 5천 명 정도?

내가 혼란스러워하는 와중에도 형은 말을 이었다.

"철수전은 여러 전투 중에서 가장 어렵다고 해. 적에게 등을 보이며 도망가는 거니까 위험도 크고 추격을 당해 만신 창이가 될 가능성도 크지. 굴욕적인 데다 좌절감과 패배감이 상당해. 패닉에 빠지는 일도 많아. 그런 일을 냉정하게 방어하면서 철수하는 거니까 물리적으로도 정신적으로도 굉장히 어려워. 옛날부터 후미는 육체와 정신 모두 강인한 무장이 아니면 감당할 수 없는 중요한 포지션이거든. 맞는 사람과 안 맞는 사람이 있어. 유명한 전국시대 무장의 대다수는 돌격대장과 후미 전문으로 나뉘기도 하고."

형 이야기는 점점 혼잣말 같아졌다.

"그래서 그 이유는?"

나는 기다림에 지쳐 물었다.

"그러니까 어째서 철거 현장에 '그 아이'가 나타나느냐와 어째서 '그 아이'인가를 생각했어."

그게 왜 됭케르크 전투와 이어질까? 내 머릿속은 변함없이 물음표로 가득했다.

"일본에서 바야흐로 됭케르크 전투를 실행해야만 하고, 실행하는 중이라고 생각해보자."

형은 허공을 노려보며 계속 말했다.

"일본이? 됭케르크 전투를? 즉, 철수전이라고?"

내가 되묻자 형이 가볍게 고개를 끄덕였다.

"아무리 생각해도 모든 것들을 '다운사이징' 해야 하겠지? 앞으로 인구는 확실히 줄 테니까. 아주 먼 미래에는 또 늘지도 모르지만 현재로서는 분명히 줄어. 그렇다면 넓은 집도 많은 양의 물자도 에너지도 필요 없지. 일본만이 아니야. 앞으로는 어느 나라도 그렇게 해야만 해. 어쩌면 일본이 최초가 될지도 모르지."

형이 턱을 중지로 문질렀다.

"그리고 지금 아주 신중히 생각해서 냉정하고 솜씨 좋게 '다운사이징' 하지 않으면 성공한 철수전이라 할 수 없을 거야. 이후의 전황에 영향을 줄 만큼 성공한 철수전으로 만들려면 말이지."

너무나도 이야기가 비약해서(형은 연결이 되는 듯하지만) 나는 조금도 따라갈 수 없었다.

"그건 일본이 쇠퇴해서 멸망한다는 거야? 그러니까 졌다는 말이야?"

내가 불안한 듯 묻자, 형이 깜짝 놀란 듯한 눈으로 나를 보고 "아니, 아니야" 하고 고개를 저었다.

"그런 게 아니라 전략적 철수라는 말이야. 후미를 지키면서 일단 물러서서 전략을 다시 세우는 거지. 앞으로도 살아남아서 계속 나아가기 위해서."

"음. 알 듯 모를 듯. 그래서 그것과 '스키마와라시'가 무슨 관계야?"

"그러니까…… 그러니까 말이지……."

형은 조금 난처한 표정으로 잠시 말을 찾았다.

"혹시 정말로 지금이 시대의 커다란 갈림길이라면. 그 아이가 '근대'의 콘크리트 잔해더미 속에서 '근대적 자아'의 파편을 찾고 있는지, 아니면 정리하고 있는지 모르지만, 그 아이가 아이 모습이라는 게 포인트인 것 같아."

"포인트?"

되묻자 형이 쌀쌀맞게 고개를 끄덕였다.

"응. 포인트."

형이 잠시 생각한 뒤 입을 열었다.

"전에 말한 적이 있었지? 어째서 아이일까, 하고. 옛날에 세운 건축물을 철거하는 곳에 유령이 나타난다면 그 건물과 관계있는 사람이나 건물을 세운 본인이 나와야 하는 거 아니냐고. 그렇다면 어른이 나와도 이상하지 않잖아?"

그러고 보니 그런 이야기를 했던 것 같다. 세월을 거듭해서 노후화된 건물의 마지막에 나타나는 것이 어째서 어린이인가. 아무것도 몰랐던 처음에는 '빌딩와라시'냐는 말도 했었다.

형이 머리를 긁적였다.

"조금 부끄러운 이야기를 하면, 그 아이는 미래의 씨앗 같은 게 아닐까? 콘크리트 잔해더미 속에서 도움이 될 만한 걸 찾고 있는 거야. 그 아이가 어린아이 모습으로 나타나는 점이 아직 미래가 있다, 장래가 있다고 가르쳐주는 듯한 느낌이 들어."

"하지만."

나는 반론했다.

"그런 식이면 그 아이가 어린이에다 여름옷을 입고 있는 건 '일본의 여름'을 나타낸다는 말도 맞잖아. 일본의 고도 성장기, 한창 발전하는 계절이라는 이미지를 반영해 여름의 아이 모습으로 나타난다는 식으로 나는 납득했는데."

"응, 그것도 일리 있어."

형은 순순히 인정했다.

"그래도 노인이 지혜와 경험을 상징한다면, 아이는 희망을 상징하는 것도 틀리지 않잖아?"

"뭐, 그건 그렇네."

떨떠름하게 나도 인정했다.

문득 묘한 생각이 들었다.

자시키와라시도 그렇지만 일본 신은 아이 모습이 많다. 새로운 것, 갱신하는 것을 좋아하는 일본인답다.

순진무구, 그것은 확실히 멋지지만 잔혹하기도 하다. 어떤 의미로 아무것도 생각하지 않는다. 즉, 무책임하기도 하다. 자시키와라시도 변덕으로 집을 나오고, 자시키와라시가 사라진 집은 가세가 기운다.

그 아이, 스키마와라시도 변덕쟁이에다 신출귀몰. 정말로 형 말대로 '희망'의 상징일까. 내가 느끼기에는 오히려 좀 더 무섭고 일본의 장래 같은 것에는 아무 관심도 없어 보인다.

단순히 태어날 때부터 그녀의 세계는 콘크리트 잔해더미와 폐허밖에 없어서 당연히 그곳이 그녀의 놀이터고 그곳에서 심심풀이로 무언가를 모으고 있을 뿐, 우리는 아무래도 상관없다고 생각하는 것이 아닐까.

내 어릴 적을 떠올려 보더라도 항상 '지금'밖에 없고 과거에도 미래에도 흥미가 없었다. '지금'만 생각하는 아이. 모든 것을 없던 일로 치고 종이와 나무로 만든 집에서 살아온 우리가 그것을 신이라고 숭배해온 것도 무리는 아닐 것이다.

현장이 가까워질수록 우리는 말이 없어졌다.

집을 나왔을 때의 고양감은 어딘가로 사라지고 오히려 음울한 분위기로 변해갔다. '고백'한 후의 첫 데이트 때 상대방을 너무 의식한 나머지 분위기는 들뜨지 않고 오히려 내가 생각했던 데이트는 이런 것이 아니었는데, 하고 서로 느끼기 시작한 상태다.

우리는 개운치 않은 기분으로 현장에 도착했다.

우리 기분과는 반대로 하늘은 완전히 개어서 야외 활동하기에 알맞은 날씨였다.

철거 작업은 오후부터라고 들었다. 타일은 마음대로 떼어가도 좋다는 말을 들었지만 우리의 주된 목적은 타일을 '만지는' 것이었기에 사실은 가지고 갈지 말지 현지에서 결정하기로 했다.

그곳만 비단을 덮은 듯 보이는 오래된 일본식 가옥. 형 이야기를 듣고 상상한 대로의 건물이었지만 이미 부수기로 결정된 것을 알아서 그런지 왠지 존재감이 흐릿하고 이제 집으로의 영혼은 빠져나간 듯 느껴졌다.

잠깐 집을 올려다보았다.

형이 밖에서 찾던 2층 벽장의 통로를 어느새 나도 찾고 있다. 물론 아무것도 보이지 않지만.

드르륵 미닫이를 열었다.

안은 컴컴했다. 이미 전류 차단기를 내린 것이겠지.

눈이 조금 익숙해지자 아련히 종이 화원이 떠올랐다.

조명이 없어서인지 이미 쓸쓸한 폐허처럼 보였지만 그래도 조용히 아름다움의 잔영 같은 것이 떠돌았다.

언뜻 발치에 놓아둔 작가 이력 플레이트를 보았다.

DAIGO.

그것이 이름인 듯하다. 약력은 간략하게만 적혀 있었다.

교토 미술대학교를 나와 꾸준히 활동하고 있다는 것밖에 없다.

의식해서 먼저 보지 않도록 조심했지만 발치의 타일이 눈에 날아 들어왔다.

청록색 타일. 이렇게 올라서는 벽에 타일을 붙인 것은 드물지 않나.

나는 현관에 쪼그리고 앉아 그 타일을 찬찬히 관찰했다. 방 안이 어두워서 청록이라기보다 검게 보였다.

"어때?"

뒤에서 형이 낮은 목소리로 물으며 가만히 몸을 틀었다. 바깥에서 빛이 들어오게 해서 내가 타일을 잘 볼 수 있도록 해주었다.

어둠 속에 희미하게 타일 표면이 빛이 난다.

나도 모르게 손이 움직였다.

그때 나는 별 생각 없이 순순히 타일을 만졌다. 형이 먼저 이 장소에 와서 그 아이와 만났다는 체험을 해서 그랬을지도 모른다. 나 혼자가 아니라는 안도감이 경계심을 줄였을지도 모른다.

그래서 오랜만의 '그것'은 조금 강렬했다.

아뿔싸, 하고 생각했을 때는 온몸이 끌린 듯 어딘가로 날아가 그 충격으로 일순 숨이 멈추고 머리가 새하얘졌다.

윙윙 바람 소리가 귓전에서 울린다.

세찬 바람이 뺨을 때린다.

엉겁결에 눈을 감았다.

나는 다리에 힘을 주고 어떻게든 그 자리에서 버텼다. 그렇게 하지 않으면 강한 바람에 넘어질 것 같았기 때문이다.

때때로 바람에 섞여 코에 쓱 탄내가 날아 들어왔다.

나는 얼굴을 찡그리고 눈을 떴다.

어둡다. 아무것도 보이지 않는다.

그러나 주위가 휑하니 탁 트인 공간이라는 것은 알겠다.

바람이 분다. 연기가 흘러온다.

이윽고 어렴풋이 마을처럼 보이는 것이 떠올랐다.

무너진 흙벽. 지면에 떨어진 기와.

조금 떨어진 곳에 거무스름한 건물이 서 있다. 잘 보니 여기저기에서 연기가 피어오른다. 불은 보이지 않고 열은 느껴지지 않으니 이미 꺼진 듯하다.

어느 시대? 여기는 어디일까?

어둠 속에서 황폐한 목조 일본 가옥이 늘어선 거리가 떠올랐다.

어쩐지 교토라는 생각이 들었다.

하지만 인기척은 전혀 없다. 사납게 몰아치는 바람을 제외하면 풍경은 침묵했다. 움직이는 사람도 없고 생명의 기척도 느껴지지 않는다.

아주 잠깐 묵직하고 낮게 드리워진 구름이 움직이면서 갈라져 달빛이 비춘다.

그 빛에 거무스름하게 탄 집들의 모습이 드러나서 깜짝 놀랐다.

여기는 새까맣게 탔다. 형태는 남아 있지만 화마에 휘말렸던 것은 틀림없다.

"누구, 누구 없어?"

무심결에 그렇게 소리를 지르려 했을 때 쏙 풍경이 멀어지고 거리의 실루엣이 일그러졌다.

윽, 숨이 막혔다.

또다시 폭력적인 힘이 나를 휙 어딘가로 돌려보냈다.

몸과 의식이 어긋나는 감각.

토할 것 같아서 눈을 꼭 감았다.

그리고 나는 가만히 현관에 웅크린 채 앉아 있었다.

현관 바닥에 손을 짚고 숨을 쌕쌕거렸다.

서늘한 돌의 감촉. 변함없는 대지의 감촉.

등에 따스한 햇볕이 느껴졌다.

항상 그렇지만 자신이 오래된 일본 가옥의 현관에 있는 것이 믿어지지 않았다.

"괜찮아?"

형의 걱정스러운 목소리가 머리 위에서 들렸다.

"괜찮아."

나는 식은땀을 닦고 크게 심호흡했다.

새삼스레 타일을 보니 어느새 아무런 속삭임도 들리지 않는다. 방치된, 노후화된 집의 일부일 뿐이다.

"좀 걱정했어. 너, 마치 타일 속으로 뛰어 들어가려는 듯이 앞으로 휙 고꾸라질 뻔했으니까."

나를 일으켜 세우면서 형이 말했다.

"타일 속으로?"

나는 멍하니 되풀이했다.

"아, 아마 누구 없냐고 소리를 지르려고 했을 땐가 보다."

"뭘 봤어?"

형이 물었다.

그래서 나는 호흡을 가다듬고 형에게 설명했다. 교토의 낡은 목조 가옥들. 아무래도 폐허인 듯 어떤 인기척도 느낄 수 없었다고.

"흠. 교토란 말이지."

형이 생각에 잠겼다.

"아니, 정말로 교토인지 아닌지는 몰라. 그런 느낌이 들었을 뿐이야. 옛 도읍은 다들 그런 느낌이었을지도 모르고."

그렇게 부정하면서도 나는 역시 그곳은 교토라고, '도읍지'였던 교토가 전란인가 무언가로 황폐해진 거라는 확신이 솟아올랐다.

"하지만 말이야."

형이 웅얼거렸다.

"이번에는 교토라고? 네가 보는 건 역시 장소가 제각각이라 맥락이 없어."

"응. 시대도 꽤 폭이 넓은 것 같아. 타일이 만들어진 후인 것 같으니까 그야말로 '근대' 이후라는 점은 틀림없지만."

나는 그 점이 걸렸다.

도대체 내가 보고 있는 환영은 뭘까.

막연하게 불안했다.

그것은 도대체 무슨 기억, 무슨 이미지일까.

그때.

형과 나는 무심결에 동시에 고개를 들었다.

같은 행동을 했다는 것을 깨닫고 얼굴을 마주보았다.

그리고 같은 것을 느꼈다.

지금 두 사람이 얼굴을 든 이유는 2층에서 소리가 들렸기 때문이다.

서로 눈으로 신호를 하고 가만히 계단을 올려다보았다.

2층에 누군가 있다.

우리는 입을 다물고 그 자리에 얼어붙은 듯 가만히 서 있었다.

우리 머릿속에 분명히 같은 것이 떠올랐으리라.

벽장 속 터널. 그리고 그 너머에 있는 '그 아이'.

스카마와라시. 우리는 혹시 처음으로 함께 그 모습을 목격하게 되는 것일까.

나는 심장 박동이 커지는 것을 느꼈다.

'진짜냐. 뭘 이렇게 동요하는 거야. 뭘 긴장하고 그래. 뭐가 무서워.'

그렇게 자신을 타일렀지만 심장 소리는 더욱더 커지고 밖에서 들릴 만큼 울려서 온몸에 왈칵 식은땀이 솟았다.

형도 긴장한 얼굴이었지만 이윽고 살짝 고개를 끄덕이고 살며시 계단을 오르기 시작했다.

의외로 빠르게 움직인 형을 보고 나는 더 동요했다.

'아직 마음의 준비가 안 되었는데.'

조금 당황했지만 내 발도 움직여서 형 뒤를 따라 계단을 오르기 시작했다.

2층도 어스름했지만 그래도 눈이 어둠에 익어서 그런지 아무것도 보이지 않을 정도는 아니었다.

자세히 보니 창을 덮어놓은 덮개 일부가 떼어져 있고 희미하게 바깥 빛이 새어 들어오고 있었다.

벽에 이어진 검은 꽃의 행렬이 보였다.

순간 그것이 생물처럼 보였다.

마치 공중으로 날아오르려는 검은 용 같았다.

아무도 없다.

우리는 2층에 올라가지 않고 계단 도중에 멈춰 서서 가만히 주위를 둘러보았다.

"기분 탓인가."

형이 중얼거렸다.

"나도 느꼈는데."

우리는 2층에 올라섰다.

그 순간 끽, 바닥이 삐걱거려서 우리는 깜짝 놀라 그쪽을 보았다.

그곳에 누군가가 서 있다.

형이 말했던 벽장 앞에 희미하게 사람의 실루엣이 있었다.

"우왓."

우리는 반사적으로 홱 비켜섰다.

그 실루엣은 벽장 쪽을 바라보고 있었던 듯 획 우리 쪽으로 돌아섰다.

"아, 안녕하세요."

실루엣이 그렇게 말했다.

밝고 맑은 여자아이 목소리다.

스키마와라시?

우리는 경계하며 그 그림자를 응시했다.

드디어 둘이 동시에 만났나?

나도 형도 같은 것을 생각했지만, 이상한 점을 느낀 것도 동시였으리라.

그 실루엣은 스키마와라시라기에는 조금 크다.

게다가 검은색 셔츠에 청바지를 입었다.

"죄송해요. 놀라셨나 봐요?"

그 밝은 목소리가 말을 이었다.

"아까 미닫이를 여는 소리가 나서 누군가가 왔다는 건 알았지만 설마 2층까지 올 줄은 몰라서 일부러 얼굴을 내밀 필요가 없다고 생각했어요."

그 실루엣이 이쪽을 향해 어둠 속에서 몇 발자국 걸어 나온 덕에 우리는 간신히 그 얼굴을 볼 수 있었다.

거기에는 소년처럼 짧게 자른 머리에 동그란 눈을 가진 여성이 있었다.

깡마른 몸에 검은 바탕에 하얀 물방울무늬 셔츠를 입었다.

몇 살일까. 언뜻 학생처럼 보였지만 의외로 나이가 있는 듯했다. 동안이지만 어쩌면 나와 동년배거나 혹은 조금 위일지도 모른다.

"아, 깜짝 놀랐네."

옆에서 형이 농담 반, 진담 반으로 가슴을 쓸어내리는 것이 보였다.

"어째서 여기에?"

여성이 싱긋 웃었다.

양 볼에 보조개가 생겨서 붙임성 있는 표정이 되었다.

"여기, 이제 부순다고 해서 마지막으로 제 전시 작품을 보러 왔어요."

어라?

"혹시 DAIGO 씨?"

내가 묻자 "네, 맞아요"라고 그녀가 대답했다.

"남자인 줄 알았어요."

나는 아래층에 있던 네임 플레이트를 떠올렸다. 별생각 없이 남자 이름이라고 생각했다.

"자주 들어요."

그녀는 화장기 없는 얼굴로 웃었다.

"이거, DAIGO 씨가 만들었어요?"

형이 묻자, 그녀는 다시 한번 "네" 하고 대답했다.

"그…… 곧 집이 철거되는데 이거 안 옮겨도 돼요?"

형이 그렇게 묻자 그녀는 다시 고개를 끄덕였다.

"이 전시는 회수하지 않고 이대로예요."

"아깝네요."

내가 그렇게 말하자 그녀는 어깨를 으쓱했다.

"괜찮아요. 원래부터 이 장소를 위해 만든 작품이고, 이 풍경이 사라지면 같이 사라지는 편이 좋다고 생각해요."

그 말투에서는 미련이 느껴지지 않았다.

"멋진 작품인데."

형 말투가 겉치레가 아니라고 느꼈는지 그녀는 "감사합니다, 기뻐요"라고 정중하게 머리를 숙였다.

그러고 나서 그녀는 새삼스레 조금 이상하다는 눈빛으로 우리를 보았다.

"저기, 철거 업자는 아니시죠? 갤러리 쪽도 아닌 것 같고요."

확실히 우리 모습을 보면 지금부터 육체노동을 할 예정으로는 보이지 않겠지.

"아, 우리는 골동품점을 하고 있어요. 모퉁이에 있는 실버북스 주인과 오랜 친구예요."

그녀는 이해했다는 듯 고개를 끄덕였다.

"그런가요. 저도 자주 그곳에 들러요. 차분해지죠, 그 서점. 그럼 어쩌면 이 집에서 뭔가 매입하러 오셨어요?"

"네, 뭐."

형은 말끝을 흐렸다. 역시나 타일 이야기는 입에 담지 않았다.

"이쪽에 사세요?"

나는 떠보는 것처럼 보이지 않게 살짝 호기심을 담아 물었다.

"아니요, S시에 살아요."

그녀는 중부 지방의 중심 도시 이름을 말했다.

"평상시에는 꽃시장에서 일하고 밤과 주말에 제작 활동을 하고 있어요."

꽃시장. 어쩐지 그것은 그녀에게 너무나도 잘 어울리는 듯했다. 일찍 일어나서 척척 일하는 모습이 눈에 떠올랐다.

"그럼 꽃이 모티브인 것도."

내가 검은 꽃을 둘러보자 그녀는 머리를 긁적였다.

"뭐, 확실히 꽃은 좋아하지만요."

"인사가 늦었습니다만." 형이 그녀에게 명함을 내밀었다.

그녀는 그것을 보고 "아, 여기도 성에 획수가 많네요(다로와 산타 형제의 성은 고케쓰纐纈다―옮긴이)" 하고 말하며 가볍게 웃었다.

"그럼 저도." 그녀는 셔츠 주머니에서 천으로 만든 명함집을 꺼내 형에게 한 장 건넸다.

앞에는 'DAIGO'라고만 쓰여 있었다.

뒤로 돌려 보니 그곳에는 주소와 이메일주소, 그리고 한자 이름이 적혀 있었다.

醍醐覇南子

어떻게 읽는 것일까. 우리가 갈피를 못 잡자 그녀가 이렇게 말했다.

"다이고 하나코입니다."

10장

‘다이고’에 대해,
‘하나코’에 대해

다이고 하나코.

그녀가 그렇게 이름을 밝혔을 때 실은 나는 전혀 다른 생각을 했다.

아주 먼 옛날 어릴 적에 어머니가 말했던 것이 떠올랐다.

아마도 그녀가 한 "여기도 성에 획수가 많네요"라는 말 때문에 연상된 것 같다.

갑자기 되살아난 어머니의 말.

그것은 이런 느낌이었다.

"설마 나보다 획수가 많은 성을 쓰는 집에 시집올 줄은 생각도 못 했어."

세세한 부분은 다를지도 모르지만 대체로 이런 말이었다.

아마도 내 학교 관련 서류에 무언가를 써넣을 때였던 것 같다.

어머니가 테이블 위에서 몇 장이나 되는 서류를 넘기면서 유감스럽다는 듯 쓴웃음을 지었던 것을 어렴풋이 기억하고 있다.

그 후 몇 번이나 들었는데, 어머니는 자신의 성이 획수가 많아서 어릴 적부터 진저리가 났기에 결혼하면 간단한 성이 되기를 계속 바랐다고 한다.

어머니의 옛 성, 그것이 '다이고'였다.

그리고 우리 성은 '고케쓰'다. 확실히 획수는 다이고보다 많다. 그러니 어머니와 마찬가지로 나도 어릴 적부터 학교에서 시험을 칠 때마다 한자로 자신의 성을 쓰는 일에 굉장히 진절머리가 났다. 아무리 생각해도 주위 학생보다 이름을 쓰는 데 쓸데없이 시간이 걸린다. 그것을 연간으로 계산하면 얼마나 많은 시간을 낭비하게 되나.

야마다山田라든가 다나카田中 같이 손쉽게 쓸 수 있는 성이라면 얼마나 좋을까. 그런 생각을 했지만 나는 결혼해서 부인의 성으로 바꾸지 않는 이상 계속 이 성 그대로다.

그렇기에 나는 성 쪽에 신경을 빼앗겨서 이름인 '하나코'라는 울림을 알아차리기까지 조금 시간이 걸렸다.

첫눈에 그 이름을 '하나코'라고 읽는 사람은 좀처럼 없지 않을까.

다이고 하나코.

드디어 눈앞의 한자와 읽는 방법이 머릿속에서 이어졌을

때 나는 또다시 기묘한 것을 생각했다.

그렇구나, 이것을 '하나코'라고 읽는구나. 꽤 용감한 이름이네. 남쪽을 제패하는 아이.

다이고 하나코는 명함을 보는 우리 앞에서 싱글싱글 웃고 있다. 어쩐지 처음 만난 사람이라는 느낌이 들지 않는다.

갑자기 번뜩였다.

그런가. 바로 그거였어. '그 아이'가 찾고 있던 '하나'는 이 사람이다.

어째서인지 그런 확신이 들었다.

이 종이 화원을 만든 사람.

조금 속세를 떠난 듯한 느낌도 들고 땅에 발을 단단히 붙이고 있는 느낌도 든다. 이 사람이라면 벽장 안 터널도 예사롭게 오가고 더구나 그 상태를 자연스럽게 받아들이지 않을까.

태평하게 그런 생각을 하고 있었다.

그래서 나는 전혀 알아차리지 못했다. 옆에서 명함을 보던 형이 도대체 어떤 표정이었는지를.

마주본 다이고 하나코의 표정에 물음표가 톡 떠올라서 그제야 알았다.

"저기 뭔가 이상한가요? 혹시 어디선가 본 적 있나요?"

그녀가 조심스레 형에게 말을 걸어서 나는 겨우 형 쪽을 보았다.

형은 무표정이었다.

마치 벼락을 맞은 듯 움직이지 않는다.

딱딱하게 얼어붙어 있다.

나는 동요했다.

형은 명함을 응시하고 있지만 아마도 시선은 명함 너머 어딘가 먼 곳을 보는 듯했다.

이전에도 이후에도 그렇게 충격을 받은 형 모습을 본 적이 없다.

"왜 그래, 형?"

불안해져서 나는 말을 걸었다.

이윽고 형은 깜짝 놀란 얼굴로 나를 힐끗 보더니 제정신이 든 듯 등을 쭉 폈다.

"아니, 그러니까, 아무것도 아닙니다. 특이한 성이라서 잠깐 비슷한 이름을 가진 예전 지인이 생각나서요."

나는 다이고 하나코와 '아무것도 아닌 게 아닌데'라는 느낌으로 얼굴을 마주보았다.

비슷한 이름을 가진 예전 지인이라니? 대체 누구?

나는 생각했다.

어머니? 아니면…….

"너, 여자 형제 있지 않아?"

동급생 목소리가 되살아난다.

내가 남몰래 망상하는 형과 나 사이에 있을지도 모른다고 의심하는 환상의 형제.

설마.

나는 혼자 고개를 저었다.

상당히 부자연스러웠지만 그 자리의 분위기를 수습하려는 듯 형이 벽장 쪽을 보았다.

"얼마 전에 보러 왔을 때, 처음에 저 안에 전시 작품이 있으리라고는 생각하지 못했습니다. 마지막으로 한 번 더 봐도 될까요?"

"그럼요. 그러세요."

화제가 바뀌어서 다이고 하나코는 눈에 띄게 안심한 듯 보였다.

"이젠 불이 켜지지 않아서 자세히 보이지 않을지도 모르지만요."

그녀가 벽장문을 당겼다.

2단으로 된 벽장에 신문지 화분.

형에게 들은 대로의 물건이 오도카니 놓여 있다. 어둠에 눈이 익었는지 생각보다 확실하게 보였다.

"이 벽장, 어쩐지 특이하죠?"

다이고 하나코는 생각난 듯 중얼거렸다.

"아주 오래된 집이니까 단순한 외풍일지도 모르지만, 가끔 벽장 안쪽에서 바람이 휙 불어와요. 여기 2층인데도 어딘지 별세계로 통할 것 같은 느낌도 들고요. 그런 아동 문학, 있었죠? 옷장 안쪽이 다른 나라였던 거요."

그녀는 아무 생각 없이 한 말이겠지만, 이번에는 나와 형이 얼굴을 마주보았다.

벽장 너머의 나라. 터널 너머에서 불어오는 바람.

그녀는 형과 같은 것을 보았을까? 아니면 단순히 '기분 탓'이라고 생각할까?

"그러게요." 형이 대답했다.

"저도 얼마 전에 와서 이 벽장을 열었을 때 그런 느낌이 들었어요."

형이 선뜻 말하자 다이고 하나코는 순간 깜짝 놀란 얼굴이 되었다.

아마 그녀로서도 '자신도 잘 설명할 수 없는 불가사의한 감각'이었기에 입 밖에 내어보았는데 누군가가 공감해주리라고는 생각하지 못했으리라.

그녀는 의외라는 듯 형을 보고 어째서인지 나를 보았다.

마치 '이 사람 말 진심이야? 아니면 농담이야?'라고 나에게 묻는 듯했다.

'나도 몰라요'라는 눈빛으로 대답했는데 과연 그녀에게 전해졌을까.

그 후로도 잠시 우리는 무난한 화제로 대화를 나누었다.

이름 탓인지도 모르지만 그녀가 매우 가깝게 느껴진 것은 사실이다. 아무래도 그녀도 마찬가지인 듯 아무튼 우리는 헤어지기 아쉬워서 이 친밀감의 이유가 무엇인지 서로 탐색하는 듯한 기묘한 공기가 감돌았다.

그러나 첫 만남이고 이 이상 대화를 이어나갈 수 없다는 느낌이 들었을 때 형이 "그럼 이제 실례하겠습니다"라고 말했을 때는 안심과 동시에 실망한 듯한 분위기가 되었다.

"저기, 앞으로도 전람회가 열리면 알려드려도 될까요?"

다이고 하나코가 주저주저 그렇게 말하며 우리 얼굴을 교대로 보기에 우리도 "꼭 부탁드립니다" 하고 바로 힘주어 대답했다.

아마도 우리는 만난 순간에 우리에게는 '다음'이 있고 앞으로도 계속 만나게 될 것이라고 서로 직감했다고 생각한다. 그것이 도대체 어떤 만남이 될지는 세 사람 다 전혀 예상하지 못했지만.

함께 집을 나서자 다이고 하나코는 근처에 세워둔 자전거에 훌쩍 올라탔다. 요코하마의 친구 집에 머물고 있고 자전거도 그 친구 것이라고 했다. 하지만 그 검은 자전거는 그녀와 상당히 잘 어울렸다.

"자, 그럼 또."

그녀는 그렇게 말하고 우리에게 인사를 한 뒤 달려 나가 순식간에 그 모습이 작아졌다.

우리는 멍하니 그 자리에 서서 그녀가 보이지 않을 때까지 배웅했다.

"다이고 하나코."

나는 새삼스레 그 이름을 중얼거렸다.

"형, 아까 말한 비슷한 이름을 가진 예전 지인은 누구야?"

그렇게 묻자 형은 어렴풋이 낭패한 기색을 보였다.

"저 사람, 혹시 우리 먼 친척 아닐까?"

형이 나를 보았다.

"동생아, 너도 그렇게 생각해?"

"형도?"

서로의 표정에서 같은 생각을 하고 있다고 깨달았다.

"응. 묘하게 동질감이 있다고 할까, 평범한 이름이지만 처음 만난 것 같지 않아."

형은 다시 한번 그녀의 명함을 꺼내 바라보았다.

"성도 어머니 옛 성이고. 출신지까지는 못 물었지만 어머니 쪽과 피가 이어져 있을지도."

"가능성은 있지."

"게다가 어쩌면 그 사람도 보지 않았을까?"

형이 깜짝 놀란 듯한 눈빛으로 나를 보았다.

'무엇을'이라고 묻지 않아서 감질난 내가 대신 대답했다.

"형이 본 것과 같은 것."

형은 시선을 정면으로 향한 채 대답이 없다.

입 밖으로 내기 어려웠지만, 물론 벽장 안에서 본 '그 아이' 말이다.

문 너머에서 불어온 바람.

다이고 하나코가 형이 이야기한 경험과 거의 비슷한 체험을 한 것은 확실하다. 만든 이야기라면 그렇게까지 내용이 일치할 리가 없다.

"확실히 공통점이 많았어."

형이 중얼거렸다.

"그래도 사람의 감각을 그렇게 바보 취급하면 안 돼. 그 집에서 그 방에 들어가 같은 걸 느낀 사람이 우리 외에도 꽤 있지 않을까."

우리는 무심히 지금 나온 집을 올려다보았다.

고요한 집.

무언가를 내포하고 있는 오래된 집. 아까는 이미 텅 빈 느낌이 들었지만, 이렇게 보니 역시 아직 무언가를 숨기고 있는 듯하다. 집에서 기억의 잔재 같은 것이 느껴진다.

사람의 감각을 민감과 둔감으로 나눌 수 있기는 하나 이 둘이 과연 그렇게 차이가 있을까?

어쩐지 싫다고 느껴지는 장소, 어딘가 이상하다고 느껴지는 장소, 오래 있고 싶지 않은 장소는 대부분 같다.

눈에 보이지 않는 것을 믿지 않는다, 자신은 미신을 신경 쓰지 않는다고 해도 실제로 감각에 의지하는 부분은 제법 있다. 이것도 나는 오랜 세월 '그것'과 함께하며 배웠다.

눈에 보이지 않아도 확실히 존재하는 것은 얼마든지 있다. 바람, 소리, 기척 등.

나는 시선이 제일 신기하다.

누군가 가만히 바라보고 있으면 반드시 알아차리는 것은 어째서일까.

시선을 느껴 돌아보면 누군가가 이쪽을 보고 있거나 혹은 CCTV가 있기도 한다.

옛날 사람은 눈에서 진짜로 어떤 물질이 나와서 그것이 다른 사람 눈을 통해 안으로 들어가면 서로 사랑에 빠진다고 믿었던 모양이다.

그리 틀린 말은 아닌 것 같다. 단연코 사람의 눈에서 무언가가 나온다고 생각하니까.

그렇게 생각하면서도 나는 집을 올려다보고 한 가지 사실을 깨달았다.

나는 형 어깨를 툭툭 쳤다.

"형, 어쩌면 정말로 외풍일지도 몰라."

"뭐라고?"

형이 내 쪽을 돌아보았다.

"저쪽, 저기 좀 봐봐."

나는 집 뒤에 있는 고가철도의 벽을 가리켰다.

가까운 기둥에서 기어 올라간 담쟁이덩굴이 5미터 정도의 폭에 빽빽이 얽혀 있어서 벽 일부를 완전히 덮고 있다.

"저기, 열차가 지나갈 때마다 담쟁이덩굴이 들썩여. 벽 어딘가의 틈새로 열차가 일으키는 바람이 나와."

"정말이다."

형도 고가철도 벽의 담쟁이덩굴이 커튼처럼 들썩이며 심하게 흔들리는 모습을 보았다.

그것은 의외로 긴 시간이었다. 열차가 통과한 조금 뒤 다시 사뿐히 벽에 늘어졌다.

그것을 바라보고 있는 동안 나는 다시 떠오른 것이 있다.

"지금 깨달았는데, 저 담쟁이덩굴은 한쪽 선로를 지난 것만으로는 흔들리지 않아. 열차 두 대가 지나칠 때만 강한 바람이 새어 나와. 그것도 엄청난 스피드로 달리는 급행열차가 서로 지나칠 때만."

건너편 선로를 통과하는 소리가 이어졌지만 담쟁이덩굴은 꿈쩍도 하지 않았다.

"어쩌면 그 바람이 벽장 벽 틈새로 들어간 것 아닐까?"

형이 팔짱을 끼고 생각에 잠겼다.

"음. 그럴 가능성도 있네. 확실히 딱 들어맞아. 2층 벽장 뒤쪽 벽에 틈이 있을 것 같고."

형은 조금 나무라는 듯한 눈으로 나를 보았다.

"동생아, 낭만이 없구나."

나는 어깨를 으쓱했다.

"어디까지나 외풍에 대한 설명일 뿐 '스키마와라시'는 또 다른 이야기지만."

그렇게 냉정하게 대답하면서도 나는 생각했다.

항상 그렇다. 목구멍만 넘어가면 뜨거움이 사라지듯이 그 장소에서 벗어나면 잊고 만다. 사라져버린다. 이런 식으로 무의식중에 '과학적인' 설명을 찾고 만다. 그렇다면 우리가 체험한 것은 도대체 무엇일까? 우리는 도대체 무엇을 보고 있는 것일까?

그때였다.

2층 방 안에서 흐릿한 빛이 반짝였다.

창 덮개를 벗긴 부분을 통해 집 안이 보였다.

우리는 얼굴을 마주보았다.

빛? 어째서? 차단기가 내려져 있지 않았나?

말 없는 대화였지만, 우리는 아직 미닫이를 열어두었던 현관에서 앞을 다투듯 나란히 안으로 들어가 재빨리 계단을 올랐다.

2층에 도착한 우리는 동시에 그 자리에 멈춘 채 동시에 숨을 삼켰다.

어디선가 휙 바람이 불어와 우리 뺨을 간질였다.

먼 곳에서 부는 바람. 여름철 풀숲의 훈훈한 열기의 냄새. 풋내 나는 바깥 냄새다.

바로 가까이에 넓은 장소의 존재를 느꼈다.

'아, 이런 느낌인가.' 그렇게 생각하며 나는 그 냄새를 들이마셨다.

방 천장에 드리워진 알전구는 확실히 켜져 있다.

아까는 꺼져 있었는데.

틀림없는 빛.

그것은 우리가 여기로 달려오기를 기다린 듯했다.

마치 내가 그 존재를 의심한 것을 책망하는 듯.

내가 '과학적' 설명으로 스스로를 납득시키려 한 것을 간파하고 눈을 뜨게 하려고 비웃듯.

우리는 가만히 숨을 죽이고 전구를 바라보았다.

정말로 켜져 있다.

눈앞에서 빛을 발하고 그림자를 만든다.

차단기가 내려진 낡은 집 안에서 전구의 빛은 우리가 지켜보고 있는 것을 '확인했다'는 듯 순간 놀랄 정도로 눈부신 빛을 발하고 다음 순간 획 사라졌다.

바람도 멈췄다.

그러고 보니 지금 바람을 느꼈을 때 열차 소리는 들리지 않았다는 것을 깨달았다. 급행열차 두 대가 지나칠 때만 바람이 분다고 그럴듯한 해석을 방금 내렸건만.

뭐라고 형용할 수 없는 침묵.

조금 지나자 "음" 하고 김이 빠진 목소리로 형이 신음했다.

"존재한다는 걸 우리가 인정하기를 바라나 봐."

나도 동의했다.

그런 것 같다. 꿈이나 기분 탓이라고 결론짓는 건 용서할 수 없다는 느낌?

어두워진 방 안에서 우리는 소곤소곤 속삭였다. 누군가가 듣고 있는 것도 아닌데(아니, 정말은 듣고 있을지도 모른다) 귀엣말을 하는 듯한 작은 소리였다.

그때 우리는 동시에 알아차렸다.

"동생아, 저거 봐."

형이 소리를 높였다.

"뭐야, 이거."

나도 무심코 큰소리를 내고 말았다.

전구 빛에 신경을 빼앗겨서 우리는 방 안의 변화를 알아차리지 못했다.

꽃이 없다.

전시되어 있던 검은 종이꽃 화원.

그것이 바닥에서 사라졌다.

전구 아래에는 텅 빈 바닥밖에 없다.

"우리, 얼마나 나가 있었지?"

형이 느릿느릿 나를 보았다.

"글쎄. 10분 정도?"

나도 얼이 빠진 목소리로 대답했다.

"도대체 어디로 가버렸을까. 그 검은 꽃."

나는 멍하니 중얼거렸다.

한 송이, 한 송이 정성스럽게 바닥에 심은 꽃.

그것을 이렇게 짧은 시간에 치울 수 있을까?

그러자 형이 시선을 조금 들더니 "윽" 하고 작게 목소리를 삼켰다.

"아니야. 사라진 게 아니야."

형이 천장을 가리켰다.

나는 천천히 형이 가리키는 곳을 바라보았다.

"우와."

반사적으로 한 걸음 물러섰다.

천장에 꽃이 빽빽이 심어져 있다.

바닥과 벽에 있던 검은 종이꽃이 그대로 천장으로 이동해 있다.

나는 종유동굴을 상상하고 말았다.

천장에서 솟아난 종유석. 혹은 동굴 천장에 매달려 있는 엄청난 수의 박쥐.

그런 것을 연상했다.

"으음."

형은 머리를 엉망진창으로 헝클이고 다시 신음했다.

"환영 인사인가? 아니면 거절한 건가? 단순한 나쁜 장난? 어쩌면 무언가의 메시지?"

"모르겠어."

우리는 나란히 얼빠진 얼굴로 잠시 입을 벌린 채 천장을 바라보았다.

사진을 찍을 것을 그랬다고 나중에 생각했다.

틀림없이 검은 꽃은 천장으로 이동했고, 전구가 켜져 있던 것도 촬영했어야 했다.

하지만 그때 그 장소에서 사진을 찍는다는 생각 자체가 전혀 머리에 떠오르지 않았다.

그저 스마트폰을 꺼내기만 하면 되는 일이었는데.

그렇게 하면 증거 사진이 남아서 나중에 '이렇게 되어 있었어' 하고 다이고 하나코에게 보여줄 수 있었을 텐데.

그런 간단한 것을 생각지 못한 이유는 형제가 똑같이 정신이 나간 상태였기 때문이다.

어쨌든 우리는 잠시 동안 멍하니 천장만 올려다보았다.

그러는 동안에 상당한 시간이 흘렀는지 철거 업자가 와서, 겨우 제정신으로 돌아와 아래로 내려갔다.

이야기는 미리 해두었기 때문에 우리는 결국 현관 타일을 송두리째 매입했다.

물론 만져도 아무것도 느껴지지 않고 무언가가 보이는 일도 없지만, 이 집의 기념품 삼아 남겨두고 싶었다.

처음으로 형과 함께 '체험'한 집.

그리고 다이고 하나코를 처음 만난 집의 기념으로.

우리는 타일을 안은 채 집이 무너져 가는 모습을 먼발치에서 잠시 바라보았다.

가림막을 쳤기 때문에 일부밖에 보이지 않았지만 벽장이 있던 2층이 순식간에 형태를 잃어간다.

검은 꽃은 지금도 천장에 매달려 있을까?

당연히 철거 업자는 2층에서 무슨 일이 있었는지 전혀 모르니 평소처럼 척척 부술 뿐이다.

그 방에 어떤 시간이 흐르며 벽장 안쪽이 어딘가와 이어져 있는지는 생각해본 적도 없으리라.

'그 아이'는 이제 그곳에는 없는 것일까. 이미 다음 장소로 이동했을까.

과연 다음에는 어디에서 만나게 될까?

그런 생각을 하면서 우리는 미련을 남긴 채 그곳에서 물러났다.

그날 집에 돌아와서 다이고 하나코를 인터넷에서 검색했다. 그 풀네임으로는 아무것도 나오지 않아서 'DAIGO'로 조사했다.

그러자 아티스트/DAIGO가 검색이 되었는데, 과거 전람회 기록만 표시되어 있을 뿐으로, DAIGO 자신은 아무것도 인터넷에 올리지 않았다는 것을 알았다. 공식 홈페이지도 SNS 활동도 전혀 없는 듯하다.

본인 사진은 물론 어떤 정보도 나오지 않는다.

과거에 전람회를 열었던 갤러리 사이트를 통해 정보를 찾아보았는데 우리가 그 집에서 본 네임 플레이트와 비슷한 데이터밖에 발견할 수 없었다.

때문에 DAIGO가 그런 용모의 여성이라는 사실은 인터넷만 찾아서는 결코 모르리라.

과거 작품을 사진으로 보았다.

그녀의 작품은 모두 모노크롬이었다.

흰색, 검은색, 회색.

소묘도 설치 미술도 모두 모노크롬.

꽃이 좋다고 말한 것처럼 꽃을 테마로 한 것이 많았다.

그녀가 미대에서 무엇을 전공했는지는 모르지만 도자기 판에 하양과 검정 꽃을 그려 구운 벽화 같은 작품도 있었다.

다 모노크롬이지만 색채가 느껴졌다.

나는 흑백영화 보는 것을 좋아하는데 옛날 영화에서는 색채가 아주 선명하게 느껴진다.

같은 하양과 검정도 이렇게 종류가 많다는 생각에 항상 놀라곤 한다.

까칠까칠한 하양, 차가운 하양, 밝은 하양, 둔탁한 하양, 상냥한 하양, 복잡한 하양.

걸쭉한 검정, 어스름한 검정, 엷은 검정, 세련된 검정, 감싸는 검정.

흑백영화일 텐데 이상하게도 기억 속에서는 화려하고 현란한 색의 영화가 된 것도 있다. 영화에서 받은 풍부한 색채로 기억하고 있다.

DAIGO의 모노크롬은 그것과 비슷했다.

전혀 살풍경하지 않고 풍부한 색채를 느끼게 하는 폭이

있으며, 그런 반면 섬세해서 언제까지나 보고 싶다고 생각하게 한다.

DAIGO의 전람회 기록을 거슬러 올라가니 벌써 10년 가까이 활동하고 있다는 사실을 알았다.

그 기록을 보니 실제로 개인전을 본 사람의 의뢰를 받아 조금씩 발표 장소를 넓혀온 궤적을 확인할 수 있었다.

그런 착실한 활동도 자못 그녀답다고 느꼈다.

매일 꽃시장에서 일하고(분명 자전거로 출퇴근하고 있지 않을까. 그 집에서 떠나는 모습이 눈에 아로새겨져서 그럴지도 모른다) 밤에 제작에 몰두한다.

낮에는 울긋불긋한 현실의 꽃을 만지고 밤에는 아틀리에에서 모노크롬 꽃을 피운다.

온종일 꽃을 만지고 있구나.

그런 생각이 들었다.

"그녀 작품에는 기묘한 긴장감이 있는 듯해."

형이 화면 속 사진을 바라보며 중얼거렸다.

"예쁘지만 조금 무서워. 겉보기에는 여려 보이지만, 마음이 차분해지는 듯하면서도 아닌 듯한, 마지막에는 거절하는 까칠한 면도 느껴져."

나는 형이 받은 그녀 명함을 꼼꼼히 살펴보았다.

명함을 받으면 받은 날짜와 장소를 적어두는 일이 우리 습관이다. 출장지와 여행지에서 명함을 교환하는 일이 많아서 기록해두지 않으면 금세 알쏭달쏭해지기 때문이다.

그리고 형은 받은 명함을 며칠 동안 책상 위에 올려놓고 눈에 익숙해지게 해서 기억 속에 정착시킨다.

다이고 하나코의 명함은 평소보다 오래 놓여 있던 것 같다. 명함을 받은 시점에서 완전히 우리 기억에 새겨졌지만, 우리는 그녀가 이것저것 마음에 걸린 나머지 그녀 이야기를 반복해서 나누었기 때문이다.

어쩐지 그녀의 하얗고 무정한 명함이 조금씩 빛을 발하고 있는 듯했다.

그 외에도 몇 장인가 전후에 받은 명함을 늘어놓았지만 그녀의 명함만이 두드러지게 느껴졌다. 그것은 마치 그녀의 작품 같았다. 가만히 보고 있을 수밖에 없다. 어째서인지 자신도 모르게 눈길이 가고 마는 모노크롬 꽃.

지금쯤 분명히 귀가 간지럽지는 않으려나. 미안, 여기서 우리가 이야기하고 있기 때문이에요. 멀리 S시에 있는 다이고 하나코에게 이야기를 걸기도 한다.

조만간 '다음'이 있을 거라고 막연하게 예감하기는 했지만 그 '다음'은 생각보다 훨씬 빨리 찾아왔다.

그것도 그쪽에서 다가왔다.

싸늘하면서도 무더운 저녁이었다. 여름 기운이 바로 근처까지 다가온 느낌이 드는 밤이었다.

나는 조촐한 내 가게 카운터석 안쪽에서 감자샐러드 간을 보고 있었다.

가게의 음식 메뉴는 그리 많지 않지만 계절과 관계없이 언제나 낼 수 있는 안주 몇 종류가 기본이다.

참치 절임과 양파 슬라이스.

무말랭이 조림을 속에 넣은 달걀말이.

소 위 토마토 조림.

닭가슴살 구이와 매실 무침.

이 정도다.

그리고 훈제 단무지를 넣은 감자샐러드도.

항상 들여오는 훈제 단무지가 떨어져서 다른 곳에서 산 것을 썼는데 평상시와는 간과 훈제 상태가 다른 탓에 맛이 조금 다른 것 같아 몇 번이나 간을 보는 중이었다.

역시 평상시와 조금 다르다는 생각이 들어서 그것이 마음에 안 들었지만 어쩔 수 없었다.

그래서 한숨을 쉬며 고개를 들었더니 고다마 씨가 들어오는 모습이 보였다.

"오늘 밤 들릴게"라는 문자가 와서 고다마 씨가 오는 것은 알고 있었는데 혼자라고 생각했더니 아무래도 일행이 함께인 듯하다.

이번에도 근처에 골동품 시장에 출점했기에 틀림없이 골동품 동료겠거니 했다.

호리호리한 체격에 짧은 머리라는 실루엣이 어렴풋이 보

여서 틀림없이 남자라고 생각했다.

"여어" 하고 제집인 양 고다마 씨가 드르륵 미닫이를 열고 들어왔다.

그 뒤로 그의 일행이 역시 "안녕하세요"라고 말하며 들어왔을 때 나는 이미 생맥주 준비를 하고 있어서 아직 얼굴은 못 보았지만 그 밝고 맑은 목소리에 "어?" 하고 생각했다.

여자 목소리? 게다가 이 목소리, 분명 어디선가 들은 적이 있는데…….

고개를 드니 본 적이 있는 동그란 눈과 짧은 커트 머리의 여성이 가게 안을 흥미롭다는 듯 둘러보며 카운터석으로 다가왔다.

나는 깜짝 놀라 순간 내 눈을 의심했다.

"다이고 하나코…… 씨?"

이번에는 그녀가 깜짝 놀랐다.

동그란 눈이 더욱 커지더니 나를 가만히 바라보며 바로 짚이는 데가 있다는 듯한 표정이 되었다.

"아, 얼마 전 요코하마에서 만났던……."

그녀는 몸을 돌려 정면 미닫이에 적힌 '고케쓰 공무소'라는 문자를 보았다.

"……정말이다. 고케쓰 씨다."

그녀는 다시 한번 나를 보았다.

"너희들, 아는 사이였어?"

고다마 씨가 깜짝 놀란 얼굴로 물수건에 손을 닦으며 우리를 번갈아 보았다.

"얼마 전에 요코하마 전시 마지막날에 와주셨어요."

다이고 하나코도 역시 물수건에 손을 닦으며 병맥주 있느냐고 물었다.

있다고 대답하니 그 맑은 목소리로 병맥주를 달라고 했다.

"굉장한 우연이네요. 고다마 씨에게 재미있는 가게가 있다는 말을 듣고 따라왔는데요, 설마 고케쓰 씨 가게일 줄이야. 골동품점을 하는데 요리도 하시네요."

그녀는 다시 한번 가게를 찬찬히 둘러보았다.

그때 나는 엄청나게 부끄러웠다.

그 다이고 하나코가 우리 가게에 와서 카운터석에 앉아 우리 집 안을 둘러보다니. 누가 왔을 때 이렇게 느낀 적은 처음이다.

그리고 기분 탓인지 조명 아래에서 본 그녀 얼굴은 반짝반짝 빛나서 불가사의했다. 그녀의 명함 같았다. 아니, 그녀 작품 같다고 말해야 할까. 역시 작품에는 만든 사람의 인품이 스며드는구나.

"형님은요?"

그렇게 묻기에 오늘은 따로따로 움직였다고 말했다. "그런가요." 그녀는 조금 유감스러운 얼굴이었지만 나는 형이 없는 것에 어딘가 안도하고 있는 자신 모습에 양심이 조금 찔렸다.

"그래서 고다마 씨는 어디서 다이고 씨와 알게 되었어요?"

나는 병맥주 뚜껑을 병따개로 따서 다이고 하나코 앞에 놓으면서 물었다.

"응, 이 친구는 고등학교 미술부 후배야. 한참 아래지만."

"어라, 고다마 씨, 미술부였어요?"

내가 묻자 고다마 씨가 멋쩍은 듯 어깨를 으쓱했다.

"그래, 계속 일본화를 그렸지만."

"희한하죠, 어릴 적부터 일본화를 그린 사람이라니요."

다이고 하나코가 끼어들었다.

"일본화는 재료도 나름대로 특수하거든요. 선배, 미대에는 들어가지 않으셨죠?"

고다마 씨는 "당치도 않아. 미대에 갈 실력도 아니었어" 하고 고개를 가로저으며 쓴웃음을 지었다.

"단순한 취미야. 나는 할아버지가 일본화 화가였으니 할아버지 아틀리에를 들락거리며 보고 흉내 내며 시작했지. 어릴 때는 일본화가 표준이라고 생각했으니까 유화의 존재를 알았을 때는 충격이었어."

"그렇군요. 지금도 그리시나요?"

나는 흥미가 일어 물었다. 어떤 그림을 그릴까.

"가끔. 아, 참치하고 감자샐러드 줘. 그리고 우리 고교 미술부는 여름에 사생 여행이 있어서 졸업생도 참가하는 관습이 있어."

다이고 하나코는 "우후후" 웃었다.

"통칭 '기우제 여행'이죠."

"기우제 여행?"

내가 어리둥절해 하자 두 사람이 소리 내어 웃었다.

"어째서인지 우리 부에는 남자가 껴 있을 때만 엄청나게 비가 쏟아지는 거야. 스케치 여행을 떠나면 꼭 비가 내려서 그림을 전혀 그릴 수가 없는 거지. 일기 예보에서는 '계속 맑음'이었는데 꼭 비가 내리는 거야. 이렇게 말하는 나도 실은 비를 부르는 남자라서. 당시 내린 비는 내 탓이었어. 그래서 자학적으로 '기우제 여행'이라고 불렀어."

"고다마 씨, 비를 부르는 남자예요? 지금까지 그런 인상은 없었는데요."

나는 두 사람 앞에 젓가락과 앞접시를 놓으며 고개를 갸웃거렸다.

"아, 사실은 여기서만 하는 얘기인데, 요즘도 '이거다'라고 생각하는 중요한 때에는 큰비가 내려. 꼭 건져야 하는 물건이 있는 골동품 시장이나 중요한 손님을 만나러 갈 때는."

고다마 씨가 소곤거리며 진지한 얼굴로 털어놓는 모습이 재미있어서 나와 다이고 하나코는 킥킥 웃었다.

"거기에 하나가 나타났지."

고다마 씨가 옆에 있는 다이고 하나코를 보았다.

나는 '하나'라는 단어의 울림에 움찔했다.

책상 안에서 들린 목소리가 떠오른다.

"하나, 어디에 있어?"

하나는 여기에 있어. 무심결에 생각했다.

"저, 해를 부르는 여자거든요."

다이고 하나코는 자랑하듯 턱을 치켜들었다.

고다마 씨가 고개를 크게 끄덕였다.

"그래. 하나가 입부한 후로 사생 여행은 언제나 맑음. 비를 부르는 남자가 같은 자리에 있어도 아랑곳없이 하나가 참가할 때는 항상 쾌청했지. 사생 여행에서 파란 하늘을 스케치할 수 있다니 처음이에요, 하며 감격한 녀석도 있었으니까. 우연히 하나가 빠진 해에는 이건 뭐, 울분을 토해내듯 연일 억수 같이 쏟아지더라고."

"울분이라니 도대체 누가 울분을 토하나요?"

다이고 하나코가 쿡쿡 웃었다.

"글쎄. 비의 신이나, 아니며 비를 부르는 남자의 신이?"

고다마 씨가 양손을 펼쳐 보였다.

"지금은 어떻게 되었나요? 그 사생 여행."

내가 묻자 두 사람이 얼굴을 마주보고 웃었다.

"전통은 계속 이어지고 있지. 현재도 '기우제 여행'이라는 통칭은 건재해."

"그다지 고맙지 않은 전통이네요."

나는 어이가 없었다.

"저도 최근 전혀 못 갔는데, 책임감이 느껴져요."

다이고 하나코가 진지한 얼굴로 중얼거렸다.

"맞아, 하나가 가면 맑을 텐데. 하지만 일하면 가기 힘들지."

"아, 이 감자샐러드 맛있어요."

다이고 하나코가 감자샐러드를 한입 먹고 눈을 반짝여서 어쩐지 기뻐졌다.

"어, 어쩐지 평소랑 맛이 다른데."

옆에서 고다마 씨가 그렇게 말해서 무심코 "역시" 하고 중얼거렸다.

"항상 사용하는 곳 물건이 떨어져서 다른 걸 썼어요."

"아하, 그렇군."

고다마 씨가 앞접시에 담긴 감자샐러드를 내려다보았다.

"아, 이거, 여기 훈제 단무지가 들어 있네요. 다음에 저도 만들어 봐야겠어요."

"다이고 씨는 어째서 모노크롬 작품만 만드나요?"

하얀 감자샐러드에서 연상되었는지 나는 그렇게 물었다.

"네?" 생각지도 않게 그녀가 깜짝 놀라 나는 당황했다.

"그러고 보니 옛날부터 하나는 데생만 하고 이른바 색칠은 그다지 하지 않았네."

고다마 씨가 느긋하게 말했다.

"과거 전시 사진을 봤는데요, 다 모노크롬이더라고요. 뭔가 고집하는 게 있나 해서요."

내가 그렇게 말하자 그녀는 또 의외라는 얼굴이 되었다.

"보셨나요, 예전 작품. 감사합니다." 머리를 꾸벅 숙인다.

나는 당황해서 작게 손사래를 쳤다.

"그, 얼마 전 전시가 멋있어서 다른 것도 보고 싶어서요."

"저, 사실은 조각을 하고 싶었어요. 어릴 적부터 석고상이나 검은 돌 조각 등을 굉장히 좋아해서요. 모노톤을 좋아하는 건 그 때문이라고 생각해요. 옛날도 지금도 흑과 백이 제일 아름답다고 느껴져서 어쩐지 만드는 게 다 그렇게 되어 버려요."

"하나, 조각을 하고 싶었구나. 처음 들었어. 대학은 디자인 과였지?"

고다마 씨가 끼어들었다.

"네. 실제로 조각도 조금 해봤는데, 느낌이 와닿지 않더라고요. 보는 건 정말 좋아하지만 그건 제 방법이 아니라는 생각이 들었어요."

"흐음. 그렇지, 하고 싶은 것과 할 수 있는 건 다르지."

"네. 지금도 미련이 조금 있으니까 입체로 전환했는지도 몰라요."

다이고 하나코가 조금 쓸쓸하게 웃었다.

"하나의 작품을 봤으면 알겠지만 그 사람이 긋는 선은 어

344

쩐지 그 사람의 윤곽과 닮았어."

고다마 씨 말에 "아, 확실히" 하고 나도 납득했다.

"그런가요?" 다이고 하나코는 어리둥절해 했다.

고다마 씨가 무슨 말을 하고 싶은지 안다.

DAIGO가 만드는 섬세한 꽃의 라인은 그대로 다이고 하나코 몸의 윤곽을 떠오르게 했다.

섬세하지만 심지가 강하고 가냘프지만 늠름하다.

"참 재미있단 말이야. 일러스트레이터나 화가 본인과 만나면 '그렇군, 이 사람이 그런 선을 그리는구나' 하고 늘 이해가 돼. 이름은 몸을 나타낸다가 아니고 선은 몸을 나타낸다지."

"후후. 이름이 몸을 나타내면 저는 굉장히 투박한 사람이겠어요."

그녀가 작게 웃었다.

"나에게 하나는 그야말로 '이름은 몸을 나타낸다'야."

고다마 씨가 딱 잘라 말했다.

"네? 저 투박해요?"

"아니아니, 그런 이미지가 아니라 유연하면서도 강하고 남방계의 밝음이 있다는 느낌. 배를 타고 크고 넓은 바다로 향해 나가면서 섬을 쟁취하겠어, 같은 느낌 말이야."

"우후후, 해적인가요."

내 눈에도 고다마 씨가 생각하는 이미지가 떠올랐다.

뱃머리에 서서 맑게 갠 푸른 하늘 아래에서 크고 넓은 바다로 나아가는 다이고 하나코. 반짝반짝 빛나는 눈으로 똑바로 정면을 바라보고 있다. 그런 이미지.

나는 슬쩍 물었다.

"다이고 씨는 친척이 간사이에 계신가요? 교토나 효고 근처에."

그녀는 동그란 눈을 나에게 향했다.

"아, 있다고 들은 적이 있어요. 왜요?"

"저희 어머니 옛 성이 '다이고'예요. 어머니가 교토 쪽 출신이라서 어쩌면 먼 친척일지도 모른다고 형과 이야기한 적이 있어요."

"우와, 어머님이요? 우연이네요. 전 저 말고 같은 성을 가진 사람 지금까지 만난 적이 없어요. 흠, 게다가 다이고에서 고케쓰라니, 둘 다 획수가 많은 성이네요."

그녀가 어머니와 같은 반응을 보여서 그것이 어쩐지 재미있고 동시에 반가웠다.

"어머님과 이야기하면 친척이라고 알게 될지도 모르겠네요."

다이고 하나코가 그렇게 말하며 빙긋 웃었다.

"유감스럽게도 저희 부모님 두 분 다 사고로 돌아가셨어요."

그녀가 깜짝 놀란 듯 눈을 크게 떴다.

"죄송해요."

"아니요, 이미 오래전 일이고요."

하지만 어머니와 그녀가 사이좋게 이야기하는 모습이 떠올랐다. 혹시 어머니가 지금도 살아 있다면 분명 여기서 눈을 반짝이며 그녀와 이야기하겠지. 어머니는 당찬 여자아이를 좋아했다. 다이고 하나코는 언뜻 그렇게 '당차다'는 느낌은 들지 않지만 이 심지가 강한 면을 보면 분명 어머니가 좋아할 것이다. 정말로 그 장면을 볼 수 없는 것이 아쉽다.

"그런데요, 저, 양녀예요."

다이고 하나코가 태연하게 말했다.

"네?"

고다마 씨와 나는 동시에 반문했다.

"어, 선배에게 말 안 했나요?"

"처음 들었어. 미술부 녀석들도 모르는 거 아니야?"

"아니요, 미야 선배나 사키에게 말한 적 있어요. 다들 마음을 써준 걸까요?"

"그럴지도."

두 사람의 대화를 들으며 내 머릿속에 '양녀'라는 단어가 강하게 울려 퍼졌다. 설마 정말로 그녀가 형과 나 사이의 형제였다거나……. 아니, 진짜로 상상일 뿐이지만.

"낳아준 부모는 알아?"

고다마 씨가 물었다.

"네, 조금요."

다이고 하나코는 허공을 바라보았다.

"원래부터 몸이 약했는데 미혼모로 저를 낳아서 키울 수 없었다고 해요. 실제로 저를 낳고 1년도 지나지 않아 돌아가셨대요. 제가 양녀라는 걸 일찍 알려주셨지만 부모님도 그다지 자세히는 모르는 듯해요. 저도 지금 부모님이 진짜 부모라고 생각하고 있으니까 '흠, 그렇구나'라는 정도로 시시콜콜 물을 생각도 없고요."

"그래도 사춘기 때라든가 성인이 되고 나서 자신의 뿌리가 신경 쓰이지 않아? 낳아준 어머니가 어떤 사람이었는지 알고 싶지 않아?"

고다마 씨의 질문에 다이고 하나코는 "음……" 하고 신음했다.

"글쎄요. 그다지 생각해본 적이 없어요. 저는 저고, 속성과 뿌리보다 어떻게 자랐는지 무엇을 보고 무엇을 읽었는지 어떤 친구와 사귀었는지가 훨씬 중요하다고 생각해요."

고다마 씨가 살짝 웃었다.

"그런 점, 하나답네. 옛날부터 독립독보獨立獨步, 내 길을 간다는 느낌이었으니까."

"그랬나요?"

그녀는 조금 갸우뚱하더니 문득 떠오른 듯 말을 이었다.

"그래도 '하나코'는 낳아준 어머니가 붙인 이름이라고 해요. 이 아이는 '하나코'예요. 이름만은 이걸로 부탁한다고 했다나 봐요."

"그랬구나. 한자는? 그 한자도 낳아준 어머니가 정해준 거야?"

그녀는 고개를 저었다.

"아니요. 한자는 뭐든 상관없지만 '하나코'라고 읽게 해달라는 게 유일한 부탁이었대요."

"그럼, 그 한자를 생각한 사람은 지금 부모님이야?"

"네. 아버지가 삼국지나 수호지 같은 중국 역사 소설을 좋아하는데, 별생각 없이 그런 취미에서 이 한자를 고른 것 같아요."

"하하하, 그래서."

두 사람을 카운터 안쪽에서 바라보면서 나는 다이고 하나코 이야기를 반복하여 체크했다.

병약한 미혼모. 물론 우리 어머니와는 전혀 다르기에 우리의 환상 속 형제 이야기는 즉각 기각되었지만, '하나코'라는 이름을 낳아준 어머니가 지정했다는 점이 신경 쓰인다. 어째서 그렇게 '하나코'라는 이름을 고집했을까.

어느 쪽이든 나는 끈질기게 그녀와 우리의 인연 같은 것을 찾으려 했다. 그녀가 어쩐지 정감이 가고 매력적이어서 어떻게든 유대를 찾고 싶다는 내 염치없는 망상일지도 모르지만.

"그건 그렇고 다이고 씨는 왜 오늘 이쪽에 오셨나요?"

나는 그녀가 처음 가게에 들어왔을 때 느낀 의문이 떠올라서 물었다.

고다마 씨와 다이고 하나코가 얼굴을 마주보았다.

"음, 프로모션 같은 거라고 할까."

고다마 씨가 대답했다.

"고다마 씨는 그렇지만 저는 우연히 다른 일로 이쪽에 올 용건이 있어서 따라왔어요."

다이고 하나코가 머리를 긁적였다.

"프로모션?"

내가 되묻자, 다이고 하나코가 가지고 있던 배낭 안에서 전단을 바스락바스락 꺼냈다.

"올해, 저희 쪽에서 아트 페스티벌이 열려요. 8월 말부터요."

그녀가 사는 중부 지방의 중심 도시 S시. 고다마 씨 가게가 있는 곳이기도 하다.

"그렇군요."

나는 전단을 주시했다.

아주 심플한 전단이다.

하얀 전단 가운데에 빨간색으로 'A'라고 쓰여 있고 그 옆에 '→'가 그려져 있을 뿐이다. 그 아래에 시작과 끝이라고 보이는 날짜가 쓰여 있다. 예고 전단으로, 본격적인 광고는 이제부터겠지.

"이거, 무슨 의미인가요?"

내가 묻자 고다마 씨가 "아트의 A, 앤티크의 A, 그리고 시작의 A 같은 의미일 거야"라고 대답했다.

"흠. 골동품 시장도 열리나요?"

"응. 골동품 시장과 아트 전시를 융합할 예정이야. 전부는 아니지만 우리가 여러 작품을 제공하고 그것을 사용하여 만드는 아트도 있고 고객이 그것을 사는 그런 전시도 하려고 생각 중이야."

"와, 재미있겠어요."

나는 솔직히 그렇게 생각했다.

"그래서 아는 골동품 가게 동료에게 출점해달라고 하려고 상담하러 왔어. 우리 지자체의 도쿄 사무소를 통해 수도권에 선전할 예정이라 그 준비도 필요하고."

"다이고 씨도 참가하나요?"

그렇게 묻자 그녀는 고개를 갸웃거렸다.

"저, 아트 페스티벌에 참가하는 건 예전부터 정해져 있어서 이번 전시 작품을 준비하고 있는데요, 고다마 선배네 앤티크와 컬래버레이션에 참가할지는 아직 망설이는 중이에요."

고다마 씨가 가볍게 손을 저었다.

"그건 하나 마음대로 해도 괜찮아. 아티스트 전원이 참가

하는 것도 아니니까."

"하지만 하고 싶기도 해요. 우리 고장의 유서 깊은 물건과 조합하면 재미있을 것 같기도 하고요. 분명히 공부가 될 거 고요."

다이고 하나코는 꽤 진지하게 고민하는 듯했다.

"뭐, 아직 시간은 있으니 천천히 생각해봐. 서둘지 않아도 돼. 그렇지만 슬슬 아티스트들에게 제공할 골동품의 선별이 시작되니 아슬아슬하면 좋은 물건을 사용하지 못할지도."

"그렇겠죠."

그녀는 고다마 씨 말을 듣더니 턱을 괴었다.

고다마 씨의 어조는 느긋했지만 제작 기간을 생각하면 서두르는 편이 좋은 것은 명확하다.

"그래. 때문에 다로에게도 상담할 게 있는데 오늘 몇 시에 돌아와?"

고다마 씨가 가게 안을 두리번거린 다음 손목시계를 확인 했다.

"네? 그 말씀은 혹시?"

나는 얼굴을 들어 고다마 씨를 보았다.

"형에게도 참가해달라고 하려고요?"

고다마 씨가 고개를 크게 끄덕였다.

"그래. 다로가 취급하는 오래된 건축 자재를 사용해서 아트 작품을 만들면 재미있을 것 같아서."

"음."

고다마 씨는 '좋은 생각이지?'라는 듯 얼굴에 웃음을 머금고 있지만 나는 조금 회의적이었다.

"형의 취향은 너무 마니악해서 예술 작품이 될지는 잘 모르겠네요."

문고리라든가 경첩 같은 것이 전문이다. 다 자그마해서 그다지 볼품 있다는 생각은 들지 않는다.

내가 그런 의문을 입에 담자 고다마 씨는 "아니, 재미있을 거야"라고 바로 부정했다.

"그럴까요" 하고 건성으로 대답하자 "그러고 보니" 하고 다이고 하나코가 가게 안을 두리번거렸다.

"골동품점을 한다고 했죠? 가게는 어디 있나요?"

"아, 우리는 점포가 따로 없어요. 거의 인터넷에서 거래하거든요. 애초 일주일의 반 이상은 매입 때문에 나가야 해서 여기에 별로 있지도 않고요."

"그렇군요. 요즘 시대는 그런 식으로도 충분히 가능하죠."

그녀는 납득한 듯 고개를 끄덕였다.

"하지만 일단 저쪽이 형 공간이에요. 저걸로 어느 정도 형 취향을 알 수 있을 거예요."

나는 가게 안쪽을 가리켰다.

우리 집은 오래된 상점으로, 도로에 인접한 곳에 쇼윈도가 설치되어 있다.

거기에 일단 형의 가게 상품이 전시되어 있고, 계절별로 바꾼다. 잘 보면 '골동품점 고케쓰'라는 연락처가 적힌 카드가 얌전히 놓여 있는데 물론 어지간히 한가한 사람이 아닌 이상 눈여겨보는 사람은 없다.

"와. 봐도 되나요?"

다이고 하나코는 일어나서 잠시 가게를 나가서 그 공간을 보러 갔다.

야간에도 내가 가게를 열어 놓는 동안은 그 작은 코너에도 불이 켜져 있어서 잘 보일 것이다.

이번 달은 오래된 놋쇠 문손잡이와 은으로 된 담배 케이스가 놓여 있다. 족자는, 오래된 식물도감의 찢어진 페이지에 있는 세밀화를 할아버지에게 족자로 만들어 달라고 한 것이다.

옆에는 오래된 나무 펜꽂이 안에 시험관을 넣고 핑크 선염이 들어간 튤립을 한 송이 꽂아두었다.

꽂을 때 튤립은 이미 활짝 핀 상태였는데, 형은 그게 좋다며 그대로 시들게 했다.

이런. 다이고 하나코는 꽃시장에서 일한다고 했는데. 내버려둔 꽃 때문에 기분 나빠지면 어쩌지.

생각이 거기에 미치자 당황하고 말았다. 몰래 그녀 모습을 관찰했지만 찬찬히 살펴보는 모습에는 특별히 아무런 감정도 느낄 수 없었다.

굉장히 집중하고 있네.

나는 주문받은 소 위 조림을 고다마 씨 앞에 놓으면서 열심히 쇼윈도를 살펴보는 다이고 하나코를 힐끗힐끗 살폈다.

모든 일을 어중간히 하지 않는 사람인 모양이다.

이윽고 그녀는 다시 가게 안으로 돌아왔다.

"하나, 어때? 다로 취향, 꽤 깊은 맛이 있지?"

고다마 씨가 그녀 컵에 맥주를 따라주면서 자기 일인 양 말했다.

다이고 하나코가 고개를 끄덕였다.

"네, 멋있어요."

"튤립, 시들었지만 그거 일부러예요."

나는 변명하듯 덧붙였다.

"네, 알아요."

그녀는 빙긋 웃었다.

"자연 그대로여서 그 점도 다른 것과 어울려서 좋았어요. 벽의 식물화도 튤립이고요."

나는 내심 안심하며 가슴을 쓸어내렸다.

"한마디로 골동품점이라고 해도 여러 가지 있을 텐데 달리 어떤 걸 취급하나요?"

흥미가 강한 것을 보니 아무래도 형의 취향이 마음에 든 듯하다.

"글쎄요. 형이 좋아하는 건 들창이나 창틀, 오래된 널문?

그리고 개인적으로는 문고리 컬렉터예요."

"문고리?"

그렇게 묻기에 맹장지에 달려서 문을 열 때 손으로 잡는 그거라고 말하자 이해한 듯 고개를 끄덕였다.

"그리고 최근이라면…… 타일이라든가."

말이 불쑥 튀어나왔다.

"타일?"

고다마 씨와 다이고 하나코가 동시에 반응했다.

큰일 났다는 생각과 어디선가 이 기회를 기다렸다는 생각이 동시에 떠올랐다.

"다로, 드디어 그쪽으로도 발을 넓혔어?"

고다마 씨가 물었다. 일단 체크해두겠다는 느낌이지 그리 깊은 의미는 없어 보였다.

"네, 최근 조금 흥미가 생긴 것 같아요."

나도 잘 모르겠다는 식으로 태평하게 대답했다.

그러자 다이고 하나코가 나직이 중얼거렸다.

"저, 고케쓰 씨 물건이라면 컬래버레이션해보고 싶을지도요."

"네?"

이번에는 나와 고다마 씨가 함께 소리를 냈다.

"아, 물론 형님이 해도 좋다고 할 때 이야기지만요."

그녀는 당황하며 손사래를 쳤다.

"그건 분명 괜찮을 거예요. 형도 기뻐할 거예요."

나는 두근거리며 보증했다.

그녀 작품과 우리 고물상의 컬래버레이션. 상상만으로도 설렌다. 도대체 어떤 작품이 완성될까 순수하게 흥미가 일었다. 덧붙여서 실현되면 앞으로도 그녀와 만날 수 있다는 기대감이 있던 것도 확실하다.

"그렇다면 좋겠지만요." 그녀는 조금 불안한 듯 고개를 숙였다.

"하지만 이건 생각해보면 작가에게는 꽤나 리스크가 있는 기획이네요. 골동품과 컬래버레이션이라니."

다이고 하나코는 더욱 불안한 표정이 되었다.

"그래?"

고다마 씨가 그녀를 본다.

"네. 지금 떠올랐는데요, 골동품이나 중고품은 실제로 오랜 세월을 견디고 살아남은 물건이죠. 눈, 바람을 견딘 강함도 있고 각각 지닌 이야기도 있으니 거기에 있는 것만으로 굉장한 존재감이 있잖아요."

그녀는 힐끗 가게 쇼윈도 쪽에 눈길을 주었다.

"그런 물건과 컬래버레이션해서 자신이 만든 게 맞설 수 있을지 생각했더니 어쩐지 두려워졌어요. 자신이 만든 게 과연 남게 될까, 제가 만든 게 잊혀도 골동품 쪽은 남아 있을 거라고 생각하니 무서워졌어요."

"으음, 확실히 사람에 따라 골동품에 지는 일도 있을지도 모르겠네."

고다마 씨가 신음했다.

"그렇죠? 그도 그럴 게 남았다는 건 골동품의 존재가 증명되었다는 말이니까요. 그것과 갓 만들어진 따끈따끈한 작품이 서로 맞서다니요, 꽤 도전적인 기획이에요."

"그렇다면 골동품이 될 만한 작품을 만들면 되지 않아?"

고다마 씨가 태연하게 말했다.

"혹은 억지로 대항하지 않아도 골동품이 가진 힘과 시간을 빌리는 수단도 있고."

다이고 하나코는 의표를 찔린 듯한 표정이 되었다.

고다마 씨가 소 위를 집으며 말을 이었다.

"일본의 미술과 문화는 예전부터 선인의 작품을 본뜨거나 베끼는 전통이 있잖아. 고전을 인용하고 고전에 올라타서 더욱 갱신해나가는 일이 흔했지. 그러니 지나치게 겁을 먹거나 맞붙으려 하지 않고 그 품을 빌린다는 생각으로 해보면 되지 않을까?"

다이고 하나코가 작게 고개를 끄덕였다.

"그렇군요, 그런 방법도 있네요. 그런 말을 들으니 편해졌어요."

그녀도 소 위를 입에 넣었다.

"우와, 맛있어."

그렇게 말하고 빙긋 웃어주니 솔직히 기쁘다.

그런데 우물우물 소 위를 먹던 그녀의 표정이 다시 어두워졌다.

"그런데 장소 문제도 있네요. 저, 실은 그 장소에도 질 것 같아서 걱정이에요."

"별나네. 하나가 그렇게 여러모로 불안해하다니."

고다마 씨가 그렇게 말하면서 얼음 잔에 넣은 소주를 주문해서 얼음을 준비했다.

그녀는 어깨를 으쓱하고 유리컵에 맥주를 따랐다.

"그게, 최근 여러 장소에서 전시가 있잖아요. 그야말로 세계 유산 같은 곳에서 현대 미술 전시를 하곤 하는데요, 정말로 상승효과가 있는 전시는 한정되어 있더라고요. 완전히 장소에 져서 유감스러운 전시도 많아서요. 장소의 힘은 엄청나니까 그 땅이 내뿜는 에너지에 어울리는 작품을 만드는 일은 힘들어요. 오래된 건축물을 재이용한 갤러리도 건물이 가진 아우라에 전시가 지는 일 꽤 많아요."

그녀는 그렇게 말하고 한숨을 쉬더니 "예를 들면 ○○라든가 △△라든가요" 하고 나도 알고 있는 유명한 미술관 이름을 말했다.

"흠흠. 그렇군. 하나가 무슨 말을 하는지 알겠어. 어설픈 전시는 그릇의 힘에 압도되곤 하지."

고다마 씨가 납득해서 나는 물었다.

"그 아트 페스티벌은 어디서 하나요?"

"응, 재개발이 정해진 구시가지 같은 장소를 통째로 이용해서 할 예정이야."

들은 순간 나는 등에서 한기를 느꼈다.

재개발. 구시가지.

그 단어에 몸이 반응했다.

"그래요."

다이고 하나코도 끼어들었다.

"번화가에서 조금 떨어진 곳에 있는 운하변의 창고와 공장이 늘어선 구역과 거기서 가까운 도매상 거리를 사용해요. 역사가 있는 구역이라서 조금 불가사의한 분위기가 감도는 장소예요."

점점 등이 술렁거린다.

'전용'이라는 단어가 머릿속에 떠올랐다.

본래와 다른 용도로 사용하게 된 장소.

거기에는 '그 아이'가 나타난다.

아까와는 다른 의미로 두근거린다.

지금까지 보아온 여러 장소의 풍경이 떠오른다.

아아, 틀림없다.

그때 나는 확실히 예감했다.

아트 페스티벌이 열리는 S시에 '그 아이'가 나타날 거라는 것을. 게다가 우리 앞에, 반드시.

"결국 그 소방서를 사용하나요?"

내 은밀한 예감을 전혀 알아차리지 못한 두 사람은 소곤 소곤 지역 담화를 이어갔다.

"응, 사용할 거야. 이미 새로운 소방서로 이동했고."

"다행이다. 그 건물, 이용해보고 싶다고 생각했어요. 제가 쓸 수 있을지 어떨지는 모르지만요. 그 건물도 페스티벌 후에 부수나요?"

"아니, 그건 남길 것 같아. 여행 안내소로 한다는 이야기를 들었어."

"아, 잘 어울리네요. 내진성에도 문제없다고 했으니 부수는 건 아깝다고 생각했어요."

"그 소방서를 공식 가이드북 표지로 사용할 모양이야."

고다마 씨가 중얼거렸다.

"아, 그거 좋네요. 한번 보면 잊히지 않는 건물이니까요."

다이고 하나코가 납득한 듯 고개를 끄덕였다.

"소방서?"

나는 무심결에 물었다.

"소방서도 갤러리가 되나요?"

내 머릿속에 떠오른 소방서는 네모난 콘크리트 상자 같은 이미지다.

새빨간 소방차가 늘어서 있고 색이 같은 제복을 입은 소방대원이 그 앞에서 씩씩하게 훈련하고 있는 모습 말이다.

"네, 오래된 소방서인데요, 언뜻 보면 소방서로 보이지 않아요. 세련되고 오래된 서양 건물 같은 느낌이라서요. 소방망루도 그렇게 보이지 않아서 처음에 봤을 때는 교회로 보일 정도예요."

다이고 하나코가 감칠나게 설명했다.

"나, 사진 있어."

고다마 씨가 스마트폰을 꺼내 사진 파일을 체크하기 시작했다.

"저도 사진 찍어 놓을 걸 그랬어요. 회장 사전 답사는 했지만요."

그녀와 함께 카운터 너머로 고다마 씨 손을 들여다보았다.

고다마 씨가 상품으로 보이는 사진을 차례차례 넘겼다.

"이게 선배네 물품이에요?"

다이고 하나코가 흥미 있다는 듯 들여다보았다.

"그래. 어때, 우리 골동품과 컬래버레이션?"

"음, 저에게는 조금 너무 화려해요. 보기에는 굉장히 멋지지만 역시 다로 씨 게 좋아요."

고다마 씨가 힐끗 나를 보았다.

"다이고 씨는 우리처럼 늙수그레해 보이는 게 좋은가 봐요."

내가 그렇게 말하자 그녀는 당황한 듯 "아니요, 그런 의미가" 하고 손사래를 쳤다.

그러나 그 모노톤 취향의 작풍에서 볼 때 확실히 고다마 씨의 특기인 이마리(사가 현 아리타 시에서 생산되는 도기—옮긴이)와 구다니(이시카와 현 구다니 지방에서 만들어지는 도기로 잔무늬와 황금빛의 채색이 특징이다—옮긴이)와는 어울리지 않으리라.

그녀가 수수한 것을 좋아해서 다행이라며 나는 어쩐지 안심했다.

"아, 있다. 자, 여기야."

고다마 씨가 화면을 보여주었다.

"네, 맞아요. 잘 찍었네요."

다이고 하나코가 감탄했다.

"이 건물 꽤 크니까 사진 찍기 힘들죠. 아, 생각났다. 그래서 저 사진 찍는 거 단념했어요."

"물건 찍는 건 자신 있거든."

"건물도 물건 찍는 것에 들어가요?"

두 사람의 대화가 귀를 스쳐 간다.

이 건물.

나는 그 사진에서 눈을 떼지 못했다.

온몸에서 피가 빠져나가는 듯한, 주위 온도가 내려가는 듯한 기묘한 감각.

"왜 그래?"

내 표정을 알아차렸는지 고다마 씨가 이상하다는 듯한 얼굴이 되었다.

나는 목소리가 떨리는 것을 필사적으로 참고 억지로 평정을 가장해서 물었다. 그래도 자신의 목소리가 조금 갈라진 것에 내심 혀를 찼다.

"저기…… 이거. 이 건물…… 처음부터 이 장소에 있었어요?"

고다마 씨가 의외라는 듯한 표정이 되었다.

"잘도 알아봤네. 이 건물 알아? 이거 원래는 간사이에 있는 서양관에서 일부를 이축한 거래."

나는 점점 자신의 얼굴에서 피가 빠져나가는 것을 느꼈다.

간사이의 서양관. 일부를 이축.

"아니요, 어쩐지 어딘가에서 본 듯해서요."

가칠가칠한 자신의 목소리가 들렸다.

마치 사진이 내 눈에 달라붙은 듯 움직일 수 없었다. 아니, 사진이 나를 잡고 놔주지 않았던 것일지도 모른다.

조금씩 사진에서 무언가가 배어 나온다. 나를 향해 손을 뻗어오는 듯했다.

사진 속에 본 적 있는 돋을새김이 있다. 거기는 부분만 사용되었고 전체적으로는 전혀 다른 건물이지만 어쩐지 자아내는 분위기가 닮아서 공통점이 느껴졌다. 그렇다, 그 아쿠쓰가와 호텔과.

11장

준비에 대해,
다른 한 마리에 대해

이런 연유로 우리는 통칭 'A 페스티벌'에 참가하게 되었다.

고다마 씨와 다이고 하나코가 우리 가게에서 돌아간 뒤 형이 집에 왔다. 그 전에 문자로 이 일을 알렸는데 돌아온 형은 의외로 이 기획에 신중했다.

틀림없이 형도 기뻐하며 이 기획에 참여할 것으로 생각했던 나는 형이 한순간 얼굴을 찌푸린 것을 보고 놀랐다.

"형, 하고 싶지 않아? 거절하는 편이 나아?"

그러자 형도 자신이 순간 얼굴을 찡그렸던 것을 몰랐던 듯 "아니, 그런 게 아니야" 하고 서둘러 부정했다.

어째서 그런 표정을 지었을까. 그런 생각이 들었지만 금세 그 일도 잊어버리고 다이고 하나코가 양녀라는 것, 그녀를 낳고 얼마 지나지 않아 세상을 뜬 어머니가 '하나코'라는 이름을 고집했다고 하자 형은 여느 때처럼 "그래?", "그렇구나"

하고 맞장구를 치며 생각에 잠겼다.

그리고 그때 내 머릿속은 무엇보다 회장이 될 장소, 아마 아쿠쓰가와 호텔의 한 부분을 이축했다고 보이는 그 소방서 건물이 차지하고 있었다.

인터넷을 검색하자 그 건물 사진이 바로 나오기에 그것을 형에게 보여주니 형도 한눈에 나와 같은 결론에 다다랐다.

다이고 하나코에 관련된 것, 그리고 우리가 그 A 페스티벌에 참가하게 된 것은 아무리 생각해도 어떤 기묘한 인연에 이끌려서 그렇게 되었다고밖에 생각할 수 없다.

하지만 우리가 이 A 페스티벌에서 무언가가 일어날 것이라는 막연한 예감을 끌어안은 것은 차치하고, 실제로 참가하기로 하니 즉시 준비를 시작하지 않으면 늦을 것 같았다.

다이고 하나코에게는 우리 홈페이지에서 상품 사진 일람을 보고 마음에 드는 것이 있으면 연락하라고 부탁했다.

이틀 정도 지나자 바로 연락이 왔는데 마음에 드는 것은 꽤 있지만 역시 사진만으로는 감이 안 와서 실물을 보고 싶다고 했다. 평일은 일이 바쁘고 지금 사는 곳에서 다른 이벤트도 있어서 2주 정도 후 주말에 우리 창고를 보러오게 되었다.

한편으로 다이고 하나코는 작품 사이즈에 대한 이야기도 나누고 싶으니 자신의 아틀리에를 보러오지 않겠느냐고 말했다.

사이즈는 나도 고민이 되었다. 우리의 자그마한 골동품과 요코하마의 단독 주택에서 본 그녀의 작품이 어울릴까.

물론 순수한 호기심 때문에라도 그녀의 아틀리에를 볼 수 있다니 기뻤다.

우리는 두말없이 승낙했다.

때마침 그 주에 간사이 쪽에 일이 있어서 우리는 겸사겸사 S시에 들러 그녀의 아틀리에를 방문하기로 했다.

차 안에서 우리는 말이 없었다.

매입과 납품을 하러 가는 일은 있어도 현역 작가의 제작 현장에 가는 것은 처음이다. 그것도 그 상대는 알 수 없는 인연을 느끼는 다이고 하나코의 아틀리에다.

이상한 긴장감과 고양감을 공유하면서 우리는 S시에 접어들었다.

그녀와 약속한 시각보다 일찍 도착한 우리는 먼저 A 페스티벌 회장이 될 장소를 사전 답사하기로 했다.

문제의 소방서를 체크하고 싶었던 것도 있다.

그곳은 마지막으로 남겨두고 우선 주요 회장 중 하나인 도매상 거리로 향했다.

최근의 지방 도시는 중심이 교외의 간선도로로 옮겨가 있는 곳이 많다. 현재 예전 중심가는 한결같이 빈 점포와 빈집이 늘어 썰렁하다.

S시도 전형적인 그 패턴으로, 번화가는 떠들썩하지만 일

찍이 제일가는 중심가였을 상점가는 고요히 쇠퇴해가는 기색이 감돌았다.

익숙한 마을. 본 적 있는 마을.

예전에 비 오는 날에도 젖지 않고 물건을 살 수 있도록 전국 상점가에 만든 아케이드가 지금은 폐색감과 어두움을 강조하는 듯해서 애달프다.

연 점포는 적고 시간도 흐름이 멈춘 듯 느껴지며 색채는 흐릿해지고 전부 회색으로 일체화된 것처럼 보인다.

그래도 곳곳에 분위기 좋은 카페와 갤러리, 잡화점 등이 보여서 새로운 세대가 상점가의 세대교체를 시험 중이라는 것을 알 수 있었다.

우리는 건물을 밀고 빈터로 만든 상점가 한구석 코인 주차장에 차를 세웠다.

밖으로 나오니 바람이 약하게 불고 어렴풋이 비 냄새가 났다.

그리고 걸으면서 느낀 오래된 상점가의 독특한 냄새.

'아, 아는 냄새다.'

이 땅에서 세대를 거듭하여 경영해온 삶 속에 축적된 감정의 냄새.

감정의 냄새라는 것이 있느냐고 생각할지도 모른다. 나는 있다고 생각한다. 울고 웃거나, 갈등, 곤혹 등 사람의 감정은 쌓인다. 모인다. 건물 속에, 거리에 머무른다.

형과 함께 골동품을 매입하러 방문한 장소에는 항상 이런 냄새가 난다. 그것은 역사가 있는 공동체가 존재한다는 말이기도 하다.

우리는 어슬렁어슬렁 아케이드 거리를 걸었다.

늘 생각하지만 이럴 때 형은 기척을 잘 감춘다. 처음으로 방문하는 곳일지라도 익숙한 동네처럼 여유롭게 산책한다. 그래서 그다지 다른 곳에서 온 사람 같지 않고 관광객으로도 보이지 않아서 눈에 띄지 않는다. 나이 들어 보이는 분위기도 플러스 요인일지도 모르겠다.

처음 내가 형 일을 돕기 시작한 무렵에는 이런 곳에서 쓸데없이 눈에 띄었다. 지방 상점가에서는 특히 평일에 젊은 이가 있으면 눈에 띄고 만다. 유심히 보거나 말을 걸기도 하는데, 이윽고 형의 분위기에 나의 색을 맞출 수 있게 되니 점점 형처럼 동네에 녹아들게 되었다.

지금은 형과 소곤소곤 잡담하며 걷고 있으면 거의 이 지방 사람이라고 보일 자신이 있다.

그래도 형의 유유자적함, 친밀감에는 이길 수 없고 형을 보고 있으면 '천생 산책자'라는 단어가 떠오른다.

그것은 그렇고 도시 중심부에 있는 가장 비싼 땅임에도 텅 비는 것이 항상 이상하다. 영업하는 점포는 사람의 출입도 많고 활기가 있는데 좌우는 빈 점포라는 언밸런스함도 이해가 안 된다. 뭐, 여기는 도매상 거리로, 도매상이라는 업종 그 자체가 과도기니 이유는 한 가지가 아니리라.

　가게 앞에 늘어놓은 화분. 버스 정류장에 누군가가 가져다 놓은 파이프 의자. 상품명을 강조한 새 깃발에서 유달리 이질감이 느껴지는 예전 그대로의 약국. 쇼핑 카트를 멈추고 수다를 떠는 여성. 씩씩하고 시원시원하게 짐을 내리는 술집 점원.

　걷기 시작했을 무렵에는 그런 익숙한 풍경을 관찰할 여유가 있었다.

　하지만 나는 내 몸이 서서히 긴장하는 것을 느꼈다.

　문자 그대로 온몸이 조금씩 경직되어 간다.

　처음에는 '좀 이상한데' 정도의 위화감이었다.

　이윽고 뚜렷하게 두 팔이 저릿해졌다.

　그러다 '어, 걷기가 힘들어'라는 생각이 들었다.

　다리가 뻣뻣해서 어쩐지 부드럽게 움직이지 않는다.

　그 감각은 오랜만이었다.

　'불리고' 있다.

　나는 가만히 주위를 둘러보았다.

　뭐야, 이거. 어디서 '부르는' 거지?

　굳어가는 내 몸에 물었다.

　나는 순간 우뚝 멈춰 서고 말았다.

　어깨, 등, 양팔, 목 뒤.

　온몸이 센서가 되어 필사적으로 찾고 있는데 방향을 전혀 알 수 없다. 나는 혼란스러웠다.

조금 앞서가던 형이 내가 멈춰 선 것을 알아차리고 뒤를 돌아보았다.

눈으로 왜 그러냐고 물었지만 나는 아무 대답하지 않고 그대로 집중했다.

다시 한번 천천히 주변을 둘러보았다.

이발소 가게 앞에 놓인 종려나무. 그 옆에 빙글빙글 돌아가는 빨강, 파랑, 하양 기둥.

오래되고 작은 커피숍. 유리문은 보라색으로 안에는 카운터만 보인다.

모르타르 벽을 타고 뻗어 있는 배관 몇 개. 녹이 슨 오래된 가스미터.

이윽고 나는 퍼뜩 깨닫는다.

이럴 수가.

지금 나를 너무나도 여러 곳에서 '부르고' 있어서 한 장소를 특정할 수가 없다.

그 사실을 알게 된 순간 나는 거기서 한 발자국도 움직일 수 없었다.

대체 이 동네는…….

온몸에 왈칵 식은땀이 솟아났다.

형이 내 표정을 알아차리고 돌아왔다.

"괜찮아?"

형이 속삭이는 말을 덮듯이 "여기, 위험할지도"라고 중얼거리는 것이 고작이었다.

형 판단은 빨랐다.

"차로 돌아가자."

형이 내 팔을 잡고 즉시 돌아서서 걷기 시작했다.

나는 형에게 끌려가듯 비틀비틀 주차장으로 돌아왔다. 여기까지는 아무렇지도 않았는데 한번 깨닫고 나니 돌아가는 도중에도 너무나도 무서웠다.

차로 돌아가 앉아 천천히 심호흡하자 몸에서 서서히 힘이 빠져나갔다.

"깜짝 놀랐네. 무서워라."

내가 그렇게 중얼거리자 형은 "나도 마찬가지"라고 나지막하게 말했다.

나는 간신히 아까 상황을 설명했다.

"여기저기에서 '부르는' 것 같아서 혼란스러웠어."

나는 식은땀을 닦았다. 온몸이 땀으로 흠뻑 젖어 셔츠가 차갑게 식었다.

"흠. '그것'이 일어날 만한 물건이 이곳저곳에 있다는 말인가."

형은 평정심을 되찾고 여느 때처럼 생각에 잠기며 힐끗 나를 보았다.

"모조리 만져보는 건 힘들겠지?"

나는 반사적으로 몸을 부르르 떨었다.

"그러면 무슨 일이 벌어질지 감도 안 와. 연속해서 '그것' 은 해본 적도 없고."

상상만으로 소름이 끼친다.

"확실히 오래된 상점가네. 계속 장소도 바뀌지 않았고 전쟁 전 건물도 있는 듯해."

형은 앞유리 너머로 마을을 들여다보았다.

"아케이드에서는 잘 몰랐는데 예전 간판 건축이 그대로 남아 있네."

간판 건축은 도로에 면한 건축물 정면 부분에 각종 의장을 넣은 것으로, 오래된 상점에 많다. 상점의 얼굴이기에 정성을 들였고, 당시 유행했던 건축 방식이 보존되어 있다.

나는 다시 한번 길게 심호흡을 했다.

"미안, 생각지도 못해서 패닉에 빠졌지만, 마음만 먹으면 걸을 수 있을 것 같아. 마음의 준비는 필요하지만. 다시 나갈까?"

그렇게 말하자 형이 고개를 저었다.

"아니, 오늘은 그만두자. 다이고 씨의 아틀리에에 갈 에너지를 남겨놓아야 하니까."

솔직히 형이 그렇게 말해서 안심했다.

"남은 곳은 차를 타고 다녀보자."

"알았어." 그렇게 말하고 나는 차를 출발시켰다.

천천히 상점가를 빠져나갔다.

이렇게 차 안에서 보니 흔한 한가로운 상점가인데.

나는 미련과 빨리 멀어지고 싶다는 모순된 감각에 떨떠름해 하며 차를 운전했다.

"그 큰길을 똑바로 가면 바로 다리가 나올 거야."

지도를 보면서 형이 앞을 가리켰다.

말하지 않아도 강의 기척은 알 수 있기에 탁 트인 공기가 느껴지는 쪽으로 나아갔다.

휙휙 오가는 차가 많은 커다란 다리 옆을 꺾어 강변도로로 들어갔다.

바로 강의 지류, 아마도 인공적으로 만든 운하를 따라 늘어선 거대한 창고 건물들이 보였다.

보기에도 오래되고 불가사의한 회색 덩어리가 되어 그곳만 과거의 시간이 흐르는 듯했다.

창고 건물들 옆, 지금 건너지 않았던 커다란 다리에서 조금 떨어진 곳에 오래된 돌다리가 있었다.

예전에는 이 다리가 메인도로였으리라. 가까이에 커다란 다리를 짓고 나서 그다지 사용하지 않게 되어 근방의 보행자만 사용하는 듯했다. 돌난간에 운치가 있어서 내가 그림 재주가 있다면 그리고 싶어질 것 같은 다리였다.

그 다리도 창고 건물들과 마찬가지로 시간이 멈춘 듯한 분위기에 둘러싸여 있다. 주변에는 인기척이 전혀 없다.

나는 강변도로를 천천히 나아가 창고가 늘어선 길 앞에서 차를 세웠다.

차를 세우자 조용해졌다.

"어떻게 할래? 밖에 나가 볼까?"

잠시 부자연스럽게 뜸을 들인 뒤 형이 가만히 물었다.

더욱더 어색하게 뜸을 두고 나는 "응" 하고 대답하며 안전벨트를 풀었다.

인기척이 전혀 없어서 여기에 차를 세워도 괜찮을 거라고 판단하고 밖으로 나왔다.

나는 조심스럽게 주위를 둘러보았다.

또 비 냄새가 났다.

비가 내릴 기색은 아직 없지만 공기는 습하다. 쇠 냄새도 섞인 듯 느껴지는 이유는 창고와 공장에서 풍기는 냄새 때문일까.

한적하고 조용한 일대.

이미 거의 사용하지 않는 모양이다. 건물들은 다 녹슨 셔터가 내려져 있고 장소에 따라 셔터 앞의 콘크리트가 갈라진 틈에서 잡초가 자라 있다.

아까까지 큰길의 떠들썩함이 거짓인 듯 주변은 정적에 휩싸였다.

끈적끈적하고 무겁고 습한 공기.

나는 문득 답답해졌다.

마치 정적이 우리를 둘러싸고 우리 존재 자체를 없애려고 하는 것처럼 느껴졌다.

정적에 삼켜져 몸이 흔적도 없이 사라져버리지 않을까 걱정될 정도였다.

형도 같은 것을 느꼈는지 자꾸만 목을 문지른다. 보이지 않는 손이 목을 조르고 있는 것을 필사적으로 느슨하게 하려는 듯.

"조용하네."

형이 답답한 듯 중얼거렸다.

"응."

그렇게 대답할 수밖에 없어서 나는 묵묵히 주위를 경계하며 걸었다.

또 어디서 생각지도 못한 일이 일어나지 않나 긴장하는 동시에 우리는 이 장소에 강한 매력을 느꼈다.

세월이 자아내는 꾸미지 않은 아름다움이라고 할까.

셔터의 녹, 콘크리트의 갈라진 틈, 그러데이션으로 변한 함석 색깔. 그것이 고대 유적처럼 불가사의한 아름다움을 내보인다.

"장소의 힘은 엄청나니까 그 땅이 내뿜는 에너지에 어울리는 작품을 만드는 일은 힘들어요."

갑자기 다이고 하나코의 말이 머릿속에 되살아났다.

확실히 이 장소의 힘에 버틸 작품을 만드는 일은 큰일이겠구나. 나는 몰래 아티스트를 동정했다.

"좋네, 저 문."

형의 황홀해 하는 목소리에 나는 형이 멈춰 서서 보고 있는 곳에 시선을 향했다.

그것은 거대한 창고의 셔터 옆에 있는, 사람이 드나들기 위한 입구 문이었다.

동판 같아 보이는 금속제 문이었다.

메마른 녹색과 푸르른 색이 묘한 그러데이션이 되어서 문 그 자체가 추상화처럼 되어 있다.

"마크 로스코 작품이라고 말하고 미술관에 걸어놓아도 아무도 의심하지 않을 거야."

형이 중얼거리듯 말하고 호기심을 반짝이며 주위를 빙글 둘러보았다. 아무래도 갑작스레 매입할 물건을 찾을 마음이 든 듯하다.

그러나 나는 형과 다른 의미로 멈춰 섰다.

무언가가 있다.

그 문 너머에.

돌연 그런 예감이 밀려왔다.

"형, 여기도 위험해."

조금 전 상점가 때보다는 침착하게 그렇게 말했다.

형도 아까보다 자연스럽게 "그래?" 하고 받아들이며 "이 문? 아니면 이 장소?" 하고 물었다.

나는 "으음" 하고 신음했다.

"그 안이 아닐까. 그 문 너머에 무언가가 있는 느낌이 들어."

"부르고 있어?"

형이 확인하듯 물어서 나는 작게 고개를 끄덕였다.

물론 자물쇠로 잠겨 있고 튼튼해 보이는 셔터도 내려져 있기에 안을 들여다볼 수는 없다.

미련을 남긴 채(형의 미련은 문 쪽이겠지만) 그 자리를 떠나 다시 얼마간 창고 거리를 천천히 거닐었다.

종종 '무언가 있다'는 기척은 느껴졌지만 아까 문 앞만큼 두근거림은 없었다.

그래도 가끔 기묘한 감각이 덮쳐왔다. 셔터 너머에 모르는 나라가 통째로 쏙 들어가 있는 듯한 느낌 말이다.

우리는 말없이 차 있는 곳까지 돌아왔다.

형은 그 문을 시작으로 몇 개인가 '매입하고 싶은 물건'을 발견했다.

걸으면서 잠깐 생각을 하더니 "나, 사진 찍고 올게. 차에서 기다려" 하고는 빠른 걸음으로 창고 거리 쪽으로 향했다.

그 뒷모습을 배웅하면서 나는 눈앞의 운하를 멀거니 내려다보았다.

거의 흐르지 않는지 수면은 움직임이 전혀 없었다.

암녹색 수면에 건너편 강가의 건물이 비쳐 보였다.

콘크리트 옹벽에 물이 만든 줄무늬가 떠올라서 그 또한 추상화 같았다.

그것은 그렇고 이 마을은 도대체 뭘까.

나는 훔쳐보듯 주위를 둘러보았다.

어디를 가도 '불리는' 느낌이 드는 마을이라니 처음이다. 평소라면 한 달에 한 번 정도인데. 여기에 '끌린' 것은 우리에게 어떤 의미가 있을까. 도대체 여기에서 무슨 일이 일어날까.

그런 불안이 머릿속에 가득했지만 수면이 꿈쩍도 하지 않는 운하를 보는 동안에 서서히 기대 비슷한 것이 솟아났다.

무슨 일이 일어난다면 그것을 끝까지 지켜보고 싶다. 또다시 이곳에 오자. 그리고 안을 보여 달라고 하자.

그런 생각을 하고 차로 돌아갔다.

"미안, 꽤 시간이 걸려버렸다."

형은 다이고 하나코와 만나기로 한 시각 30분 전에 서둘러 차로 돌아왔다. 의외로 '마음에 드는 것'을 찾은 모양이다.

소방서는 우선 가까운 곳까지 가서 차 안에서 보기로 했다. 다이고 하나코의 아틀리에까지는 멀리 돌아가게 되지만 아슬아슬하게 도착할 것 같다.

왔던 큰길로 돌아가 다시 시내 중심부로 되돌아갔다.

지도에서 보니 아까 그 상점가와 터미널 역 중간 지점인 듯하다.

해 질 녘이 가까워지고 간선도로에 차가 늘었다. 어느 지방 도시에 가도 길은 항상 복잡한 이유는 어째서일까.

이윽고 멀리 하얀 탑이 오도카니 보였다.

둥근 지붕. 꼭대기에 피뢰침인지 안테나인지 뾰족한 것이 보였다. 그 아래에 동그란 창이 있다.

주위에 높은 건물이 없어서 그런지 자연스럽게 그것이 눈에 들어왔다.

저기가 목적지라고 직감했다.

뭐라 표현해야 할까. 이렇게 떨어져 있는데 묘하게 존재감이 있다.

차창으로 보니 주위 건물은 풍경의 한 부분으로 쓱 지나가는데 경치 속에서 그곳만 '걸린다'. 일단 그 존재에 신경 쓰니 이제 눈을 뗄 수 없다.

하얀색으로 보이는 건물인데 어째서인지 비단을 걸쳐놓은 듯 조금 어둡게 보인다.

게다가 '인격' 같은 것이 느껴진다.

마치 누군가가 오도카니 그곳에 서서 주변을 흘겨보는 듯했다.

"저거네."

아마 형도 한 번 본 순간 알았는지 이렇게 중얼거렸다.

"그런데 나 벌써 위험한 느낌이 들어."

나는 운전하면서 힘없이 쓴웃음을 지었다.

"응. 나도 그런 느낌이 들어. 관록도 엄청나고."

우리는 그 건물에서 눈을 떼지 않고 조금씩 다가갔다.

바로 근처에 있는 듯 보이는데 생각보다 거리가 있어서 좀처럼 가까워지지 않았다.

드디어 정면에 도착했다.

조금 지대가 높다.

심플한 디자인의 3층으로 된 석조 건물이다. 웨딩 케이크처럼 위로 갈수록 좁아져서 소방망루 부분은 꽤 높았다.

길쭉한 창이 나란히 있다. 위쪽 계단의 창은 아치 형태라 우아한 느낌을 준다.

조금 떨어진 곳에 차를 세웠다.

"음. 엄청난 건물이네."

나는 무심결에 신음했다. 주의해서 제법 거리를 두었는데도 묘한 아우라가 조금씩 전해 온다.

"형, 난 차에서 안 내릴 거야. 그냥 가자."

나는 그렇게 말하면서도 꾸물거렸다.

"응."

형도 차에서 내리지 않는 것에 동의했지만 눈은 여전히 건물을 향해 있었다.

그 정도로 우리는 그 건물에 매혹되었다.

그 존재감. 아름다움. 그리고 무엇보다 그곳은 아쿠쓰가와 호텔의 일부를 사용했다.

어느 정도의 양인지는 모르지만 명백하게 그 호텔의 유전자라고 부를 수밖에 없는 것이 포함되어 있다.

아마 형도 나도 사실은 차에서 내려서 건물 안에 들어가고 싶다고 열망하고 있으리라. 다리가 근질거려서 금방이라도 차에서 뛰어나가고 싶은 충동을 느꼈다.

하지만 동시에 강한 경계심도 느꼈다. 다가가면 안 돼, 안에 들어가면 안 돼, 그런 일을 하면 되돌릴 수 없는 일이 벌어져. 그런 꺼림칙한 느낌도 있다.

이 복잡한 갈등의 시간은 실제로는 몇 분이었을까.

결국 형이 손목시계를 보고 나직이 말했다.

"가야 해."

"그러네."

나는 간신히 차를 출발시켰다.

팔도 핸들도 꽤나 무겁게 느껴진다.

저 소방서 부지와 그 주변만이 중력이 강해서 지나가려고 하는 우리를 붙잡으려 한다는 생각이 들 정도다.

시야에서 그 건물이 사라졌을 때는 진심으로 안도했다. 몸까지 가벼워졌다.

"빠져나왔네."

형이 그렇게 중얼거렸다.

나는 또다시 식은땀을 흘리고 있어서 무심결에 관자놀이를 손으로 훔쳤다.

밖에서 보는 것만으로도 이런데 안에 들어갔을 때를 상상하니 어쩐지 무섭다.

나는 살짝 한숨을 쉬고 다이고 하나코의 아틀리에 주소를 내비게이션에 입력했다. 그리 멀지 않을 텐데 긴장하는 바람에 지쳐서 지도를 볼 기력조차 없었다.

내비게이션을 그다지 좋아하지 않는 형도 불평하지 않는 것을 보니 비슷한 기분인가 보다.

우리는 말없이 시가지를 빠져나와 번화가보다 한층 작은 상점가에 들어섰다.

근처에 오래된 주택지가 펼쳐져 있는 느낌.

내비게이션이 목적지 근처라고 알린다.

간신히 그 소방서의 중력에서 벗어난 우리는 다른 의미로 긴장했다.

이번에는 다이고 하나코의 아틀리에를 방문한다는 긴장감이다.

좁은 골목에 있는 옛날과 변함없이 어수선한 상점가는 친밀감이 느껴져서 분위기가 좋았지만, 좀처럼 차가 지나가기 힘들다.

목적지에 도착했습니다, 하고 내비게이션이 천진난만한 목소리로 단언했지만 주위 분위기를 보니 아무래도 그런 생각이 들지 않았다.

전망도 나쁘고 목적하는 건물도 보이지 않아서 움직일 수 없게 되었다.

그런데 백미러 속에 엄청난 속도로 우리를 향해 달려오는 그림자가 보였다.

자세히 보니 그것은 틀림없는 다이고 하나코로 앞치마를 걸친 모습을 보니 작품 제작 중이었던 모양이다.

"고케쓰 씨, 여기요, 여기."

창을 열자 그 맑은 목소리가 곧장 날아 들어왔다.

"죄송해요. 이 근처, 알기 어려워서요. 근처까지 오면 전화 달라고 문자 보냈는데 안 갔나요?"

그녀가 가볍게 차 안을 들여다본다.

형은 당황하며 스마트폰을 만졌다.

"아, 왔었네요."

우리는 여러 가지로 혼란스러웠기에 문자를 알아차리지 못한 모양이다.

"여기, 이 시간은 일방통행이에요. 제 아틀리에는 저쪽이고요."

그녀가 가리키는 곳을 보니 이미 지나쳐버린 건물이었다.

"다시 한번 한 바퀴 돌아서 와주시겠어요? 저쪽 들어간 곳에 주차장이 있어요. 제가 앞에 서서 유도할게요."

"알겠습니다."

나는 그녀 지시대로 일단 큰길로 나가 다시 골목으로 들어왔다.

이번에는 그녀가 골목 한가운데에 서서 크게 손을 흔들어 주었다.

다이고 하나코의 유도로 나는 산울타리 옆에 안으로 쏙 들어간 주차 공간에 차를 세웠다.

이곳은 앞을 지나가는 것만으로는 찾을 수 없어 보인다.

동네 공장으로 보이는 오래된 2층 건물이 있고 그 건너에 안채로 보이는 일본 가옥이 보인다.

공장 1층은 셔터가 내려져 있고 외부 계단을 통해 2층으로 올라갈 수 있게 되어 있었다. 불이 켜져 있는 것을 보니 그곳이 분명 그녀의 아틀리에이리라.

왜건 한 대가 우리가 몰고 간 차 옆에 세워져 있다. 공장 주인의 차인가 보다.

차에서 내리자 "먼 곳까지 일부러 와주셔서 감사합니다" 하고 다이고 하나코가 정중하게 인사를 했다.

"아니요, 저희야말로 이렇게 여기까지 찾아와서 죄송합니다." 우리도 인사를 했다.

"아틀리에는 2층입니다."

그녀는 그렇게 말하며 그쪽으로 얼굴을 돌렸다.

"넓어 보이네요."

형이 올려다본다.

"넓은 것만 장점입니다. 엄청나게 싸게 빌렸어요."

그녀는 쓴웃음을 짓고 먼저 계단을 올랐다.

뒤를 이어 계단을 오르려다가 나는 기척을 느끼고 발을 멈췄다.

1층 셔터 안쪽에 칙칙한 털빛을 가진 개가 누워 있는 것이 보였다.

'어라. 개네. 얌전해서 있는지 없는지 모를 정도야.'

나는 흠칫 놀라 무심코 몸을 뒤로 젖혔다.

저 칠칠치 못한 느낌, 움직이지 않아서 장식품 같은 느낌, 견종 불명에 잡종의 표본 같은 용모.

돌연 시간을 순식간에 되돌린 듯한 감각에 빠져들었다.

퍼뜩 온갖 모습이 떠오른다.

신발 한 짝을 문 개.

가끔 방랑 여행을 떠나는 개.

항상 시시하다는 듯 나를 보던 개.

나에게 분홍색 운동화를 내밀던 개.

"지로?"

무심결에 큰소리로 외쳤다.

다이고 하나코가 깜짝 놀라 뒤를 돌아보았다.

나는 내 목소리가 컸다는 것을 깨닫고 멋쩍어져 횡설수설했다.

"아니, 그러니까…… 예전에 저희 집에서 키우던 개와 똑같이 닮아서요."

"확실히 닮았네."

형도 찬찬히 그 개를 바라보았다.

"정말로 지로가 돌아온 줄 알았어."

둘이서 개에게 다가갔다.

"그 개, 주인집 개예요."

다이고 하나코도 올라가던 계단을 내려왔다.

세 사람이 개 앞에 쭈그리고 앉았다.

정말로 기억 속 지로와 닮았다. 겉모습은 물론이고 분위기와 태도도 닮았다.

분명 성격도 닮지 않았을까.

갑자기 세 사람이 둘러싸듯 쭈그리고 앉았는데 개는 흥미도 없는 듯 무심한 시선을 슬쩍 보냈을 뿐 바로 자신의 세계로 돌아갔다. 그런 점도 지로와 붕어빵이다.

"이 개, 무슨 종이에요?"

형이 물었다.

다이고 하나코가 이상하다는 듯 형을 본다.

"어, 이 개와 비슷한 개를 키웠다고 하셨죠? 그런데 모르시나요?"

당연한 의문에 우리는 쓴웃음을 지었다.

"언제부터인가 저희 집에 살게 된 특이한 개라서 결국 견종은 몰라요."

그녀는 고개를 갸웃거렸다.

"저도 몰라요. 잡종이라는 거 말고는."

개는 자기 이야기를 하는 것을 아는지 모르는지 그야말로 칠칠찮은 표정으로 하품을 했다.

"이 개, 이름은 뭔가요?"

이번에는 내가 물었다.

"너트예요."

"너트?"

"볼트와 너트할 때 너트요. 할아버지 대부터 이 공장에서 만들었대요. 더 이상은 만들지 않지만요."

너트. 그 이름을 입 안에서 중얼거렸지만 아직 나는 지로로만 보인다.

"혹시 이 개, 남의 집 신발을 가져오는 버릇은 없지요?"

형이 농담 삼아 물었다.

"들은 적 없어요."

다이고 하나코가 고개를 갸우뚱했다.

"하지만 방랑벽이 있는 것 같아요. 묶어두지 않으면 마음대로 산책하러 나가버린대요."

형과 나는 무심코 얼굴을 마주보았다.

방랑벽. 틀림없이 지로다.

"설마 전에 키우던 개에게 그런 버릇이 있었나요?"

그녀는 마주보는 우리를 보았다.

"네. 저희도 얼마간은 몰랐는데요, 그 개한테는 신발을 모으는 버릇이 있어서 나무 아래에 잔뜩 숨겨 놨었어요."

다이고 하나코는 "우와" 하며 눈을 동그랗게 떴다.

"그런 개도 있군요. 이 개, 제가 이 아틀리에를 보러왔을 즈음 여기에 왔어요."

그녀는 "그렇지?" 하고 너트 얼굴을 들여다본다.

너트는 여전히 무시한다.

"버려진 개와 고양이 보호 활동을 하는 사람이 키워줄 수 있냐고 물었대요. 주인아저씨가 전에 개를 키웠는데 그 당시는 안 키우는 걸 알고서는 주인아저씨라면 괜찮을 것 같았나 봐요. 그래서 주인아저씨도 무슨 종인지 모르시는 것 같아요."

"음. 그럼 나이도 모르겠네요?"

"네. 그래도 여섯 살에서 여덟 살 사이가 아니겠냐고 하셨어요."

너트는 편히 쉬고 있다, 아니 푹 늘어져 있다. 볼트와 너트에서 딴 이름이라고 하지만 주인이 볼트라고 짓지 않은 이유를 잘 알겠다. 아무리 봐도 볼트라는 느낌이 아니다. 철저하게 수동적으로 자신은 움직이지 않으니까, 너트. 그것도 당연하지.

"그래서 주인아저씨는 지금도 저와 너트가 같이 왔다고 말씀하세요. 동기죠. 가끔 동기의 정으로 제가 산책을 데리고 가기도 해요. 그렇지, 너트."

다이코 하나코는 그렇게 말하고 너트에게 말을 걸었다.

이번에는 얼굴을 아주 약간 들고 동의하듯 살짝 입을 벌렸다.

역시 항상 돌봐주는 사람인 데다가 그 사람을 만나러 손님도 와 있어서 거의 없는 애정이지만 표현해보았다는 느낌이다.

간신히 너트라는 이름에 익숙해졌지만, 나는 아직 의심스러웠다.

너, 사실은 지로지?

잠시 등장할 차례가 없다는 생각에 우리에게서 모습을 감추고 잠깐 쉬고 있는 거지?

하지만 곧 우리가 여기에 올 것을 예상하고 먼저 와서 하나 옆에서 기다린 거지?

그렇게 속으로 말을 걸었지만, 물론 여전히 무시당했다. 무엇보다 아무런 근거 없는 내 망상이라는 것은 말할 필요도 없다.

그러나 왠지 우리와 인연이 있을 것 같은 다이고 하나코와 그녀가 있는 S시, 그리고 지로까지 있어서 내 망상은 점점 비대해질 뿐이었다.

"또 보자, 너트."

그렇게 말을 걸고(역시 무시당했지만), 우리 셋은 2층 아틀리에로 올라갔다.

묵직한 문을 열자 바깥에서 본 인상과 달리 환해서 당황했다.

만들다 만 검은 꽃이 줄지어 늘어선 커다란 작업 테이블 위에 쌓여 있다.

바닥도 벽도 하얗게 새로 칠해서 밝았다.

천장에 직선 형광등이 달려 있지만 그리 많지 않다. 벽도 바닥의 흰색에 반사되어 실제보다 밝게 보이는 것이겠지.

안쪽에 금속제 로커가 늘어서 있고 철사, 페인트 등이 구석에 쌓여 있다.

이젤에 하얀 캔버스가 놓여 있고 그리던 그림이 보였다.

백지에 회색 백합.

자세히 보니 천장에 이전에 만든 작품인지 검은 꽃이 서로 뒤엉켜 공 형태가 된 오브제가 매달려 있어서 그것을 보고 다이고 하나코의 아틀리에라는 실감이 들었다.

"역시 아틀리에도 모노톤이네요."

그렇게 중얼거리자 그녀는 작게 웃었다.

"네. 여기에 있으면 제일 편해져요."

"그렇군요. 이 정도 사이즈라는 느낌인가. 역시 작은 골동품을 제공해도 아트로서 효과는 없을 것 같네요."

형은 아틀리에 가운데에 있는 철사가 정글짐처럼 된 조형물을 보았다. 그것을 토대로 꽃을 피운다고 한다.

"이 작품은 이번 A 페스티벌에 출품할 예정인가요?"

형이 물었다.

다이고 하나코는 조금 모호한 표정으로 수긍했다.

"지금은 그럴 생각이에요."

"지금은?"

"실은 아직 여러 가지를 만들면서 고민 중이라서요."

"흠."

세로 1미터, 가로 4미터 정도인가.

꽤 크다.

형은 만들고 있는 토대 주위를 한 바퀴 돌았다.

"모처럼 다이고 씨 작품과 함께하는데 어느 정도 크기가 아니면 밸런스가 맞지 않겠군요."

형이 천장에 매달린 공 모양을 올려다보았다.

"그렇지만."

다이고 하나코는 팔짱을 끼고 조금 머리를 갸웃거렸다.

손때 묻은 두터운 천으로 된 앞치마와 목장갑. 이 사람은 이런 모습이 묘하게 잘 어울리는구나, 하며 나는 별난 것에 감탄했다.

"저도 처음에는 그렇게 생각했는데요. 고케쓰 씨 홈페이지를 보니 그리 크지 않은 작품이라도 괜찮을 것 같았어요. 그게 이 컬래버레이션은 아트와 접하는 것뿐만 아니라 아트와 앤티크를 사는 즐거움을 체험하길 바라는 게 목적이잖아요?"

그것은 고다마 씨와 그 동료들의 계획이기도 했다.

흔한 미술전 상품이 아니라 아트 그 자체, 혹은 골동품 그 자체를 사는 체험을 하게 해주고 싶다. 아트는 살 수 있는 것, 자신의 생활 속에 두는 것이라는 인식을 넓히고 싶다.

　구매층의 저변을 넓히는 것은 아티스트에게도 우리 업계에도 사활 문제다.

　"그런데 일반적인 가정은 그렇게 큰 장소가 없지 않을까요? 그래서 작은 것도 괜찮겠다 싶었어요. 그야말로 제일 크더라도 고케쓰 씨네 쇼윈도에 들어갈 정도의 이미지로요."

　그녀가 손으로 네모를 그려 크기를 보여주었다.

　"그것도 그렇군요."

　형이 고개를 끄덕였다.

　"고케쓰 씨네 쇼윈도, 멋졌어요. 집 안에 그런 공간이 있어서 그렇게 아름다운 물건이 놓여 있다면 아주 근사할 것 같았어요."

　다이고 하나코는 우리 집의 자그마한 전시 공간을 떠올리는 듯 황홀한 표정이 되었다.

　"정말 감사합니다."

　형이 작게 헛기침을 했다.

　칭찬을 받아서 쑥스러운 것이겠지. 형은 다른 사람에게 칭찬받는 일에 그다지 익숙하지 않다.

　"저기, 형."

　나는 계속 품고 있던 의문을 입에 담았다.

"도대체 그 컬래버레이션 작품은 어떤 식으로 한다는 거야? 다이고 씨의 전시 공간에 일련의 작품으로서 전시하는 거야? 아니면 판매 대상이 되는 건 전시와는 다른 장소에 다른 사람의 작품과 함께 전시해?"

형이 고개를 저었다.

"아직 정해지지 않은 듯해. 처음 시도하는 거니까 이것저것 논의 중인 모양이야."

"다이고 씨, A 페스티벌에서 어느 정도 크기의 공간을 받나요?"

나는 그녀에게 물었다.

"그것도 아직 안 정해졌어요. 어떤 장소에서 할지도 미정이에요."

"그렇다고 하면 시간이 별로 없네요."

"네. 해외에서 초청한 아티스트는 한참 전부터 준비하고 있는 모양이더라고요. 저는 올해 들어서 참가가 정해져서 꽤 급해요."

그녀가 쓴웃음을 지었다.

"가격을 어떻게 붙일지도 문제네요."

형이 생각에 잠겼다.

"누가 붙일지도 문제야."

나는 형 얼굴을 보았다.

"골동품 본래의 가격과 아티스트 작품의 가격. 도대체 누가 어떤 기준으로 가격을 붙일까?"

"그게 큰 문제야. 실행위원회에서도 그 점으로 옥신각신하고 있어. 게다가 어느 쪽이 붙이든 그저 가격만 붙이면 되는 것도 아니라서. 컬래버레이션 작품으로서의 가치를 어떻게 평가해야 하느냐 하는 거지. 아무도 해본 적이 없다 보니 다들 고민 중이야."

"그럼 고객에게 가격을 붙여달라고 하면 되는 거 아니야?"

내가 그렇게 말하자 다이고 하나코가 웃었다.

"아하하, 그거 좋네요. 얼마가 붙을지 조금 무섭지만요."

"희망 소매가를 붙이면 어떨까? 우리 골동품은 일단 이 정도 가격입니다, 라고."

내가 그렇게 말하자 그녀는 또 쿡쿡 웃었다.

"그럼 저도 붙여볼까요. 아티스트 쪽의 희망 가격. 이 정도에 사주시면 감사하겠습니다, 라고요."

"양쪽 희망을 고려해서 최종적으로 고객이 가격을 붙인다. 더 내도 좋다는 사람도 있을지도 모르고 깎는 사람도 있을지도."

형은 "으음" 하고 신음했다.

"그건 그것대로 재미있을지도. 차라리 옥션이라는 수단도 있을지도 몰라."

"우와, 왠지 프리마켓 같아요."

"다이고 씨는 창구 역할을 하는 화랑이 있나요? 다이고 씨 작품을 매입하는 쪽의 대리인이나요."

형이 사무적인 어조로 물었다.

"아니요, 따로 정하지 않았어요."

그녀는 어깨를 살짝 으쓱했다.

"다만 오래 알고 지내는 갤러리가 어쩌다가 창구가 되었는데요. 오사카와 오카야마에 열심히 제 작품을 모으는 분이 있는데 대체로 갤러리 관계자와 함께 신작을 보러오세요."

좋겠다. 나도 그녀의 작품이 갖고 싶다.

그렇게 생각하는 자신을 깨닫고 지금까지 누군가의 작품을 원한 적이 없었기에 이상한 느낌이 들었다.

컬렉터인 형과 우리 골동품을 사주는 고객들을 계속 보아왔지만, 내가 소유한다는 것은 생각해본 적도 없었다. 분명 일반인들도 나와 큰 차이는 없으리라. '도움이 될 물건'이 최우선으로 되어 있는 이 세상에서 '아트를 산다'는 것은 선택지에 포함되어 있지 않은 행위겠지.

"그런데 A 페스티벌의 통일된 테마는 뭐죠?"

형이 생각난 듯 물었다.

다이고 하나코는 진지한 얼굴이 되어 명확하게 대답했다.

"'다음으로'예요."

다음으로.

매우 단호한 어조였다.

마치 그것이 다이고 하나코 자신의 테마인 듯 당시 그녀의 표정은 강하게 인상에 남았다.

다음으로.

도대체 그곳은 어떤 곳일까?

그 뒤에도 형과 그녀는 어떻게 제작할지 세세하게 의논했지만, 나는 멍하니 그런 생각을 했다.

어느새 밖은 컴컴해졌다.

우리는 다이고 하나코가 자주 가는 근처의 단골 돈가스 가게에 가서 잡담을 나누며 저녁을 먹고 그날은 헤어지기로 했다.

차를 가지러 갈 때도 너트는 여전히 축 늘어져 셔터 앞에 누워 있기에(그도 이미 저녁을 먹은 듯하다) 일단 인사를 했지만 역시 무시당했다.

우리가 코너를 돌 때까지 다이고 하나코가 손을 흔드는 모습을 백미러로 보면서 우리는 집으로 돌아왔다.

"어쩐지 친척 집에 갔다 온 듯해."

형이 불쑥 중얼거렸다.

"지로도 있었고."

나도 말했다.

"응. 그 개는 아무리 봐도 지로야. 오랜만에 개가 있던 생활을 떠올렸어."

나도 그리운 당시 일을 떠올렸다. 꽤 오래전 일이라는 느낌이 들었지만 그 얼굴을 보니 마치 어제 일 같다. 개가 있으면 집 안에 독특한 리듬이 생긴다. 무엇보다 산책을 싫어하는 지로의 경우 그다지 시간에 정확하지는 않았는데 아무래도 너트도 비슷한 리듬을 가진 듯하다.

S시에서 점점 멀어지면서 낮에 체험했던 것이 환영 같아졌다. 다이고 하나코와 지낸 시간 덕분에 꽤 부드러워졌지만, 상점가와 운하변 그리고 그 소방서에서 느낀 색다른 분위기는 피부에 여전히 달라붙어 있다.

"그 장소, 버틸 자신이 없어."

나는 한심한 목소리가 나오고 말았다.

"익숙해질 수밖에 없겠지. 게다가 이번에야말로 그 원인을 밝혀내야 하니까."

형이 격려하듯 말했다. 다만 그것은 나를 독려한다기보다 자신을 격려하는 것처럼도 들렸지만.

2주일 후, 이번에는 다이고 하나코가 우리 가게 창고를 방문했다.

카메라와 스케치북을 지참한 것을 보니 여기서 현물을 보면서 구상할 모양이다.

우리 창고는 그녀의 아틀리에만큼은 아니지만 공간이 넓은 것이 장점이다.

쭉 늘어선 들창을 보고 그녀가 탄성을 질렀다.

"우와, 여기 재미있어요."

그녀는 호기심이 강해서 모든 물건 앞에 일일이 발을 멈추고 찬찬히 들여다보았다. 게다가 형의 문고리 컬렉션에도 흥미를 보여서 형은 기뻐하며 설명을 시작했다.

얼마 전 산속에 있던 전 진료소에서 발견한 청진기 모양 문고리 등이 얼마나 드문 물건인지 진지하게 이야기하기에 "형, 다이고 씨 일 방해 안 하는 게" 하고 말을 걸었지만 의외로 다이고 하나코는 열심히 듣고 있는 데다가 결코 예의상 하는 말은 아닌 듯하다.

그녀도 마니악한 취미가 있다는 부분에서는 형과 마음이 맞는 듯하다. 그렇지 않으면 우리 골동품과 컬래버레이션할 생각은 하지 않았겠지.

얼추 문고리 자랑이 끝나자 그녀는 천천히 창고 안을 걸어서 돌아보기 시작했다.

"음, 역시 다르네요. 옛 장인과의 일은요."

일본식 독서대를 가만히 쓰다듬었다.

"빈틈없이 모양도 바르고 위엄도 있어요. 좋은 나무를 사용했다는 점도 있겠죠."

형이 고개를 끄덕였다.

"일본 기후도 변해가니까 옛날과 조건이 다르겠죠."

다이고 하나코는 어슬렁어슬렁 걷더니 갑자기 창고 한구석에 있는 작업장에서 발을 멈췄다.

"어…… 이거, 창문이네요."

거기에는 작업대에 오래된 목제 창 한 장이 놓여 있다.

나무 창틀이 '밭 전田' 모양으로 되어 있고 옛날 유리가 끼워져 있다. 손으로 만든 창문으로, 잘 보면 살짝 잔물결이 보인다.

붙박이창으로 열리게 되어 있지 않다.

"집 근처의 치과의사 선생님 댁에서 산 거예요. 계단 층계참의 창문이었어요."

형이 설명했다.

나무 창틀의 거스러미를 제거하고 유리를 닦는 작업 중이었다.

"쇼와 시대(1926~1989년)에 개업한 분인데, 당시에는 일본식과 서양식을 절충해서 집을 지은 곳이 많았거든요. 현관으로 들어가면 판자를 댄 서양식 방이 있고 그곳을 진료실로 사용했죠. 그리고 주거 부분은 일본식이라는 패턴. 그 치과의사 선생님 댁도 그랬어요."

"알 것 같아요. 저희 집 근처의 의사 선생님 댁도 그래요. 음, 여기 조금 일그러진 유리가 좋네요."

그녀는 잠시 가만히 그 창을 바라보았다.

창 너머로 다른 풍경을 보고 있는 듯하다.

"창문이라면 다른 것도 있어요."

형이 창고의 다른 한구석을 가리켰다.

우리는 형을 따라 걸었다.

그런데 또 그녀는 우뚝 발을 멈췄다.

그 또한 수리 중인 문이었다.

오래된 나무문으로 가운데에 작은 불투명 유리가 끼워져 있다.

문손잡이는 손가락을 넣어 당기는 간단한 것이다.

"이것도 방금 창과 마찬가지로 치과의사 선생님 댁 거예요."

형이 말했다.

"부엌문이었어요."

"부엌문이라는 단어 자체가 그렇네요."

다이고 하나코는 그렇게 중얼거리면서도 문에 정신을 빼앗겼다.

"어쩐지 같은 집의 물건이라는 걸 알 것 같아요."

"그 치과의사 선생님, 건축에 취미가 있었던 모양이에요. 스스로 간단한 설계도까지 만들어서 주문했대요."

"와, 공을 들였군요."

확실히 그 문은 분위기가 있었다. 불투명 유리 부분에 검은 철선으로 당초무늬가 들어가 있다.

"이런 거 쓰고 싶네요."

이윽고 그녀가 불쑥 중얼거렸다.

"아까 본 창문이나 이 문이라든가. 너머에 무엇이 있다는 게 좋네요."

다이고 하나코는 그 문이 마음에 들었는지 잠시 미련이 남는 듯 바라보았다.

그러나 "다른 창문도 보여주세요" 하고 부탁하며 형이 차례차례 꺼내는 창을 꼼꼼히 보았다.

그러고는 비교적 작은 것, 책궤와 선반을 체크하고 더 나아가 문손잡이와 경첩 등 자질구레한 물건까지도 찬찬히 체크했다.

"음. 다 멋지네요."

그렇게 잠시 망설였지만 역시 처음에 발을 멈춘 창과 문에 제일 마음이 끌렸는지 그것을 나란히 두고 스케치해도 되겠느냐고 형에게 물었다.

형은 "물론이죠" 하고 대답하고 문을 옮겨와 작업대 가까운 벽에 창과 나란히 세웠다.

그녀는 감사 인사를 하고 날카로운 눈초리로 스케치를 시작했다. 힐끗 들여다보니 그대로 사생하는 것이 아니라 보고 떠오르는 이미지를 그리는 듯하다.

그 집중력은 옆에서 보기에도 대단해서 형과 나는 그녀를 남겨두고 가만히 창고를 나왔다.

그녀는 아침 일찍 S시를 출발해 10시 전에 우리 창고에 들어갔는데 대강 그녀가 상품을 보는 데에만 세 시간 가까이 지나버렸다.

시간은 계속 흐른다.

"점심, 괜찮을까?"

"집중하고 있으니 가만히 두는 편이 좋지 않을까?"

"그래도 너무 배를 비워두면 안 좋아. 그럼 차와 과자만이라도."

원래 요리사였던 만큼 식사는 신경 쓰인다.

나는 사실은 3시에 간식을 낼 예정으로 근처 화과자 가게에서 사 온 도라야키와 녹차를 올린 쟁반을 들고 창고에 들어갔다.

그러자 창과 문 앞에 쭈그리고 앉아 꼼짝하지 않고 생각에 잠겨 있는 그녀 모습이 눈에 들어와 무심코 발을 멈췄다.

창고 안은 팽팽한 긴장감으로 가득 차 있었고 그녀에게서 어쩐지 엄청나게 집중하는 아우라가 나와서 가까이 가기 어려웠다.

그래도 살며시 작업대 쪽으로 다가가 "다이고 씨, 녹차 놓아둘게요. 일단락되면 드세요" 하고 작은 목소리로 말했지만 전혀 귀에 들어오지 않는 모양이다.

언뜻 눈에 들어온 그녀의 옆얼굴은 깜짝 놀랄 정도로 엄숙하면서도 천진난만하게도 보였다.

나는 순간 그 옆얼굴에 넋을 잃었다.

그러나 내가 오랫동안 서 있었다는 것을 깨닫고 쑥스러워져서 몰래 빠져나왔다.

작업대 위에 내버려둔 스케치북이 눈에 들어왔다.

그녀는 스케치는 하지 않고 털썩 주저앉아 무릎 위에 팔꿈치를 대고 턱을 괴고 있다.

힘들지 않나, 저 포즈.

나는 그렇게 묻고 싶었지만 그녀는 꼼짝도 하지 않은 채 창과 문을 똑바로 응시했다. 어쩌면 이미 창과 문을 넘어 어딘가 별세계로 들어갔을지도 모른다. 그녀의 머릿속에만 존재하는 그녀의 작품 세계로.

굉장하다. 무언가를 만드는 것은 저런 것일까.

나는 반은 감탄하고 반은 어이없어하며 걸음을 뗐다.

문득 스케치북의 펼쳐진 페이지가 눈에 들어왔다.

어쩐지 가위표 같은 모양이 몇 개나 나란히 그려져 있다. 나도 모르게 몸이 움찔 반응했다.

"어?"

무심코 얼빠진 소리가 튀어나와서 다이고 하나코가 깜짝 놀란 듯 돌아보았다.

"앗, 언제."

"앗, 미안합니다, 놀라게 해서."

나는 당황해서 손사래를 쳤다.

다이고 하나코는 제정신이 돌아온 듯 눈을 끔뻑거리며 쟁반 위에 놓인 차와 과자를 알아차렸다.

"아, 일부러 죄송해요. 감사합니다."

그녀는 벌떡 일어나더니 "아야야" 하고 다리를 문지르면서 작업대 쪽으로 걸어왔다.

"이런, 벌써 시간이 이렇게 됐네요."

손목시계를 보며 말했다.

꽤 오랜 시간 그 포즈로 있었나 보다.

"집중력이 엄청나네요. 말 건 거 아셨어요?"

"아니요, 전혀요. 저 옛날부터 이래요."

그녀는 쓴웃음을 지었지만 쟁반 위의 도라야키를 보고 탄
성을 질렀다.

"도라야키 아주 좋아해요. 와, 잘 먹겠습니다."

다이고 하나코는 크게 입을 벌리고 도라야키를 덥석 물더
니 눈 깜짝할 사이에 날름 하나를 먹어 치웠다.

저번에 S시에서 함께 돈가스 가게에 갔을 때부터 알았지
만 그녀는 꽤 많이 먹는다. 도대체 이런 마른 몸 어디로 들
어가는지 궁금할 정도로 호쾌하게 먹는다. 게다가 빨리 먹
는다.

지금도 순식간에 도라야키 두 개째를 위에 넣고 만족스럽
다는 듯 꿀꺽꿀꺽 녹차를 마신다.

나는 그 모습을 멍하니 바라보았지만 신경 쓰이는 것은
스케치북의 펼쳐진 페이지다.

"다이고 씨, 이건……."

나는 머뭇머뭇 말하며 스케치북에 힐끗 시선을 주었다.

"네?"

그녀는 내 시선이 향한 곳을 눈치채고 "아아" 하고 고개를 끄덕였다.

"도깨비방망이예요. 옛날이야기에 나오죠. 《엄지동자》에 나오는 거요."

역시.

나는 페이지에 잔뜩 그려진 작은 스케치를 주시했다.

그것은 불가사의한 스케치였다. 다 도깨비방망이였지만 사실감 있는 것, 선을 극단적으로 배제한 심플한 디자인, 만화에 나올 만한 것 등 각양각색이다.

"어째서 이거를요? 이번 컬래버레이션과 관계있나요?"

가능한 한 아무렇지도 않게 물었다.

"아니요, 전혀 관계없어요."

다이고 하나코는 딱 잘라 부정했다.

"이건 손버릇 같은 거예요. 망설이거나 생각하는 게 있을 때 무심결에 그리게 돼요. 버릇 같은 걸로, 이른바 의식이라고 할까, 손가락 풀기라고 할까요. 이걸 그리고 있으면 차분해져요. 제작의 마중물이 되는 것 같아요."

그렇군. 아티스트와 장인에게는 작업을 시작하기 전에 여러 가지 정해진 '의식'을 하는 사람이 있다고 들은 적이 있다. 사용하는 연필을 대강 전부 깎는다든가(우리 아버지다), 화분에 얼추 물을 주든가(우리 어머니다).

"하지만 어째서 도깨비방망이인가요?"

꽤 독특하다는 느낌이 드는데.

"으음. 다이고 가문의 문장이었다는 이유도 있지 않을까요……."

"그런가요."

다이고 가문의 문장.

뜻밖이라는 생각도 들었고 이 또한 그녀와 우리의 인연 중 하나같은 느낌도 들었다.

"어릴 적부터 무심히 보고 자라서 스케치북에 옮겨 그리기도 했고요. 제가 저희 문장을 리뉴얼한다면 어떻게 할까 생각하면서 습관이 되었어요. 그래서 무심코."

"원래 문장은 어떤 모양인가요?"

"원래는 이런 느낌이에요."

그녀는 쓱쓱 스케치를 해주었다.

심플한 디자인.

닮았다. 아쿠쓰가와 호텔 마크와.

나는 기억에 남아 있는 것과 그녀가 그린 스케치를 비교했다.

아쿠쓰가와 호텔 건물 의장 쪽이 아니라 호텔에서 사용한 영수증에 인쇄된 마크가 이런 느낌이었다. 어쩌면 다이고 가문은 아쿠쓰가와 호텔과 어떤 관련이 있지 않을까. 뭐, 도깨비방망이는 대중적인 디자인이니 단순한 우연일지도 모르지만.

"게다가 어쩐지 재수가 좋잖아요? 휘두르면 휘두를수록 자꾸자꾸 보물이 나오는 도구니까요. 그리고 있으면 이미지가 마구 솟아나는 듯해요. 제 행운의 아이템이에요."

다이고 하나코는 후후 웃었다.

"어릴 적에《엄지동자》이야기를 들었을 때 어째서냐고 생각했어요. 도깨비방망이를 휘두르면 보석이 나온다는 건 어쩐지 이해가 돼요. 방망이는 도구니까요. 두들기고 두드려서 물건을 만든다. 그것으로 돈을 벌어서 돈이 들어온다. 하지만 엄지동자는요? 도깨비방망이를 휘두르면 왜 커지나요? 그건 어떤 이치냐고 꽤 고민했어요."

그렇게 말하고 그녀는 눈살을 찌푸렸다.

어째서 엄지동자는 커졌는가?

생각해본 적도 없다. 옛날이야기를 듣고 그런 것으로 고민하는 것은 꽤 특이한 아이 아닐까.

"그래서 결론은 나왔어요?"

그렇게 물어보니 그녀는 고개를 좌우로 저었다.

"전혀요. 지금도 종종 생각해요. 도깨비방망이와 커진다. 휘두르면 커지는 건 무슨 속뜻이 있는 건지."

대답하면서 그녀는 주먹을 쥐고 붕붕 휘둘렀다.

"……시간이라든가."

나는 저도 모르게 그렇게 중얼거렸다.

"시간?"

다이고 하나코는 '뜻밖의 단어를 들었어요'라는 표정으로 나를 보았다.

나도 당황하며 설명할 단어를 찾았다.

"그게, 지금 다이고 씨가 팔을 휘두르는 걸 보고 문득 생각났을 뿐이에요. 방송국 PD가 자주 '빨리 돌려'라든가 '서둘러'라고 표현할 때 팔을 빙빙 돌리잖아요. 그러니 도깨비방망이를 흔들어서 엄지동자가 커지는 이유는 시간을 빨리 돌려서 그가 성장하는 시간을 생략한 게 아닐까 싶어서요."

조금 앞뒤가 안 맞는 이야기지만 그녀는 진지한 얼굴로 듣더니 이윽고 "재밌어요" 하고 말하며 고개를 크게 끄덕였다.

"그렇군요. 그런가, 시간이라. 생각도 못 했어요."

그렇게 중얼거리고 나에게 말을 걸려다 그녀는 순간 머뭇거렸다.

"저기, 고케쓰 형님은 이름이 다로라고 하셨는데, 고케쓰 동생분은 어떻게 되세요?"

그때가 왔다는 느낌에 나는 쓴웃음을 지었다.

"산타입니다."

"산타?"

그녀가 잠시 생각한 다음 "혹시, 두 분 사이에 형제가 한 분 더 있나요?" 하고 물은 이유는 산타라는 이름에서 석 삼 자를 떠올렸기 때문이리라.

"아, 그래서 개 이름이 지로인 거예요. 그 개가 저보다 빨리 저희 집에 왔거든요."

'하나코라는 이름을 가진 여자아이가 있지 않았을까'라는 내 상상은 역시 말할 수 없다.

"지로."

다이고 하나코는 멍한 표정을 짓더니 바로 킥킥 웃었다.

"아, 제 아틀리에 아래에 있는 너트와 닮았다는 지로 말이군요."

언젠가는 알게 될 것이고 어차피 물을 테니 미리 설명하자는 생각에, 내 이름은 '散多'라는 한자를 쓴다고 말했다. 어째서 그 한자인지 이제는 부모님에게 물을 수도 없다는 이른바 단골 푸념도 함께 늘어놓았다.

다이고 하나코는 진지한 얼굴로 듣다가 "그럼 산타는 자신의 이름이 싫어요?"라고 오히려 되물었다.

"뭐, 그렇죠" 하며 얼버무렸다. 동시에 '산타'라고 그녀가 불러서, 역시 그녀는 나보다 나이가 많은 것이 아닐까 새삼스레 생각했다.

"저는 그렇게 싫지 않아요. 제법 예쁜 이름이라고 생각해요."

그녀는 팔짱을 끼고 허공을 바라보았다.

"산화散華라는 말이 있죠. 스님이 중요한 의식 때 연꽃잎을 본뜬 종이를 뿌려요. 그것도 '꽃華을 뿌린다散'고 쓰는데요, 정말 아름다워요. 흩을 산이라는 글자에는 자유롭게, 누구에게도 구속받지 않는다는 의미도 있고요."

그녀 머릿속에 금색 꽃잎이 흩뿌려지는 모습이 떠오른 것이 보인 듯했다.

"고케쓰는 원래 홀치기염색을 말하는 거죠. 대학교 다닐 때 염색을 하던 친구가 만드는 법을 보여준 적이 있어요. 천을 잡아서 실로 묶거나 해서 그 상태로 물을 들여 독특한 모양을 만드는 염색 방법이에요. 지금 고케쓰 산타라는 이름을 들었을 때 꽉 묶어서 주름이 진 남색 천이 저 멀리까지 확 펼쳐지는 이미지가 떠올랐어요."

그녀는 말하며 크게 팔을 펼쳤다.

"음, 상당히 예쁜 이름이에요. 실제로 부모님이 어떤 이미지를 생각하고 붙였는지는 모르지만요."

싱긋 웃고 그렇게 말한 그녀에게 나는 감동 비슷한 감정이 느껴졌다. 내 이름에 대해 이런 식으로 말해준 사람은 처음이었기 때문이다. 동시에 역시 아티스트의 머릿속은 독특하다고 생각했다. 사람의 이름을 듣고 그런 이미지를 떠올리다니 신선한 감각이었다.

그렇지만 내가 뜻밖에 감동하고 있다는 사실이 부끄러워져서, 나는 헛기침을 하고 "그런가요"라고 중얼거리고 쑥스러움을 감추듯 벽에 서 있는 창과 문에 시선을 던졌다.

"역시 이걸로 결정하신 건가요?"

다이고 하나코도 내 시선이 향하는 쪽을 보았다.

"네, 이 두 가지를 사용하게 해준다면요."

"분명히 이거라면 다이고 씨 작품 스케일에도 맞을 것 같아요."

"네, 저도 그렇게 생각해요."

그녀는 그렇게 수긍했지만 문득 그 어조 어딘가에 망설임과 불만 같은 것이 느껴졌다.

"뭔가 부족한가요?"

그렇게 묻자 그녀는 놀랐다는 듯 나를 보았다.

"산타는 정말 세심하네요."

'그것' 탓에 어릴 적부터 조심성이 많아졌다고는 말할 수 없다.

"맞아요. 뭐가 어떻다는 건 아닌데, 아직 정리가 안 되어서 한마디로 정의할 수는 없지만요."

우리는 나란히 서서 창과 문을 바라보았다.

그 두 가지는 그곳에 있는 것만으로 이미 무언가 '이야기' 같은 것이 느껴졌다. 그 존재에 세월이 스며들어서 말을 거는 듯한 느낌이 든다.

"삼 인분."

그때 갑자기 목소리가 들렸다.

나는 무심결에 주위를 둘러보았다.

물론 우리 외에는 아무도 없다.

"지금 무슨 소리 안 들렸어요?"

옆에 있는 다이고 하나코에게 물으니 깜짝 놀란 얼굴로 "아니요"라고 대답했다.

환청? 하지만 확실히 들렸다. 누구 목소리일까. 억양이 없는, 중얼거리는 소리. 바로 옆에서 누군가가 귓가에 대고 속삭였다.

삼 인분.

나는 잠시 창 옆의 아무것도 없는 공간에 눈길을 던졌다.

문과 창과 또 하나.

순간 거기에 보이지 않는 문이 있는 것이 느껴졌다.

"저기."

나는 다이고 하나코에게 말을 걸었다.

"저기에 문이 또 한 장 있다면 어떨까요?"

"네?"

그녀는 나를 보고 나서 창 옆 공간을 보았다. 그리고 퍼뜩 깨달은 듯한 얼굴로 말끄러미 그 공간을 주시했다. 내가 그곳에 보이지 않는 문이 있다고 느낀 것처럼 그녀도 그곳에서 무언가를 발견한 듯했다.

"산타, 대단해요."

다이고 하나코는 흥분으로 상기된 얼굴로 내 어깨를 잡고 흔들었다.

악력이 의외로 세서 깜짝 놀랐다. 낮에는 꽃시장, 밤에는 아틀리에에서 육체노동을 하고 있으니 당연한가. 혹시 그녀가 내 누나였다면 어릴 적에 싸워도 졌겠지.

"맞아요, 그거예요. 이건 여기도 문 하나가 있어서 세 개의 개구부가 있어야만 비로소 성립하는 작품이에요."

그녀는 그렇게 외쳤다.

"그럼 문 하나를 찾죠. 하지만 아까 대강 다 훑었죠?"

내가 그렇게 제안하자 그녀의 얼굴이 흐려졌다.

"네. 솔직히 달리 딱 와닿는 건 없었어요. 이 창과 문이 있던 집에 다른 건 없었나요?"

건축이 취미였던 치과의사 선생님 댁.

"없었던 것 같아요."

"하지만 다시 한번 이 두 개와 세트라는 시선으로 보면 알맞은 게 있을지도 몰라요."

그녀가 자신을 격려하듯 말했다.

"그럼 형을 불러올게요."

형은 절대로 자신이 없는 곳에서 다른 사람에게 상품을 만지게 하지 않는다. 나조차도 그렇다.

가게 앞에서 다시마 차를 홀짝이고 있던 형(여전히 할아버지 같다)에게 그녀의 소망을 설명하자 형은 바로 와서 다시 창고 안 문을 열고 이번에는 일일이 아까 창 옆에 나란히 세우는 작업을 시작했다.

이 두 개와 한 줄로 세웠을 때 밸런스가 맞는 것이라는 목적이 확실해서 세 사람이 꼼꼼히 살펴보았다. 첫 번째 보았을 때보다 더 시간이 걸렸다. 하지만 좀처럼 딱 와닿는 것은 찾을 수 없었다.

세 사람이 '우리 창고에는 없다'는 결론에 다다랐을 때는 완전히 해가 넘어가버렸다.

다이고 하나코의 낙담하는 모습은 딱할 정도라 형과 나는 "반드시 가까운 시일 내에 문을 찾아서 손에 넣을 테니까요" 하고 약속했지만 그때 우리에게는 짐작 가는 거라고는 무엇 하나 없었다.

다이고 하나코가 원하는 또 하나의 문. 그날부터 우리는 그것을 찾으러 다니게 되었다.

12장

문을 찾는 것에 대해,
소방서에 대해

도어. 문.

미닫이. 여닫이. 장지.

평소에 의식하지 않고 여닫던 것. 너무나도 당연하게 그곳에 있어서 주의 깊게 보지 않는 것.

나는 형 일을 돕고 있기에 비교적 그 존재를 의식하는 편이라고 생각한다.

하지만 그때 다이고 하나코의 '또 하나의 문'(우리는 이렇게 부른다)을 찾으면서 지금까지 얼마나 아무것도 보지 않았는지 깨달았다.

말하자면 나는 자신을 '골동품점'이라고 생각하지 않았다는 말이다. 기껏해야 '골동품점을 하는 형을 돕는다'는 정도의 자각일 뿐, 나 자신이 '골동품점'으로서 물건을 본 적이 없었다.

다이고 하나코가 우리 창고를 다녀간 뒤 갑자기 일상생활 속 모든 '문'이 클로즈업되었다.

물론 그 타일이나 '그것'이 일어날 듯한 것 등 지금까지도 이것저것 신경 쓰는 것은 있었지만 이 정도로 명확하게 '문'이라는 존재를 의식한 것은 처음이었다.

형은 형대로 '또 하나의 문'을 찾고 있지만 나도 자발적으로 찾기 시작했다. 그것 또한 처음이다.

무엇보다 그때 "저기에 문이 또 한 장 있다면 어떨까요?" 하고 제안한 사람으로 책임감을 느낀다.

그 제안을 다이고 하나코가 흔쾌히 받아들여주어서 기뻤다. 그녀에게 도움이 되고 싶다는 생각이 동기인 것은 확실하다. 내가 생각해도 실로 단순한 동기다.

드나드는 가게의 문, 마을을 걷다 지나치는 문, 어쨌든 모든 문이 신경 쓰인다.

정감 없는 알루미늄 새시도, 합판으로 된 보잘것없는 문도 발을 멈추고 그만 지그시 보게 된다.

다른 사람들이 보면 무엇을 보고 있는지 이상하게 생각할지도 모른다. 수상쩍게 보일지도 모른다.

그러나 그것은 꽤 신선한 체험이었다.

그것이 '물건'으로서 아름다운지. 그 내면에 무언가 이야기를 품고 있는 듯 느껴지는지.

형은 이런 식으로 '물건'을 보아온 것인가.

게다가 다이고 하나코도 나와 같은지 "마을을 걸어도 문이 신경 쓰여요"라는 문자가 왔다. "이 문, 괜찮죠?" 하고 길모퉁이에서 찍은 사진도 보낸다.

물론 마음에 든다고 해서 지금 사용하고 있는 문을 억지로 떼어달라고 할 수 없으니(마지막 수단으로서는 그럴지도 모르지만), '이런 문'이라는 이미지를 보내는 것이겠지. 그러나 우리로서는 그 또한 상당한 부담이었다. 확실히 제작 기간을 생각하면 시간은 별로 없다.

형은 골동품점 동료를 통해 다이고 하나코의 마음에 들 문을 찾고 있다. 형은 이미 그녀 취향을 파악하고 있어서 그것 중에서 몇 개인가 골라서 그녀에게 사진을 보낸 듯하다. 유감스럽게도 그녀의 눈에 든 것은 없어 보이지만.

어려운 점은 이미 정해놓은 그 창과 문과의 밸런스다. 하나만 볼 때 멋있는 문이라도 그 두 개와 나란히 놓았을 때 위화감이 있으면 안 된다.

우리는 그 두 가지를 나란히 놓고 찍은 사진을 들고 다니며 그 사진과 눈앞에 놓인 문을 비교하는 행위를 끝없이 되풀이했다.

다른 일로 지나던 동네에서도 눈에 띄는 문이 있으면 차를 멈춘 채 "저거, 어때?" 하고 뚫어져라 보는 우리는 남들이 보기에 상당히 수상했으리라.

그런 문 찾기를 2주일 가까이 계속하면서, 아무래도 다이고 하나코가 원하는 이미지의 문을 찾을 수 없다고 풀이 죽어 있던 어느 날 밤.

문득 떠올라서 나는 "형, 그 문, 어떨까?" 하고 형에게 제안했다.

A 페스티벌 회장 예비조사차 갔던 운하변 창고 거리에서 본, 형이 마음에 들어 한 마크 로스코 풍의 금속제 문.

"아, 그거."

형이 잠시 생각하더니 그때 찍은 사진을 찾기 시작했다.

"이건가."

불가사의한 색채가 감도는 청색과 녹색의 그러데이션이 있는 문.

내 스마트폰에서 이미 불러 놓은 먼저 고른 창과 문의 사진과 나란히 놓아보았다.

내 눈에는 잘 어울려 보였다.

형도 똑같이 느낀 듯하다.

"나쁘지 않네."

우리는 찬찬히 양쪽 사진을 비교했다. 사진 색채는 실제로 보는 것과 꽤 차이가 나니까 실물을 늘어놓았을 때의 모습은 모르겠다.

하지만 적어도 사진으로 보기에는 비슷한 분위기를 자아내는 듯 보였다.

형이 작게 고개를 끄덕였다.

"그러네. 이쪽 두 개가 나무로 되어 있으니까 또 하나의 문도 나무여야 한다고 생각했어. 그녀가 보내온 사진도 다 나무문이었고. 하지만 나란히 놓았을 때 조화를 이룬다면 재질이 뭐든 상관없네."

"그럼, 다이고 씨에게 이 사진 보내보면? 그녀라면 바로 실물을 보러 갈 수 있고."

"그렇지."

형이 바로 사진을 문자로 전송했다.

답은 빨랐다.

5분도 채 지나지 않아 착신음이 울렸다.

"멋져요. 금속제 문은 생각도 못 했어요." 형과 같은 반응이었다.

"내일 현지에 보러 다녀올게요!" 느낌표 마크가 붙은 것을 보니 그녀도 그 문이 마음에 든 모양이다.

"마음에 든 건 그렇다 치고, 실제로 그 문을 양도해줄까?"

나는 불안해져서 형 얼굴을 살폈다.

"어차피 그 창고 거리는 A 페스티벌이 끝나면 부순다고 들었으니 조금 앞당겨도 괜찮을 것 같은데. 그녀가 실물을 보고 역시 그것이 좋다고 하면 고다마 씨를 통해서 실행위원회에 물어볼게."

"실물을 놓아보지 않으면 모르기도 하고. 분명 다이고 씨도 세 개를 나란히 놓아보고 싶다고 말할 거야."

아니나 다를까 다음 날 다이고 하나코에게 문자가 왔다.

너무나도 그 문이 마음에 들었지만 세 개를 나란히 보고 싶다며 기름값을 낼 테니 먼저 정했던 문 두 개를 가지고 올 수 없냐고 정중하게 적혀 있었다.

'그것'이 일어나는 것은 무섭지만 다음 주말에 창과 문을 차에 싣고 또다시 S시로 가게 되었다.

이번에는 창고 거리 옆의 오래된 돌다리 옆에서 만나기로 했다.

여기에 오는 것은 고작 두 번째인데 어쩐지 굉장히 반가워서 예전부터 쭉 아는 장소 같았다.

조금 칙칙한 푸른빛이 도는 온화한 하늘 아래에서 다리 난간에 자전거를 세우고 그 옆의 난간에 앉아 있는 다이고 하나코가 보였다.

무언가 작업하고 있는지 머리를 숙이고 움직이지 않는다. 아무래도 스케치 중인 듯하다.

다이고 하나코라는 사람은 혼자가 어울린다는 생각이 든다. 많은 사람과 함께 있을 때가 떠오르지 않는다. 이렇게 바깥 풍경 속에서 홀로 있는 모습만 눈앞에 떠오른다.

경적을 울리자 휙 돌아보더니 손을 크게 흔들었다.

우리는 차를 세우고 인사도 하는 둥 마는 둥 창과 문을 옮겼다. 다이고 하나코가 창을 들고 나와 형이 문을 들었다.

세 사람은 아무도 없는 창고 거리의 운하 옆을 영차영차

나아갔다.

목적의 문은 가만히 그곳에 있다.

기억 속에서는 좀 더 선명한 파랑과 초록이었는데 실제로
는 그것보다 어두운색이 감돈다.

그 문이 제일 왼쪽에 오도록 하고 가운데가 창, 오른쪽 끝
에 나무문을 두었다.

우리는 두근거리며 조금 떨어져서 나란히 섰다.

세 사람이 말없이 세 가지 물건을 바라본다.

기분 탓일까.

그 세 가지 물건이 나란히 있으니 '딸깍' 하고 무언가가 맞
춰지는 소리가 났다. 지그소 퍼즐에서 빠진 조각이 시원한
소리를 내면서 들어간 것처럼.

"음."

"좋네요."

옆에서 두 사람이 웅얼거리는 소리가 들렸다.

"묘하게 밸런스가 좋네. 따로따로 양자로 보낸 형제가 모
인 느낌이랄까."

형이 그렇게 중얼거렸다.

확실히. 재질은 다르지만 출신은 같다는 느낌. 공통되는
가치관은 같다고 말할 수 있었다.

"좋네요."

다이고 하나코가 다시 반복했다.

"산타, 부탁이 있어요."

갑자기 그런 말을 꺼내서 제정신으로 돌아왔다.

"가운데 창을 얼굴 높이로 들어줄래?"

그렇게 부탁하기에 나는 지면에 놓인 창을 보았다. 그녀 부탁이 뭘 의미하는지 바로 알았다.

"아, 그렇군. 전시할 때는 그 높이가 되는군요?"

"맞아. 창문이잖아. 창은 눈높이에 있어야지?"

어조는 변함없이 정중하지만 어느새 반말이 된 것이 어쩐지 기뻤다.

"알겠습니다."

창고 벽에 등을 향하고 창을 들어올렸다.

깔끔하게 닦인 유리창인데 잔물결이 있어서 그런지 유리 너머로 보이는 형과 다이고 하나코가 굉장히 멀리에, 그리고 엷은 세피아색으로 물든 듯했다.

진짜 형제 같아.

나는 유리 너머의 두 사람을 보면서 그렇게 생각했다.

기질이 닮았다고 할까, 구성 요소가 비슷하다고 할까.

마치 여기 갖추어진 세 장의 창과 문처럼.

그럼 또 하나의 문은 나일까?

문득 떠올랐다.

"삼 인분."

그때 들렸던 목소리가 되살아났다.

깊이 생각하지 않았지만 그 '삼 인분'이라는 말은 우리 세 사람이라는 의미였을까.

생이별한 형제.

아까 형이 무심히 중얼거린 말이 떠올랐다.

따로따로 양자로 보낸 형제가 모였다.

나는 아직도 다이고 하나코가 우리와 피가 이어지지는 않았을까 몰래 의심하고 있다.

사실은 무엇일까. 그저 망상이라는 것을 알고 있음에도 그 생각에 매달리는 이유는 단순히 내가 그녀를 좋아하기 때문일까. 아, 좋아한다고 해도 그거야말로 '가족'으로서라는 감각이지만.

"들어가는 것과 나오는 것. 그런 테마로 만들어볼까."

다이고 하나코가 이쪽을 바라보며 그렇게 중얼거렸다.

"'가는 해 오는 해' 같은 건가요."

형이 느긋하게 대답했다.

"아하하. 지금 제야의 종이 들린 것 같아요."

"확실히 그 방송이 시작할 때 BGM은 반드시 제야의 종소리죠."

내가 무슨 몽상을 하는지 전혀 모르는 두 사람은 유리창 너머로 싱거운 잡담을 했다.

"들어가는 것과 나오는 것."

형 얼굴이 갑자기 진지해졌다.

"그래요. 문은 그 너머에 무엇이 있는지 대부분 보이지 않잖아요. 이 한 장의 문으로 그 너머에 어떤 경치가 있는지 막아버리죠. 어느 문을 열까, 그 문을 열까 말까. 매일 다양한 문으로 드나들 때마다 실은 무수한 선택지 안에서 고른다고 생각하면 신기하죠?"

"매일 문 앞에서 모험한다는 말이군요." 다이고 하나코도 진지한 표정으로 고개를 끄덕였다.

유리 너머로 이쪽을 보는 두 사람. 바로 앞에 있는데 아주 멀게 느껴지는, 이쪽을 응시하는 남녀.

어쩐지 기묘하다.

이 경치, 본 적이 있다.

나는 열심히 기억을 더듬어 짚이는 것을 찾아냈다.

그렇다. 신바시 빌딩의 타일을 만져서 부모님이 젊었을 적 모습을 보았을 때의 그 느낌이다.

그 사실을 깨닫자 정체를 알 수 없는 불안감이 불쑥 밀려왔다.

아니, 분명 그저 구도가 같아서 그런 것뿐이야. 그런 것에 불과해. 나는 스스로에게 말했다. 자신이 무엇 때문에 이렇게 불안해 하는지도 모르고 동요했다.

그 순간.

파랑과 초록의 금속제 문에서 갑자기 끼익 소리가 났다.

환청이 아니다. 나도 형도 다이고 하나코도 세 사람이 깜짝 놀라 문을 보았다.

설마.

순간 형과 나는 마주보았다.

스키마와라시?

다이고 하나코와 세 장의 문과 창 때문에 완전히 잊고 있었지만 이곳은 그런 분위기가 감도는 장소다.

세 사람 앞에 나오는 것일까?

금속제 문이 힘차게 활짝 열렸다.

"……그거 말이야, 전력회사 쪽에 연락해."

안에서 넥타이를 매지 않은 셔츠에 회색 재킷 차림의 남자와 작업복을 입은 남자 여러 명이 줄줄이 나왔다.

"응?"

그들은 문 바로 바깥에 얼어붙은 듯 서 있는 우리를 알아차리고 깜짝 놀란 듯 발을 멈췄다.

선두에 있던 남자가 다이고 하나코를 보고 시선을 멈췄다.

"어, 하나?"

다이고 하나코는 "앗" 하고 크게 숨을 쉬고 가슴을 쓸어내렸다.

"우쓰미 회장님이었나요. 아, 깜짝이야."

"아니, 우리도 놀랐어. 뭐 해?"

"전시 예비조사요."

다이고 하나코는 우리에게 눈길을 주었다.

"아, 이쪽은 이번 A 페스티벌에 협력해주시고 제가 앤티크 작품과 컬래버레이션으로 신세를 지는 고게쓰 씨예요. 고다마 씨와 알고 지내는 분으로 골동품점을 경영하세요."

"아, 안녕하세요."

"처음 뵙겠습니다."

형과 나는 허둥지둥 머리를 숙였다. 나는 창을 든 채였으니 상당히 얼간이로 보였으리라.

"이쪽은 상점가 회장님으로, A 페스티벌 실행위원도 역임하고 계시는 우쓰미 씨예요. 제 고등학교 대선배로 물론 고다마 선배와도 잘 아는 사이세요."

다이고 하나코는 이번에는 우리에게 소개했다.

"우쓰미입니다. 잘 부탁합니다."

남성은 유유자적한 얼굴로 인사했다.

언뜻 보고 나는 에그 스탠드를 떠올렸다.

그것도 껍질을 벗긴 삶은 달걀이 놓인 에그 스탠드를.

키는 그다지 크지 않으며 하반신이 불룩하고 땅딸막한 체형으로 머리숱이 적다. 그런 데다 혈액순환이 좋은지 피부가 반지르르해서 그런 인상을 받았으리라. 어딘지 소탈하고 익살스러우면서 온후한 얼굴에 둥근 금속테 안경.

다이고 하나코의 고등학교 대선배로 상점가 회장님이라니 아마도 꽤 나이가 있어 보이는데 그 윤기가 흐르는 피부를 보니 솔직히 몇 살인지 전혀 모르겠다. 적어도 형과 나보다도 훨씬 혈색이 좋고 젊어 보인다.

"그래서 이게 전시 준비?"

우쓰미 씨는 내가 들고 있는 창과 문을 바라보았다.

멍한 표정을 보니 그 두 가지의 의미를 모르는 모양이다.

"네."

다이고 하나코가 고개를 세차게 끄덕였다.

그런 다음 형 쪽을 보더니 우쓰미 씨에게 다가서며 가슴 앞에 기도하듯 깍지를 꼈다.

"저기, 이렇게 뵌 김에 말씀드려 죄송하지만, 이 문 양도해 주실 수 있나요? 아니면 실행위원회를 통해 부탁드리는 쪽이 나을까요?"

"이 문?"

우쓰미 씨는 또 멍한 표정이 되었다.

"저건 어디서 가져왔어?"

내 옆에 있는 문에 눈길을 주기에 "아니요" 하고 형이 손을 저었다.

"이쪽 문입니다. 지금 여러분이 나온 이 금속제 문이요."

우쓰미 씨와 그 일행이 일제히 뒤를 돌아서 열린 금속제 문을 보았다.

확연하게 사람들 얼굴에 곤혹스러운 빛이 떠올랐다.

우리 세 사람은 쓴웃음을 지었다.

"작품 일부로 사용하고 싶어요. 어느 분과 교섭하면 되나요?"

다이고 하나코가 참을성 있게 진지한 얼굴로 물었다.

우쓰미 씨는 문과 그녀를 번갈아 보더니 겨우 이해한 모양이다.

"즉, 이 문을 작품 재료로 쓰겠다는 말이네?"

그렇게 말하고 다이고 하나코의 얼굴을 들여다보았다.

"네."

"음. 어떻게 해야 하나."

우쓰미 씨는 잠시 생각하더니 이윽고 얼굴을 들었다.

"실행위원회로 가져가서 검토하지. 주인 허가는 꼭 필요해. A 페스티벌 기간에 여기에 작품을 보관하니까 이 문을 떼면 대신할 문을 달아야 하거든. 그리고 골동품과 컬래버레이션? 그쪽은 일단 고다마가 담당하고 있으니까 고다마에게도 전해주겠나?"

"알겠습니다."

우리 세 사람이 동시에 고개를 끄덕였다.

"하나에게 연락하면 될까?"

우쓰미 씨는 그렇게 말하고 우리 세 사람을 돌아보았다.

"네, 그렇게 해주세요."

다이고 하나코가 대답했다.

"알겠어. 그럼 전화하지."

우쓰미 씨는 고개를 끄덕이고 걸음을 뗐다. 다른 사람들도 그 뒤를 따랐다.

"어때요? 좀 더 볼래요?"

형이 다이고 하나코에게 물었다.

그녀는 고개를 좌우로 저었다.

"아니요, 이걸로 하겠다고 정했으니 오늘은 이제 됐어요."

"그럼 형, 이거 다이고 씨 아틀리에에 갖다두자."

나는 창과 문에 눈길을 향했다.

"그러자."

형이 바로 반응했다.

"네? 괜찮겠어요?"

다이고 하나코의 눈이 동그래졌다.

"네. 이미 이걸로 하겠다고 정했죠? 이쪽 문과 나란히 놓
아보고 마음에 들면 오늘은 이대로 창과 문을 놓고 가자고
형과 이야기했어요."

"우와, 고마워요."

다이고 하나코의 함성을 들었는지 가던 우쓰미 씨가 우뚝
발을 멈추고 빙글 이쪽으로 돌아 혼자 빠른 걸음으로 돌아
왔다.

무슨 일인가 했는데, 우쓰미 씨는 우리 쪽으로 다가오는
것이 아닌가.

"저기, 자네들, 고케쓰 씨라고 했던가?"

우쓰미 씨는 조금 숨을 헐떡이며 형과 내 얼굴을 번갈아

보았다.

"네."

형과 나는 흠칫거리며 고개를 끄덕였다.

"두 사람은 형제?"

"네, 그렇습니다."

형이 대답했다.

우쓰미 씨가 잠시 머뭇거리더니 입을 열었다.

"혹시나 해서 묻는데…… 고케쓰 부부의 자제분은 아니겠지? 부부 모두 건축가인."

형과 나는 얼굴을 마주보았다.

"혹시가 아니고 그렇습니다."

"그런가. 역시."

우쓰미 씨는 고개를 끄덕였지만, 그 얼굴은 그렇게 의외라는 표정이 아니었다.

"드문 성씨인 데다 두 사람이 세상을 떴을 때 아들이 둘 있고 동생은 아직 어렸다고 들었던 게 기억났거든. 처음 언뜻 보고 어쩐지 두 사람과 닮았다고 생각했고."

"저희 부모님을 아십니까?"

우쓰미 씨는 기억에 잠긴 듯한 표정이었다.

"꽤 오래전 일인데, 몇 번인가 소방서를 보러 온 적이 있어."

철렁했다.

소방서.

"소방서라니, 저…… 이번 A 페스티벌에서 전시회장이 될 그곳 말입니까?"

"그래, 거기. 자네들도 보러 갔었나?"

"네, 외관만. 차 안에서였지만요."

형이 조심스럽게 말했다.

우리는 그 건물에 흥미가 있다는 사실을 그다지 알리고 싶지 않다. 형이 그렇게 생각하는 것을 목소리로 알았다.

우쓰미 씨는 그런 우리의 마음을 모르는 듯 담담하게 말을 이었다.

"거기, 오래된 건물이라서. 하지만 모던하지? 슬쩍 보고 소방서라는 걸 알아차리는 사람 별로 없어."

"네, 교회인 줄 알았어요."

인상적인 탑. 존재감이 있고 의지가 있는 듯한 건축물.

"당시로는 제법 실험적인 건물이었다고 해. 최근 지역의 역사적 건축물로 지정되었는데 원래는 간사이에 있던 호텔에서 일부를 이축했지. 호텔을 만든 건축가의 제자가 전쟁 후에 그 소방서를 설계했을 때 스승의 유풍을 따른 거야. 자네들 부모님은 그 호텔에 대해 조사하다가 소방서까지 이르 렀다더군."

조사했다.

우리 부모님이 아쿠쓰가와 호텔을.

형과 나는 눈에 띄지 않게 가만히 눈을 마주쳤다. 형이 물었다.

"부모님은 어째서 그 호텔을 조사했나요? 그 이유를 말했습니까?"

"취미와 실익을 겸해 근대 건축을 보러 다닌다고 했었네만."

취미와 실익을 겸해.

건축가였으니 그야 당연하겠지.

하지만 아쿠쓰가와 호텔은? 그 호텔과는 어떤 인연이 있는 것일까?

"우쓰미 씨는 어째서 부모님과 소방서에?"

형이 물었다.

"나는 전부터 시의 관광 가이드 봉사활동을 했거든. 우연히 내가 담당한 고객이 자네들 부모님이었어. 그렇지만 그 소방서에 대해서는 나보다 자네들 부모님 쪽이 훨씬 많이 알고 있었지. 덕분에 많이 배웠어."

"그렇군요……."

우쓰미 씨는 잠시 생각에 잠겼다가 얼굴을 들고 우리를 교대로 보았다.

"자네들, 그 소방서에 흥미 있나?"

느닷없이 단도직입적으로 물어서 형도 나도 순간 숨이 탁 막혔다.

그러나 결심한 듯 형이 "네" 하고 고개를 크게 끄덕였다.

"재미있는 건물이라고 생각했는데 부모님이 오셨었다고 들으니 더욱더 흥미가 생기는군요."

"그럼 함께 갈까? 우리 그쪽으로 가거든. 자네들 부모님에게 들은 이야기와 내가 조사한 이야기를 해주지."

"괜찮나요?"

더할 나위 없는 제안이다.

다만 그 엄청난 분위기의 건물에 들어간 순간 내가 무슨 실수를 하지 않을까 조금 불안하지만.

"우쓰미 회장님과 일행분들은 오늘 다 같이 전시장을 돌아보나요?"

다이고 하나코가 끼어들었다.

"그래, 사전 준비차. 전기 공사가 필요한 전시도 많아 보이고, 수리해 놓아야 할 것도 있고."

나중에 들었는데 우쓰미 씨 가게는 이 고장에서 뿌리 깊은 커다란 전파상으로, 가전을 파는 것만이 아니라 전기 관련 공사도 광범위하게 도급을 맡는다고 했다.

다이고 하나코는 우쓰미 씨 얼굴을 들여다보았다.

"따라가도 되나요? 저도 그 이야기 듣고 싶어요. 제가 사는 곳인데 그 소방서의 역사에 대해서는 전혀 몰라요."

우쓰미 씨가 고개를 끄덕였다.

"물론이지. 하나도 그쪽에서 전시를 할지도 모르니까 전시 장소에 관해서 알았으면 해."

"감사합니다."

그래서 우리는 창과 문을 차에 실었지만 다이고 하나코의 아틀리에는 나중에 가기로 했다.

우쓰미 씨 일행이 타고 온 왜건을 따라 우리 왜건, 다이고 하나코의 자전거라는 순서로 소방서로 향했다.

"생각지도 못한 전개가 됐네."

차 안에서 형이 중얼거렸다.

"역시 아쿠쓰가와 호텔을 조사했구나. 우리 부모님, 이축한 소방서도 알고 있었어."

나는 긴장하면서 말했다.

그 건물에 들어간다고 생각하니 벌써 몸이 굳어지는 것이 느껴졌다.

"진정해. 내가 먼저 들어갈 테니 너는 조금 떨어져서 따라와. 위험할 것 같으면 등을 찔러서 신호하고 건물에서 나가도 돼. 내가 이야기를 들을 거니까. 너는 급한 전화가 왔다고 둘러댈 테니."

형은 내가 불안해진 것을 알아차린 듯 앞질러 그렇게 말했다.

"그때는 잘 부탁해."

나는 힘없이 중얼거렸다.

도대체 건물 안은 어떻게 되어 있을까. 당연히 그 타일도 있겠지. 게다가 이축이라고 하니 그 양 또한 상당할 것이다. 과연 그곳에 발을 들였을 때 나는 어떤 반응을 보일까?

생각하기 시작하자 뭉게뭉게 불안이 솟아오른다. 어쩐지 엄청난 일을 저지르는 것이 아닐까 무서워진다.

뒤따라오는 다이고 하나코의 모습이 백미러로 보인다.

평상시와 변함없는 그녀 모습에 조금 안심한다. 멀리서 보아도 알 수 있는 그녀의 반짝반짝 빛나는 눈빛. 윤곽이 뚜렷한 사람이구나.

어쩐지 그녀를 중심으로 여러 가지가 모이는 느낌이다. 고다마 씨, 지로를 닮은 너트, 부모님과 이야기를 나눈 적이 있는 우쓰미 씨, 그리고 우리까지.

두 번째로 오는 마을이란, 이미 알고 있는데 오히려 처음 왔을 때보다 서먹서먹한 느낌이다.

첫 만남의 신선함이 옅어지면 내면을 모른다는 실감 쪽이 진해지기 때문일지도 모른다.

그때도 이런 느낌으로, 그 전번보다 불안감은 약해졌지만 무언가가 그 안에 숨어 있는데 그것을 전혀 모르는 그런 초조함만 늘었다.

그리고 두 번째 오는 마을은 소요 시간의 체감 시간이 한층 짧아진다.

우쓰미 씨의 왜건을 따라가니 바로 그 소방서가 보였다.

내 마음속 어딘가에서 '가고 싶지 않아, 가는 것이 무서워'

라고 생각하는 것을 간파한 듯 신호는 다 파란색으로, 소방
서 앞 주차장까지 막힘이 없었다.

우쓰미 씨와 일행은 제집인 양 차에서 내리자마자 안으로
성큼성큼 들어갔다.

우리도 그 뒤를 따라갈 수밖에 없었다.

나는 어쩐지 우물쭈물하면서 누군가 말려주지 않을까 하
고 돌아보니 다이고 하나코가 도착해서 자전거를 주차장 구
석에 세우는 참이었다.

"저도 안에 들어가는 건 처음이에요."

그녀가 호기심으로 눈을 반짝반짝 빛내며 다가오기에 나
는 어설픈 웃음으로 대답하고 그녀와 나란히 소방서까지 걸
었다.

한쪽 옆에 있는 입구까지 와서 일단 발을 멈추고 건물을
올려다보았다.

가까이서 보니 생각보다 더 높았다.

전체 윤곽은 부드러운 곡선. 위로 가면서 좁아지는 바닥
면적.

건축한 지 70년 가까이나 되는데도 여전히 세련되고 아름
다운 건물이었다. 정기적으로 수리와 외벽 청소를 하고 있
을지도 모르겠다.

꼭대기에 있는 탑 위로 천천히 흘러가는 구름이 보였다.
순간 우리가 커다란 배 위에 올라타고 이동하는 듯한 착각

이 들었다.

갑자기 탑 벽에 달린 창문 안에서 무언가가 움직였다.

하얀 그림자가 쓱 옆으로 지나가는 모습을 분명히 보았다.

"어, 누가 있네요."

다이고 하나코가 옆에서 말했다.

"여기 이미 소방서로서는 사용하지 않는 거죠?"

나는 그녀에게 물었다.

"네. 이미 임대 공간이 되었어요."

"지금 그건 관광객일까요."

"스태프일지도요."

둘이서 소곤소곤 이야기하며 돌계단으로 되어 있는 입구에 발을 들였다.

입구는 좌우 여닫이로 된 레트로한 나무문으로, 엉겁결에 다이고 하나코와 함께 응시하다 그 모습을 동시에 깨닫고 얼굴을 마주보며 웃었다.

"그만 문이 있으면 보고 마네요."

"그러니까요. 이 문도 멋져요."

문 위쪽은 불투명 유리가 끼워진 창이 달렸고 창틀에는 모양을 조각해서 자못 고전적인 분위기다.

안으로 들어가자 천장이 높다.

카운터로 된 접수창구가 있고 안에는 평범한 사무실 같은 분위기. 방문이 연한 분홍색으로 칠해져 있는 것에서도 시대감이 느껴졌다.

나는 주위를 휙 조심스럽게 둘러보았다.

위험해 보이는 것은 없나?

'부르고' 있는 것은 없나?

그렇게 자문했지만 대답은 없다.

여기에는 그런 물건은 없는 듯하다.

타일은 어디에 있을까? 이축해온 부분은 어디일까?

재빨리 주위를 훑었지만 매끄럽고 윤기가 흐르는 하얀 벽이 있을 뿐, 타일같이 보이는 물건은 보이지 않는다.

안의 공기는 청정해서 내가 신사에서 느끼는 것과 비슷하다. 탁한 느낌도 고인 느낌도 없으며 메말랐지만 온화하다.

"저쪽이에요."

다이고 하나코가 가리키는 곳을 보니 우쓰미 씨와 일행이 계단을 오르는 중이었다.

형이 연달아 고개를 끄덕이는 모습을 보니 이미 설명이 시작된 듯하다.

우리도 계단을 올랐다.

'불조심'이라고 쓰인 오래된 제등이 벽에 죽 늘어서서 걸려 있었다. 어쩐지 그립다. 내가 아주 어렸을 때는 딱따기를 울리면서 "불조심"이라고 소리치며 순찰을 도는 풍습이 동네에 있었다.

계단을 2층 정도 높이까지 오르자 천장이 더 높고 탁 트

444

인 장소가 나왔다.

원형 홀.

길쭉한 창으로 빙그르르 둘러싸여 안은 굉장히 밝다.

그렇군. 웨딩 케이크 모양으로 된 건물의 위층은 이렇게 되어 있구나.

천장 중심에서 방사형으로 기둥이 뻗어 있고 사이사이에 아치형 창문이 있다. 마치 새하얀 새장 안에 있는 듯하다.

주위에 높은 건물이 거의 없어서 창밖은 360도 막힌 곳이 없는 하늘. 개방감이 엄청났다.

"와, 천장 높네요."

다이고 하나코가 아이처럼 탄성을 지르자 그 목소리가 천장에서 메아리쳤다.

칸막이가 없는 그 홀은 지금은 사료 전시실인 듯, 옛날 사진과 설명패널 등이 나열되어 있다.

어라.

나는 홀 가운데를 둘러보았다.

올라가는 계단이 어디에도 보이지 않는다.

"저기, 여기서 올라가려면 어떻게 하나요?"

내가 묻자 우쓰미 씨가 "저기야" 하고 플로어 구석을 가리켰다.

그쪽을 보니 벽에 고정된 금속제 사다리가 있고 천장으로 밀어 올리는 창이 있다.

"이 위는 테라스인데 저쪽으로 일단 나갔다가 탑 부분으로 들어가지. 탑 안은 나선계단이 있어서 제일 높은 소방망루로 갈 수 있게 되어 있어."

소방망루. 그러면 아까 입구에서 본 사람 그림자는 나선계단 부분에 있다는 말이다.

"관광객도 들어오나요?"

"아니, 평상시는 출입 금지야."

"그럼 스태프일까요. 탑 안에 누군가가 있는 것 같던데요."

다이고 하나코를 보자 그녀도 "네, 아까 창을 가로지르는 그림자가 보였어요"라고 말했다.

우쓰미 씨와 일행은 순간 말을 멈추더니 같이 온 사람끼리 마주보았다.

잠시 어색한 침묵이 흘렀다.

"왜 그러세요?"

다이고 하나코가 눈을 동그랗게 뜨고 묻자 우쓰미 씨는 에헴, 헛기침하더니 "아무것도 아니야" 하고 작게 손사래를 쳤다.

"저희 부모님이 오셨을 때 이곳은 아직 소방서였죠?"

형이 묻자 어쩐지 우쓰미 씨는 화제가 바뀌어서 안심이라는 얼굴로 고개를 끄덕였다.

"그랬지. 당시는 현역 소방서로, 1층 차고에도 펌프차나 고가 사다리차가 세워져 있었고 이 건물 자체도 그다지 주

목받지 않았어. 나도 오랫동안 관광 가이드를 했지만 이른
바 사적 같은 것이 메인으로, 산업 유산이나 근대 건축이 관
광 자원이 될 줄은 생각도 못 했지. 때문에 자네들 부모님이
처음 찾아왔을 때 일은 똑똑히 기억해."

그 시선이 허공을 헤매었다.

분명히 전에 만났던 우리 부모님 모습을 떠올리고 있는
것이겠지.

"처음에는 평범한 관광객이라고 생각해서 성터로 데리고
가려 했는데 그게 아니라 근대 건축을 보고 싶다고 하더군.
나는 그런 건 전혀 안중에도 없었으니까 당황했는데 구체적
으로 여기와 여기라고 이름을 말하더라고. 그중에 소방서도
들어 있었어. 깜짝 놀랐지. 소방서를 보고 싶다는 사람은 처
음이었으니까. 그래서 여기에 왔더니 타일이 어떻다, 테라코
타가 어떻다고 소곤소곤 이야기하기에 직업을 물었더니 건
축가라고 했었어."

타일.

형과 나는 살며시 서로의 얼굴을 마주보았다.

"또 어디를 갔었나요?"

이번에는 내가 물었다.

음, 우쓰미 씨가 신음했다.

"그러고 보니 이번 A 페스티벌 회장이 된 곳이 모두 포함
되어 있네. 조금 전 운하변 창고 거리도 갔었고, 도매상 거리

안에 있는 섬유 회관도 갔었어."

"부모님은 몇 번 정도 여기에 오셨나요?"

우쓰미 씨가 고개를 갸웃거렸다.

"네다섯 번인가. 자네들 부모님과는 묘하게 마음이 잘 맞았어. 소방서에 가기 위해서가 아니라 무슨 일을 겸해서 들른 적도 있었지. 몇 번인가 즐겁게 같이 마시기도 했고. 정말로 유쾌한 부부였지. 새삼스럽지만 사고를 당한 건 정말 유감이야."

분명 일을 하러 왔다가 들른 것이겠지. 여하튼 방방곡곡에서 일을 했던 두 분이니까.

"그런데 이 소방서는 간사이의 호텔에서 이축한 것이 포함되어 있다고 하셨는데, 어느 부분입니까?"

형이 은근슬쩍 물었다.

그것은 나도 제일 궁금했던 질문이었는데 우리는 그것을 알리고 싶지 않았기에 형도 나도 관심 없는 척했다.

그렇지만 점점 긴장되는 것은 부정할 수 없다.

"저쪽."

우쓰미 씨가 천장을 가리켰다.

"위쪽이요?"

우리는 이끌려서 천장을 올려다보았다.

"위의 탑 부분. 원래 호텔에 있던 때는 좀 다른 모양이었다는데 자재를 다시 짜 맞춰서 지금 형태로 만들었다더군."

탑 부분.

나는 속으로 중얼거렸다.

어쩐지. 멀리서 볼 때는 이상한 느낌이 들었는데 이 건물에 들어왔을 때는 아무것도 느끼지 못했다. 그것은 지금 있는 내부가 아니라 아쿠쓰가와 호텔 자재가 탑 부분에 집중되어 있기 때문이었다.

그리고 갑자기 오싹해졌다.

그러면 아까 본 하얀 그림자는 뭐지? 출입 금지인 탑 부분 창을 가로지른 하얀 그림자는.

무의식중에 몸서리가 쳐져서 쓸데없는 생각하지 말라고 스스로를 타일렀다. 그러나 우쓰미 씨가 쓴웃음을 지으며 천장을 가리키더니 불쑥 말했다.

"실은 말이지, 나온다고 하더군. 위에."

"뭐가요?"

이번에는 다이고 하나코가 물었다.

"이거 말이야."

우쓰미 씨는 가슴 앞에 양손을 늘어뜨렸다.

"이거라뇨?"

우쓰미 씨가 목소리를 죽였다.

"유령. 원래 있던 호텔에서 따라온 거 아니냐고들 하더라고."

"네?"

깜짝 놀란 다이고 하나코는 거기서 처음 짐작이 갔는지 얼굴이 새파래졌다.

"설마, 아까 본 그림자가 그건가요?"

"글쎄. 하지만 그런 소문이 있어."

"낮인데요?"

"오히려 낮에 자주 나온대."

"세상에. 하지만, 하지만, 분명히, 그."

다이고 하나코는 우물거리며 말을 삼켰다.

"뭐, 자주 있는 일이니 신경 쓰지 마."

우쓰미 씨가 손을 휘휘 저었다.

"자주 있다니요."

다이고 하나코는 할 말을 잊고 조심조심 천장을 올려다보았다.

"그런데 저희 부모님은 어째서 그 호텔을 조사하는지 말씀하셨나요? 근대 건축이라는 이유 말고요, 뭔가 다른."

여느 때처럼 중립인 형은 별로 무서워하는 기색도 없이 화제를 돌렸다.

"근대 요업이 근대 건축과 산업에 준 영향, 같은 이야기를 했었지."

우쓰미 씨가 곰곰이 생각하며 대답했다.

"그것을 조사하게 된 계기는 부인 쪽 선조가 원래 교토에서 도자기를 구웠는데, 메이지 이후 타일 등의 건축 자재를 다룬 걸 알게 되어서라고. 아무래도 이 소방서 전에 호텔에서 사용했던 타일도 부인의 친척 장인이 만든 것 같다고 했었더랬지."

이번에야말로 형과 나는 분명하게 얼굴을 마주보았다.

그 타일.

역시 어머니 친척이 구웠나.

이것은 정말로 가느다란 선이지만 타일과 우리가 이어진 이유다.

"그 타일 장인은 아주 별난 사람으로, 솜씨는 엄청 좋았지만 여러 가지로 수수께끼 같은 이야기가 전해진다고 조금 농담처럼 이야기를 했었어. 미심쩍지만, 하고 말하며 부인은 웃었지만 믿고 있는지 어떤지는 모르네."

"수수께끼 같은 이야기라니 뭔가요?"

무심결에 되물었다.

"예를 들면 그가 구운 물건은 굉장히 발색이 좋다든가 오래간다든가. 그건 단순히 솜씨가 좋은 거겠지만 타일이 말한다는 둥 노래를 한다는 둥 그런 이야기가 나오면 역시 판타지 아닌가."

"타일이 노래를 불러요?"

앵무새처럼 되물었다.

"응. 그런 말을 들었다고 했어."

타일이 노래한다. 그건 문자 그대로의 의미일까. 아니면 무언가의 비유일까.

"타일이 노래한다니⋯⋯. 그건 구체적으로 어떤 음이 나온다는 말일까요? 도자기를 구울 때 독특한 음이 나온다는 말은 들은 적이 있지만요. 아니면 무언가의 비유일까요?"

같은 것이 궁금한 듯 다이고 하나코가 물었다.

"글쎄다. 거기까지는 몰라. 하지만 어떠한 음이 나온다고 했었지. 어떤 음인지까지는 모르지만. 그런데 그 음은 무언가 나쁜 일이 일어날 때 들린다더군. 즉, 재앙의 전조라고."

"전조?"

"응. 제2차 세계대전 말기 대공습이 오기 직전에 항상 타일이 우는 소리를 여러 사람이 들었다고 하더군. 고베나 오사카 등은 대규모 공습이 몇 번이나 있었지. 오사카는 종전 전날에도 오사카성 주변에 네이팜탄이 대량으로 떨어져서 시민이 많이 죽었어. 오사카성 주변에는 전시 중에 군수 공장이 있었으니까. 동양 최고라고 일컬어지던 큰 공장이. 야스쿠니 신사에 오래된 금속제 도리이가 있지? 그것도 거기서 만들었다고 하더군. 전쟁이 일어나면 군수 공장이 제일 처음, 그것도 몇 번이나 폭격의 표적이 되니까."

"그랬군요. 몰랐어요."

나와 다이고 하나코는 무심코 소리를 냈다.

"자네들 부모님이 말했는데, 이 부근에도 타일 공장이 있어서 그 장인이라는 사람이 지도하러 왔다고 했었어."

우쓰미 씨가 플로어를 휙 둘러보았다.

"이 부근이요?"

"그래. 호텔에 사용한 대량의 타일을 몇 군데에서 나눠서 만들었는데. 그중 하나가 여기."

"흠. 그러니까 전쟁 후 여기에 타일을 포함해서 호텔 일부를 이축한 것은 귀향 같은 의미였군요."

형이 그렇게 중얼거리자 우쓰미 씨가 몇 번이나 고개를 끄덕였다.

"그래, 맞아. 그런 셈이지. 하지만 애초 화재 예방이라고 해야 하나, 화재 위험을 감지하는 점으로는 여기가 처음 뿌리였을지도 몰라."

"뿌리요?"

우리는 입을 맞춘 듯 동시에 물었다.

"그래. 하나, 이 소방서가 있는 장소에 원래 뭐가 있었는지 알아?"

우쓰미 씨는 마치 숙제를 내는 선생님처럼 다이고 하나코를 바라보았다.

"아니요, 몰라요."

다이고 하나코는 갑작스러운 질문에 당황했는지 눈을 끔뻑거렸다.

"여기, 조금 지대가 높은데 원래는 하치만구(일본 전통 신앙에서 무운의 신으로 숭앙받던 하치만 신을 모신 신사 —옮긴이)가 있던 자리야."

"하치만 신사요? 지금은 시청 뒤에 있는 거요?"

"응. 원래는 여기에 있었어. 꽤 오래전부터."

"어째서 장소를 옮겼나요?"

그렇게 묻자 우쓰미 씨가 고개를 갸웃거렸다.

"음, 뭐, 결과로는 옮긴 게 되었지만, 실질적으로는 옮기지 않았다고 해야 하나, 아직 여기에 있다고 해야 하나."

"네?"

우쓰미 씨 말의 의미를 알 수 없어서 우리는 얼빠진 소리를 냈다.

"요컨대 예전부터 이곳의 하치만 신사에 벼락이 떨어지면 가까운 시일 내에 큰 화재가 일어났다는 역사가 있어."

"정말로요?"

"그래. 기록도 남아 있어. 뭐, 여기는 주위보다 지대가 조금 높으니까 낙뢰도 쉽게 일어나는데, 어째서인지 늘 며칠 후에 근처에서 큰 화재가 일어나. 어쩌면 공기가 상당히 건조하다든가 하는 몇몇 조건이 겹치면 이곳에 벼락이 떨어지기 쉬워진다는 어떤 과학적인 인과 관계가 있을지도 몰라. 어쨌든 그런 구전이 어르신들 사이에 남아 있어서 하치만 신사에 벼락이 떨어지면 조심하라는 말을 들어왔어. 실제로 주의해서 순찰과 방재를 강화하여 최악의 사태를 피했다는 사례도 남아 있다고 하더군."

"그거야말로 역사의 지혜, 노인의 지혜네요."

형이 감탄한 듯 중얼거렸다.

"그런데 여기에 있던 타일 공장도 전시 중에는 군수 공장이 되었지. 전쟁 말기에는 한때 도자기로 폭탄을 만들었어."

"폭탄이요? 도자기로 폭탄을 만들었어요?"

"응. 금속이 현저하게 부족했으니 그 대용이었겠지. 그런데 어느 날 저녁, 여기에 있던 하치만 신사에 엄청난 벼락이 떨어졌어. 그야말로 폭탄이 떨어진 거 아니냐고 할 정도로 엄청난 소리가 났대. 불길이 높이 솟아서 불을 끄는 데 시간이 걸렸지. 공장 사람들이 대부분 달려와서 기진맥진했기에 평상시라면 못 자고 못 쉬는 삼교대 근무인데 특별 휴가가 나와서 다들 집에 돌아갔어. 그랬는데 그날 밤 대공습이 있었지. 그 무렵 제일 피해가 컸던 공습으로, 이곳도 군수 공장으로 이용되고 있다는 사실을 알았는지 집중포화를 당했다더군. 그날 밤 여느 때처럼 근무했다면 다들 살아나지 못했을 거라는 이야기가 전해져."

"그렇군요. 그래서 화재를 예방해주는 신이라는 거군요."

나와 다이고 하나코는 고개를 크게 끄덕였다.

"하치만 신은 원래는 무운의 신이지요? 철을 다루는 신이라고도 하고요. 화재를 예방한다면 아타고 신사 쪽이 유명하죠."

형이 나직이 중얼거렸다.

우쓰미 씨가 감탄한 표정으로 형을 보았다.

"그래그래. 잘 아네. 무운의 신. 전쟁의 신으로, 전국의 무사가 모두 자기 고장에 하치만 신을 맞이했어. 그래서 전국 각지에 하치만 신사가 많지."

하치만 신사.

문득 나는 예전에 타일을 만졌을 때 본 이미지 중 하나가 떠올랐다. 그러고 보니 그중에 커다란 도리이 이미지가 있지 않았나. 공장처럼 기계가 잔뜩 늘어선 곳도 있었고. 그때 들었던 기계가 움직이는 작동음이 되살아났다.

"그런 일도 있어서 전쟁 후 이곳에 소방서를 세우게 되었어. 소방서를 세우기에는 이곳이 제격이다, 다들 그렇게 생각했지. 화재 예방의 의미와 제일 먼저 불을 발견하는 소방 망루의 의미도 담아서 말이야. 그래서 훌륭한 것, 공동체의 심벌이 될 만한 것을 담자는 마음에, 디자인에도 힘을 쏟아 귀향이라는 거창한 느낌까지는 아니지만 애초에 여기서 만든 자재를 가지고 와서 이런 건물이 된 거지."

"흠. 그래서 실질적으로는 하치만 신은 아직도 여기에 있고 옮기지 않았다고 하신 거군요."

다이고 하나코가 납득한 얼굴로 연달아 고개를 끄덕였다.

"그래. 실제로 지역의 상징처럼 이용해서 전쟁 후 이른바 고도 성장기에는 여기서 종종 댄파도 열었다고 우리 아버지가 말했지."

"댄파요?"

"댄스파티 말이야."

"여기서요?"

"응. 여기 플로어는 벽이 없어서 넓잖아? 천장도 높고."

"소방서에서 댄스파티라니 멋지네요."

다이고 하나코가 천장을 올려다보았다. 마치 어디에선가 음악이 흘러나오는 것처럼.

"프랑스 어딘가에서는 전통적으로 소방서에서 댄스파티를 연다고 들었어. 서양 유행을 따르던 어떤 멋쟁이가 그 사실을 알고, 그러면 여기에서도 할 수 있다고 생각한 듯해."

"그렇군요. 확실히 여기라면 잘 어울려요. 지금이라면 클럽이라고 할 수 있겠어요."

나도 따라 천장을 올려다보았다. 고도 성장기에 열린 댄스파티. 고고춤이나 지르박을 췄을까? 이름밖에 모르는 댄스지만 틀림없이 열기가 넘쳤겠지.

문득 젊은 남녀가 떠드는 소리가 들렸다. 밝은 내일을 믿고 눈을 반짝이는 사람들. 아침부터 온종일 열심히 일한 후에도 넘치는 에너지로 젊음을 즐기는 사람들.

그것도 지금은 지나간 옛날. 여기서 춤을 추던 사람들은 이미 사라지고 말았다.

"이번 A 페스티벌 때 여기서 댄스파티를 부활시키자는 이야기도 있는 듯해."

"아, 좋네요. 제 친구 중에 DJ 하는 친구가 있는데 이 장소를 보면 기뻐할 거예요."

여기에 DJ 부스가 놓인 모습을 상상한다. 음, 정말 아주 멋질 것 같다.

"과연. 옛날부터 여러 용도로 '전용'되었군요, 여기는요."

형이 나직이 중얼거렸다.

전용.

나는 엉겁결에 형을 보았는데 형은 거기에 반응하지 않았다. 여느 때처럼 혼자서 무언가를 생각하는 모습이다.

전용. 형이 그 타일에 대해 키워드라고 생각하고 있는 단어. 이 장소도 예전에는 신사였고 다음은 소방서가 되었다. 그런데다 소방서이면서 가끔은 사교장과 오락 장소로도 쓰였다.

형은 무언가의 인과 관계를 끌어낸 것일까? 나중에 물어보자.

"그런데 위에 있는 소방망루로 올라갈 수 있나요?"

형이 불쑥 그렇게 물어서 나는 움찔했다.

형, 갑자기 그걸 묻다니.

"위에?"

우쓰미 씨가 되물었다.

"네. 분명 저희 부모님도 간사이에서 이축한 부분에 흥미가 있었죠?"

"그랬지. 확실히 그 두 사람은 여기에 왔을 때는 반드시 위에 올라갔으니까. 당시는 아직 소방서로 사용하고 있었으니 평상시에도 드나들 수 있었지."

"가능하면 저희도 그 부분을 보고 싶은데요."

나는 내심 조마조마하면서 그 대화를 들었다. 기분이 복잡하다.

분명히 보고 싶어. 보고 싶지만 아직 조금 마음의 준비가 안 됐어, 형.

"그건 그렇지, 음."

우쓰미 씨는 살짝 고개를 끄덕였다.

"그래도 오늘은 좀 곤란해."

그렇게 말하고 함께 있는 스태프에게 눈길을 주자, 그들도 작게 고개를 저었다.

"오랫동안 아무도 위에 드나들지 않아서 이제부터 수리와 점검을 할 예정이거든. 이번 A 페스티벌에도 그곳을 전시회장으로 쓰고 싶다는 사람이 있어서 그 때문에라도 사전 준비를 해야 해. 그러니 오늘은 좀 양보해주게. A 페스티벌이 열리는 동안에는 언제든 위에 올라갈 수 있도록 할 테니 그때 보는 건 어떤가?"

"그거면 충분합니다."

나는 속으로 지금 올라가지 않아도 되는 상황에 안도하면서 그렇게 대답했다.

"그런가요, 알겠습니다."

형은 담담하게 대답하며 물러났다.

"흠. 위에서 전시하는 사람이 있나요. 누굴까요."

다이고 하나코는 그쪽이 신경 쓰이는 모양이다.

"재미있을 것 같은 장소예요. 어떤 전시를 할지 기대돼요."

그런가. 그녀는 아티스트로서 작품 전시 공간으로서 소방 망루에 흥미가 있군.

"북유럽 사람이 전시한다고 해. 사전 답사하러 일본에 왔을 때 저기가 좋다고 말했다더군. 그때는 아직 이 소방서를 쓸지 말지 정하지 않았는데 그 사람이 쓰고 싶다고 말을 꺼내서 정식으로 사용하게 되었지."

"아, 그런가요. 그럼 그 사람에게 감사해야겠네요. 여기, 전시에 안성맞춤인걸요. 분위기도 있고."

"응, 그렇지. 장소의 힘도 있고."

장소의 힘. 확실히 여기는 예사롭지 않은 분위기가 있다. 그 사람도 예술가로서의 감으로 한 번 보고 무언가를 느꼈으리라.

우쓰미 씨가 손목시계를 보았다.

"오늘은 이쯤에서 괜찮을까? 우리는 좀 더 회의할 게 있어서."

"네, 정말 감사합니다."

우리는 함께 감사 인사를 했다.

"뭐든 묻고 싶은 게 있으면 다음에 또 이야기하세. 오늘 만나서 반가웠네."

"저희도 이야기할 수 있어서 기뻤습니다."

형이 그렇게 말하며 다시 고개를 숙였다.

정말이다. 설마 이런 곳에서 부모님 이야기를 듣고, 어머니와 타일이 어떤 인연이 있는지 알게 될 줄은 꿈에도 생각 못했다.

"그럼 또 보세. 하나, 연락할게."

"네, 저도 연락드릴게요."

다이고 하나코는 작게 손을 흔들고 우리 세 사람은 우쓰미 씨와 그 일행을 플로어에 남겨두고 계단을 내려왔다.

밖으로 나오자 안도한 나머지 피로감이 와르르 몰려왔다.

내가 건물 안에서 상당히 긴장하고 있었다는 것을 느꼈다.

다이고 하나코가 조금 걸어가더니 돌아보았다.

그 눈은 저 탑을 올려다보고 있다.

우리도 같이 돌아보았다.

하늘을 향해 우뚝 솟은 묘한 존재감이 느껴지는 탑.

우리를 보고 있다. 내려다보고 있다. 그런 느낌이 들었다.

가만히 올려다보는 세 사람.

빠끔히 벽에 뚫린 창문은 컴컴해서 이제는 아무것도 보이지 않는다.

"……저기, 분명히, 그때 보였죠?"

다이고 하나코가 중얼거렸다.

하얀 사람 그림자. 창을 가로지르는 누군가.

나는 어색하게 고개를 끄덕일 수밖에 없었다.

13장

잠깐 들러가는
길에 대해,
세상에서 부르는
이름에 대해

드디어 A 페스티벌에서 도대체 무슨 일이 일어났는가를
이야기할 단계까지 왔지만 여기서 잠깐 들러간다고 할까,
설명해두어야 할 것이 있다.

그것은…… 바로 '스키마와라시'다.

그렇다. 우리가 여기저기에서 보고 들은, 여름옷을 입은
그 여자아이.

그렇지만 '스키마와라시'라는 명칭은 어디까지나 형과 나
사이에서만 부르는 호칭으로, 그 무렵 일부 사람들 사이에
서 그 아이는 '마미'라고 불렸다.

'그 무렵'이 언제냐 하는 의문이 생길 텐데, A 페스티벌이
시작할 무렵이라고 생각해도 상관없다.

그 아이의 존재에 대한 소문은 점점 퍼져갔다.

그 아이는 특수한 장소에서만 나타났으니 처음에는 공사

관계자와 건축 관계자 사이에서만 떠도는 소문일 뿐이었지만, 그것이 점차 일반인들에게도 퍼졌다.

그 일 자체가 기묘하다.

통신망이 발달하여 순식간에 무명의 사람이 온 세계에 널리 알려지는 시대인데도 그 '스키마와라시'의 소문만은 어째서인지 인터넷에도 좀처럼 등장하지 않았다.

처음에 그 소문을 들었을 때, 우리는 누군가가 인터넷에 올렸을 거라고 생각해 이따금 검색을 해보았는데 그럴듯한 정보는 전혀 찾을 수가 없었다.

그것이 나는 항상 무서웠다.

사람은 정말로 말하면 안 되는 것은 말하지 않는다.

그런 느낌이 들었다.

진짜 존재하기에(물론 지금은 나도 그것을 알고 있다), 목격한 누군가가 입을 다물고 있다. 그것이 오히려 '스키마와라시'의 존재를 강렬하게 증명한다. 그런 생각까지 들었다.

이대로 페이드아웃할 가능성도 있었으리라. 하지만 그 후에도 변함없이 그 아이는 이곳저곳에서 계속 목격되었다. 즉, 여전히 존재했다.

엉터리 정보가 아니라 실재한다. 그야말로 진짜다.

그렇다면 역시 입 밖에 내는 사람이 나타난다.

목격자가 늘수록 말이 나올 수밖에 없게 되는 점도 잘 안다. 나도 '그것'이라는 특수한 사정이 없었다면 벌써 친구에게 말했을지도 모른다.

이런 이유로 그해 초여름에는 서서히 소문이 흐르기 시작했다. 머지않아 철거되는, 실제로 부수는 장소에 나타나는 여자아이. 무언가를 찾고 있는 여자아이. 여름옷을 입은 유령.

목격자들 사이에서 그녀는 '마미'라고 불렸다. 어째서 '마미'인지는 여러 가지 설이 있다.

폐허 기둥 사이(間, 일본어로 '마'라고 읽는다—옮긴이)에 보이니(見, 일본어로 '미'라고 읽는다—옮긴이) '마미'라는 설.

또는 진짜로 존재한다는 의미로 '진실'을 다르게 읽어서 '마미(일본어로 참 진眞은 '마', 열매 실實은 '미'라고 읽기도 한다—옮긴이)'라는 설.

혹은 누군가의 여동생과 똑같이 생겨서 무심결에 여동생 이름인 '마미'라고 불렀더니 돌아보았기 때문이라는 설.

어느 것이 진짜인지는 모르지만 어쨌든 그 아이는 세상에서 '마미'라는 이름으로 통하게 되었다.

'마미'는 어째서 나타나는가. 무엇을 찾고 있는가. 한결같이 그것이 화제였다.

'마미'가 오래된 건물에 나타난다는 점은 알려져 있고, 전쟁 전부터 있던 듯한 건물에 나온다는 말도 있어서 괴담을 좋아하는 사람들 사이에서는 제2차 세계대전 말기에 공습으로 죽은 사람들의 뼈를 모으고 있다는 등 그럴듯한 말도 퍼졌다.

하지만 주된 소문은, 역시 그 아이는 '자시키와라시'와 비슷한 것으로, 빌딩에 붙어 있는 '빌딩와라시'가 아니냐는 내용이 많았다.

여름옷을 입고 있는 이유는 내 가게에서 고다마 씨와 일행이 나눴던 이야기처럼 일본이 뜨거운 시기였던 예전 시대를 상징하기 때문이 아니냐는 의견으로 정착했다.

'자시키와라시'와 마찬가지로 무섭지 않은 쪽인 듯하다는 견해가 퍼지면서 '마미와 만나고 싶어'와 '다음에는 어디에 나타날지 예상'하는 사람들이 나타났다.

처음에는 고작해야 '이번에는 저 빌딩을 부순대', '어디와 어디에 이런 철거 공사가' 등 입소문으로 공사 장소를 전하는 정도였지만, 놀랍게도 일부에서는 관심 있는 사람을 모집하여 은밀히 '마미를 만날지도 모르는 투어'까지 만들어졌다.

나는 내심 조마조마하면서 그 행방을 지켜보았다. 철거 현장에 많은 사람이 밀려와 스마트폰을 손에 들고 있는 모습을 상상하고는 오싹해졌다.

하지만 투어에서 '마미를 만나는' 성공률은 극히 낮았다. 아니 '만났다'는 보고는 아직 단 한 건도 없다. 그래서 그런지 참가 모집도 점점 줄더니 이윽고 투어 자체가 흐지부지되었다.

그것도 알 것 같다.

마미는 공사 관계자가 일할 때 가끔 '조우하는 것'이지 일부러 '만나러 가는 것'은 아니기 때문이다. 이른바 목적 행위의 부산물일 뿐, 마미 자체가 목적이 되는 것은 어쩐지 다르다는 생각이 든다.

내가 마미라고 해도 관광 유람하러 온 사람들 앞에 나타나고 싶다는 생각은 들지 않으리라. 마미가 그런 사람들의 기대를 이해할 수 있는지는 차치하고.

그렇다 하더라도 인터넷상의 '마미 목격 정보' 공간은 어느새 '철거 공사 정보'로 바뀌고, 도대체 얼마나 많은 사람이 건설 관계 일에 종사하는지는 모르지만 차례차례 새로운 정보가 올라오는 것에 감탄하면서도 어이가 없었다.

형은 "이거 우리 일에도 유익한 정보네" 하고 꽤 진지하게 철거 정보를 체크할 정도였다.

끊임없이 갱신되는 리스트를 보며 전국에서 연달아 사라지는 오래된 건물의 수에 깜짝 놀랐다. 그중에는 나도 아는 유명한 빌딩도 있고, 지역의 랜드마크 같은 문화재급 건물도 있었다. 보존 운동이 성공하는 일은 극히 드물었다.

기묘하게도 지금 시대는 일본을 통틀어 '재개발' 시기에 해당한다고도 할 수 있으리라. 그런 시기이기에 '마미'가 나타나고, 앞으로도 나타날 기회는 계속 늘어나겠지.

'마미'의 목격 정보는 끊이지 않았고, '마미'에 대한 관심과 소문은 이 해의 절반이 지날 때까지 이어졌다.

그래도 아직 감사하게도 내가 걱정한 만큼 일반적으로 확
퍼져서 뉴스가 되는 일은 없었다.

그것은 '마미'를 목격한 사람들 사이에서도 어쩐지 이 일
은 그다지 크게 벌이고 싶지 않다, 일반적인 화제로 삼고 싶
지 않다는 분위기가 있기 때문이라고 생각한다.

'마미'가 나타나는 장소가 '전용'된 곳이라는 것을 깨달은
사람은 없어 보였다. 어쩌면 알아차린 사람도 있을지 모르
지만 그런 사람은 형처럼 입을 다물고 있는 것이 아닐까.

왜냐하면 혹시 이 일이 널리 퍼지면 '마미'가 나타날 가능
성이 있는 장소가 꽤 좁혀지는데, 그곳에 사람이 몰리는 것
은 피하고 싶다고 생각한다 해도 이상하지 않다.

인터넷에서 '마미'의 목격 정보를 쫓는 내 심경은 상당히
복잡했다.

나는 그녀와 실제로 만났기에 대화에 참여하고 싶지만 그
렇게 할 수 없다.

무엇보다 A 페스티벌 사전 답사를 다녀온 후에는 반드시
그 마을에서 그녀와 만날 수 있다는 확신이 매일매일 강해
졌기 때문이다. 나만이 알고 있다는 쾌감과 다물고 있는 떳
떳하지 못한 마음이 늘 내 마음속에서 줄다리기를 한다.

그와 동시에 혹시 그 장소가 특정되어, '마미'가 나타날 확
률이 더없이 높다고 알아차린 사람들이 A 페스티벌에 몰려

오면 어떡하지 하는 두려움과 걱정도 있었다.

분명 형도 비슷할 거라 생각하는데 형은 여느 때처럼 여전히 포커페이스다.

형은 "이상하네. 아무도 '마미' 사진과 영상을 올리지 않아" 하고 말했을 뿐이다.

그것은 나도 이상했다. 그렇게나 목격 정보가 있는데 아무도 사진을 찍지 않았다.

이렇게 되면 마쓰카와 씨가 찍은 그 사진은 상당히 드문 사례가 된다. 하지만 얼마 지나 마쓰카와 씨에게 "그 사진, 아직 있어요?" 하고 물었더니 "아, 실수로 지워버렸어"라는 대답이 돌아왔다.

그래서 내가 아는 한 유일한 사진은 사라지고 목격자 각자의 기억 속에만 존재하는 '마미'였지만, 이제 모두의 관심사는 앞으로 '마미'는 도대체 어떻게 되는가로 옮겨가 있었다.

아직 간신히 남아 있는 오래된 빌딩이 전부 철거되었을 때 '마미'는 어떻게 될까?

사라져버릴까?

아니면 또 새로운 대상을 찾을까? 예를 들면 고층 빌딩이라든가?

그때 그녀는 대체 어디에 '깃들까'? 초고속 엘리베이터 안? 로비의 접수 카운터? 지하에 있는 면진 장치? 혹은 꼭대기의 헬리포트? 그러고는 고층 빌딩이 수명을 맞이할 때까지 그곳에 있을까?

그때 '마미'는 지금과 똑같은 모습을 하고 있을까? 여름옷을 입은 채로 새로운 장소를 찾을까?

아니면 '여름의 시대'에서 '가을의 시대'로 이동하여 낙엽 색깔의 긴 소매 원피스를 몸에 두르고 있을까? 아니면 단숨에 시대는 '겨울'이 되어 코트를 입을지도 모른다. 적어도 당분간 일본에는 '봄'도 '여름'도 찾아오지 않을 테니.

그런 화제로 인터넷 공간에서 한바탕 갑론을박이 있었다. 그 갑론을박에서도 나는 '마미'에 대한 친근감과 경외심 혹은 씁쓰레한 공감을 느꼈다.

우리가 있는 시대가 확실히 변해간다. 그것도 근본적인 세계의 변화가 지금 다가오고 있다는 예감 같은 것. 그것을 '마미'의 존재로 느끼는 것이 아닐까.

'마미' 목격자들은 그런 점에서 기묘한 연대감을 가지고 있는 듯하다.

그리고 머지않아 시작될 A 페스티벌에서 그런 물음에 대한 어떤 답이 나올 거라는 예감이 든 사람은 그중에서 틀림없이 형과 나뿐이라고 생각했다.

하지만 실제로는 그렇지 않다는 사실을 알게 되었는데, 그 또한 다른 이야기가 되기 때문에 뒤에서 다루도록 하겠다.

우선 지금은 A 페스티벌이 열리기 전에 들었던 '마미'에 대한 인상적인 목격담을 잠깐 언급하고 싶다.

'마미'는 오래된 빌딩에 나타나는 일이 많지만 종종 개인 주택에도 모습을 드러낸다는 것은 나도 알고 있다. 산속 진료소나 다이고 하나코의 요코하마 전시 때가 그랬다.

형과 나는 예전에는 조각가의 집과 아틀리에였던 곳을 미술관으로 만들었다는 도쿄의 동쪽에 있는 오래된 단독 주택의 목격담이 신경 쓰였다.

여기도 노후화가 심하게 진행되어 보존할지 말지 한창 고민하던 시기에 목격되었다고 한다.

목격한 사람은 조각가의 자손.

어린 여자아이를 데리고 온 어머니였다.

그날은 휴관일. 조각가 관계자와 미술관 관계자가 모여 향후 미술관을 어떻게 할 것인지 이야기를 하기로 했다.

미술관은 천장이 높은 서양식 건물이며 주위는 오래된 벽돌담으로 빙그르 둘러싸였다.

집과 아틀리에는 외부 복도로 이어져 있는데 복도 한쪽이 커다란 창문으로 되어 있었다.

창밖으로는 벽돌담과 작은 연못이 보였다.

평소라면 그곳에 수련이 떠 있는 작은 연못이 보여야 했다. 다만 너무나도 손질이 안 되어 있고 요즘에는 필요 없는 수초가 번식해서 그다지 볼품이 없었다.

오히려 높은 벽돌담에 둘러쌓인 상태라 음울한 분위기가

감돌았다.

관계자간의 대화는 교착상태였다. 요컨대 유지하든 부수든 막대한 비용이 든다.

보존하고 싶다는 의견은 많고 자손 사이에도 그러자는 목소리가 대부분이었지만, 어중간한 각오로는 쉽지 않은 일이었다. 그만큼의 각오가 있느냐고 되물으면 입을 다물게 되는 그런 상태였다고 한다.

그 젊은 어머니는 조각가의 증손으로, 어릴 때부터 몇 번이나 이곳에 와서 놀았던 기억이 있다. 의논은 진전이 없고 이야기 흐름은 미술관에서 손을 놓자, 그러니까 부수자는 쪽으로 서서히 기울고 있어서 그녀는 더는 듣고 있을 수가 없어서 어린 딸을 데리고 가만히 회의장을 빠져나왔다.

예전에 예쁜 꽃을 피우던 수련 연못을 다시 한번 보려고 외부 복도로 나왔다고 한다.

딸은 복도로 달려 나가고 어머니는 잠시 그 장소에서 멀거니 서 있었다.

여기가 사라진다. 그것이 예상했던 것보다 괴로워서 동요했단다.

그런데 딸 목소리가 들렸다.

"엄마, 저 아이 누구야?"

그 이상한 목소리에 고개를 들자 딸이 창문에 딱 붙어 있는 모습이 보였다.

처음에는 밖이 엄청나게 밝다고 느꼈다.

"응?"

어머니는 그렇게 말하고 딸 시선을 따라갔다.

그러자 창밖에 파란 하늘이 보였다.

가로막는 것이 없는 파란 하늘.

어머니는 멍하니 바라보았다. 다음 순간 회의를 통해 결정한다고 하고는 이미 강제로 철거 공사를 시작해서 벽돌담을 철거했다는 사실에 강한 분노가 치밀었다고 한다.

하지만 그 직후, 아니, 그럴 리가 없다며 지금 보이는 풍경쪽이 이상하다는 사실을 깨달았다.

벽돌담을 철거하면 그 앞에는 도로가 있어서 맞은편에 있는 대학교 건물이 보일 터였다. 10층 정도 되는 건물이 늘어서 있어서 벽이 없어진들 이런 파란 하늘이 보일 리 없다.

하지만 실제로 눈앞에 파란 하늘이 펼쳐져 있다.

그리고 어쩐지 발밑에는 콘크리트 잔해더미 같은 것이 쌓여 있다. 여기저기에 구부러진 철골과 튀어나온 철근이 주위를 가득 메운 콘크리트 잔해더미 속에서 그림자를 만들었다.

뭐야 이거? 여긴 어디지?

어머니는 엄청난 혼란에 빠졌다.

그리고 딸이 말한 '그 아이'를 보게 된다.

작은 산처럼 되어 있는 콘크리트 잔해더미 위에서 서성거리는 소녀.

하얀 원피스에 잠자리채를 들고 무언가를 찾는 듯 발밑을 두리번두리번 둘러보는 여자아이.

옆에 있는 철골을 훌쩍 뛰어넘고 다른 콘크리트 덩어리 위로 펄쩍 뛰어오른다.

저 아이는 도대체 뭘 하고 있지?

어머니는 딸과 함께 창에 붙어 소녀의 일거수일투족을 바라보았다.

그러자 소녀가 두 사람을 알아차렸다.

어머니는 소녀와 눈이 마주쳤다고 느꼈다.

어머니는 오싹 소름이 돋았다고 한다.

저 아이가 우리를 발견했다.

그렇게 생각한 순간 갑자기 소녀가 두 사람 쪽으로 향해 다가왔다.

폴짝폴짝 가벼운 몸놀림으로 콘크리트 잔해더미 여기저기를 뛰어서 이쪽으로 오고 있다.

딸은 탄성을 지르며 손을 흔들었다.

"여기, 여기야."

하지만 어머니는 무시무시한 공포를 느꼈다.

저 아이는 여기에 와서 뭘 하려고 그러지? 설마 딸을 데리고 가는 거 아니야?

어머니는 반사적으로 딸을 안아올리고는 복도를 뛰었다

고 한다.

그때 딸이 "아니야" 하고 말했지만 당황해서 우선은 그 자리를 벗어나 딸을 꼭 감싸 안으며 주저앉았다.

잠시 그렇게 가만히 있었는데 주변은 여전히 고요하고 무언가가 일어나는 기색도 없다.

흠칫흠칫 고개를 드니 창밖은 여느 때의 음울하고 폐색감이 감도는 연못이 있는 정원으로 돌아와 있었다.

그래도 잠시 어머니는 멍하니 있었다.

"사라졌네."

딸이 그렇게 중얼거렸다.

그 말을 듣고 어머니는 움찔했다.

"아까 왜 '아니야'라고 말했어?"

그렇게 묻자 딸은 "그야, 그 아이가 하나냐고 물었으니까" 하고 대답했다.

"하나?"

어머니가 무심결에 되묻자 딸은 '그렇다'고 고개를 끄덕일 뿐이었다. 어머니는 그 "하나니?" 하고 묻는 말을 듣지 못했다니 아무래도 그 목소리는 딸만 들은 듯하다.

어머니는 자신이 본 것이 무엇인지 잠시 혼란에 빠졌다고 한다. 하지만 자기만이 아니라 딸도 함께 체험한 것이기에 무슨 일이 일어난 것은 틀림없다. 도대체 무엇이 일어난 것인지 힌트를 찾으려고 인터넷을 검색하다 '마미' 사이트에 다다랐다.

이 이야기에 형과 내가 반응한 이유는 아시리라 본다.

콘크리트 잔해더미 위의 소녀. 이쪽을 인식하고 다가오는 소녀.

형이 요코하마의 다이고 하나코 전시가 있던 집에서 체험한 것과 완전히 똑같은 상황이다.

'마미' 목격담은 지금까지 여럿 있었지만 이렇게까지 형의 체험과 세세한 부분이 딱 일치하는 것은 이 이야기뿐이었기에 인상이 뚜렷이 남았다.

'마미'가 있는 그 콘크리트 잔해더미를 쌓은 장소는 '어디'일까?

그 장소는 도대체 '무엇'일까?

그녀는 거기에서 무엇을 찾고 있을까?

형과도 몇 번이나 이야기했지만 물론 결론은 나오지 않는다. 하지만 그 장소가 '마미'의 홈그라운드 중 하나 같고 그곳에서 각각의 장소, 오래된 빌딩과 오래된 단독 주택 등에 '나온다'고 생각해도 좋을 것 같다.

그리고 하나 더.

이야기해두고 싶은 인상적인 목격담이 있다.

이것은 이른바 '마미'를 아는 사람들 사이에는 전형적인 '마미' 목격담이다.

'마미'가 나타난 곳은 지방 도시의 오래된 빌딩.

식품 대기업의 지방 빌딩으로, 이미 지점 기능 자체는 다른 빌딩으로 옮겨 잠시 빈 빌딩이 되어 있었다.

어느 날 가게 앞을 지나던 젊은이가 진중한 분위기의 1층 플로어가 마음에 들어서 카페로 사용할 수 있느냐고 묻고 리노베이션하여 개점했다.

세련된 분위기의 카페로, 1년 가까이 인기가 있었지만 역시 보이지 않는 부분에 노후화가 두드러지고 누전 사고로 작은 화재가 일어나 결국 부수기로 정했다.

철거 공사 관련한 상의와 사전 답사를 하러 온 업자 한 사람이 '마미'를 목격했다.

맑은 날 오전.

업자는 엘리베이터 안에 있었다.

문화재급의 엄청나게 오래된 엘리베이터로 올라가는 데 시간이 아주 오래 걸리는 물건이었다. 올라갈 때는 작게 흔들리고 멈출 때는 덜커덩 크게 흔들린다. 괜찮은지 불안해지는 엘리베이터였다고 한다.

그 사람은 혼자 엘리베이터를 타고 가만히 안에서 문자판을 올려다보았다.

문 위에 있는 층수를 표시하는 문자판 위를 화살표가 천천히 이동하는 오래된 표지판이다.

덜그럭덜그럭 흔들리는 엘리베이터 안에서 그 사람은 문자판 위를 조금씩 움직이는 화살표를 바라보았다. 몇 번이나 이 엘리베이터를 탔지만 이때는 한층 느리게 움직이는 것처럼 느껴졌다고 한다.

그때 엘리베이터는 내려가는 중이었다.

빌딩은 5층 건물.

화살표는 3층에서 2층 사이를 가리켰다. 그때 쿵, 하고 뒤쪽에서 무언가가 떨어지는 소리가 들렸다.

그 사람은 문 앞에 서 있었고 뒤쪽은 꽤 공간이 있었다.

당연히 그 사람은 소리가 난 이유를 알아보려고 뒤를 돌아보았다.

그곳에 '마미'가 있었다.

여느 때와 같은 차림의 '마미'.

하얀 원피스에 하늘색 도란을 메고 세 갈래로 땋은 머리에 밀짚모자.

그 '마미'가 엘리베이터 구석에 무릎을 끌어안고 앉아 있었다.

어째서인지 그때 그 사람은 별로 놀라지 않았다고 한다.

어째서 이런 곳에 아이가 있는지 의아했지만 이상하게도 무섭지는 않았다.

그저 "어?" 하고 소리를 내고 '마미'를 말끄러미 바라보았단다.

'마미'는 바닥에 앉아서 도란 안을 보고 있었다.

뚜껑이 가려서 안은 보이지 않았지만 가만히 도란 안을

들여다보고 있었다고 한다.

"애, 어디서 왔니?"

그 사람은 그렇게 말을 걸었다. 어쩐지 그리운 느낌이 나서 아는 사람의 아이일지도 모른다고 생각했기 때문이다.

'마미'는 퍼뜩 놀라 얼굴을 들고 멀거니 그 사람을 올려다보았지만 두리번거릴 뿐 그 사람을 '눈여겨보지는' 않았다고 한다.

그 사람은 '마미'의 귀엽고 동그란 눈동자를 일순 들여다보았지만 기묘하게도 '아무것도 비치지 않았다'고 한다.

덜커덩, 유달리 큰 소리를 내며 엘리베이터가 멈추고 문이 천천히 열렸다.

그 사람은 뒤를 돌아 밖을 보았다.

1층 플로어. 그곳에는 공사 관계자가 여기저기 돌아다니며 회의 중이었다.

그 사람은 허둥대며 다시 엘리베이터 안을 돌아보았다.

하지만 그때는 이미 '마미'는 없었다. 엘리베이터 안에는 그 사람 혼자뿐이었다.

그 사람은 바로 회의에 합류했지만 아직 자기가 색다른 체험을 했다는 실감은 없었다.

그 아이는 누구였을까. 그렇게 생각한 정도로, 소란스러운 현장에 묻혀 금세 잊어버렸다.

그날 밤 잠자리에 누워 곰곰이 생각했다.

그 아이는 도대체 '무엇'이었을까.

그때 처음으로 자신이 이 세상 것이 아닌 것을 목격했다고 깨달았다.

그래도 무섭지는 않았다.

그 아이가 '나쁜 것'으로는 보이지 않았고, 때마침 그 아이가 있는 세계와 자신이 있는 세계가 우연히 교차했다고 느껴졌다. 그 아이에게는 자신이 보이지 않았고, 같은 공간에는 있었지만 그 아이는 다른 장소에 있었다.

그것보다 그 아이가 너무나도 선명하게 보여서 감탄했다고 한다.

그 아이가 그곳에 앉는 소리가 들렸고 바로 그곳에 앉아 있다는 명확한 존재감이 있었다. 분명히 이상한 체험을 했다는 확신만 남아 있고 끝까지 무섭다는 느낌은 전혀 없었다고 한다.

그 사람의 체험이 특수한 이유는 같은 빌딩에서 다시 '마미'를 목격했기 때문이다.

'마미'를 여러 번 목격한 사람은 또 있었지만 같은 장소에서 두 번 만난 사람은 아주 드물었다.

그날은 드디어 철거가 시작되는 날 아침이었다.

그 사람은 다른 사람보다 일찍 현장에 와서 최종 점검을 하려고 빌딩 안을 둘러보았다.

그날도 아주 맑고 온화한 아침이었다.

이미 전기는 끊겼기에 빌딩 안은 컴컴했지만 그래도 창 너머는 너무나도 밝았고 동쪽 창에서 햇살이 눈부시게 쏟아져서 복도에 빛이 가득했다.

빌딩 안은 아주 고요하고 메마르고 공허할 뿐이었다.

그 사람은 1층에서 2층으로 향하는 계단을 올랐다.

층계참을 돌아 2층에 접어들 때였다.

덜커덩, 큰 소리가 났다.

"앗." 그 사람이 발을 멈췄다.

그 소리는 확실히 들은 적이 있는 소리다.

몇 번이나 들었던 엘리베이터가 각 층에 멈출 때 나는 소리였다.

그 사람도 그때는 '이상하다'는 생각이 들었다고 한다.

이미 이 빌딩 전기는 끊겼다. 모든 배선이 '죽었을' 터였다. 하지만 그것은 틀림없이 엘리베이터가 멈출 때 나는 소리다.

그 사람은 2층 복도를 들여다보았다.

어둠 속에 엘리베이터가 있다.

그리고 보았다.

엘리베이터 문이 아주 천천히 열리는 것을.

그럴 리가 없다.

순간, 그런 생각이 들었다. 그때만은 온몸에 소름이 돋는 것이 느껴졌다고 한다.

그 사람은 그 자리에서 얼어붙은 듯 움직일 수 없었다. 문자 그대로 호흡마저 할 수 없었단다.

그런데도 엘리베이터에서 눈을 뗄 수 없었다. 문은 평상시보다 천천히 열리는 듯했다.

문 안은 컴컴했다.

아주 짧은 순간이었지만 영원처럼 느껴졌다.

다음 순간 폴짝 누군가가 뛰어나왔다.

그 소녀.

이전에 본 엘리베이터 안에 앉아 있던 소녀였다.

밀짚모자를 쓰고 잠자리채를 들고 안에서 달려 나와 그대로 쏜살같이 그 사람 앞을 달려 나갔다.

곁눈질도 하지 않고 똑바로 복도를 뛰어갔다.

그 사람은 멍하니 그것을 바라보았다.

기묘하게도 소녀의 움직임은 슬로모션 같았다. 화면을 한 장 한 장 넘기는 것처럼 느리게 보였다.

모든 것이 선명하게 보였다.

허공에 흔들리는 세 갈래로 땋은 머리.

팔랑거리는 원피스 자락.

아주 조금 몸에서 떠 있는 하늘색 도란.

그것이 전부 또렷이 세세하고 명확하게 보였다.

그때는 이미 공포심은 온데간데없었다.

소녀는 반짝반짝 빛이 났다.

어두운 빌딩 복도일 텐데 소녀는 대낮의 푸른 하늘 아래를 달리고 있는 듯 빛을 받고 있다.

그녀는 어딘가 바람이 부는 넓은 장소를 뛰어다니고 있는 것처럼 느껴졌다.

그 사람은 천천히 슬로모션으로 달려가는 소녀를 눈으로 좇았다.

소녀가 눈앞을 뛰어갈 때 여름철 훈훈한 풀향기와 해님 냄새가 났다고 한다.

소녀는 복도를 똑바로 달려가서 그 하얀 등이 서서히 멀어졌다.

복도 막다른 벽에는 커다란 창이 있었다.

소녀는 발을 늦추지도 않고 곧장 그곳으로 달려갔다. 오히려 점점 스피드가 높아지는 듯했다.

위험해, 부딪힌다.

그렇게 생각한 순간 소녀의 모습이 사라졌다. 마치 벽을 통과하여 어딘가로 달려간 듯했다.

뒤에는 정적만이 남았다.

그때 그 사람은 가버렸다, 남겨졌다고 느꼈다고 한다. 이제 끝났다는 약간의 쓸쓸함. 그런 기분만이 남았다고.

그 사람은 '마미'가 사라진 벽으로 다가가 가만히 쓰다듬었다. 물론 썰렁하고 딱딱한 벽으로 통과할 수는 없다.

이 건물은 그것으로 이제 역할이 완전히 끝났다.

그렇게 느껴졌다고 한다.

이 목격담을 읽었을 때 나는 기묘한 그리움을 느꼈다. 그 사람이 체험한 감정에 깊이 공감했다.

이것이 우리에게 인상적인 목격담이 된 이유는 앞으로 이것을 투고한 본인을 만나게 되기 때문이다.

그것도 다름 아닌 A 페스티벌이라는, 우리에게 아주 개인적이며 운명적인 장소에서.

14장

모두에 대해,
우리에 대해

나중에 뒤돌아보면 아무리 큰일이라도 시작할 때는 조용하고 그 계기는 사소한 법이다.

대개의 아트 페스티벌은 여름휴가가 한창일 때 열리는데, A 페스티벌은 조금 변칙적으로 여름이 끝날 무렵인 8월 마지막 주에 시작되었다.

그 탓인지 A 페스티벌의 시작 그 자체가 조금 조용했고 한가로운 분위기에 둘러싸여 있었다.

결국 우리도 A 페스티벌에는 계속 오가게 되었다.

아트와 앤티크의 컬래버레이션 기획은 우리가 A 페스티벌에 출점하는 일도 포함되어 있었기 때문이다.

형과 나 둘 중 한 명이 A 페스티벌에 참석해야 하는 스케줄이 되었기에 우리는 S시에 숙소를 구했다. 가능한 싼 곳을 생각하며 찾다보니 또다시 다이고 하나코에게 신세를 지게 되었다.

그녀에게 공장 2층을 아틀리에로 사용하게 해준 집주인이 부모님이 사시던 집을 싸게(요컨대 사용한 광열비만 받겠다는 아주 고마운 조건이었다) 3개월 동안 빌려주었다.

부모님은 지금은 근교에 있는 요양시설에 들어가 있어서 벌써 1년 가까이 비어 있었다고 한다.

게다가 그곳은 별채로 되어 있고, 욕실과 화장실, 간이 부엌까지 딸려 있어서 바라지도 않던 좋은 조건이었다. 그리고 다이고 하나코의 아틀리에가 엎어지면 코 닿는 곳이다.

그렇게 한곳에 장기간 다니는 일은 우리에게도 드문 체험이기에 소풍 가는 아이처럼 두근거렸다.

A 페스티벌 개최가 임박한 8월 중순.

가게에 낼 물건과 간단한 소지품을 그 집으로 옮겼을 때 어쩐지 이상하게 그리운 느낌이 들었다.

어쩐지 '돌아왔다'는 감각이 치밀어 올랐다.

너트가 그 요인 중 하나라는 점은 틀림없다.

그렇다. 지로와 붕어빵인 그 개. 언제나 칠칠치 못하게 드러누워 자는 그 개다.

우리가 빌린 별채에 가려면 너트 앞을 지나야 했다.

"오랜만이야, 너트. 당분간 잘 부탁해."

나는 무심코 그렇게 너트에게 말을 걸었다.

너트는 여느 때처럼 의욕 없는 모습으로 자고 있었고 우리에게는 관심도 없어 보였다.

일단 인사는 했다고 생각하며 너트 앞을 쓱 지날 때였다.

갑자기 왼쪽 다리가 움직이지 않아서 나는 앞으로 꼬꾸라졌다.

"앗?"

나는 무슨 일이 일어났는지 몰라서 당황하며 뒤를 돌아보았다.

그러자 그곳에 너트 얼굴이 보였다.

너트는 나를 지그시 올려다보고 있었다.

그 눈에는 아무것도 비치지 않았다.

무표정이라는 말이 어울린다.

놀랍게도 너트는 어째서인지 내 바짓단을 물고 나를 붙잡았다.

"왜?"

나는 혼란스러워서 엉겁결에 너트에게 물었다. 내 앞을 걷던 형이 뒤를 돌아 그 모습을 보고 눈을 동그랗게 떴다.

"동생아, 네가 좋은 모양이다."

"이게 내가 좋아서라고?"

나는 무표정으로 내 바짓단을 물고 있는 너트를 내려다보았다.

"왜 그래, 너트?"

쭈그려 앉아서 그렇게 물었지만 너트는 변함없이 무표정

이더니 이윽고 갑자기 입을 벌리고 옆을 휙 돌아보고는 다시 그 자리에 털퍼덕 누웠다.

"어째서?"

나는 다시 너트에게 물었다.

하지만 너트는 이제 나에게 흥미가 없다는 듯 아무리 불러도 반응이 없다.

나를 올려다보던 너트의 눈이 인상에 남았지만 거기에서는 아무것도 읽을 수 없었다.

"네가 기억난 거 아닐까?"

너트=지로 설은 형과 나만의 가설이었지만 그것을 농담 반 진담 반으로 믿고 있는 형이 그렇게 놀렸다.

"설마."

그렇게 대답했지만 내가 내심 형과 같은 생각을 했다는 점은 부정할 수 없다.

드디어 이렇게 3개월 한정인 '거주자'가 되고 난 뒤 너트는 점점 더 불가사의한 개라는 사실이 판명되었다.

너트에게는 경계심이 빠져 있는 데다가 너무나도 남에 대한 호기심도 없었다. 지로보다도 더욱 노숙해서(실제 나이가 그런지도 모르지만), 지로와 마찬가지로 경비견으로서는 전혀 도움이 되지 않았다.

산책을 그다지 좋아하지 않는 점도 지로와 닮았지만 너트는 일단 '아침, 저녁 산책을 가야 한다'는 것은 알고 있었다.

마지못해 가지만 '개이기에 그런 책무가 필요하다'고 알고 있는 듯 아침, 저녁에 누군가가 오면 자못 의무적인 모습으로 느릿느릿 일어나 산책하러 간다.

그가 의무라고 여긴다는 것은 누구와 함께라도 산책하러 나간다는 점에서도 명백하다.

다른 집 개들은 매일 아침 제일 좋아하는 주인이 오는 것을 기다리고 그 사람이 아니면 싫다는 충성심을 온몸으로 표현하는데 너트는 그런 점이 요만큼도 없다.

너트는 자신의 리드줄을 누가 잡아도 상관하지 않는다.

진짜 주인인 집주인은 요즘 무릎이 아파서 종종 다른 사람이 산책을 데리고 나간다.

다이고 하나코가 산책을 데리고 간다는 이야기를 듣기는 했는데 그녀는 오랜 시간 아틀리에를 사용하고 있으니 그렇게 부자연스러운 일도 아니라 생각했다.

하지만 내가 산책 담당이 된 것은 좀 이상하지 않은가.

처음 그 '별채'에서 하룻밤 자고 일어난 날 아침.

아무 생각 없이 밖으로 나온 나는 어쩐지 너트와 시선이 마주쳤다. "잘 잤니"였던가, 무슨 말을 했던 것 같다.

그러자 너트가 느릿느릿 일어났다. 변함없이 무표정이었지만 '일할 시간이에요'라는 듯 나를 올려다보았다.

나는 어리둥절해서 주인집 쪽을 보았다.

누군가 그 집 사람이 너트에게 다가오나 싶어서였다.

그러나 아무런 기척이 없다.

나는 별채로 되돌아갈 수도 없어서 멍하니(솔직히 조금 겁에 질려서) 너트를 내려다보았다.

그러자 너트가 '할 수 없네'라는 듯 리드줄로 시선을 옮겼다. 왠지 모르게 그때 나는 반사적으로 너트의 리드줄을 잡았다.

그렇게 너트와 첫 산책을 했다. 개와 산책하는 일은 너무나도 오랜만이라 나는 엉거주춤거렸다.

그도 그럴 것이 나중에 주인집 사람이 나와서 '산책하러 가려고 했더니 너트가 사라졌다'고 놀라면 문제가 되기 때문이다.

나는 몇 번이나 뒤돌아보며 너트 뒤를 따라갔다.

너트는 익숙한 듯 담담하게 길을 걸어갔다.

그러는 동안 나도 익숙해져서 이른 아침의 동네를 너트와 보조를 맞춰 걸었다.

10분 정도 걷자 계속 이 동네를 너트와 함께 매일 아침 산책한 듯한 기분이 들었다.

개와 함께 걷는 동네는 평상시와 조금 다른 얼굴을 보여준다.

개를 데리고 걷는 사람과 "안녕하세요" 하고 인사하면서 지나치는 것도 반갑고 신선한 체험이다.

30분 정도 걷다 돌아오니 개운했다. 일 하나를 끝내고 세계의 질서를 얼추 몸 안에 넣은 느낌.

그랬어, 개와 산책하는 일은 이런 느낌이었지.

그때 집주인이 불쑥 얼굴을 내밀었다.

집주인은 그다지 놀라지도 않고 "산책을 데리고 가주셨군요, 감사합니다" 하고 아주 자연스럽게 인사를 했다.

나도 똑같이 "아니요, 기분 좋았습니다" 하고 저절로 답례했다.

어째서인지 그날 이후, 내가 그 '별채'에서 묵었을 때에는 내가 너트 산책을 시키게 되었다. 형 때는 나가려고도 하지 않으면서.

우리가 S시를 방문할 때마다 다이고 하나코의 작품도 조금씩 형태가 잡혀갔다.

그녀 작품은 굉장히 손이 많이 간다고 어렴풋이 알고 있었지만 이번 작품 또한 언제 보아도 계속 같은 일을 하는 것처럼 보일 정도로 작업에 시간이 걸렸다.

"언제 완성됐는지 알아?"

작업하다 쉬는 틈에 다이고 하나코에게 그렇게 물어본 적이 있다.

엄청난 집중력으로 제작을 이어가던 그녀는 내가 간식으로 가지고 간 도라야키(간식을 가지고 가는 일도 아주 익숙해졌다)를 덥석 물며 "그러게" 하더니 생각에 잠겼다.

"툭 떨어질 때일까."

그렇게 중얼거리는 그녀에게 되물었다.

"떨어지다니, 뭐가?"

"뭘까."

그녀는 입을 우물거리며 생각했다.

"몰라. 어쨌든 이렇게 계속 몰두해서 만들잖아? 언제 끝날지는 생각하지 않아. 오로지 달릴 뿐이지. 그래도 시간이 좀 지나면 갑자기 무언가가 가슴 속에 툭 떨어져서 작품이 내 손에서 떨어지는 순간이 있어. 아마도 그때가 끝이 아닐까."

"음. 딱 떨어진다는 표현처럼?"

내가 그렇게 묻자 "음. 그거와 비슷한 느낌일지도" 하고 그녀는 수긍했다.

우리가 제공한 창과 문 그리고 창고 거리에서 가지고 온 금속제 문.

그것이 어떤 작품이 될지 우리는 굉장히 기대했는데, A 페스티벌 개최 직전 거의 완성되었다는 말을 들었지만 그녀는 좀처럼 완성품을 보여주지 않았다.

보고 싶다고 우리가 몇 번이나 입을 모아 말해도 "아직 안 돼" 이 한마디뿐으로, 마지막에는 아틀리에에도 들여 보내주지 않았다.

간신히 A 페스티벌 프리오픈 때가 되어서야 볼 수 있게 되었다.

그것은 일반 관람객에게 보이기에 앞서 관계자들끼리 미

리 축하하는 것이기도 하고 이런저런 문제점은 없는지 확인하기 위한 리허설이기도 했다.

프리오픈 파티는 섬유 업계 조합이 소유한 품격 있는 오래된 빌딩에서 열렸다. 도매상 거리 중심에 있고 이번 A 페스티벌의 메인 회장 중 하나기도 하다.

프리오픈 파티는 지금까지의 긴 여정을 알고 있는 만큼 드디어 지금부터 시작이라는 느낌이었고, 관계자도 대부분 아는 사람이라서 그런지 왠지 묘한 기분이 들었다.

어른이 학교 축제를 하는 것 같다.

파티 회장을 돌면서 골동품 업계 사람과 우쓰미 씨와 실행위원들에게 인사를 하며 형과 "왠지 벌써 끝낸 듯한 기분이야"라는 이야기를 했다.

"최근 할리우드 영화는 사전 선전 기간이 길잖아? 사전 예고, 커밍순 등 1년 정도 전부터 선전 영상을 잔뜩 보여주니까 공개하기 전에 본 듯한 느낌이 들어. 실제로 앗, 이제부터 개봉인가, 하고 깜짝 놀랄 때도 있어. 그런 느낌이야."

형이 맥주를 홀짝이며 한가롭게 그런 이야기를 했다.

사실은 이것이 '시작'이었는데 프리오픈 때 우리는 아직 그런 태평스러운 말을 하고 있었다.

그러자 어디선가 다이고 하나코가 나타났다. "다로 씨, 산타, 이쪽으로 와"하며 내 팔을 끌었다.

오늘의 다이고 하나코는 익숙한 앞치마를 두른 모습이 아

니라 선명한 파랑 원피스를 입었다. 차분하고 심플한 실루
엣의 원피스는 그녀에게 아주 잘 어울렸다.

우리는 잠시 넋을 잃고 그녀를 보다가 퍼뜩 제정신이 들
었다.

"혹시 작품을 보여주려는 거야?"

내가 그렇게 묻자 내 팔을 잡아끌던 그녀가 살짝 뒤를 돌
아보고 미소 지었다.

"겨우 세팅이 끝났거든."

드디어 볼 수 있다.

나는 두근거렸다.

그녀 작품이 이 섬유 회관 지하층에 전시되어 있다는 것
은 알고 있지만 지금까지 한 발도 들여놓을 수가 없었다.

파티 회장을 나오자 그곳은 조용해서 과거로 돌아간 듯한
느낌이 들었다.

지하로 내려가는 계단은 고요해서 모르는 사람은 그 앞에
전시가 있으리라고는 생각도 못 할 것 같다.

지하층에 도착하니 짧은 복도 앞에 휑하니 트인 장소가
있었다.

어쩐지 그리운 느낌이 드는 어둠.

지하인데도 천장이 꽤 높고 막힌 느낌은 없었다.

활짝 열린 문.

그 너머에 펼쳐진 공간은 어둡다.

우리는 주뼛거리며 안에 발을 들였다.

"앗."

형과 나는 동시에 소리를 질렀다.

바람이 불고 있다.

조금 썰렁하지만 희미한 바람.

천장에서 드리워진 하얀 레이스 커튼 자락이 이쪽을 향해 팔랑거리고 있었다.

눈앞의 커튼을 젖히자 그 너머에 또 하얀 커튼이 일렬로 드리워져 있다.

그 커튼도 밀어젖혔다.

정면에 밝은 하늘이 보였다.

천천히 하늘에서 움직이는 구름.

파란 하늘 아래에는 초원이 펼쳐져 있다.

와삭와삭 풀이 흔들린다.

"이건, 도대체."

형과 나는 말문이 막혔다.

이것은 마치 형이 요코하마의 집에서 본 경치가 아닌가.

혹시 우리가 또다시 그 장소에 들어오고 말았나?

혼란스러워하는데 영상이 휙 사라졌다.

그러자 영상이 있던 곳은 역시 하얀 커튼이었고 그 너머에 불빛이 확 켜지며 오브제가 불쑥 떠올랐다.

다시 커튼을 젖혔다.

거기에는 조금 이상한 광경이 펼쳐져 있었다.

한가운데에 금속제 문.

그 오른쪽에 붙박이 유리창이 붙은 나무문.

왼쪽에는 공중에 떠 있는 나무 창문.

순간 나는 그것이 우리가 제공한 물건이라고 알아보지 못했다.

왜냐하면 그 문과 창문에는 꽃이 흐드러지게 피어 있었기 때문이다.

하얀 꽃과 검은 꽃. 다이고 하나코의 트레이드마크인 모노톤 꽃들.

그뿐만이 아니라 그 주위를 '공중을 나는 꽃'이 둘러싸고 있었다.

"우와, 이거 어떻게 되어 있는 거야."

무심코 나는 탄성을 질렀다.

"위에서 실로 매달았어."

다이고 하나코가 천장을 가리켰다.

잘 보니 무수히 많은 투명한 천잠사가 비처럼 천장에 매달려 있다.

그 다양한 길이의 천잠사에 하얀 꽃과 검은 꽃이 묶여 있어서 언뜻 보면 꽃이 공중에서 춤추는 듯 보였다.

"이거 힘들었겠네."

형이 감탄의 한숨을 내쉬었다.

금속제 문에 피어 있는 하얀 꽃과 검은 꽃은 항상 그렇지만 어떻게 붙였는지 모를 정도다. 청색과 녹색 그러데이션의 문에 그 흰색과 검은색이 빛나고 있다.

그 정밀한 만듦새에 감탄하면서도 다른 곳이 내 시선을 끌었다.

나무 창문 너머에 있는 것.

"저기, 다이고 씨, 저건."

나는 눈으로 신호했다.

밀짚모자.

형과 나는 그것을 보자 왠지 모르게 몸이 굳어졌다.

잔물결이 있는 오래된 유리 너머에는 옆을 향하고 있는 밀짚모자가 보였다.

그 각도는 창 너머에 누군가가 서 있는 듯 보인다.

"우후후. 문을 빠져나가는 여자아이를 이미지화했어."

다이고 하나코는 천진난만하게 웃었다.

"이거 봐. 여기도."

그녀가 쓱 가리키는 곳을 보고 우리는 깜짝 놀랐다.

금속제 문 아래쪽.

어우러져 피어 있는 꽃 사이로 발이 보였다.

운동화를 신은 작은 발. 장딴지부터 조금 아랫부분까지가 문 안에서 쑥 튀어나와 있다.

하얀 양말을 신은 소녀의 발.

자세히 보면 만들었다고 알 수 있지만, 언뜻 보면 정말로 작은 여자아이가 지금 막 문을 빠져나가 문 너머로 사라지기 직전으로 보였다.

"문을 방금 빠져나간 모습이야."

다이고 하나코는 싱긋 웃었지만 우리는 도저히 웃을 수 없었다.

영상과 조명 그리고 오브제를 사용한 그녀의 작품은 우리가 보기엔 '스키마와라시'를 모델로 했다고밖에 생각할 수 없었는데 그때 우리는 그녀에게 그것을 확인할 수 없었다.

그것을 입에 담으면 무언가 되돌릴 수 없는 일이 일어날 듯한 느낌이 들어서였다.

다이고 하나코는 '스키마와라시'를 본 적이 있을까.

아니면 본 적이 없어도 소문 정도는 들은 적이 있을까.

그때는 아직 몰랐지만 그녀의 이 작품을 처음 보았을 때의 일은 그 방에 발을 들인 순간 현실과 환상이 녹아서 하나로 섞인 듯한 강렬한 인상을 남겼다.

형과 나는 감탄의 말을 흘리는 것이 고작이었다.

실제로 그녀의 오브제는 너무나도 아름다웠고 문과 창은 멋지게 조화를 이루었기에 그녀도 우리도 주최자 측도 그 솜씨에 불만이 없었다.

A 페스티벌은 그런 식으로 조용히 시작되었지만 불가사의한 열광이 있었다.

그때까지도 몇 번이나 지방 아트 페스티벌에 간 적이 있지만 분위기는 각각 달랐다.

대대적이며 상업적이라 이벤트라는 느낌이 강하게 드는 것, 수제이며 조촐하고 아담해서 학교 문화제 같은 것(아마추어 같다고도 할 수 있다), 마지막까지 주최자 측과 참가자 측의 이미지가 일치되지 않았다고 보이는 것.

제각기 재미있는 점도 있었고 유감스러운 점도 있었다.

하지만 A 페스티벌은 그때까지 본 어떤 것과도 달랐다.

전에도 이야기한 듯한데 현대 아트는 일상에 강렬한 이화작용을 불러오는 것이자, 익숙한 경치 속에 본 적 없는 것, 혹은 그 속에 숨겨져 있던 것, 내포되어 있던 것을 겉으로 드러내는 것이다. A 페스티벌은 어쩌면 이쪽 세계가 진짜 세계 아닐까, 하고 생각하게 하는(의심하게 하는) 체험이었다.

석 달 동안 S시에는 다른 세계가 출현했다. 그 마을에 갈 때마다 다른 차원으로 들어가는 것 같은 기묘한 부유감이 있었다.

지금도 떠오른다.

S시의 도매상 거리를 걸었을 때의 그 느낌.

언뜻 아무런 특별한 것 없는 동네인데 여기저기에서 무언가가 부르는 느낌.

물론 나는 계속 경계하고 있었기에 조심성 없이 무언가를 만지지는 않았다.

언젠가는 '만져야'만 한다는 예감이 있었지만 그것은 지금이 아니라는 생각이 들었다.

페스티벌 기간 중 나는 몇 번이나 다이고 하나코의 작품을 보러 갔다.

섬유 회관의 지하 복도 안쪽의 어둠 속.

살랑 불어오는 바람. 말려 올라가는 하얀 레이스 커튼 자락. 커튼에 비추는 파란 하늘과 초원. 하늘을 나는 모노톤 꽃.

계속 보고 있어도 전혀 질리지 않는다.

가게를 보는 틈틈이 다른 회장에도 발걸음을 옮겼다.

끈적끈적한 물이 가득한 운하의 창고 거리에 출현한 거대한 축제의 장.

운하에서 올라온 듯 보이는 인어와 물고기 인간이 있다. 폐선된 선로 위를 달리는 환상의 범선이 있다.

해 질 녘 창고 거리 상공을 물들이는 네온전구별들.

도매상 거리 안에 설치된 카페에는 언제나 누구든 아는 사람이 있어서 왠지 오래 자리를 차지하고 앉아 차를 마시거나 맥주를 마시며 시간을 보냈다.

아트와 앤티크의 컬래버레이션이라는 기획은 꽤 호평이었다.

실제 점포를 갖고 있지 않은 우리에게 가게를 내는 일은 첫 시도였는데 의외로 젊은 사람이 우리 골동품을 재미있어하며 사갔다.

은근히 골동품에 흥미가 있고 사고 싶다고 생각하는 사람이 제법 있다는 사실에도 놀랐다.

하긴 어디까지나 다이고 하나코의 작품이 커다란 영향을 준 것은 명백하다.

그런 문이 갖고 싶다, 그런 창문이 갖고 싶다.

그렇게 말을 하며 가게를 찾아온 사람이 상당수 있었다.

마찬가지로 작가와 컬래버레이션하여 출점한 골동품점에도 작품의 완성품에 따라 매상에 차이가 났다고 한다. 우리가 다이고 하나코와 한 팀이라는 것은 우리에게는 고마운 일이었다.

A 페스티벌 기간에는 이상한 이중생활을 보내는 듯했다.

우쓰미 씨와 고다마 씨, 다이고 하나코와는 마치 가족 같아서 S시에 또 하나의 가족이 있는 듯한 느낌이 들었다.

페스티벌도 이미 반 정도가 지나 급격히 가을 같아진 주말 아침.

나는 완전히 습관이 되어버린 너트와의 산책을 나섰다. 어느새 기온이 내려가 겉옷이 없으면 조금 추울 정도다.

다음부터는 무언가 입고 나오자고 생각하면서 너트 뒤를 걷고 있는데 문득 너트가 나를 돌아보았다.

그것은 드문 일이기에 나는 엉겁결에 너트 얼굴을 말똥말똥 보았다.

무표정이지만 무언가를 말하는 얼굴.

그때 갑자기 너트가 뛰기 시작했다.

리드줄에 더해지는 힘의 세기에 당황하며 그대로 같이 달려 나갔다.

이렇게 빠르게 달릴 수 있었다니.

너트가 전력 질주하는 일 자체가 처음이라서 혼란스러워하며 어떻게든 따라갔다.

리드줄을 놓치면 순식간에 남겨질 것만 같았다.

평상시의 산책 코스가 아니다. 주위 경치가 점점 뒤로 흘러간다.

어디로 가는 거지?

슬슬 숨이 차오른 나는 목적지로 보이는 건물에 움찔했다.

저 탑.

너트는 내가 페스티벌 기간에 무심코 피하던 소방서를 향하고 있다.

"너트, 저기는 안 돼."

나는 그렇게 외쳤다.

"가면 안 돼, 너트."

너트는 여전히 발을 늦출 기색이 없다.

결국 나는 리드줄을 놓고 말았다.

너트가 곧장 소방서 안으로 들어가는 것이 보였다.

어깻숨을 헐떡이면서 나는 문득 탑을 올려다보았다.

그 창에는 가만히 이쪽을 보고 있는 하얀 사람 그림자

가…….

그러다 퍼뜩 제정신이 들었다.

순간 내가 어디에 있는지 알 수 없었다.

별채의 이불 속이다. 방금 그것은 꿈이었다.

나는 꾸물꾸물 일어났다.

애초 잠이 얕은 편이지만 묘하게 사실적인 꿈이었다. 너트에게 끌려가며 잡고 있던 리드줄의 감촉이 아직 손에 남아 있을 정도다.

지금까지 자고 있었을 텐데 전력 질주한 피로감까지 느껴졌다.

세수를 하고 밖으로 나와 보니 꿈속에서 나를 두고 달려간 너트가 여느 때처럼 철퍼덕 누워 있다.

나를 보더니 '시간이군요'라는 무기력한 표정으로 느릿느릿 일어났다.

그날 아침의 산책은 마치 두 번째 같았다.

금방이라도 너트가 나를 돌아보고 갑자기 달려 나갈 것만 같은 느낌이 든다.

하지만 너트는 한 번도 나를 돌아보지 않고 평상시 코스를 그의 템포로 걸어 평상시처럼 돌아왔다.

무엇이었을까, 그 꿈은.

나는 걸으며 생각했다.

여기서부터 소방서까지는 꿈속에서 체감한 시간 정도로

는 다다를 수 없을 정도로 먼데.

그럭저럭 짐작이 갔다.

어쩌면 저도 모르게 소방서에 가야만 한다고 생각하고 있는 것일까? 혹은 가게를 지켜야 한다는 이유로 소방서 가는 일을 피하고 있는 자신을 나무라고 있는 것일까?

너트마저 기다리다 지쳐 달려 나갔다.

나는 그곳에 가야만 하는 것일까.

그날은 그런 것을 우물쭈물 생각하면서 가게를 지켰다.

이날은 형도 저녁 무렵부터 S시에 올 예정이었는데, 형도 나도 아직 소방서의 탑에서 하는 전시만은 보지 않았다. 북유럽 아티스트가 골랐다는 그 장소.

가야만 한다. 가고 싶지 않다.

온종일 양쪽 기분이 내 마음속에서 줄다리기 하는데, 서서히 해가 기울어지고 오후가 깊어져 슬슬 가게 문을 닫아야 하나 생각하던 무렵 다이고 하나코가 가게에 불쑥 나타났다.

손에는 커다란 미러볼을 들었다.

"그게 뭐야?" 하고 묻자 다이고 하나코는 싱긋 웃었다.

"소방서 위층에서 댄스파티가 열리니까 장식하는 걸 도우려고. 산타도 도와줄래?"

그녀는 오늘도 앞치마 차림이다.

그러고 보니 옛날에 소방서에서 자주 열렸다는 댄스파티

508

를 부활시키려 한다는 이야기가 있다고 했지.

"좋아요."

나는 쾌히 승낙했다.

"혹시 그 미러볼, 다이고 씨가 만들었어?"

"응. 직접 만든 미러볼."

나란히 걸으면서 그녀와 함께라면 소방서도 무섭지 않다고 생각했다. 정말로 이 사람은 수로 안내인처럼 언제나 어딘가로 나를 이끌어준다. 그런 느낌이 들었다.

아침에 꿈에서 본 소방서의 탑이 가까워지자 긴장감이 슬그머니 다가왔다.

저물어가는 하늘에 우뚝 솟은 하얀 탑.

문득 탑 창문에 시선을 향해 사람 그림자를 찾았다.

창 안쪽에서 여러 사람이 움직였지만 그것은 아무리 보아도 전시를 보러 온 관람객이었기에 안심했다. 다이고 하나코는 전에 본 사람 그림자는 이미 신경 쓰지 않는 눈치로, 잡다한 이야기를 하면서 성큼성큼 안으로 들어갔다.

전시를 보고 돌아가는 그룹 관람객과 스쳐 지나가며 계단을 올랐다.

댄스파티 회장이 될 플로어에는 각종 자재가 들어와 있고 스태프가 한창 준비 중이었다.

다이고 하나코와 스태프와 함께 미러볼을 천장에 매달 방법을 생각했다.

그동안에도 벽 사다리에서 사람이 줄줄 내려온다. 위에 있는 전시를 보고 온 관람객이다.

내가 그 관람객들을 멀거니 보고 있는데 다이고 하나코가 "산타, 위에 있는 전시 봤어?" 하고 물었다.

"아니, 아직."

그렇게 대답하자 "보고 오는 게 어때?" 하고 재촉한다.

"다이고 씨도 같이 갈래?"

나는 그렇게 부탁했다.

혼자서는 갈 수 없다. 저 장소에 나 혼자서는.

오늘 아침 꿈에서 본 너트에게 "가면 안 돼"라고 외친 일을 떠올린다.

다이고 하나코는 의외라는 표정이었지만 바로 고개를 끄덕였다.

"좋아. 그럼 갈까."

다이고 하나코는 가볍게 방 안쪽에 있는 사다리에 오르며 나를 돌아보았다.

나도 고개를 끄덕인 뒤 그녀 뒤를 따라 사다리를 올랐다.

어느새 두근거리기 시작했다.

척척 사다리를 오르는 그녀를 따라 내 몸도 네모난 구멍을 통해 위로 나온다.

밝다. 그리고 파랑과 초록의 빛.

그곳은 탑 안의 나선계단으로 향하는 작은 층계참이었다.

밖에서 본 창 너머의 파란 하늘. 작은 문이 있고 원형 테라스로 나갈 수 있게 되어 있다.

하지만 나는 머리 위에 있는 것에 완전히 정신이 팔려 있었다.

탑 꼭대기로 이어지는 나선계단은 중앙이 뚫려 있는데 그곳을 물고기가 헤엄치고 있다.

어떤 구조로 되어 있을까.

천장에는 한들한들 수초가 흔들거리고, 그 사이를 커다란 물고기 그림자가 유유히 헤엄친다. 모양으로 보아 연어나 그 비슷한 물고기 같다.

탑 꼭대기가 수면이고, 우리는 물 밑에서 헤엄치는 물고기를 올려다보는 모습이다.

수면을 통해 아른거리는 파랑과 초록의 나뭇잎 사이로 햇살이 비치는 모습을 바라보니 여기가 소방서의 꼭대기에 가까운 장소인 것이 생각나지 않을 정도였다.

그렇구나. 여기를 전시 장소로 고른 아티스트는 허공을 물속으로 표현했구나.

"예쁘다."

나는 무심결에 그렇게 중얼거렸다.

"어떤 구조일까."

"홀로그램 같아."

다이고 하나코 얼굴에도 녹색 그림자가 아물거린다.

"위에도 올라가 봐요."

나선계단을 더 올라보아도 어떻게 비추어지는지 잘 모를 정도로 불가사의한 풍경이었다. 나선계단에서 손을 뻗으면 만져질 것 같은 곳을 물고기들이 유유히 헤엄치고 있다.

나도 모르게 손을 내밀어 보았지만 손가락은 연어 몸을 통과했다.

사실적인 겉모습과 달리 실체가 없어서 스르륵 빠져나가는 바람에 당황했다.

찬찬히 물고기들을 바라보는 동안에 나선계단에 인접한 벽이 눈에 들어왔다.

파랑과 초록의 빛이 벽 위에서 움직이고 있어서 별 생각이 없다가 문득 깨달았다.

타일이 아니다.

몸 어딘가가 움찔했다.

아쿠쓰가와 호텔에서 이축했다던데 타일은 포함되지 않았나?

나는 벽은 건드리지 않고 주위 벽을 천천히 둘러보았다.

역시 타일 같은 것은 보이지 않는다.

게다가 무엇보다 아무런 기척도 느껴지지 않고 몸도 반응하지 않으며 긴장감도 없다.

어떻게 된 일이지? 이축했다는 말이 틀린 것일까?

아니, 부모님이 몇 번이나 이곳에 타일을 보러 왔다고 했지 않았나. 역시 여기에 있을 것이다.

내가 두리번거리는 것을 보고 다이고 하나코가 "왜 그래?" 하고 물어보았다.

"이 탑에 이축해온 타일이 있을 텐데."

나는 우물거렸다. 부모님이 건축가로, 몇 번이나 이곳에 왔다는 이야기는 그녀도 들었기에 그녀는 "아아" 하며 고개를 끄덕였다.

"밖이야."

"밖?"

"오래된 타일 말이지? 층계참에서 이어지는 테라스 바깥쪽에 사용했어."

그랬나, 그래서.

나는 무심결에 고개를 끄덕였다.

"볼래? 이쪽이야."

다이고 하나코는 가볍게 나선계단을 내려가 길쭉한 문을 벌컥 열고 먼저 밖으로 나갔다.

나도 그 뒤를 따랐다.

생각보다 차가운 바람이 뺨을 어루만졌다.

"와, 경치 멋지다."

나는 탄성을 질렀다.

원형 테라스는 그야말로 S시를 360도로 다 볼 수 있었다. 옛날이라면 어디서 불길이 올라오는지 한눈에 알 수 있었으리라.

"이 세상을 지배하는 듯한 기분이 들어."

다이고 하나코가 난간에 기대어 살짝 미소 지었다.

"응. 신의 시점 말이지?"

길을 달리는 자동차가 보이고 멀리 운하변 창고 거리가 보인다. 섬유 회관이 있는 아케이드도 알아보겠다. A 페스티벌의 메인 회장이 전부 시야 안에 들어와 있다.

"그러면 아틀리에와 별채는 저쪽?"

내가 가리키자 다이고 하나코가 고개를 끄덕였다.

그때 그녀가 아래를 내려다보고 "어?" 하고 중얼거렸다.

"저기 저거, 너트 아니야?"

나도 그녀의 시선이 향하는 곳을 보았다.

그러자 소방서 입구 앞에 앉아 있는 개가 보였다.

흠칫했다.

"어? 설마."

그 개는 너트와 많이 닮았다.

"아니, 역시 너트야. 왜 여기에? 저녁 산책? 누가 데리고 왔지? 그것도 여기까지 오다니."

다이고 하나코는 몸을 내밀어 주위를 둘러보았다.

하지만 개는 가만히 앉아 있을 뿐이고 누가 같이 온 기색은 없다.

"혼자 여기까지 왔다고? 말도 안 돼."

다이고 하나코가 의아한 목소리로 말하는 것을 나는 식은 땀을 흘리며 들었다.

"나, 잠깐 확인하고 올게. 너트라면 데리고 가야지."

다이고 하나코는 휙 층계참으로 뛰어 들어가 쑥쑥 사다리를 내려갔다.

그 움직임을 보면서 나는 그 자리에서 움직일 수 없었고, 그저 너트를 내려다보기만 했다.

너트가 갑자기 이쪽을 올려다보았다.

나는 눈이 마주쳤다고 느꼈다.

오늘 아침에 꾼 꿈.

어쩐지 시간이 되돌아간 듯했다.

그 꿈이 실현되려 하고 있다.

그렇게 직감했을 때, 갑자기 기척을 느꼈다.

뒤에 누군가가 있다. 그런 느낌이 들었다.

엄청나게 커다란 존재. 그 존재가 나를 보고 있다.

온몸이 확 부풀어 오르는 듯한 공포를 느끼며 나는 뒤로 돌았다.

그리고 거기서 보았다. 하얀 탑을……. 아니, 아쿠쓰가와 호텔의 환영을……. 아니, 그것도 아니다……. 새하얗게 빛나는 타일, 인격을 가진 무언가, 내가 알고 있는 무언가, 나를 기다리고 있던 무언가, 드디어 만난 '무언가'가 그곳에 있는 것을.

마침내 왔다.

더구나 전혀 마음의 준비가 되어 있지 않아서 완전히 허를 찔렸다.

그 순간 나는 이런 생각을 했다.

무엇이 왔는지 모르지만 어쨌든 지금 '그때가 왔다'고.

연이어 일어난 일은 지금도 잘 설명할 수 없다.

너무나 무서워서 도망치려 했던 것은 기억난다.

하지만 그것과 동시에 강하게 끌린 것도 사실이다.

내 몸은 벽으로 쭉 빨려들어 갔다.

엄청난 자석에 달라붙는 느낌.

저항도 전혀 못 하고 굉장한 힘에 몸을 맡긴 다음 순간 나는 타일이 붙은 벽에 부딪혔다……고 생각했다. 벽과 충돌해서 강한 충격이 올 테니 마음의 준비를 하고 있었다.

그러나 그런 일은 없었다.

나는 순식간에 벽을 통과하여 어딘가 눈부시게 밝은 장소로 던져졌다.

온몸이 훅 뜨거워졌다.

아, '스키마와라시' 같아. 그렇게 생각했다.

엘리베이터에서 뛰어나와 복도를 달려 벽을 뚫고 나간 그 아이처럼.

그런데 여기는 어디지?

벽 너머는 나선계단이 있고 물고기가 헤엄치는 전시회장

일 텐데.

뜨겁다. 공기가 흔들린다. 발밑이 푹신푹신해서 어쩐지 불안하다.

이런 체험은 처음이다.

지금까지 겪었던 어떤 것과도 다르고 무엇보다 체감 시간이 길다.

여러 가지 소리가 들린다. 이전에도 들었던 기계 작동음 같은 것과 타닥타닥 무언가가 타는 소리. 떠들썩한 사람들, 외침, 탄성.

앞쪽에 빛 덩어리가 보였다. 엉겁결에 나는 그쪽으로 향했다. 사람은 먼저 빛부터 향해 가는구나, 하고 실감했다.

그때 나는 걷고 있지 않았다. 다리를 움직이지 않았는데 몸이 나아간다. 허공을 헤엄친다고 하는 쪽이 가깝다.

게다가 내가 바라지도 않았는데 점점 빨라진다.

우와, 뭐야, 이 속도는.

나는 남 일처럼 그렇게 생각했다.

귓가에서 '윙' 하고 바람 소리가 들리고 강한 열기가 느껴졌다.

무심코 눈을 감고 "앗" 하고 외쳤다.

그리고 다음 순간, 어딘가로 나와 있었다.

조용하고 메마른 장소. 상반신이 벽에서 튀어나와 있다.

"어?"

나는 그야말로 얼빠진 소리를 냈다.

뭐야 이거. 이거 아무리 생각해도 터무니없잖아. 물리적으로도 이상한 상황 아니야?

그때 눈앞에서 "우왓", "꺅" 하고 비명이 들렸다.

깜짝 놀라 반사적으로 얼굴을 감쌌다.

분명 무슨 일이 일어났다고 생각했는데 주변은 조용하다.

침묵.

나는 손가락 틈새로 주뼛주뼛 그 앞에 있는 남녀를 훔쳐보았다.

그러나 상대는 나보다 훨씬 겁을 먹고 있는 상태로, 홀쭉하고 키가 큰 남성이 뒤쪽에 작은 몸집의 여성을 감싸는 듯한 모습으로 홱 물러서서 마찬가지로 나를 들여다보고 있는 것이 아닌가.

넓은 건물 안. 묵직하고 차분한 석조 내부.

어? 이 광경, 어디선가 본 적 있는데……. 어딘가의 타일을 만졌을 때다. 무언가에 놀란 남녀……. 이 두 사람, 본 적이 있다. 그때도 나중에 알아차렸지.

나는 꿀꺽 침을 삼켰다.

설마……. 설마 이 두 사람은 정말로.

나는 무심결에 큰소리로 외쳤다.

"아버지? 어머니도?"

두 사람은 깜짝 놀라 온몸을 떨었다.

돌연 벽 안에서 튀어나온 괴물(로 보였을 것이다)이 그렇게 부르다니 설마 상상조차 못했겠지.

두 사람은 서로에게 매달리는 듯하다가 조금 지나서 말의 의미를 깨달았는지, 꾸물꾸물 내 얼굴을 보았다.

그러나 여전히 혼란스러워서 얼굴이 창백하다.

하지만 나는 더욱더 확신했다. 젊었을 때의 아버지와 어머니를 바로 앞에서 보는 일은 뭐라 할 수 없이 기묘했다. 현재의 형 쪽이 훨씬 나이 들어 보이기도 하고.

"나, 산타예요. '흙을 산'에 '많을 다'를 써서 산타. 어째서 내 이름, 이런 한자를 쓴 거예요?"

그 기세에 그렇게 묻고 말았는데 재회한 첫 질문이 그거냐며 바로 자신을 꾸짖었다.

그렇지만 제일 먼저 묻고 싶은 질문이었던 것은 틀림없다.

그러나 두 사람은 깜짝 놀라 얼굴을 마주보았다.

"산타?"

"흙을 산에 많을 다를 써서?"

당황한 표정.

"우리 집엔 아직 다로만 있는데."

아버지가 나직이 중얼거려서 나는 소스라치게 놀랐다.

설마, 이 시점에 나는 아직 태어나지 않았나?

그럼 정말 두 사람은 아직 젊었겠구나.

나는 새삼스레 두 사람을 말끄러미 보았다. 지금 나와 비

숫하거나 어쩌면 나보다 아래?

그러자 다음 질문이 생각났다.

"그럼 하나코는? 다이고 하나코는 우리와 무슨 관계가 있어?"

그러자 어머니가 퍼뜩 놀라 눈을 동그랗게 뜨고 나를 보았다.

"다이고 하나코? S시에 사는?"

그 진지한 표정에 압도되어 나는 고개를 끄덕였다.

"응. 지금 나와 함께 있어."

"건강해?"

"응. 밝고 강하고 멋진 사람이야."

"하나."

어머니 눈이 촉촉해졌다.

"하나는 내 친한 친구의 딸이야. 결혼식에 유일하게 부른 중학교 시절부터 엄청 친하게 지낸 친구. 그녀는 미혼모가 될 예정이었지. 자신이 고아였으니까 어머니가 되는 걸 엄청 기대했어. 하지만 옛날부터 몸이 약했는데 임신하고 바로 중병에 걸린 걸 알았지. 하지만 반드시 낳고 싶다고. 내 아이 이름이 다로니까, 여자아이라면 하나코라고 붙일 거라고 했었어."

말문이 막혔다.

"하나코를 외톨이로 만들 수는 없다고 결심했어. 처음에는 내가 거두려고 했어. 우리 아이로 키우려고 했지. 하지만 아직 다로도 어렸고 우리에겐…… 도저히는 아니지만 또 한 명을 키울 경제적 여유가 없었어."

어머니는 분한 표정을 지었다. 아버지도 어머니 어깨를 끌어안고 고개를 숙였다.

"그래서 우리 친척에게 맡겼어. 우리 부모님은 양쪽 부모님 모두가 반대한 결혼이라 사랑의 도피를 했기에 어느 쪽 친척과도 절연 상태였지. 하지만 유일하게 알고 지내는 숙부 부부가 S시에 살았어. 내가 연이어 부모님을 잃었을 때 자신의 집으로 오지 않겠느냐고 말해주셨던 분이야."

어머니는 먼 산을 바라보았다.

"아이가 없는 부부였으니 기뻐하며 거두어주셨어. 제대로 하나코라고 이름도 지어주시고."

그 눈에 눈물이 차오른다.

"하지만 정말은 우리가 키우고 싶었어. 언젠가는, 언젠가는 우리가 키울 수 있다면 하고 생각했지. 정식으로 다이고 집안 양녀가 되었으니 더 이상 그 가능성은 없다는 걸 알았지만."

부모님이 열심히 일했던 이유에는 그 탓도 있었나. 경제적인 이유로 하나코를 데리고 오지 못한 것이 어지간히 원통했나 보다.

"어머니" 하고 나는 엉겁결에 몸을 내밀었다. 몸 대부분이 벽에서 나올 것 같았다.

그때 갑자기 멍멍, 짖으며 달려오는 그림자가 있다.

"지로?"

내가 외치자 부모님도 돌아보았다.

"지로! 어째서?"

"차 안에 있었을 텐데."

그것은 확실히 지로였다.

기억 속의 할아버지 개와 달리 아직 어리다.

오늘 아침에 꾼 꿈을 되감는 느낌이 들었다. 그러고 보니 다이고 하나코가 보러 갔는데, 그것은 정말 너트였을까?

"오늘 아침에 드물게도 달라붙어서 떨어지지 않기에 차에 태웠는데."

"지로."

지로는 나를 향해 격렬하게 짖었다. 그 험악함에 반사적으로 몸을 젖혔다. 그리고 동시에 내 바짓단을 무언가가 세차게 당기는 것을 깨달았다. 엄청난 힘이다. 나는 벽 안으로 쓱 끌려 들어갔다.

"앗." 부모님이 외친다.

두 사람의 모습이 멀어진다.

나는 그때 또 해야 할 말이 떠올랐다.

"××××년 3월 ××일에는 차에 타지 마!"

그렇게 외쳤지만 이미 두 사람 모습은 사라진 뒤였는데,

과연 들렸을까.

돌아보니 내 바짓단을 물고 있는 너트와 눈이 마주쳤다.

지로와 너트를 연이어 보니 역시 이 두 마리는 닮았다.

"산타!"

혼란스러운 비명이 들렸다.

얼굴을 들어보니 너트의 리드줄을 잡은 다이고 하나코와
형 모습이 보였다.

"뭐야? 여기는 어디야?"

다이고 하나코는 놀란 눈으로 당황하며 주위를 둘러보았
다. 형은 여느 때처럼 침착했지만, 얼굴에 나타나지 않을 뿐
으로 실제는 역시 굉장히 혼란스러울 것이다.

이 세상 것처럼 보이지 않는 망막하고 넓은 공간. 이런 장
소에 우리 세 사람과 한 마리가 있는 것 자체가 도저히 현실
로 보이지 않지만, 이 장소도 우리도 지금 이곳에 존재하는
것은 꿈이 아니다.

"별채에 가려고 했더니 너트가 나를 향해 따라오라고 하
는 것처럼 짖기에 뒤쫓아 왔어."

"맞아. 아래로 내려갔더니 다로 씨가 와 있었는데, 너트가
계단을 오르더니 사다리 위를 향해 멍멍 짖어서 안고 올라
와 내려놓자마자 테라스로 나가더니 벽으로 뛰어들기에 리
드줄을 잡았더니 여기였어."

조금 패닉 상태인 듯 두 사람은 빠른 말투로 떠들었다. 사

실을 말하자면 나도 계속 패닉 상태였다. 여하튼 지금 막 내가 태어나기 전 젊었던 부모님을 만나고 왔으니까.

너트는 그때 내 바짓단을 휙 놓고 누군가가 부른 듯 다른 방향을 쓱 보았다. 그리고 '무언가를 찾았다'라고 말하는 것처럼 갑자기 그곳을 향해서 달려갔다.

팽팽해진 리드줄을 잡고 있는 다이고 하나코가 앞에서, 그리고 우리는 그 뒤를 따라 달렸다.

"아까, 누구와 이야기했어?"

뛰면서 형이 내 귓가에서 외쳤다.

"나중에 정리해서 이야기할게."

나는 헉헉거리며 외쳤다.

"그런데 산타라는 이름은 내가 붙였던 거더라."

"뭐?"

깜짝 놀란 부모님 얼굴이 눈앞에 떠오른다.

"산타?"

"흙을 산에 많을 다를 써서?"

나는 혀를 찼다.

이게 무슨 일이야! 내가 부모님에게 앞으로 태어날 아이 이름을 가르쳐주었다는 말인가.

일렁이는 공기. 멀어졌다, 가까워졌다, 하는 웅성거림. 안개 낀 듯한 장소가 끝없이 이어진다. 멀리서 또 다른 빛 덩어리가 흐릿하게 보였다.

순식간에 그 빛 덩어리가 가까이 다가와 커진다. 너트는 망설이지 않고 쏜살같이 그 빛 안으로 뛰어들었다.

가로막는 것이 없는 푸른 하늘.

너트는 그곳에 우뚝 멈춰 섰다.

우리는 눈을 끔뻑이고 헐떡거리며 너트 뒤에서 숨을 가다듬었다. 온몸이 땀범벅이다.

우리가 도착한 그곳에는 콘크리트 잔해더미의 산이 한없이 펼쳐져 있었다.

구름 한 점 없는 푸른 하늘 아래 콘크리트 잔해더미의 산이 끝없이 이어진다. 구부러진 철골, 녹슨 철근이 튀어나온 콘크리트 덩어리. 그것이 바다처럼 펼쳐져 있고 주위는 적막했다. 우리의 거친 숨소리만이 들렸다.

"여기는."

형이 나직이 중얼거렸다. 나와 시선이 마주쳤다.

"거기네."

말은 하지 않았지만 서로 이해했다.

이곳은 '스키마와라시'가 있는 장소다.

그렇게 생각한 순간 콘크리트 잔해더미 그늘에서 별안간 하얀 잠자리채가 튀어나왔다.

"앗, 저기."

다이고 하나코가 그것을 보고 손가락으로 가리켰다.

형과 나는 다음에 무엇이 보일지 이미 알고 있다.

하늘색 도란을 어깨에 메고 밀짚모자를 쓴 여자아이. 하얀 원피스를 입고 머리를 세 갈래로 땋은 여자아이. '마미'라고 불리는 여자아이.

그 예상대로의 모습이 불쑥 나타났다.

"저런 곳에 아이가."

다이고 하나코의 눈이 놀라서 휘둥그레졌다.

그 모습을 보고 그녀는 '스키마와라시'를 전혀 몰랐다는 것을 깨달았다. 그러면서도 그런 작품을 만들었다.

여자아이는 가볍게 콘크리트 잔해더미 위를 여기저기 옮겨 다니며 쭈그려 앉아 무언가를 바스락바스락 찾고 있다.

"뭐 하는 거지?"

나에게 다이고 하나코가 낮게 속삭였다.

너트는 헥헥거리며 가만히 그 자리에 웅크리고 앉았지만 그 눈은 여자아이를 지그시 응시하고 있다.

그때 여자아이가 휙 얼굴을 들어 우리 쪽을 보았다.

꽤 떨어진 장소인데 그 시선에 꿰뚫린 듯한 느낌이 들어서 우리는 깜짝 놀랐다.

우리를 발견했다.

그런 느낌이다.

여자아이가 우리에게 다가왔다.

폴짝폴짝 철골과 콘크리트 덩어리 위를 뛰어 이쪽으로 향하고 있다.

그 모습에 나는 순간 공포를 느꼈다.

우리를 발견해서, 여기까지 와서, 그다음은 어떻게 되지?

그러나 움직일 수 없었다. 우리는 도망도 못 가고 서서히 다가오는 그 여자아이를 가만히 숨죽인 채 바라보았다. 너트도 전혀 움직이려고 하지 않는다.

드디어 여자아이는 바로 몇 미터 앞까지 와서 멈춰 서서, 가만히 이쪽을 바라보았다.

다이고 하나코의 몸이 순간 굳어지는 것을 알 수 있었다.

여자아이가 바라보고 있는 사람은 그녀였다.

형도 나도 너트도 아니고 그저 다이고 하나코만을 바라보고 있다.

그리고 여자아이가 물었다.

"하나야?"

머릿속에 직접 울리는 맑은 목소리.

한순간.

그리고 다이고 하나코가 힘 있게 끄덕이며 대답했다.

"맞아."

여자아이가 빙그레 웃었다.

"찾았다. 계속 찾았어."

여자아이는 풀썩 주저앉아 잠자리채를 놓더니 밀짚모자를 벗었다. 그러고는 어깨에 메고 있던 도란을 어색한 손놀림으로 꾸물꾸물 벗었다.

그리고 나서 여자아이는 다시 일어나 양손 위에 도란을
바치듯 들고 다이고 하나코 앞까지 걸어왔다.

"자, 줄게."

양손을 다이고 하나코 앞에 내밀었다.

다이고 하나코는 어안이 벙벙해서 "나한테?" 하고 자신을
가리켰다.

여자아이는 고개를 크게 끄덕였다.

"응. 하나한테 주려고 다 같이 모았어."

다이고 하나코는 반신반의하는 표정으로 그 도란을 받아
들었다.

가만히 도란 뚜껑을 열었다.

형과 나도 엉겁결에 같이 안을 들여다보았다.

거기에는 식물의 씨앗이 잔뜩 들어 있었다. 모양도 크기도
각양각색이고 조금 탄 것도 있었으며 아직 새것도 있다.

"씨앗."

다이고 하나코는 얼굴을 들어 이상하다는 듯 여자아이를
보았다.

그러나 여자아이는 이제 다이고 하나코에게 관심을 잃은
듯했다. "후아아" 하고 크게 기지개를 켜고 밀짚모자를 쓴 뒤
잠자리채를 들고 또 폴짝폴짝 원래 있던 곳으로 뛰어갔다.

그리고 어딘가를 향해 크게 외쳤다.

"얘들아, 하나를 찾았어~."

그 목소리에 반응하듯 너트가 불쑥 일어났다.

"앗."

너트는 여자아이와 다른 방향으로 콘크리트 잔해더미 속을 걸어 나갔다.

"너트, 어디가."

그렇게 물었지만 너트는 아랑곳하지 않고 나아갔기에 우리도 그 뒤를 따라갈 수밖에 없었다.

비교적 평평한 곳을 골라 걸었지만 콘크리트 잔해더미 위는 걷기가 아주 힘들어서 우리는 애를 먹었다. 변함없이 아무런 소리도 들리지 않고 우리의 발소리만이 울려 퍼진다.

"어디까지 이어지는 거지."

"엄청나게 넓은 곳이네."

투덜거리며 콘크리트 잔해더미 구릉을 하나 넘자 정면에 덩그러니 문이 보였다.

그곳만 어떤 상태인지 콘크리트 잔해더미 안에 금속제 문한 장이 똑바로 서 있다.

그것은 어딘가에서 본 적이 있는 문이다.

파랑과 초록의 색채 그러데이션이 인상적인 금속제 문.

"저기, 저 문 설마."

그렇게 중얼거리며 세 사람은 얼굴을 마주보았다. 다들 똑같은 것을 생각하고 있는 듯했다.

그때 또 너트 걸음이 빨라졌다. 아무래도 그 문을 향해 가는 모양이다. 우리는 헉헉거리며 너트 뒤를 따라갔다. 이족 보행은 콘크리트 잔해 위를 걷는데 그다지 적합하지 않다.

문이 있는 곳에 도착하면 어떻게 될까 싶었는데 너트가 펄쩍 뛰어서 문으로 돌진하는 바람에 모두 "너트, 위험해" 하고 외쳤다.

그러나 다음 순간 너트 몸은 문 속으로 빨려 들어가듯 사라졌다.

순식간에 리드줄만 문 이쪽에 남았다. 그 모습에 놀랄 틈도 없이 이어 리드줄을 잡은 다이고 하나코, 그리고 형과 나도 차례차례 아무런 충격도 받지 않고 문을 통과했다.

"헉."

그곳은 어스름한 공간이었다.

지금까지 아무것도 가로막는 것이 없는 넓은 공간에 있었기에 갑자기 좁은 곳에 갇힌 듯 답답한 느낌이 들었다.

"여기, 어디지?"

다이고 하나코가 중얼거렸다.

눈앞에 흔들리는 하얀 커튼이 보인다.

"어?"

"여기는……."

우리 세 사람은 놀라고 당황해서 주위를 둘러보았다.

웬걸, 이곳은 다이고 하나코의 작품이 전시된 섬유 회관의 지하 1층이었다.

돌아보니 거기에는 그 금속제 문이 있다.

흰색과 검은색의 꽃이 피어 있는 문.

우리는 다이고 하나코 작품의 문을 통과해서 돌아왔다.

"진짜냐."

형이 문을 바라보면서 중얼거렸다.

"조금 전까지 소방서 위에 있었는데."

세 사람은 어안이 벙벙해서 얼굴을 마주보았다.

꿈을 꾼 것이라고밖에 설명할 수 없다. 하지만 다이고 하나코의 오른손은 리드줄을 쥐고 있고 왼쪽 겨드랑이는 하늘색 도란을 꼭 껴안은 채였다.

너트는 지친 표정으로 '아, 피곤해'라고 말하는 듯 그 자리에 웅크리고 앉았다. 아까까지 전력 질주를 했다는 것이 믿어지지 않을 정도로 평상시의 의욕 없는 너트다.

"너트, 엄청난 활약이었어."

"지로도 활약했어."

형의 말에 내가 대답하자 형은 영문을 모르겠다는 표정을 지었다.

부모님과 재회했을 때 그곳에서 지로가 짖지 않았다면 나는 어떻게 되었을까.

새삼스레 섬뜩했다.

그때 나는 벽에서 거의 빠져나와 있었다. 그대로 완전히 벽을 빠져나왔다면 과연 돌아올 수 있었을까? 지로가 저쪽에서 짖고 너트가 이쪽에서 당겼기에 돌아올 수 있지 않았을까.

개 두 마리가 나를 구했다.

나는 무심결에 주저앉아 너트 머리를 쓰다듬었다.

"고마워, 너트."

그리고 고마워, 지로.

벽 너머에 있던 지로에게 그렇게 말을 걸었다.

너트는 아무런 반응도 보이지 않은 채 털썩 누워 있을 뿐이다.

"이거 어떻게 설명해야 하지. 우리가 저쪽에서 사라져서 이쪽으로 오다니, 저쪽 스태프는 모르지?"

다이고 하나코는 아직 혼란이 가시지 않은 얼굴로 중얼거렸다.

"개도 있고."

세 사람은 너트를 보았지만 너트는 우리를 무시했다.

"뭐, 일어난 일은 어쩔 수 없지. 우리가 함께 꿈을 꾸었다면 이야기는 또 다르지만."

형은 여느 때처럼 할아버지 같이 말했다.

"정말로 정말이었지? 나, 그 아이에게 이거 받았지?"

다이고 하나코는 자신이 가지고 있는 도란을 찬찬히 내려다보았다.

그때 우리는 이 일련의 사건이 일단 끝났다고 여겼다. 내가 부모님과 만나고, 지로와 너트 덕에 돌아오고, 그 이상한 장소를 지나 '스키마와라시'의 영토인 콘크리트 잔해더미의 산에서 '하나'가 도란을 받은 일로 초현실적인 현상은 종료. 그런 느낌이었다.

그런데 그렇지 않았다.

진짜 '초현실적인 현상'은 실제로는 이 뒤에 일어났다. 그 것은 우리뿐만이 아니라 아주 많은 사람이 목격하고 그 이후에도 계속 회자되었다.

그 이야기는 대충 이렇다.

다만 이것은 나중에 여러 사람의 이야기를 짜맞춰서 구성한 것이기에 완벽하지는 않지만 어떻게든 전체 그림을 잡을 수 있으리라고 본다.

'그것'이 어디에서 몇 시부터 시작했는지는 지금도 논쟁이 이어지지만 제일 처음 목격된 곳은 오후 5시를 넘었을 무렵이라고 한다.

내가 소방서 사다리 위에 올라 탑의 타일 벽에 빨려 들어간 것이 4시 반 정도였던 것 같다.

그 뒤 형과 다이고 하나코와 너트가 15분 정도 뒤에 왔다고 한다. 세 사람 더하기 한 마리가 그 이상한 장소를 헤매고 순조롭게 섬유 회관 지하로 돌아온 것은 시계를 보았기에 기억하는데 막 5시가 된 참이었다.

그 안에서 느낀 것보다 시간이 걸리지 않았다. 아무래도 그 장소의 체험 시간은 실제 시간보다 꽤 긴 듯하다.

그래서 우리가 섬유 회관에 돌아온 무렵 전후에 '그것'이 시작된 것은 분명하다.

아마도 제일 처음 목격된 곳은 메인 회장 중 하나인 운하변 창고 쪽이다.

그 사람은 자신이 무엇을 보았는지 얼마간은 몰랐던 듯하다. 사무기기 배달을 하고 있던 그 사람은 물론 '마미'의 소문은 전혀 몰랐고 그저 아이가 뛰어가는 모습을 보았을 뿐이었다.

하지만 그 사람은 그 아이의 차림새가 역시 이상하다고 생각했다. 이제 완연한 가을이라고 해도 좋을 계절이라서 하얀 여름 원피스와 밀짚모자 차림에 위화감을 느꼈다.

자신은 점퍼를 입고 있었기에 한여름 옷을 입은 여자아이가 쏜살같이 달려가는 모습은 풍경 속에서 두드러져 '요즘 아이들은 아주 건강하네' 하고 생각했다고 한다.

위화감을 확실하게 느낀 것은 그 아이가 폴짝 다리 난간에 뛰어올랐을 때였다. 아무리 가벼운 아이라고 해도 똑같은 스피드로 난간 위를 달리다니 예사롭지 않다.

그 사람은 그런 생각을 했지만, 이윽고 여자아이 모습이 보이지 않게 되었기에 잊어버렸다고 한다.

창고 안에서 본 사람도 있다.

그것도 또한 조금 이상하게 등장했다고 한다.

30대 커플로, 그들은 창고 안에서 전시를 관람 중이었다.

운하에서 창고 안으로 들어가는 범선.

크기가 꽤나 커서 돛대 부분은 올려다보아야 할 만큼 높았다.

빙글 주위를 둘러보고 문득 범선 꼭대기를 보았다.

그러자 그곳에 여자아이가 있었다.

밀짚모자를 쓰고 하얀 원피스를 입은 여자아이가.

"저기 봐봐, 저런 곳에 여자아이가."

발견한 여성은 눈을 위로 향한 순간 여자아이가 갑자기 공중에 나타난 느낌이었단다.

여자아이는 돛대 꼭대기에 매달려 있었다.

"우왓, 위험해."

남성이 무심코 소리를 질렀다.

그때 주위에 있던 관광객 몇 명이 그의 목소리를 듣고 다들 범선을 올려다보았다.

"앗, 아이가."

"위험해."

다들 당황하는데 여자아이는 스르륵 돛대를 내려와 갑판에서 폴짝 가볍게 지면으로 뛰어내렸다.

주위가 떠들썩해졌다.

여자아이의 움직임이 예사롭지 않게 느껴졌다고 한다.

여자아이는 그대로 쿵쾅거리며 운하 옆길을 쌩하니 달려

가버렸다.

다들 입을 떡 벌리고 사라진 곳을 바라보았다.

그 여자아이가 도란을 메고 있었느냐는 점에서 의견이 나뉜다.

잠자리채는 들고 있지 않았다는 목격자 의견은 일치했다. 하지만 도란을 메고 있었느냐는 점에서 목격자 증언은 제각각이었다. 메고 있었다는 사람과 빈손이었다는 사람으로 나뉘었지만, 나중에 '스키마와라시'의 소문을 듣고 도란 이미지를 붙인 사람도 있을 것 같다.

그날 일련의 사건에 관한 사진이 몇 장인가 남아 있다.

목격자 수가 상당했으니 조금 더 남아 있어도 좋았겠지만, 그저 아이가 뛰어가는 것만으로 사진을 찍으려고 생각한 사람은 적었을 터이고, 자신이 목격한 것이 무엇인지 몰랐던 점도 있으리라.

그 귀중한 사진 몇 장에 뛰어가는 여자아이의 뒷모습이 언뜻 찍혀 있지만 사진을 본 것만으로는 도란을 메고 있다고는 보이지 않았다.

어쩌면 이미 그때는 도란은 필요 없었을 수도 있다.

도매상 거리의 아케이드에서도 목격한 사람이 있다.

이쪽 목격자는 어디서 나타났는지 보지 못했다.

재미있는 것은 이 목격자는 여자아이 여러 명을 보았다는 점이다.

다른 곳에서는 한 명만 목격되었는데 아케이드 거리에 출몰한 '스키마와라시'는 그 시점에서 이미 복수였다고 한다.

상점가 안에서 목격한 사람 이야기로는 완전히 똑같은 모습을 한 여자아이 두 명이 이어서 달리고 있었다고 한다.

밀짚모자에 하얀 원피스. 세 갈래로 땋은 머리를 공중에 휘날리며 엄청난 속도로 인도를 뛰어갔다.

'어, 쌍둥인가?' 그 사람은 그렇게 생각했단다.

첫 여자아이가 뛰어가고 몇 초 뒤에 다음 여자아이가 달려갔기에 같은 모습이라서 쌍둥이 자매가 숨바꼭질이라도 하는 줄 알았다고.

엄청난 스피드라서 그만 눈길을 끌었지만 나중에 질문을 받을 때까지 그 사실을 잊고 있었다고 한다.

그러고 보니 완전히 아이가 줄어든 이 마을에서 요즘 세상에 전력 질주를 하는 아이라니, 오랜만에 보네, 그런 생각을 했단다.

여자아이 두 명을 목격한 사람은 꽤 있다.

이 이야기 포인트는 '복수'라는 점이다.

즉, '스키마와라시'는 특정한 한 명이 여기저기에 출몰한 것이 아니고 동시에 여러 장소에 복수 존재한 것이다.

이제 깨달았겠지?

무려 그날 오후 5시 넘어서 S시 이곳저곳에 동시다발적으로 '스키마와라시'가 나타났다.

어디에서 나타났는지는 모른다. 하지만 동시에 여러 명의, 아니, 상당한 수의 '스키마와라시'가 나타났다는 점은 아마 이것이 처음이자 마지막, 그야말로 전대미문의 일이리라.

그리고 그런 일이 일어난 이유는 아마도 우리가 만난 '스키마와라시'가 "얘들아, 하나를 찾았어" 하고 부른 것에 대한 대답이라고 생각된다.

우쓰미 씨도 목격자 중 한 명이었다.

우쓰미 씨 또한 도매상 거리의 섬유 회관 입구에서 목격했다.

섬유 회관에서 접수원과 서서 이야기하고 막 떠나려는 순간이었다고 한다.

멀리서 엄청난 기세로 이쪽을 향해 달려오는 여자아이가 보였다.

밀짚모자에 하얀 원피스.

씩씩하게 달려오는 여자아이는 굉장한 스피드로 달렸는데 어쩐지 반짝거리고 슬로모션처럼 보였다고 한다.

우쓰미 씨는 그 여자아이를 본 적이 있었다.

그렇다. 내가 '신경 쓰이는 목격담'이라고 말했던, 이전에 철거 직전 빌딩의 엘리베이터에서 뛰어나간 여자아이를 목격한 이야기를 인터넷에 올린 사람이 바로 우쓰미 씨였다.

우쓰미 씨는 '그 아이다'라고 생각했다.

역시 무섭지는 않았지만 '그 아이'가 이 세상 사람이 아니라는 것은 알고 있었다.

아, 아직 이 주변에 있었구나. 그런데 역시 어디론가 가버리는 것에 조금 섭섭했다고 한다.

여자아이는 순식간에 달려나가 지하 계단을 콩콩 뛰어 내려갔다.

"뭘까요, 엄청난 기세였죠?"

접수를 보는 여성이 태평하게 말했다.

"그러게."

우쓰미 씨도 맞장구를 치며 여자아이가 지하로 사라지는 기척을 느꼈다.

그 아이가 이번에는 도대체 어느 벽을 통과해서 어디로 갈까, 하고 생각하면서.

그리고 동시다발적으로 이곳저곳에 나타나 서둘러 달려가는 '스키마와라시'들이 어떻게 되었느냐면.

요컨대 다들 이곳으로 왔다. 섬유 회관 지하. 다이고 하나코의 전시가 있는 지하층에.

어리둥절해 하는 우리 세 사람과 한 마리, 이제 이것으로 '사건'은 끝났다고 방심한 우리에게로.

우리가 얼마나 놀랐는지 상상해보라.

그것은 역시 뜻밖이었다.

첫 번째 한 명이 통통거리며 뛰어왔다.

"앗."

우리는 달려 온 여자아이를 바라보았다.

밀짚모자에 하얀 원피스.

그녀는 아무것도 들지 않았다. 잠자리채도 도란도 없다.

우리의 목격담은 그렇게 일치한다.

그녀가 하얀 커튼을 뚫고 나갔다는 점도 일치한다.

"어디서."

형이 중얼거렸지만 그 말을 듣고 있을 때가 아니었다.

그녀는 곧장 이곳으로 와 눈앞을 달려갔다.

그 금속제 문 안쪽으로.

우리는 멍하니 여자아이를 배웅했다.

물론 여자아이는 문과 충돌하지도 않고 문 안쪽으로 순식간에 사라져버렸다.

우리가 아까 체험한 것과 똑같이 문 저편으로 가버리고 말았다.

"저 아이, 아까 그 애야?"

다이고 하나코가 또 혼란스러운 목소리로 말했다.

그러나 혼란은 아직 끝나지 않았다.

통통거리는 발소리가 또 멀리서 들려왔기 때문이다.

더구나 그 소리는 하나가 아니었다.

아무리 들어도 엄청난 수였다. 서로 겹쳐가며 이쪽으로 다가오고 있다.

"설마."

형이 아연실색하여 중얼거렸다.

우리는 그 자리에서 움직일 수 없었다.

너트도 움직일 기미가 없었다.

나는 무심코 너트 얼굴을 보았는데, 이미 아무런 관심도 내보이지 않고 그곳에 넙죽 엎드려 있을 뿐이었다.

다음 순간 그녀들이 나타났다.

그것은 마치 질풍 같았다.

차례차례로 똑같은 모습을 한, 전혀 다르지 않은 모습의 여름 소녀들이 커튼을 헤치고 다가왔다.

조금이라도 늦으면 안 된다는 듯 쏜살같이 금속제 문 너머로 달려갔다.

그것은 기묘하면서도 어쩐지 마음이 설레는 광경이었다.

그녀들은 우리를 전혀 개의치 않았다. 완전히 무시. 여기에 우리가 있는 사실도 모르는 것 아닐까.

그것이 상쾌하기도 하고 섭섭하기도 했다.

그녀들의 역할은 끝났다.

다이고 하나코에게 그 도란을 전해준 것으로 이제 이곳에 있을 필요가 없어졌다.

밝은 여름이 눈앞에서 달려간다.

그런 느낌이 들었다.

우리나라의 여름이라는 계절이 지나가고 있다.

그런 생각도 들었다.

도대체 '스키마와라시' 몇 명이 지나갔을까?

꽤 오랫동안 '그녀들' 여러 명을 배웅한 듯하지만, 역시 체감 시간은 현실과 다르다고 알고 있기에 실제로는 '몇 명'이었는지는 알 수 없다.

"음, 교실 한 반 정도, 40명 전후일까?"

나중에 형이 태평하게 그렇게 말했다.

마지막 한 사람이 달려가는 모습이 우리 눈에 선명하게 새겨졌다.

원래 다이고 하나코의 작품인 금속제 문에는 작은 소녀 발이 달려 있다고 앞에서 이야기했다.

하얀 양말에 운동화를 신은 가짜 발이 문 저쪽으로 사라지는 모습을 만들었다고.

그것이 쓱 사라졌다.

마지막 한 사람이 그야말로 문을 통과하여 문 저편으로 사라진 순간, 그 발이 휙 저쪽으로 사라지는 모습을 우리는 동시에 목격했다.

지금은 문 저쪽에 아무것도 없다. 문에 자라난 검정과 하양의 꽃 외에는 아무것도.

그 후 문을 볼 때마다 우리는 그것을 떠올렸다. 그리고 생각했다. 처음 문에 붙어 있던 그 발은 도대체 누구의 발이었을까.

그래서 이제 말할 것은 거의 남지 않았다.

남은 A 페스티벌 기간에는 그다지 아무 일도 일어나지 않았는데, 그날 많은 '스키마와라시'가 나타난 일은 극히 일부의 '스키마와라시' 마니아들 사이에서만 화제가 되었기 때문이다. 그날 그녀들을 목격한 사람 중에 처음부터 '스키마와라시'를 알고 있는 사람은 대단히 적은 수이기도 했고.

우쓰미 씨의 목격담 및 그가 이전부터 '스키마와라시'를 알고 있어서 인터넷에 그 이야기를 올렸다는 이야기는 A 페스티벌 마지막날을 맞이하여 그 뒤풀이를 할 때 알았다.

A 페스티벌은 탈 없이 끝났고, 관람객이 예상보다 많이 찾아왔으며, 우리 가게도 꽤 좋은 성적을 올렸다.

다이고 하나코의 작품도 호평이었고 무사히 컬렉터가 사들였다. 평판이 좋아서 여러 명이 사겠다고 나서서 깜짝 놀랄 만한 가격으로 팔았다고 한다. 게다가 그 작품을 중심으로 지금까지보다 큰 장소에서 개인전을 열게 되었다고 한다. 다이고 하나코는 또 우리 가게의 다른 골동품을 사용하여 신작을 만들고 싶다고 했다.

우리는 물론 그 개인전을 보러 갈 생각인데, 역시 금속제 문에 발이 있던 것만은 신경 쓰일 것 같다.

다이고 하나코가 '스키마와라시'에게 받은 도란 내용물이 어떻게 되었는지 설명하겠다.

다이고 하나코는 자신이 일하는 곳의 연줄을 더듬어 대기업 종묘 회사와 국립대학교 농학부 연구실을 소개받았다.

도란 안에 들어 있는 씨앗이 무슨 씨앗인지 조사 의뢰를 했다.

가득 들어 있는 씨앗은 실제로는 종류도 모양도 각양각색으로, 그중에는 멸종했다고 여겨진 희소한 종도 포함되어 있다고 했다.

"이렇게 많은 씨앗을 도대체 어디서 손에 넣었습니까?"

당연하게도 연구자들은 다이고 하나코에게 입을 모아 물었다.

그녀는 빙긋 웃고 이렇게 대답했다고 한다.

"콘크리트 잔해더미 속에서요."

연구자들은 어안이 벙벙하여 얼굴을 마주보았단다.

A 페스티벌이 끝난 후 나는 형에게 젊은 부모님에게 들은 이야기를 전했다.

그것은 대부분 다이고 하나코에 관한 이야기다.

우리는 지금도 그녀에게 그녀가 우리 어머니의 친한 친구 딸이라는 사실을 전하지 않았다. 언젠가 말할 때가 올지도 모르지만 그녀가 지금 부모님과 사는 것에 만족해 하니 전할 필요가 없다는 생각이 들었다.

"딱 한 번, 어머니가 말한 적이 있어."

형이 그렇게 털어놓았다.

"'너에게 하나코라는 동생이 있었을지도 몰라'라고."

그것은 처음 듣는 말이었다.

형은 나를 지그시 보았다.

"그렇지만 바로 그렇게 말한 걸 후회하는 듯한 표정으로 '아무것도 아니야, 잊으렴' 하고 말했어. 어쩐지 괴로워 보였고 그 이후 입에 담은 적도 없어서 너에게 말할 필요가 없다고 생각했어."

"그럼 그, 내가 친구에게 들었던 '여자 형제'는……."

동급생의 망설이던 표정.

"그 아이, 그때 장례식에 온 아이겠지."

형이 문득 먼 산을 보았다.

"여하튼 아버지와 어머니, 두 사람을 한꺼번에 잃은 장례식 때는 조문객이 어느 쪽 관계자인지 몰라서 혼란스러웠어. 나도 흘끗 봤을 뿐으로 아마 그때만 어머니 쪽 숙부님이 데리고 왔을 거야. 그 아이가 너에게 말을 걸었던 게 아닐까? 그 아이가 다이고 하나코였는지 아닌지는 몰라. 너는 그 당시, 네 속에 틀어박혀 있어서 기억이 안 나지? 그녀도 기억 못 할지도."

나와 나란히 걷던 여자아이.

어쩌면 우리는 얼굴을 본 적이 있을지도 모르고 없을지도 모른다.

그래도 실제로 부모님은 나에게 '산타'라는 이름을 붙여주셨다.

부모님에게는 형과 나 사이에 '하나코'가 있다는 증거를 남기고 싶었을지도 모르고, 그때 나에게 들은 한자가 아로 새겨졌기 때문일지도 모른다.

그러나 사실은 역시 형과 나 사이에 지로가 있었기 때문이라는 생각도 든다.

지금 생각해보니 내가 태어났을 때 지로는 이미 나를 알고 있었다.

자신보다 나중에 올 아이. 이윽고 '산타'라는 이름이 지어질 아이를.

이전에는 개 다음에 붙인 이름이라는 이유로 삐지거나 반항심이 있었던 것도 부정하지 않는다.

하지만 '스키마와라시' 일로 지로에게 꽤 신세를 졌다. 생명의 은인이라고 말해도 좋을 정도다.

그러므로 지금은 지로 다음이어서 좋다고 생각하게 된 것이 '스키마와라시' 일 전후에 일어난 나의 가장 큰 변화라는 생각이 든다.

옮긴이 **강영혜**

피아노 전공. 소설을 좋아한다. 우연히 일본 소설을 접하고 독특함에 반해 숨어 있는 보석 같은 작품을 찾고자 번역을 시작했다. '전달'이라는 연주자와 번역가의 공통점에 흥미를 느껴 일본어와 한국어의 어울림 화음을 찾으려 노력 중이다. 옮긴 책으로 《시즈카 할머니에게 맡겨 줘》, 《시즈카 할머니와 휠체어 탐정》, 《호무라 탐정의 사건 수첩》(공역) 이 있다 .

스키마와라시

1판 1쇄 발행 2021년 7월 19일
1판 3쇄 발행 2021년 8월   1일

지은이 온다 리쿠
펴낸이 문준식
디자인 공중정원
제작 제이오

펴낸곳 내 친구의 서재
등록 2016년 6월 7일 제 2020-000039 호
주소 서울시 성북구 정릉로 305, 104-1109 우편번호 02719
전화 070-8800-0215 **팩스** 0505-099-0215
이메일 mytomobook@gmail.com **인스타그램** mytomobook

ISBN 979-11-971032-9-2 03830